前頁圖／齊白石「葫蘆圖」：齊白石，湖南湘潭人。湘潭與本書主角狄雲的故鄉相距不遠，因此選用一些他的作品，以顯示湖南風物。

北魏時所製的鎏金銅釋迦像：近代出土。

北魏泥塑大佛：狄雲等在荊州城南廟中所發現的塗泥黃金大佛，與此為同一時代的製作。

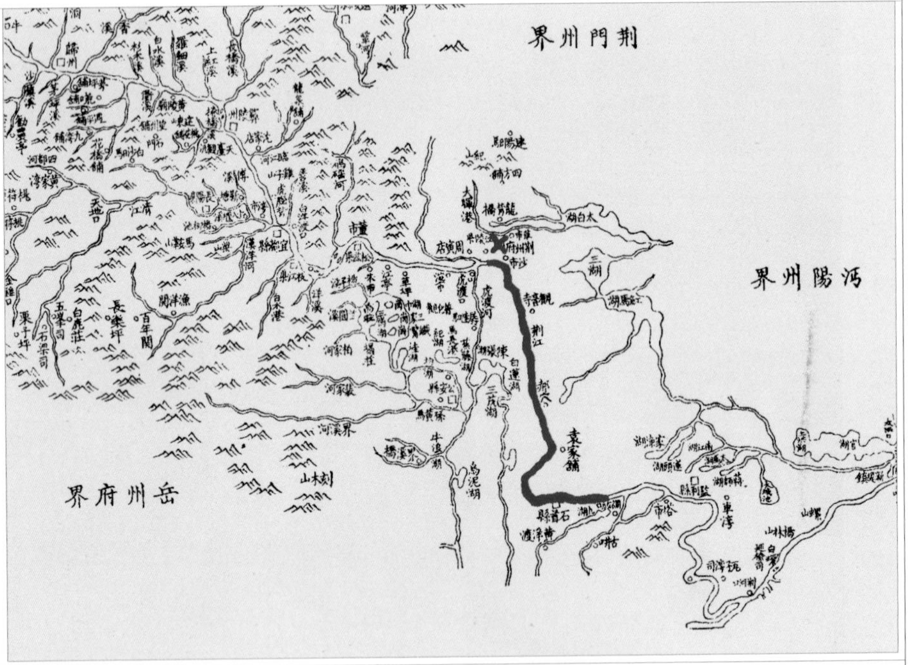

右頁圖／
「荊州府附近圖」：
狄雲在荊州受傷後，
即循圖中紅線，
乘小舟自長江順流而下。
原圖錄自《古今圖書集成》。

左頁圖／
仇英「秋冬山水圖」（部分）：
仇英，字實父，號十洲，
明代四大家之一。此圖為其精心傑構，
原圖著色，現為日本人所藏。
圖中情景，有點像湘鄂羣豪追趕血刀僧和狄雲
而深入川邊雪地。

右頁圖／黃公望「九峯雪霽圖」（部分）：黃公望，元代大畫家。圖中所繪為羣峯積雪，開始消融。

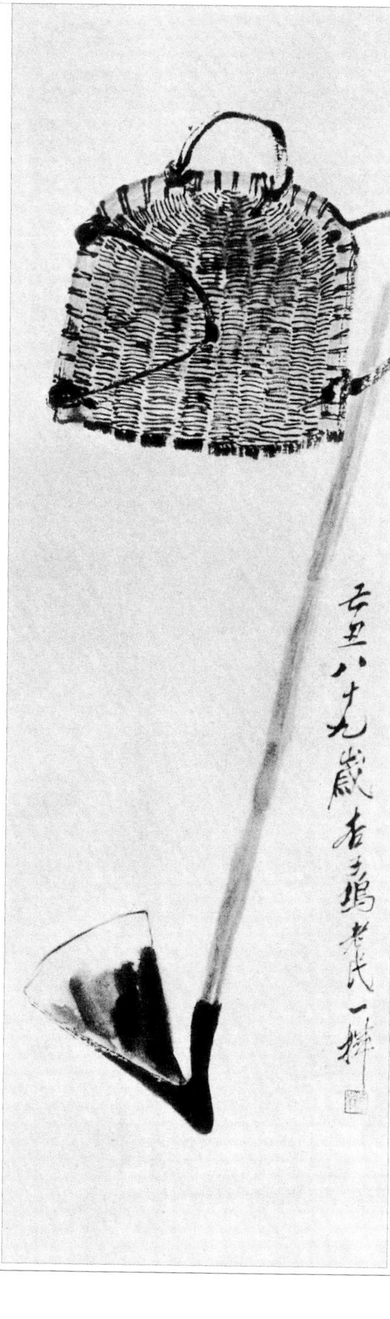

齊白石「農具圖」。

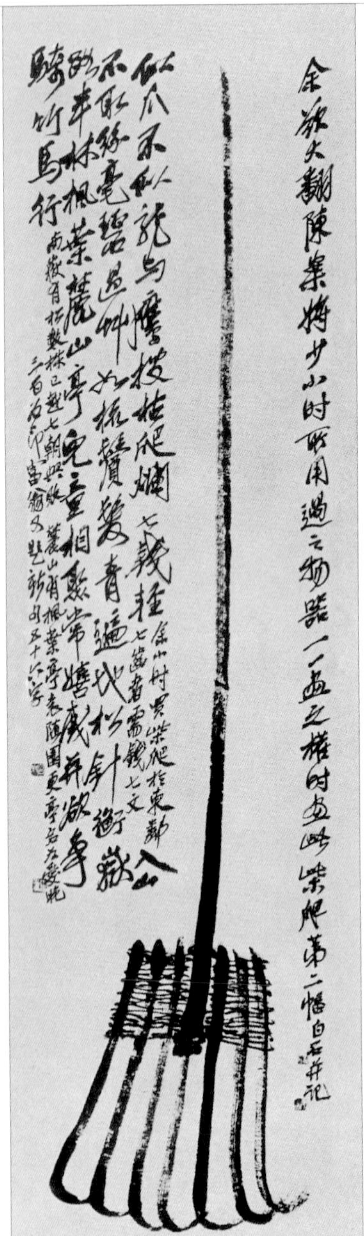

齊白石「柴爬圖」。
狄雲所用之農具，當與以上二圖相同。

六朝時代的舊玉辟邪：
希世珍物，現藏臺北故宮博物院。
諸如此類的珍寶，
在荊州大金佛肚中一定甚多。

連城訣

金庸

右頁圖／秦仲文「瞿唐寫意」（部分）：秦仲文，當代國畫家。瞿塘峽是長江三峽之一。丁典在險峽急流中救梅念笙，或與此情景相似。

齊白石「蝴蝶花圖」：這種蝴蝶，民間有時稱之為「梁山伯、祝英台」。

力羣「綠菊」：力羣，當代木刻家，此為套色木刻。凌小姐給丁典看的綠菊花，或與此類似。任何花卉，以綠色者最為名貴。

連城訣

金庸在遠流

封面裝幀紀錄

A DEADLY SECRET

新修版

世紀新修版（富春山居）
2003-2006 年初版
設計師 霍榮齡

新修大字版
2003-2006 年初版
設計師 唐壽南

新修文庫版
2007-2008 年初版
設計師 楊雅棠

藏金映象新修版
2024 年初版
設計師 林秦華

修訂版

綠皮文庫版
1990 年初版
設計師 陳栩椿

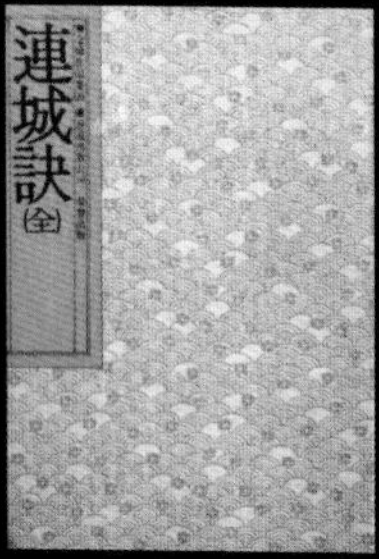

典藏版
1986 年初版
設計師 霍榮齡

花皮版（富春山居）
1997 年初版
設計師 霍榮齡

黑皮袖珍版
1986 年初版
設計師 李男

花皮文庫版（富春山居）
1998 年初版
設計師 霍榮齡

黃山版
1986-1987 年初版
設計師 黃金鐘

亮彩映象版
2022-2024 年初版
設計師 林秦華

典藏版、黑皮袖珍版、黃山版、綠皮文庫版、花皮文庫版之封面圖為收藏家之初版原書拍照檔，謹此致謝。

「金庸作品集」新序

小說是寫給人看的。小說的內容是人。

小說寫一個人、幾個人、一羣人、或成千成萬人的性格和感情。他們的性格和感情從橫面的環境中反映出來，從縱面的遭遇中反映出來，從人與人之間的交往與關係中反映出來。長篇小說中似乎只有《魯濱遜飄流記》，才只寫一個人，寫他與自然之間的關係，但寫到後來，終於也出現了一個僕人「星期五」。只寫一個人的短篇小說多些，尤其是近代與現代的新小說，寫一個人在與環境的接觸中表現他外在的世界、內心的世界，尤其是內心世界。有些小說寫動物、神仙、鬼怪、妖魔，但也把他們當作人來寫。

西洋傳統的小說理論分別從環境、人物、情節三個方面去分析一篇作品。由於小說作者不同的個性與才能，往往有不同的偏重。

基本上，武俠小說與別的小說一樣，也是寫人，只不過環境是古代的，主要人物是有武功的，情節偏重於激烈的鬥爭。任何小說都有它所特別側重的一面。愛情小說寫男女之間與性有關的感情和行動，寫實小說描繪一個特定時代的環境與人物，《三國演義》與《水滸》一類小說敘述大羣人物的鬥爭經歷，現代小說的重點往往放在人物的心理過程上。

小說是藝術的一種，藝術的基本內容是人的感情和生命，主要形式是美，廣義的、美學上的美。在小說，那是語言文筆之美、安排結構之美，關鍵在於怎樣將人物的內心世界通過某種形式而表現出來。甚麼形式都可以，或者是作者主觀的剖析，或者是客觀的敘述故事，從人物的行動和言語中客觀的表達。

讀者閱讀一部小說，是將小說的內容與自己的心理狀態結合起來。同樣一部小說，有的人感到強烈的震動，有的人卻覺得無聊厭倦。讀者的個性與感情，與小說中所表現的個性與感情相接觸，產生了「化學反應」。

武俠小說只是表現人情的一種特定形式。作曲家或演奏家要表現一種情緒，用鋼琴、小提琴、交響樂、或歌唱的形式都可以，畫家可以選擇油畫、水彩、水墨、或版畫的形式。問題不在採取甚麼形式，而是表現的手法好不好，能不能和讀者、聽者、觀賞者的心靈相溝通，能不能使他的心產生共鳴。小說是藝術形式之一，有好的藝術，也有不好的藝術。

好或者不好，在藝術上是屬於美的範疇，不屬於真或善的範疇。判斷美的標準是美，是感情，不是科學上的真或不真（武功在生理上或科學上是否可能），道德上的善或不善，也不是經濟上的值錢不值錢，政治上對統治者的有利或有害。當然，任何藝術作品都會發生社會影響，自也可以用社會影響的價值去估量，不過那是另一種評價。

在中世紀的歐洲，基督教的勢力及於一切，所以我們到歐美的博物院去參觀，見到所有中世紀的繪畫都以聖經故事為題材，表現女性的人體之美，也必須通過聖母的形象。直到文藝復興之後，凡人的形象才大量在繪畫和文學中表現出來，所謂文藝復興，是在文藝上復興希臘、羅馬時代對「人」的描寫，而不再集中於描寫天使與聖人。

中國人的文藝觀，長期以來是「文以載道」，那和中世紀歐洲黑暗時代的文藝思想是一致的，用「善或不善」的標準來衡量文藝。《詩經》中的情歌，要牽強附會地解釋為諷刺君主或歌頌后妃。對於陶淵明的〈閑情賦〉，司馬光、歐陽修、晏殊的相思愛戀之詞，或惋惜地評之為白璧之玷，或好意地解釋為另有所指。他們不相信文藝所表現的是感情，認為文字的唯一功能只是為政治或社會價值服務。

我寫武俠小說，只是塑造一些人物，描寫他們在特定的武俠環境（中國古代的、缺乏法治的、以武力來解決爭端的不合理社會）中的遭遇。當時的社會和現代社會已大不相同，人的性格和感情卻沒有多大變化。古代人的悲歡離合、喜怒哀樂，仍能在現代讀者的心靈中引起相應的情緒。讀者們當然可以覺得表現的手法拙劣，技巧不夠成熟，描寫殊不深刻，以美學觀點來看是低級的藝術作品。無論如何，我不想載甚麼道。我在寫武俠小說的同時，也寫政治評論，也寫與歷史、哲學、宗教有關的文字，那與武俠小說完全不同。涉及思想的文字，是訴諸讀者理智的，對這些文字，才有是非、真假的判斷，讀者或許同意，或許只部份同意，或許完全反對。

對於小說，我希望讀者們只說喜歡或不喜歡，只說受到感動或覺得厭煩。我最高興的是讀者喜愛或憎恨我小說中的某些人物，如果有了那種感情，表示我小說中的人物已和讀者的心靈發生聯繫了。小說作者最大的企求，莫過於創造一些人物，使得他們在讀者心中變成活生生的、有血有肉的人。藝術是創造，音樂創造美的聲音，繪畫創造美的視覺形象，小說是想創造人物、創造故事，以及人的內心世界。假使只求如實反映外在世界，那麼有了錄音機、照相機，何必再要音樂、繪畫？有了報紙、歷史書、記錄電視片、社會調查統計、醫生的病歷紀錄、黨部與警察局的人事檔案，何必再要小說？

武俠小說雖說是通俗作品，以大眾化、娛樂性強為重點，但對廣大讀者終究是會發生影響的。我希望傳達的主旨，是：愛護尊重自己的國家民族，也尊重別人的國家民族；和平友好，互相幫助；重視正義和是非，反對損人利己；注重信義，歌頌純真的愛情和友誼；歌頌奮不顧身的為了正義而奮鬥；輕視爭權奪利、自私可鄙的思想和行為。武俠小說並不單是讓讀者在閱讀時做「白日夢」而沉緬在偉大成功的幻想之中，而希望讀者們在幻想之時，想像自己是個好人，要努力做各種各樣的好事，想像自己要愛國家、愛社會、幫助別人得到幸福，由於做了好事、作出積極貢獻，得到所愛之人的欣賞和傾心。

武俠小說並不是現實主義的作品。有不少批評家認定，文學上只可肯定現實主義一個流派，除此之外，全應否定。這等於是說：少林派武功好得很，除此之外，甚麼武當派、崆峒派、太極拳、八卦掌、彈腿、白鶴派、空手道、跆拳道、柔道、西洋拳、泰拳等等全部應當廢除取消。我們主張多元主義，既尊重少林武功是武學中的泰山北斗，而覺得別的小門派也不妨並存，它們或許並不比少林派更好，但各有各的想法和創造。愛好廣東菜的人，不必主張禁止京菜、川菜、魯菜、徽菜、湘菜、維揚菜、杭州菜、法國菜、意大利菜等等派別，所謂「蘿蔔青菜，各有所愛」是也。不必把武俠小說提得高過其應有之份，也不必一筆抹殺。甚麼東西都恰如其份，也就是了。

我寫這套總數三十六冊的《作品集》，是從一九五五年到七二年，前後約十五、六年，包括十二部長篇小說，兩篇中篇小說，一篇短篇小說，一篇歷史人物評傳，以及若干篇歷史考據文字。出版的過程很奇怪，不論在香港、臺灣、海外地區，還是中國大陸，都是先出各種各樣翻版盜印本，然後再出版經我校訂、授權的正版本。在中國大陸，在「三聯版」出版之前，只有天津百花文藝出版社一家，是經我授權而出版了《書劍恩仇錄》。他們校印認真，依足合同支付版稅。我依足法例繳付所得稅，餘數捐給了幾家文化機構及支助圍棋活動。這是一個愉快的經驗。除此之外，完全是未經授權的，直到正式授權給北京三聯書店出版。「三聯版」的版權合同到二〇〇一年年底期滿，以後中國內地的版本由廣州出版社出版，主因是港粵鄰近，業務上便於溝通合作。

翻版本不付版稅，還在其次。許多版本粗製濫造，錯訛百出。還有人借用「金庸」之名，撰寫及出版武俠小說。寫得好的，我不敢掠美；至於充滿無聊打鬥、色情描寫之作，可不免令人不快了。也有些出版社翻印香港、臺灣其他作家的作品而用我筆名出版發行。我收到過無數讀者的來信揭露，大表憤慨。也有人未經我授權而自行點評，除馮其庸、嚴家炎、陳墨三位先生功力深厚、兼又認真其事，我深為拜嘉之外，其餘的點評大都與作者原意相去甚遠。好在現已停止出版，出版者道歉賠償，糾紛已告結束。

有些翻版本中，還說我和古龍、倪匡合出了一個上聯「冰比冰水冰」徵對，真正是大開玩笑了。漢語的對聯有一定規律，上聯的末一字通常是仄聲，以便下聯以平聲結尾，但「冰」字屬蒸韻，是平聲。我們不會出這樣的上聯徵對。大陸地區有許許多多讀者寄了下聯給我，大家浪費時間心力。

為了使得讀者易於分辨，我把我十四部長、中篇小說書名的第一個字湊成一副對聯：「飛雪連天射白鹿，笑書神俠倚碧鴛」。（短篇《越女劍》不包括在內，偏偏我的圍棋老師陳祖德先生說他最喜愛這篇《越女劍》。）我寫第一部小說時，根本不知道會不會再寫第二部；寫第二部時，也完全沒有想到第三部小說會用甚麼題材，更加不知道會用甚麼書名。所以這副對聯當然說不上工整，「飛雪」不能對「笑書」，「連天」不能對「神俠」，「白」與「碧」都是仄聲。但如出一個上聯徵對，用字完全自由，總會選幾個比較有意思而合規律的字。

有不少讀者來信提出一個同樣的問題：「你所寫的小說之中，你認為哪一部最好？最喜歡哪一部？」這個問題答不了。我在創作這些小說時有一個願望：「不要重複已經寫過的人物、情節、感情，甚至是細節。」限於才能，這願望不見得能達到，然而總是朝著這方向努力，大致來說，這十五部小說是各不相同的，分別注入了我當時的感情和思想，主要是感情。我喜愛每部小說中的正面人物，為了他們的遭遇而快樂或惆悵、悲傷，有時會非常悲傷。至於寫作技巧，後期比較有些進步。但技巧並非最重要，所重視的是個性和感情。

這些小說在香港、臺灣、中國內地、新加坡曾拍攝為電影和電視連續集，有的還拍了三、四個不同版本，此外有話劇、京劇、粵劇、音樂劇等。跟著來的是第二個問題：「你認為哪一部電影或電視劇改編演出得最成功？劇中的男女主角哪一個最符合原著中的人物？」電影和電視的表現形式和小說根本不同，很難拿來比較。電視的篇幅長，較易發揮；電影則受到更大限制。再者，閱讀小說有一個作者和讀者共同使人物形象化的過程，許多人讀同一部小說，腦中所出現的男女主角卻未必相同，因為在書中的文字之外，又加入了讀者自己的經歷、個性、情感和喜憎。你會在心中把書中的男女主角和自己或自己的情人融而為一，而每個讀者性格不同，他的情人肯定和你的不同。電影和電視卻把人物的形象固定了，觀眾沒有自由想像的餘地。我不能說那一部最好，但可以說：把原作改得面目全非的最壞，最自以為是，最瞧不起原作者和廣大讀者。

武俠小說繼承中國古典小說的長期傳統。中國最早的武俠小說，應該是唐人傳奇的《虬髯客傳》、《紅線》、《聶隱娘》、《崑崙奴》等精彩的文學作品。其後是《水滸傳》、《三俠五義》、《兒女英雄傳》等等。現代比較認真的武俠小說，更加重視正義、氣節、捨己為人、鋤強扶弱、民族精神、中國傳統的倫理觀念。讀者不必過份推究其中某些誇張的武功描寫，有些事實上是不可能的，只不過是中國武俠小說的傳統。聶隱娘縮小身體潛入別人的肚腸，然後從他口中躍出，誰也不會相信是真事，然而聶隱娘的故事，千餘年來一直為人所喜愛。

我初期所寫的小說，漢人皇朝的正統觀念很強。到了後期，中華民族各族一視同仁的觀念成為基調，那是我的歷史觀比較有了些進步之故。這在《天龍八部》、《白馬嘯西風》、《鹿鼎記》中特別明顯。韋小寶的父親可能是漢、滿、蒙、回、藏任何一族之人。即使在第一部小說《書劍恩仇錄》中，主角陳家洛後來也對回教增加了認識和好感。每一個種族、每一門宗教、某一項職業中都有好人壞人。有壞的皇帝，也有好皇帝；有很壞的大官，也有真正愛護百姓的好官。書中漢人、滿人、契丹人、蒙古人、西藏人……都有好人壞人。和尚、道士、喇嘛、書生、武士之中，也有各種各樣的個性和品格。有些讀者喜歡把人一分為二，好壞分明，同時由個體推論到整個羣體，那決不是作者的本意。

歷史上的事件和人物，要放在當時的歷史環境中去看。宋遼之際、元明之際、明清之際，漢族和契丹、蒙古、滿族等民族有激烈鬥爭；蒙古、滿人利用宗教作為政治工具。小說所想描述的，是當時人的觀念和心態，不能用後世或現代人的觀念去衡量。我寫小說，旨在刻畫個性，抒寫人性中的喜愁悲歡。小說並不影射甚麼，如果有所斥責，那是人性中卑污陰暗的品質。政治觀點、社會上的流行理念時時變遷，不必在小說中對暫時性的觀念作價值判斷。人性卻變動極少。

在劉再復先生與他千金劉劍梅合寫的《父女兩地書》（共悟人間）中，劍梅小姐提到她曾和李陀先生的一次談話，李先生說，寫小說也跟彈鋼琴一樣，沒有任何捷徑可言，是一級一級往上提高的，要經過每日的苦練和積累，讀書不夠多就不行。我很同意這個觀點。我每日讀書至少四五小時，從不間斷，在報社退休後連續在中外大學中努力進修。這些年來，學問、知識、見解雖有長進，才氣卻長不了，因此，這些小說雖然改了三次，相信很多人看了還是要嘆氣。正如一個鋼琴家每天練琴二十小時，如果天份不夠，永遠做不了蕭邦、李斯特、拉赫曼尼諾夫、巴德魯斯基，連魯賓斯坦、霍洛維茲、阿胥肯那吉、劉詩昆、傅聰也做不成。

這次第三次修改，改正了許多錯字訛字、以及漏失之處，多數由於得到了讀者們的指正。有幾段較長的補正改寫，是吸收了評論者與研討會中討論的結果。仍有許多明顯的缺點無法補救，限於作者的才力，那是無可如何的了。讀者們對書中仍然存在的失誤和不足之處，希望寫信告訴我。我把每一位讀者都當成是朋友，朋友們的指教和關懷，自然永遠是歡迎的。

二〇〇二年·四月 於香港

金庸

《連城訣》目錄

「我決不放手，
人家買了大黃去，
要宰來吃的，
我無論如何不捨得。」

一

鄉下人進城

托！托托托！托！托托！

兩柄木劍揮舞交鬥，相互撞擊，發出托托之聲，有時相隔良久而無聲息，有時撞擊之聲密如聯珠，連綿不絕。

那是在湘西沅陵南郊的麻溪鋪鄉下，三間小小瓦屋之前，晒穀場上，一對青年男女手持木劍，正在比試。

屋前矮櫈上坐著個老頭兒，嘴裏咬著一根短短的旱煙袋，雙手正在打草鞋，偶爾抬起頭來，向這對青年男女瞧上一眼，嘴角邊微微含笑，意示嘉許。淡淡陽光穿過他口中噴出來的一縷縷青煙，照在他一頭花白頭髮、滿臉皺紋之上，但他向吞吐伸縮的兩柄木劍瞥上一眼之時，眼中神光炯然，凜凜有威，他年紀其實也還不老，似乎五十歲也還不到。

那少女十七八歲年紀，圓圓的臉蛋，一雙大眼黑溜溜地，這時累得額頭見汗，左頰上一條汗水流了下來，直流到頸中。她伸左手衣袖擦了擦，臉上紅得像屋簷下掛著的一串串紅辣椒。那青年比她大著兩三歲，長身黝黑，顴骨微高，粗手大腳，那是湘西鄉下常見的年輕莊稼漢子，手中一柄木劍倒使得頗爲靈動。

突然間那青年手中木劍自左上方斜劈向下，跟著向後挺劍刺出，更不回頭。那少女低頭避過，木劍連刺，來勢勁急。那青年退了兩步，木劍大開大闔，一聲吆喝，橫削三劍。那少女抵擋不住，突然收劍站住，竟不招架，嬌嗔道：「算你厲害，成不成？把我砍死了罷！」

那青年沒料到她竟會突然收劍不架，這第三劍眼見便要削上她腰間，一驚之下，急忙收招，只是去勢太強，噗的一聲，劍身竟打中了自己左手手背，「啊喲」一聲，叫了出來。那少女拍手叫好，笑道：「羞也不羞？你手中拿的若是眞劍，這隻手還在嗎？」

那青年一張臉黑裏泛紅，說道：「我怕削到你身上，這才不小心碰到了自己。若是眞的拚鬥，人家肯讓你麼？師父，你倒評評這個理看。」說到最後這句話時，面向老者。

那老者提著半截草鞋，站起身來，說道：「你兩個先前五十幾招拆得還可以，後面這幾招，可簡直不成話了。」從少女手中接過木劍，揮劍作斜劈之勢，說道：「這一招『哥翁喊上來』，跟著一招『是橫不敢過』，那就應當橫削，不可直刺。阿芳，你這兩招是『忽聽噴驚風，連山若布逃』，忽然聽得風聲大作，劍勢該像一疋布那樣逃了開去。阿雲這兩招『老泥招大姐，馬命風小小』倒使得不錯。不過招法既然叫做『風小小』，你出力的使劍，那就不對了。咱們這一套劍法，是武林中大大有名的『躺屍劍法』，每一招出去，都要敵人躺下成爲一具死屍。自己人比劃餵招雖不能這麼當眞，但『躺屍』二字，總是要時時刻刻記在心裏的。」

那少女道：「爹，咱們的劍法很好，可是這名字實在不大……不大好聽，躺屍劍法，聽著就叫人害怕。」

那老者道：「聽著叫人害怕，那才威風哪。敵人還沒動手，先就心驚膽戰，便已輸了三分。」他手持木劍，將適才這六招重新演了一遍。他劍招凝重，輕重進退，每招俱狠辣異常，青年男女瞧得心下佩服，同時拍起手來。那老者將木劍還給少女，說道：「你兩個再練一遍。阿芳別鬧著玩，剛才師哥若不是讓你，你小命兒還在麼？」

那少女伸了伸舌頭，突然挺劍刺出，迅捷之極。那青年不及防備，忙迴劍招架，但給那少女佔了機先，連連搶攻，那青年一時竟沒法扳回。眼見敗局已成，忽然東北角上馬蹄聲響，一乘馬快奔而來。

那青年回頭道：「是誰來啦？」那少女喝道：「打敗了，別賴皮！誰來了跟你有甚相干？」唰唰唰又連攻三劍。那青年奮力抵擋，喝道：「我還當眞怕了你不成？」那少女笑道：「你說不怕，心裏可怕了！」左刺一劍，右刺一劍，兩招去勢甚為靈動。

馬上乘客勒住了馬，大聲叫道：「『天花落不盡，處處鳥啣飛！』妙啊！」

那少女「咦」的一聲，向後跳開，打量乘客，只見他約莫二十三四歲年紀，服飾考究，是城裏有錢人家子弟的打扮，不禁臉上一紅，輕聲道：「爹，他……他怎麼知道？」

那老者聽得馬上乘客說出女兒這兩招劍法的名稱，也感詫異，正待相詢。那乘客已滾鞍下馬，上前抱拳說道：「請問老丈，麻溪鋪有一位劍術名家，『鐵鎖橫江』戚長發戚老爺子，請問住在那裏？」那老者道：「我便是戚長發。甚麼『劍術名家』，那可萬萬不敢當了。大爺尋我作甚？」

那青年壯士拜倒在地，說道：「晚輩卜垣，跟戚師叔磕頭。晚輩奉家師之命，特來叩見。」戚長發道：「不敢當，不敢當！」伸手扶起，雙臂微運內勁。卜垣只感半身酸麻，臉上一紅，退後一步，說道：「戚師叔考較晚輩，晚輩可出醜啦。」

戚長發笑道：「你內功還差著點兒。你是萬師哥的第幾弟子？」卜垣臉上又微微一紅，道：「晚輩是師父第五個不成材的弟子。師父他老人家日常稱道戚師叔內功深厚，晚輩今日受教了。多謝師叔。」戚長發哈哈大笑，道：「萬師哥好？我們老兄弟十幾年不見啦。」卜垣道：「託你老人家福，師父安好。這兩位師哥師姊，是你老人家的高足罷？劍法眞高！」

戚長發招招手，道：「阿芳，阿芳，過來見過卜師哥。」又向卜垣道：「這是我的光桿兒徒弟狄雲，這是我的光桿兒女兒阿芳。嘿，鄉下姑娘，便這麼不大方，都是自己一家人，怕甚麼醜了？」

戚芳躲在狄雲背後，也不見禮，只點頭笑了笑。狄雲道：「卜師兄，你練的劍法跟我們的都是一路，是嗎？不然怎麼一見便認出了師妹劍招。」

戚長發「呸」的一聲，在地下吐了口痰，說道：「你師父跟他師父同門學藝，學的自然是一路劍法了，那還用問？」

卜垣打開馬鞍旁的布囊，取出一個包袱，雙手奉上，說道：「戚師叔，師父說一點兒薄禮，請師叔賞面收下。」戚長發謝了一聲，便叫女兒收了。

戚芳拿到房中，打開包袱，見是一件錦緞面羊皮袍子，一隻漢玉腕鐲，一頂氈帽，一件黑呢馬褂。戚芳捧了出來，笑嘻嘻的叫道：「爹，爹，你從來沒穿過這麼神氣的衣衫，穿了起來，那還像個莊稼人？這可不是發了財、做了官麼？」

戚長發一看，也不禁怔住了，隔了好一會，才忸忸怩怩的道：「萬師哥……這個…

……嘿嘿，眞是的……」

狄雲到前村去打了三斤白酒。戚芳殺了一隻肥雞，摘了園中的大白菜和空心菜，滿滿煮了一大盤，另有一大碗紅辣椒浸在鹽水之中。四人團團一桌，坐著吃飯。

席上戚長發問起來意。卜垣說道：「師父說跟師叔十多年不見，好生記掛，早就想到湖南來探訪，只是師父他老人家每日裏要練『連城劍法』，沒法走動……」戚長發正端起酒碗放在唇邊，將剛喝進嘴的一口酒吐回碗裏，忙問：「甚麼？你師父在練『連城劍法』？」卜垣神情很是得意，道：「上個月初五，師父已把『連城劍法』練成了。」

戚長發更是一驚，將酒碗重重往桌上一放，小半碗酒都潑了出來，濺得桌上和胸前衣襟都是酒水。他呆了一陣，突然哈哈大笑，伸手在卜垣的肩頭重重一拍，說道：「他媽的，好小子！你師父從小就愛吹牛。這『連城劍法』連你師祖都沒練成，你師父的玩藝又不見得怎麼高明，別來騙你師叔啦，喝酒，喝酒，喝酒……」說著仰脖子把半碗白酒都喝乾了，左手抓了一隻紅辣椒，大嚼起來。

卜垣臉上卻沒絲毫笑意，說道：「師父知道師叔定是不信，下月十六，是師父他老人家五十歲壽辰，請師叔帶同師哥師妹，同去江陵喝杯水酒。師父命晚輩專誠前來相邀，無論如何要請師叔光臨。師父說道，他的『連城劍法』只怕還有練得不到之處，要跟師叔一起來琢磨琢磨，他好改正。師父常說師叔劍法了得，師父他是大大不如。我們師兄弟如得師叔指點幾招，大夥兒一定大有進益。」

戚長發道：「你那言二師叔，已去請過了麼？」卜垣道：「言二師叔行蹤無定，師父曾派二師哥、三師哥、四師哥三位，分別到河北、江南、雲貴三處尋訪，去了三個多月，回來都說找不到言達平師叔。戚師叔可曾聽到言師叔的訊息麼？」

戚長發嘆了口氣，說道：「我們師兄弟三人之中，二師哥武功最強，若說是他練成了『連城劍法』，我倒還有三分相信。你師父嘛，比我當然強得多，嘿嘿，但說已練成這套劍法，我眞不信，對不住，我不信！」

他左手抓住酒壺，滿滿倒了一碗酒，右手拿著酒碗，卻不便喝，忽然大聲道：「好！下月十六，我準到江陵，給你師父拜壽，倒要瞧瞧他的『連城劍法』是怎麼練成的。哈哈！嘿嘿！」

他將酒碗重重在桌上一頓，又有半碗酒潑了出來，濺得桌上、衣襟上都是酒水。

「爹爹，你把大黃拿去賣了，來年咱們耕田怎麼辦啊？」

「來年到來年再說，那管得這許多？」

「爹爹，咱們在這兒不好好的麼？到江陵去幹甚麼？萬師伯做甚麼生日，他做他的，關我們甚麼事？賣了大黃做盤纏，我說犯不著。」

「爹爹答應了卜垣的，一定得去。大丈夫一言既出，怎能反悔？帶了你和阿雲到大地方見見世面，別一輩子做鄉下人。」

「做鄉下人有甚麼不好？我不要見甚麼世面。大黃是我從小養大的。我帶著牠去吃草，帶著牠回家。爹爹，你瞧瞧大黃在流眼淚，牠不肯去。」

「傻姑娘！牛是畜生，知道甚麼？快放開手。」

「我決不放手。人家買了大黃去，要宰來吃的，我無論如何不捨得。」

「不會宰的，人家買了去耕田。」

「昨天王屠戶來跟你說甚麼？一定是買大黃去殺了。你騙我，你騙我。你瞧，大黃在流眼淚。大黃，大黃，我不放你去。雲哥，雲哥！快來，爹爹要賣了大黃……」

「阿芳！爹爹也捨不得大黃。可是咱們空手上人家去拜壽，那成麼？咱們三個滿身破破爛爛的，總得縫三套新衣，免得讓人家看輕了。」

「萬師伯不是送了你新衣新帽麼？穿起來挺神氣的。」

「唉，天氣這麼熱，老羊皮袍子怎麼背得上身？再說，你師伯誇口說練成了『連城劍法』，我就是不信，非得親眼去瞧瞧不可。乖孩子，快放開了手。」

「大黃，人家要宰你，你就用角撞他，自己逃回來。不！人家會追來的，你逃得遠遠的，逃到山裏……嗚嗚嗚……」戚芳跟大黃一起流眼淚，緊緊抱住了黃牛的脖子，不肯鬆手。

半個月之後，戚長發帶同徒兒狄雲、女兒戚芳，來到了江陵。三人都穿了新衣，初來大城，土頭土腦，都有點兒心虛膽怯，手足無措。打聽「五雲手」萬震山的住處，途人說道：「萬老英雄的家還用問？那邊最大的屋子便是了。」

狄雲和戚芳一走到萬家大宅之前，瞧見那高牆朱門、掛燈結綵的氣派，心中都暗自嘀咕。戚芳緊緊拉住了父親的衣袖。戚長發正待向門公詢問，忽見卜垣從門裏出來，心中一喜，叫道：「卜賢姪，我來啦。」

卜垣忙迎將出來，喜道：「戚師叔到了。狄師哥好，戚師妹好。你們正好在師父生日的正日趕到！師父這幾天老是說：『戚師弟怎麼還不到？』請罷！」

戚長發等三人走進大門，鼓樂手吹起迎賓的樂曲。嗩吶突響，狄雲吃了一驚。

大廳上一個身形魁梧的老者正在和眾賓客周旋。戚長發叫道：「大師哥，我來啦！」那老者一怔，似乎認不出他，呆了一呆，這才滿臉笑容的搶將出來，呵呵笑道：「老三，你可老得很了，我幾乎不認得你啦！」

師兄弟正要拉手敘舊，忽然鼻中聞到一股奇臭，接著聽得一個破鑼似的聲音喝道：「萬震山，你十年前欠了我一兩銀子，今日該還了罷？」戚長發一轉頭，只見廳口一人提起一隻木桶，雙手一揚，滿桶糞水，疾向他和萬震山二人潑將過來。

戚長發眼見女兒和徒弟站在身後，自己倘若側身閃避，這一桶糞水勢須兜頭潑在女兒身上，他應變奇速，雙手抓住長袍，運勁一崩，啪啪啪啪一陣迅速輕響，扣子崩斷，左手抓住衣襟向外一崩，長袍已然離身，內勁貫處，一件長袍便如船帆鼓風，將潑來的糞水盡行兜在其中。他順手一送，兜滿糞水的長袍向來人疾飛過去。

那人擲出糞桶，便即躍在一旁，砰嘭，啪啦，糞桶和長袍先後著地，滿廳臭氣瀰漫。只見那人滿腮虬髯，身形魁梧，威風凜凜的站在當地，哈哈大笑，說道：「萬震山，兄弟千里迢迢的來給你拜壽，少了禮物，送上黃金萬兩，恭喜你金玉滿堂啊！」

萬震山的八名弟子見此人如此前來搗亂，將一座燈燭輝煌的壽堂弄得污穢不堪，無不大怒。八個人一擁而上，要揪住他打個半死。

萬震山喝道：「都給我站住了。」八名弟子當即停步。二弟子周圻向那大漢破口大罵：「操你奶奶的雄，你是甚麼東西？今天是萬老爺的好日子，卻來攪局，不揍你個好的，你王八羔子，也不知道五雲手萬家的厲害。」

萬震山已認出這虬髯漢子的來歷，說道：「我道是誰，原來是太行山呂大寨主到了。呂大寨主這幾年發了大財哪，家裏堆滿了黃金萬兩使不完，隨身還帶著這許多。」

衆賓客聽到「太行山呂大寨主」這七個字，許多人紛紛交頭接耳的議論：「原來是太行山的呂通，不知他如何跟萬老爺子結下了樑子。」「這呂通是北五省中黑道上極厲害的人物，一手六合刀六合拳，黃河南北可是大大的有名。」「善者不來，來者不善！今日有一番熱鬧瞧的了。」

呂通冷笑一聲，說道：「十年之前，我兄弟在太原府做案，暗中有人通風報信，壞了我們的買賣。那也不打緊，卻累得我兄弟呂威壞在鷹爪子手裏，死於非命。直到三年之前，才查到原來是你萬震山這狗賊幹的好事。這件事你說怎麼了結？」

萬震山道：「不錯，那是我姓萬的通風報訊。在江湖上吃飯，做沒本錢買賣，那也沒甚麼，可是你兄弟呂威強姦人家黃花閨女，連壞四條人命。這等傷天害理之事，我姓萬的遇上了可不能不管。」

眾人一聽，都大聲叫嚷起來：「這種惡事也幹，不知羞恥！」「賊強盜，綁了他起來送官。」「採花大盜，竟敢到荊州府來撒野！」

呂通突然一個箭步，從庭院中竄到廳前，橫過手臂，便向楹柱上擊了過去。連擊數下，再轉身以背脊在柱上猛力撞去，只聽得喀喇喇一聲響，一條碗口粗細的楹柱登時從中斷折，屋瓦紛紛墮下，院中廳前，一片煙塵瀰漫。許多人逃出了廳外。眾人見他露了這手鐵臂功和鐵背功，無不凜然，均想：「若是身上給他手臂這麼橫掃一記，那裏還有命在？」

呂通反身躍回庭院，大聲叫道：「萬震山，你如當眞是俠義道，明刀明槍的出來打抱不平，我倒佩服你是條好漢。爲甚麼偷偷的去向官府通風報信？又爲甚麼吞沒了我兄弟已經到手了的六千兩銀子？他媽的，你卑鄙無恥！有種的就來拚個死活！」

萬震山冷笑道：「呂大寨主，十年不見，你功夫果然大大長進了。只可惜似你這等人物，武功越強，害人越多。姓萬的年紀雖老，只得來領教領教。」說著緩步而出。

忽然間人叢中竄出一個粗眉大眼的少年，悄沒聲的欺近身去，雙臂一翻，已勾住呂通的兩條手臂，大聲叫道：「你弄髒了我師父的新衣服，快快賠來！」正是戚長發的弟子狄雲。

呂通雙臂力震，要將這少年震開，不料手臂給狄雲死命勾住了，沒法掙脫。呂通這鐵臂功須得橫掃直擊，方能發揮威力，冷不防給他勾住了，臂上勁力使不出來。他大怒之下，右膝挺舉，撞正狄雲小腹，喝道：「快放手！」狄雲吃痛，臂力鬆了。呂通一招

「風雲乍起」，掙脫了他雙臂，揮拳呼的擊出，正是「六合拳」中的一招「烏龍探海」。

狄雲急竄讓開，叫道：「我不跟你打架。我師父這件新袍子，花了三兩銀子縫的，咱們賣了大牯牛大黃，才縫了三套衣服，今兒第一次上身……」呂通怒道：「楞小子，胡說八道甚麼？」狄雲衝上三步，叫道：「你快賠來！」他是農家子弟，最愛惜物力，眼見師父賣去心愛的大牯牛縫了三套新衣，第一次穿出來便讓人給蹧蹋了，教他如何不深感痛惜？

萬震山道：「狄賢姪退下，你師父的袍子由我來賠便是。」狄雲道：「要他賠，他要是走了，你又不認帳，那便糟了。」說著又去扭呂通的衣襟。呂通一閃，砰的一拳，擊在狄雲胸口，只打得他身子連晃，險些摔倒。萬震山喝道：「狄賢姪退下！」語氣已頗嚴峻。

狄雲紅了雙眼，喝道：「你不賠衣服還打人，不講理麼？」呂通笑道：「我打你這渾小子便怎樣？」狄雲道：「我也打你！」縮身退挫，左掌斜劈，右掌已從左掌底穿出。呂通使招「打虎式」，左腿虛坐，右拳飛擊出去。

兩人這一搭上手，霎時之間拆了十餘招。狄雲自幼跟著戚長發練武，與師妹戚芳過招比劍，從沒一天間斷，所學拳術雖不如何了得，卻甚是熟練。呂通是晉中大盜，黑道上的成名人物，一時之間竟也打他不倒，幾次要使鐵臂功，都給他乖巧避開，在他肩頭打中了兩拳，狄雲肉厚骨壯，也沒受傷。

戚長發這次到江陵來，主旨是要瞧瞧師兄萬震山是不是真的練成了「連城劍法」，恰巧有呂通前來尋仇，正好讓他當眞一顯身手，偏偏自己這蠢徒弟不識好歹，強要出頭，不由得心下著惱。

再拆數招，呂通焦躁起來，突然間拳法一變，自「六合拳」變爲「赤尻連拳」。這套拳法亦是「六合拳」中一路，只是雜以猴拳，講究摟、打、騰、封、踢、潭、掃、掛，又加上「貓竄、狗閃、兔滾、鷹翻、松子靈、細胸巧、鷂子翻身、跺子腳」八式，式中套式，變幻多端。狄雲沒見過這路拳法，心中慌了，左腿上接連給他踹了兩腳。

萬震山瞧出他不是敵手，喝道：「狄賢姪退下，你打他不過。」

狄雲叫道：「打不過也要打。」砰的一響，胸口又讓呂通打了一拳。

戚芳在旁瞧著，一直爲師哥擔心，這時忍不住也叫：「師哥，不用打了，讓萬師伯打發他。」但狄雲雙臂直上直下，不顧性命的前衝，不住吆喝：「我不怕你，我不怕你。」砰的一聲，鼻子又中了一拳，登時鮮血淋漓。

萬震山皺起了眉頭，向戚長發道：「師弟，他不聽我話，你叫他下來罷！」戚長發哼了一聲，道：「讓他吃點兒苦頭，待會讓我來鬥鬥這採花大盜。」

便在此時，大門外走進一個蓬頭垢面的老乞丐，左手拿著隻破碗，右手拄著一根竹棒，嘶啞著嗓子叫道：「老爺今日做喜事，施捨叫化子一碗冷飯。」

衆人都正全神貫注的瞧著呂通與狄雲打鬥，誰也沒去理會，那乞丐呻吟叫喚：「啊唷，餓死了，餓死了。」突然左足踏在地下的糞便之中，腳下一滑，俯身摔將下來，大叫一聲：「啊喲，跌死了！」手中的破碗和竹棒同時摔出。說也眞巧，那破碗正好擲在呂通後背「志堂穴」上，竹棒一端卻在呂通膝彎的「曲泉穴」中一碰。呂通膝間一軟，左足跪倒，同時全身酸麻，似乎突然虛脫。狄雲雙拳齊出，砰砰兩聲，將呂通龐大的身子打得飛了起來，啪的一響，臭水四濺，正摔在他攜來的糞便之中。

這一下變故人人大出意料之外，只見呂通狼狽萬狀的爬起身來，抱頭鼠竄而出。衆賀客哈哈大笑，齊聲呼喝：「拿住他，拿住他！」「別讓這賊子跑了！」

狄雲兀自大叫：「賠我師父的袍子。」待要趕出，突覺左臂爲人握住，動彈不得，側頭看時，正是師父。戚長發道：「你僥倖得勝，還追甚麼？」戚芳抽出手帕，給狄雲擦去臉上鮮血。狄雲一低頭，見自己新衫的衣襟上點點滴滴的都是鮮血，不禁大急，道：「糟糕，糟糕！我……我這件新衣也弄髒了。」

只見那老乞丐蹣跚著走出大門，喃喃自語：「飯沒討著，反賠了一隻飯碗。」狄雲知道適才取勝，全靠這乞丐碰巧一跌，從懷裏掏出二十枚大錢，那是師父給他來城裏零花的，追出去塞在他的手裏。那老乞丐連聲道：「多謝，多謝！」

當晚萬震山大張筵席，款待前來賀壽的賀客。他是荊州大紳士，這日賀客盈門，壽堂中懸了荊州府凌知府、江陵縣尙知縣送的壽幛，金光閃閃，好不風光。

席上自是人人談論日間這件趣事，大家都說狄雲福氣好，眼見不敵，剛好這老乞丐進來摔了一交，擾亂了呂通心神。大家也不免稱讚狄雲小小年紀，居然有這等膽識，和這黑道上的成名人物纏鬥到數十招，也已極不容易。自然也有人說這是壽星公洪福齊天，否則那有這麼巧，老乞丐俯身摔倒，竟然就此退了強敵，倘若萬震山自己出手，當然兩三下便打發了這惡客，不過要勞動壽星公大駕，便不這麼有趣了。

眾賓客這麼一稱讚狄雲，萬震山手下的八名弟子均感臉上黯然無光。這呂通本是衝著萬震山而來，萬門弟子不出手，卻讓師叔一個獃頭獃腦的鄉下弟子強出頭，打退了敵人。八名弟子個個心中氣憤，可又不便發作。

萬震山親自敬過酒後，大弟子魯坤、二弟子周圻、三弟子萬圭、四弟子孫均、五弟子卜垣、六弟子吳坎、七弟子馮坦、八弟子沈城一席席過來敬酒。萬門八弟子都以「土」字傍為名，其中第三弟子萬圭是萬震山的獨子。他長身玉立，臉型微見瘦削，俊美瀟洒，倒像是個富家公子，不似大師兄魯坤、二師兄周圻那麼赳赳昂昂。

八人向來賓中有功名的進士、舉人、武林尊長敬過了酒，敬了師叔戚長發一杯，便向狄雲敬酒。萬圭說道：「今日狄師兄給家父掙了好大面子，我們師兄弟八人，每個都非敬狄師兄一大杯不可。」狄雲素來不會喝酒，雙手亂搖，說道：「我不會喝，我不會喝。」萬圭道：「日間家父連叫三次，要狄師兄退下，狄師兄置之不理，把家父的話當作耳邊風一般。我們此刻敬酒，狄師兄又是不喝，那把我們荊州萬家可忒也小看了。」狄雲愕然道：「我……我沒有啊。」

戚長發聽得萬圭的語氣不對，說道：「雲兒，你喝了酒。」狄雲道：「我……我……我不會喝酒啊。」戚長發沉聲道：「喝了！」狄雲無奈，只得接過每人一杯，連喝了八杯，登時滿臉通紅，耳中嗡嗡作響，腦子胡塗一團。戚芳跟他說話，他也不知如何回答。

這一晚狄雲睡上了床，心頭兀自迷糊，只感胸間、肩頭、腿上，給呂通拳打腳踢過之處都熱辣辣的疼痛。半夜裏，睡夢中聽得窗上有人伸指彈擊，有人不住叫喚：「狄師兄，狄雲，狄雲！」狄雲一驚而醒，問道：「是誰？」

窗外那人說道：「小弟萬圭，有事相商，請狄師兄出來。」狄雲一呆，下得床來，披衣穿鞋，推開窗子。只見窗外萬門弟子八人一字排開，每人手中都持長劍。

狄雲奇道：「叫我幹甚麼？」萬圭道：「咱們要領教領教狄師兄的劍招。」狄雲搖頭道：「師父吩咐過的，不可跟萬師伯門下的師兄們比試武藝。」萬圭冷笑道：「原來戚師叔倒有自知之明。」狄雲怒道：「甚麼自知之明？」突然間嗤嗤嗤三聲，萬圭隔窗向他連刺三劍。頭兩劍劍刃在他臉頰邊掠過，相差不過寸許，第三劍劍刃劃上他臉頰，登時劃出一條血痕。狄雲只感臉頰上刺痛，大吃一驚，伸手摸去，滿手是血，急忙倒退，左腳在櫈上絆了，險些跌倒，甚是狼狽。萬門八弟子縱聲大笑。

狄雲大怒，返身抽出枕頭底下長劍，躍出窗去，見萬門八弟子人人臉色不善，不禁暗自嘀咕，雖是有氣，但念及師父曾一再叮囑，千萬不可和師伯門人失和，說道：「你們要怎樣？」萬圭長劍虛擊，在空中嗡嗡作響，說道：「狄師兄，你今日逞強出頭，只道我荊州萬家門中人人都死光了，是不是？還是說我萬家門中，沒一個及得上你狄大哥的身手？」

狄雲搖頭道：「那人弄髒了我師父的衣服，我自然要他賠，這關你甚麼事？」

萬圭冷冷的道：「你在衆位賓客之前成名立萬，露了好大的臉，卻教我師兄弟八人全鬧得灰頭土臉。別說再到江湖上混，便是這荊州城中，我們師兄弟也沒立足之地了。你今日的所作所爲，不也太過份了麼？」狄雲愕然道：「我……我不知道啊。」

萬門大弟子魯坤道：「三師弟，這小子裝蒜，跟他多說甚麼？伸量他一下子。」

萬圭長劍遞出，指向狄雲左肩。狄雲識得這一劍乃是虛招，身形不動，亦不伸劍擋架。萬圭斜劍收回，給他識破劍招，更是著惱，說道：「好哇，你不屑跟我動手！」狄雲道：「師父吩咐過的，千萬不可跟師伯的門人比試。」

突然間嗤的一聲，萬圭長劍刺出，在他右手衣袖上刺破了一條長縫。

狄雲對這件新衣甚是寶愛，平白無端的給他刺破，再也忍耐不住，喝道：「你刺破我衣服，要你賠。」萬圭冷冷一笑，挺劍又刺向他的左袖。狄雲迴劍斜削，噹的一聲，格開來劍，乘勢還擊。兩人這一交上手，便即越鬥越快。兩人所學劍法一脈相承，鬥到十餘招後，狄雲興發，一劍劍竟往萬圭要害處刺去。

周圻叫道：「嘿！這小子當眞要人性命麼？三師弟，手下別容情了。」

狄雲一驚，暗想：「我若一個失手，眞的刺傷了他，那可不好。」手上攻勢登緩。萬圭還道他劍法不及自己，劍招綿綿不絕，來勢凌厲。狄雲連連倒退，喝道：「我又不跟你眞打。你幹甚麼了？」萬圭道：「幹甚麼？要刺你幾個透明窟窿！」嗤的一劍，踏中宮直刺。狄雲斜身閃左，見他右肩露出破綻，長劍倒翻上去，這一劍若是直削，萬圭肩頭非受重傷不可，狄雲手腕略翻，劍刃平轉，啪的一聲，在他肩上拍了一下。

他只道這一來勝負已分，萬圭該當知難而退，他平日和師妹比劍，一到這個地步便即罷手，不料萬圭俊臉脹紅，挺劍直刺。狄雲猝不及防，左腿上一陣劇痛，已然中劍。

魯坤、周圻等拍手歡呼，說道：「小子，躺下罷！」「認輸便饒了你！」「戚師叔調教出來的鄉巴佬門徒，原不過是這幾下三腳貓把式！」

狄雲腿上中劍後本已大怒，聽這些人出言辱及師父，更加怒發如狂，一咬牙，長劍如疾風驟雨般攻了過去。萬圭見對方勢如瘋虎，不禁心有怯意，他自幼嬌生慣養，劍法雖練得不錯，這般拚命的惡鬥究竟從未經歷過，心中一怕，劍招便見散亂。

卜垣見三師兄堪堪要敗，拾起一塊磚頭，用力投向狄雲後心。

狄雲全神貫注的正和萬圭鬥劍，突然間背心上一痛，給磚頭重重擲中。他回頭罵道：「不要臉，兩個打一個麼？」卜垣道：「甚麼，你說甚麼？」

狄雲心道：「今日你們便是八人齊上，我也不能丟了師父的臉面。」不顧腿上和背心疼痛，一劍劍向萬圭刺去，憤怒之下，早忘了師父的囑咐。這時他劍招已不成章法，破綻百出，但漏洞雖多，氣勢卻盛，萬圭狼狽閃架，已不敢進攻。

卜垣向六師弟吳坎使個眼色，說道：「三師兄劍法高明，這小子招架不住，倘若傷了他性命，戚師叔臉上須不好看，咱倆上前掠掠陣罷！」吳坎會意，點頭道：「不錯。咱哥兒倆留點兒神，別讓三師兄劍下傷人。」兩人一左一右，颼颼兩劍，齊往狄雲脅下刺去。

狄雲的劍法本來也沒比萬圭高明多少，全仗一鼓作氣的猛攻，這才佔得了上風。卜垣和吳坎上前一夾攻，他以一敵三，登時手忙足亂，嚓的一聲，左腿上又已中劍。這一劍傷得不輕，他再也站立不定，一交坐倒，手上長劍卻並不摔脫，仍不住擋格三人刺來的劍招。魯坤冷哼一聲，搶上來右足飛出，踢中他手腕，狄雲拿揑不住，長劍脫手飛出，跌入樹叢。萬圭長劍直出，劍尖抵住他咽喉。卜垣和吳坎哈哈一笑，躍後退開。

萬圭得意洋洋的笑道：「鄉下佬，服了麼？」狄雲喝道：「服你個屁！你們四個打我一個，算甚麼好漢？」萬圭劍尖微微前送，陷入他咽喉的軟肉數分，喝道：「你還敢嘴硬！我再使一點力，立時割斷了你喉管。」狄雲罵道：「你使力啊，你有種便割斷我喉管。不使力的是烏龜王八蛋！」萬圭目露兇光，左足疾出，在他肚子上重重踢了一腳，罵道：「臭賊，你嘴巴還硬不硬？」

這一腳只踢得狄雲五臟六腑猶如倒轉了一般，險些呻吟出聲，但咬牙強自忍住，罵道：「臭雜種，王八蛋！」萬圭又是一腳，這一次踢在他面門鼻梁。狄雲但覺眼前金星亂冒，幾欲暈去，欲待張口再罵，卻罵不出聲了。

萬圭冷笑道：「今日便饒了你。你快向師父師妹哭訴去，說我們人多勢眾，打了你啦！料你這膿包貨定要去哭哭啼啼。」狄雲怒道：「哭訴甚麼？大丈夫報仇，只自己一個兒動手。」萬圭正要他說這一句話，更激他道：「給你臉上留些記認，好教你師父開口來問。」說著在他左眼右臉重重的各踢一腳。狄雲登時半邊臉腫了起來，左眼淚水模糊。卜垣拍手笑道：「嘿嘿，大丈夫哭啦！英雄變狗熊啦！」

狄雲氣得肚子眞要炸了開來，心想你到我師父家裏來，我好好的招待你，買酒殺雞，那一點對你不起，此刻卻如此損我。

萬圭道：「你打不過我，不妨去向我爹爹哭訴，要我爹爹罵我，代你出了這口鳥氣。『嗚嗚嗚，萬師伯，你的八個弟子，打得我爬在地下痛哭求饒。嗚嗚嗚，萬師伯，你不主持公道嗎？』」狄雲道：「你這種沒骨頭的胚子，才向大人哭訴！」

萬圭和魯坤、卜垣相視一笑，心想今日的悶氣已出，當即回劍入鞘，說道：「好小子！你有種的明天再來打過，少爺可要失陪了！」八個人嘻嘻哈哈的揚長而去。

狄雲瞧著這八人背影，心中又氣惱，又不解，自忖：「我既沒得罪他們，更沒得罪他們師父，爲甚麼平白無端的來打我一頓？難道城裏人都這般蠻不講理麼？」勉強支撐著站起身來，頭腦一暈，又坐倒在地。

忽聽得身後一人唉聲嘆氣的說道：「唉，打不過人家，就該磕頭求饒啊，這麼白白地挨了一頓揍，這不冤麼？」狄雲怒道：「寧可給人家打死，也不磕頭！」回過頭來，只見一人弓身曲背，拖著鞋皮，慢吞吞的走來，但見他蓬頭垢面，便是日間所見的那個老丐。

那老丐道：「唉，人老了，背上風濕痛得厲害。小夥子，你給我背上搥搥。」狄雲正一肚子火，哼了一聲，沒去理他。那老丐嘆道：「誰教我絕子絕孫，人到老來，沒個親人照顧，哎唷，哎唷……」撐著竹棒，一步步的走遠。

狄雲見那老丐背影顫抖得厲害，自己剛給人狠狠打了一頓，不由得起了同病相憐之心，叫道：「喂，我這裏還有幾十文錢，你拿去買饅頭吃罷！」

那老丐一步步的挨了回來，接過銅錢，說道：「我背上風濕痛得厲害，你給我搥搥！」狄雲道：「好，我包了腿上的傷口再說。」那老丐道：「你就只顧自己，不顧人家，算甚麼英雄好漢？」狄雲給他一激，便道：「好！我給你搥！」坐倒在地，伸拳給他搥背。搥得兩拳，那老丐道：「好舒服，再用力些！」狄雲加重勁力。那老丐道：「可惜力道太輕。」狄雲又加重了些。老丐道：「唉，不中用的小夥子啊，挨了一頓揍，便死樣活氣，連給老人家搥背的力道也沒了。這種人活在世上有甚麼用？」

狄雲怒道：「我一使力氣，只怕打斷了你的老骨頭。」老丐笑道：「你要是打得斷我的老骨頭，就不會躺在地下又給人家踢、又給人家揍了。」狄雲大怒，手上加力。那老丐道：「嗯，這樣才有些意思，不過還是太輕。」狄雲砰的一拳，使勁擊出。老丐笑道：「太輕，太輕，不管用。」狄雲道：「老頭兒，你別開玩笑，我可不想打傷你。」那老丐冷笑道：「憑你也打得傷我？你使足全力，打我一拳試試。」

狄雲右臂運勁，待要揮拳往他背上擊去，月光下見到他老態龍鍾的模樣，心中一軟，放鬆了勁力，說道：「誰來跟你一般見識！」輕輕在他背上搥了一下。

突然之間，只覺腰間給人一托一摔，身子便如騰雲駕霧般飛了起來，砰的一聲，摔入草叢之中，只跌得頭暈眼花，老半天才爬起身。他慢慢掙扎著站起，並不發怒，只是說不出的驚奇，怔怔的瞧著老丐，問道：「是你……是你摔我的麼？」

那老丐道：「這裏還有別人沒有？不是我還有誰？」狄雲道：「你用甚麼法子摔我

的？」那老丐道：「舉頭望明月，低頭思故鄉。」狄雲奇道：「這是師父教我的劍法啊，你……你怎知道？」那老丐道：「拳招劍法，都是一樣。再說，你師父也沒教對。」

狄雲怒道：「我師父教得怎麼不對了？憑你這老叫化也敢說我師父的不是？」那老丐道：「要是你師父教得對了，爲甚麼你打不過人家？」狄雲道：「他們三四個打我一個，我自然打不過，若是一個對一個，你瞧我輸不輸？」那老丐笑道：「哈哈，打架嘛，講甚麼一個打一個？你要單打獨鬥，人家不幹，那怎麼辦？要不是跪下磕頭，就得認命挨打。一個人打得贏十個八個，那才是好漢子。」狄雲心想這話倒也不錯，說道：「他們是我師伯的弟子，劍法跟我差不多，我一個怎鬥得過他們八個？」

那老丐道：「我教你幾手功夫，讓你一個打贏他們八個，你學不學？」

狄雲大喜，道：「我學，我學！」但轉念一想，世上未必有這種本領，而這年紀老邁的乞丐更加不似身有上乘武功之人，正自躊躇不定，突然背心給人一抓，身子又飛了起來，這次在空中身不由主的連翻了兩個觔斗，飛得高，落下來時跌得更重，手臂在地下一撐，關節險些折斷，爬起身來時，痛得話也說不出來，心中卻歡喜無比，叫道：「老……老伯伯，我……我跟你學。」

那老丐道：「我今天教你幾招，明兒晚上，你再跟他們到這裏來打過，你敢不敢？」

狄雲心想：「你武功雖高，我在一天之內又如何學得會？」但想到要跟萬圭、魯坤這干人再打，不由得豪氣勃發，說道：「我敢！最多再挨一頓揍，沒甚麼大不了！」

那老丐左手倏出，抓住他後頸，將他重重往地下一擲，罵道：「臭小子，我既教了你武功，你怎麼還會挨他們的揍？你信不過我麼？」狄雲給他抓住後頸，便即出力掙扎，但穴道遭拿，使不出半點力道，雖摔得甚痛，卻只有更加歡喜，忙道：「對，對！是我說錯了，請你老人家快教罷！」

那老丐道：「你把學過的劍法使給我瞧，一面使，一面唸劍招的名稱！」狄雲應道：「是！」見腿上傷處不斷流血，便草草裹好傷口，到樹叢中找回自己長劍，依著師父所授，一招招的使動，口中唸著劍招名稱，到後來越使越順，嘴裏也越唸越快。

他正練到酣處，忽聽那老丐哈哈大笑，不禁愕然收劍，問道：「我練得不對麼？」那老丐不答，兀自捧住肚子，笑彎了腰，站不直身子。狄雲微有怒意，道：「就算我練得不對，也沒甚麼好笑。」

那老丐突然止笑，嘆道：「戚長發啊戚長發，你這一番狠勁，當眞了得。」搖了搖頭，道：「把劍給我。」狄雲倒轉劍柄，遞了過去。那老丐接過長劍，輕輕唸道：「孤鴻海上來，池潢不敢顧。」將長劍舞了開來。他一劍在手，霎時之間便如換了一個人一般，身形沉穩，劍勢飄逸，那裏還是適才這般龍鍾委瑣？

狄雲看了幾招，忽有所悟，說道：「老伯，日裏我跟那呂通相鬥，是你故意擲那飯碗幫我的麼？」那老丐怒道：「那還用說？六合手呂通的武功比你傻小子強得太多，憑你這點兒道行，還能打發他了？」他一面說，一面繼續使劍。狄雲聽他所唸口訣和師父所授並無分別，只字音偶有差異，但劍招卻大不相同。

那老丐左手捏個劍訣，右手長劍陡然遞出，猛地裏劍交左手，右手反過來啪的一聲，重重打了他個耳光。狄雲嚇了一跳，撫著面頰怒道：「你……你為甚麼打人？」老丐笑道：「我教你劍招，你卻在胡思亂想，這不該打麼？」

狄雲心想原是自己的不是，當即心平氣和，說道：「不錯，是我不好。我瞧你說的招數跟我師父一樣，劍法可全然不同，覺得很奇怪。」那老丐問道：「是你師父教的好，還是我使的好？」狄雲心下明知是那老丐使得好，嘴裏卻不肯認，搖頭道：「我不知道。」

老丐拋劍還他，道：「咱們比劃比劃。」狄雲道：「我本事跟你老人家差得太遠，比你不過。」老丐冷笑道：「嘿，傻小子還沒傻得到家。」手中竹棒一抖，以棒作劍，向狄雲刺來。狄雲橫劍擋格，見老丐竹棒停滯不前，當即振劍反刺。那知他劍尖只一抖動，老丐的竹棒如靈蛇暴起，向前一探，已點中了他肩頭。

狄雲心悅誠服，大叫：「妙極，妙極。」橫劍前削。那老丐翻過竹棒，平靠他劍身，狄雲運勁反推，那老丐的竹棒連轉幾個圈子，將他勁力全引到了相反方向。狄雲拿揑不住，長劍脫手飛出。他一呆之下，說道：「老伯，你的劍招眞高。」

那老丐竹棒伸出，搭住空中落下的長劍，棒端如有膠水，竟將鐵劍黏了回來，說道：「你師父一身好武功，就只教了你這些嗎？嘿嘿，希奇古怪。」搖搖頭又道：「你門中這套『唐詩劍法』，每一招都是從一句唐詩中化出來的……」狄雲道：「甚麼『唐詩劍法』？師父說是『躺屍劍法』，幾劍出去，敵人便躺下變成了屍首。」

那老丐嘿嘿笑了幾聲，說道：「是『唐詩』，不是『躺屍』！你師父跟你說是『躺屍』

嗎？可笑，可笑！這兩招『孤鴻海上來，池潢不敢顧』，是說一隻孤孤單單的鴻鳥，從海上飛來，見到陸地上的小小池沼，並不棲息，瞧也不去瞧它。這兩句詩是唐朝的宰相張九齡做的，他比擬自己身分清高，不喜跟人爭權奪利。將之化成劍法，顧盼之際要有一股飄逸自豪的氣息。他所謂『不敢顧』，是『不屑瞧它一眼』的意思。你師父卻教你讀作甚麼『哥翁喊上來，是橫不敢過』，結果前一句變成大聲疾呼，後一句成爲畏首畏尾。劍法的原意是蕩然無存了。你師父當眞了不起，『鐵鎖橫江』，教徒弟這樣教法，嘿嘿，厲害，厲害！」說著連連冷笑。

狄雲怔怔的聽著，聽得他話中咬文嚼字，雖然不大懂，卻也知他說得很對，狄雲向來敬愛師父，聽他將師父說得一無是處，到後來更肆意譏嘲，心下難過，忽地轉身，說道：「我要去睡了！不學了。」

那老丐奇道：「爲甚麼？我說得不對麼？」狄雲道：「你或許說得很對。但你說我師父的不是，我寧可不學。我師父是莊稼人，不識字，或者當眞不懂你說的那一套……」那老丐笑道：「你師父不識字？哈哈，這可奇了。」狄雲氣憤憤的道：「莊稼人不識字，有甚麼好笑？」那老丐哈哈一笑，伸手撫他頭頂，道：「很好，很好！你這小子心地厚道，我就是喜歡你這種人。我向你認錯，從此不再說你師父半句不是，行不行？」狄雲轉怒爲喜，笑道：「你只要不編排我師父，我向你磕頭。」說著跪倒在地，咚咚咚的磕了幾個響頭。

那老丐笑吟吟的受了他這幾拜，隨即解釋劍招，如何「忽聽噴驚風，連山若布逃」，其實是「俯聽聞驚風，連山若波濤」；如何「老泥招大姐，馬命風小小」，乃是「落日照大旗，馬鳴風蕭蕭」。在湘西土音中，這「泥」字和「日」字卻也差不多。那老丐言語之中，當眞再也不提戚長發半句，單是糾正狄雲劍法中的錯失。

那老丐道：「你劍法中莫名其妙的東西太多，一時也說不完。我教你三招功夫，明兒你再跟這八個不成器的小子打過，用心記住了。」

狄雲精神一振，用心瞧那老丐使竹棒比劃。第一招是「刺肩式」，敵人若一味防守，那就永遠刺他不著，但他只消一出招相攻，破綻便露，立時便可後發先至，刺中他肩頭。第二招「耳光式」，便是那老丐適才劍交左手、右手反打他耳光的這一招。這一招古怪無比，就算敵人明知自己要劍交左手，反手打他耳光，但閃左打左，閃右打右，越閃避越打得重。第三招是「去劍式」，適才老丐用竹棒令他長劍脫手，便是這一招。

這三記招式，那老丐都曾在狄雲身上用過，本來各有一個典雅的唐詩名稱。但那老丐知道他西瓜大的字識不上幾擔，教他詩句，徒亂心神，於是改用了三個一聽便懂的名稱。狄雲並不如何聰明，性子卻極堅毅。這三招足足學了一個多時辰，方始純熟。

那老丐笑道：「好啦！你得答應我一件事，今晚我教你劍法之事，不得跟誰說起，連你師父和師妹也不能說，否則……」狄雲敬師如父，對這位嬌憨美貌的師妹又私戀已久，說有甚麼事要瞞住師父、師妹，那可比甚麼都難，一時躊躇不答。

那老丐嘆道：「此中緣由，一時不便細說，你若洩露了今晚之事，我性命難保，定要死在五雲手萬震山的劍底。」狄雲吃了一驚，奇道：「老伯伯，你武功這麼高強，怎會怕我師伯？」那老丐不答，揚長便去，說道：「你是否有心害我，那全瞧你自己了。」狄雲忙追了上去，說道：「我多謝老伯伯還來不及，怎會害你性命？我要是洩漏一字半句，教我天誅地滅。」那老丐點點頭，嘆了口氣，足不停步的走了。

狄雲呆了一陣，忽然想起沒問那老丐的姓名，叫道：「老伯伯，老伯伯！」但那老丐沒入樹叢之中，已影蹤不見了。

次日清晨，戚長發見狄雲目青鼻腫，好生奇怪，問道：「跟誰打架了，怎麼傷成這個樣子？」狄雲不善說謊，支吾難答。戚芳笑道：「還不是昨天給那個甚麼大盜呂通打的麼？」戚長發決計想不到昨晚之事，也不再問。

戚芳拉了拉狄雲的衣襟，兩人從邊門出去，來到一口井邊，見四下無人，便在井欄圈上坐了下來。戚芳問道：「師哥，你昨晚跟誰打架了？」狄雲囁嚅未答。戚芳道：「你不用瞞我，昨天你跟呂通相鬥，他一拳一腳打在你身上甚麼地方，我全瞧得清清楚楚，他可沒打中你眼睛。」狄雲料知瞞她不過，心想：「我只要不說那老伯伯的事，就不要緊。」於是將萬門八弟子如何半夜裏前來尋釁、如何比劍、如何落敗受辱的事一一都說了。

戚芳越聽越怒，一張俏臉脹得通紅，氣憤憤的道：「他們八個人打你一個，算甚麼好漢？」狄雲道：「倒不是八個人一齊出手，是三四個打我一個。」戚芳怒道：「哼，他們三四個聯手打你，已經贏了，其餘的就不必動手。倘若三四個打不過，還不是五六個、七八個一起下場?」狄雲點頭道:「那多半會這樣。」

戚芳霍地站起,道:「咱們跟爹爹說去,教萬震山評評這個理看。」她盛怒之下,連「萬師伯」也不稱了,竟直呼其名。

狄雲忙道:「不,我打架打輸了,向師父訴苦,那不是教人瞧不起嗎?」昨晚萬門八弟子臨走時那套說話,叫他去向師父、師伯訴苦,原是意在激得他不好意思去向戚長發、萬震山投訴,狄雲果然墮入他們計中。

戚芳哼了一聲,見他衣衫破損甚多,心下痛惜,從懷中取出針線包,就在他身上縫補。她頭髮擦在狄雲下巴,狄雲只覺癢癢的,鼻中聞到她少女的淡淡肌膚之香,不由得心神蕩漾,低聲道:「師妹!」戚芳道:「空心菜,別說話!別讓人冤枉你作賊。」江南三湘一帶民間迷信,穿著衣衫讓人縫補或釘綴鈕扣之時,若說了話,就會給人冤賴偷東西。「空心菜」卻是戚芳給狄雲取的綽號,笑他直肚直腸,沒半點機心。

這日晚間,萬震山在廳上設了筵席宴請師弟,八個門下弟子在下首相陪,十二人團團坐了一張圓桌。

酒過三巡,萬震山見狄雲嘴唇高高腫起,飲食不便,說道:「狄賢姪,昨兒辛苦了你,來來來,多吃一點。」夾了一隻雞腿,放在他碟中。周圻鼻中突然哼的一聲。

戚芳早滿肚是火,這時再也忍耐不住,大聲道:「萬師伯,我師哥這些傷,不是呂通打的,是你八位高徒聯手打的。」萬震山和戚長發同時吃了一驚,問道:「甚麼?」

萬門第八弟子沈城年紀最小，卻十分伶牙俐齒，搶著說道：「狄師哥打贏了呂通，說師父你老人家膽小怕事，不敢和呂通動手，全靠他狄師哥出馬，才趕走了他，沒讓你老人家出醜。我們氣不過……」萬震山臉上變色，但隨即笑道：「是啊，這原是全仗狄賢姪給我們挽回了顏面。」沈城道：「萬師哥聽他口出狂言，實在氣不過，這才約狄師哥比劍，好像是萬師哥佔了先。」

狄雲怒道：「你……你胡說八道……我……我幾時……」他本就不善言辭，聽得沈城撒謊誣衊，又急又怒之下，更加結結巴巴的說不出話來。

萬震山道：「怎麼是圭兒像佔了先？」沈城道：「昨晚萬師哥和狄師哥怎麼比劍，我們都沒瞧見。今天早晨萬師哥跟大夥說起，好像是萬師哥用一招……用一招……」他轉頭問萬圭道：「萬師哥，你用一招甚麼招數勝了狄師哥的？」萬圭道：「是『長安一片月，萬戶擣衣聲』！」他二人一搭一檔，將「八人聯手」之事推了個一乾二淨。萬圭怎樣勝了狄雲，旁人見都沒見到，自然談不上聯手相攻了。沈城不過十五六歲年紀，一副天真爛漫的樣子，誰都不信他會撒謊。

萬震山點了點頭，道：「原來如此。」

戚長發氣得滿臉通紅，伸手一拍桌子，喝道：「雲兒，我千叮萬囑，叫你不可和萬師伯門下衆師兄失了和氣，怎地打起架來了。」狄雲聽得連師父也信了沈城的話，只氣得渾身發抖，道：「師父……我……我……我沒有……」戚長發劈頭劈臉一記耳光打了過去，喝道：「做錯了事，還要抵賴！」狄雲不敢閃避，戚長發這一掌打得好重，狄雲臉頰本就青腫，登時腫上加腫。戚芳急叫：「爹，你也不問問清楚。」

狄雲狂怒之下，牛脾氣發作，突然縱身跳起，搶過放在身後几上的長劍，拔劍出鞘，躍在廳心，叫道：「師父，這萬……萬圭說打敗了我，教他再打打看。」戚長發大怒，喝道：「你回不回來？」離座出去，又要揮拳毆擊。戚芳一把拉住，叫道：「爹爹！」

狄雲大叫：「你們八個人再來打我，有種的就一齊來。那一個不來，便是烏龜兒子王八蛋。」他急怒之下，口不擇言，亂罵起來，沒想到這句話已罵到了萬師伯。

萬震山眉頭一皺，說道：「既是如此，你們去領教領教狄師哥的劍法也是好的。」八名弟子巴不得師父有這句話，各人提起長劍，分佔八方，將狄雲圍在垓心。

狄雲大聲叫道：「昨兒晚上是八個狗雜種打我一人，今日又是八個狗雜種……」戚長發喝道：「雲兒，你胡說些甚麼？比劍就比劍，是比嘴上伶俐麼？」

萬震山聽他左一句「王八蛋」，右一句「狗雜種」，心下也動了真怒，這八人中的萬圭是他親生兒子，狄雲如此亂罵，口口聲聲便是罵在他的頭上。他見八個弟子分站八方，隱然有分進合擊之勢，喝道：「狄師兄瞧不起咱們，要以一個鬥八個，難道咱們自己也瞧不起自己？」

大弟子魯坤道：「是，衆位師弟退開，讓我先領教狄師哥的高招。」五弟子卜垣最工心計，昨晚見到狄雲與萬圭動手，這鄉下佬武功不弱，這時情急拚命，大師兄未必能勝，如讓他先贏得一仗，縱然再有人將他打敗，也已折了萬門銳氣，同門中劍術以四師兄孫均爲第一，最好讓孫均一上手便將他打敗，令他再也說嘴不得，便道：「大師哥是咱們同門表率，何必親自出馬？讓四師哥教訓教訓他也就是了。」

魯坤一聽，已明其意，微笑道：「好，四師弟，咱們瞧你的了。」左手一揮，七人一齊退開，只賸孫均一人和狄雲相對。

孫均沉默寡言，常常整天不說一句話，是以能潛心向學，劍法在八同門中最強。他見師兄弟推己出馬，當即長劍一立，低頭躬身，這一招叫做「萬國仰宗周，衣冠拜冕旒」，乃是極具禮敬的起手劍招。但當年戚長發向狄雲說劍之時，卻將這招的名稱說做「飯角讓粽臭，一官拜馬猴」。意思是說：「我是好好的大米飯，你是一隻臭粽子，外表上讓你一下，恭敬你一下，我心裏可在罵你！我是官，你是猴子，我拜你，是官拜畜生。」狄雲見他施出這一招，心下更怒，當下也是長劍一立，低頭躬身，還了他一招「飯角讓粽臭，一官拜馬猴」，針鋒相對，毫不示弱。

他只這麼一躬身，身子尚未站直，長劍劍尖已向孫均小腹上刺了過去。萬門羣弟子齊聲驚呼。孫均迴劍擋格，錚的一聲，雙劍相擊，兩人手臂上各是一麻。

魯坤道：「師父，你瞧這小子下手狠不狠？他簡直是要孫師弟的命啊。」萬震山心下暗暗驚異：「這鄉下小子幹麼如此憤激，一上來就是拚命？」

但聽得錚錚錚錚數聲連響，狄雲和孫均快劍相搏，拆到十餘招後，孫均長劍微斜，小腹間露出破綻。狄雲一聲大喝，挺劍直進，孫均迴過長劍，已將他長劍壓住，左手出掌，啪的一聲，正擊在他胸口。萬門羣弟子齊聲喝采，有人叫了起來：「一個也打不過，還吹大氣打八個麼？」狄雲身子退晃，抽起長劍，猶如疾風驟雨般一陣猛攻。孫均擋得幾招，發劍回攻，狄雲突然間長劍抖動，噗的一聲輕響，已刺入了孫均肩頭，正是那老丐所授的「刺肩式」。

這一招「刺肩式」突如其來，誰也料想不到。但見孫均肩頭鮮血長流，身子搖晃，萬門羣弟子齊聲呼喝。魯坤和周圻雙劍齊出，向狄雲攻了上去。狄雲長劍左一刺，右一戳，噗噗兩聲，魯坤和周圻右肩分別中劍，手中長劍先後落地。

萬震山沉著臉，叫了聲：「很好！」

萬圭提劍搶上，凝目怒瞪狄雲，突然一聲暴喝，颼颼颼連刺三劍。狄雲順勢擋開，劍交左手，右手反將過來，啪的一聲響，重重打了他一記耳光。這一招更加來得突然，萬圭一怔之間，狄雲已飛起左腿，踹在他胸口。萬圭抵受不住，坐倒在地。卜垣搶上相扶，狄雲不讓他走近，挺劍刺出，卜垣只得舉劍招架。吳坎、馮坦、沈城三人見狄雲如此兇猛，而萬圭坐在地下，一時站不起身，驚怒之下，各操兵刃圍了上來。

戚長發雙目瞪視，臉色茫然，不知如何是好。

戚芳叫道：「爹爹，他們大夥兒打師哥一人，快，快救他啊。」拔出腰間佩劍，搶在狄雲身邊，代他擋開吳坎與馮坦刺來的兩劍。

忽然聽得鐵鍊曳地的聲音，
四名獄卒架了那兇徒回來，
狄雲睜開眼來，只見那兇徒全身是血，
顯是剛給狠狠的拷打了一頓。

牢獄 二

萬家的家丁婢僕聽得兵刃相交，都擁到廳上觀鬥。叮叮噹噹兵刃撞擊聲中，白光閃耀，一柄柄鐵劍飛了起來。一柄跌入了人叢，衆婢僕登時亂作一團，一柄摔上了席面，更有一柄直插入頭頂橫樑。頃刻之間，卜垣、吳坎、馮坦、沈城四人手中的長劍，都讓狄雲以「去劍式」絞奪脫手。

萬震山雙掌一擊，笑道：「很好，很好！戚師弟，難爲你練成了『連城劍法』！恭喜，恭喜！」聲音中卻滿是淒涼之意。

戚長發一呆，問道：「甚麼『連城劍法』？」

萬震山道：「狄世兄這幾招，不是『連城劍法』是甚麼？坤兒、圻兒、圭兒，大夥都回來。你們狄師兄學的是戚師叔的『連城劍法』，你們如何是他敵手？」又向戚長發冷笑道：「師弟，你裝得眞像，當眞大智若愚！『鐵鎖橫江』，委實了不起。」

狄雲連使「刺肩式」、「耳光式」、「去劍式」三路劍招，片刻之間便將萬門八弟子打得大敗虧輸，自是得意，只勝來如此容易，心中反而胡塗了，不由得手足無措，瞧瞧師父，瞧瞧師妹，又瞧瞧師伯，不知說甚麼話好。戚長發走近身去，接過他手中鐵劍，突然劍尖抖起，指向他咽喉，喝道：「這些劍招，你跟誰學的？」

狄雲大吃一驚，他本來凡事不敢瞞騙師父，但那老丐說得清清楚楚，若洩露了傳劍之事，定要送了那老丐性命，自己因此而立下重誓，決不吐露一字半句，便道：「師……師父，是弟子……弟子自己想出來的。」

戚長發喝道：「你自己想得出這般巧妙的劍招？你……你竟膽敢對我胡說八道！再

不實說，我一劍要了你小命。」手腕向前略送，劍尖刺入他咽喉數分，劍尖上已滲出鮮血。

戚芳奔了過來，抱住父親手臂，叫道：「爹！師哥跟咱們寸步不離，又有誰能教他武功了？這些劍招，不都是你老人家教他的麼？」

萬震山冷笑道：「戚師弟，你何必再裝腔作勢？令愛都說得明明白白了。『鐵鎖橫江』的高明手段，不必使在自己師哥身上。來來來！老哥哥賀你三杯！」說著滿滿斟了兩杯酒，仰脖子先喝了一杯，說道：「做哥哥的先乾爲敬！你不能不給我這個面子。」

戚長發哼的一聲，抛劍在地，回身接過酒杯，連喝了三杯，側過了頭沉思，滿臉疑雲，喃喃說道：「奇怪，奇怪！」

萬震山道：「戚師弟，我有一件事，想跟你談談，咱們到書房中去說。」戚長發點了點頭。萬震山攜著他手，師兄弟倆並肩走向書房。

萬門八弟子面面相覷。有的臉色鐵青，有的喃喃咒罵。

沈城道：「我小便去！給狄雲這小子這麼一下子，嚇得我屎尿齊流。」魯坤沉臉喝道：「八師弟，你丢的醜還不夠麼？」沈城伸了伸舌頭，匆匆離席。他走出廳門，到廁所去轉了轉，躡手躡腳的便走到書房門外，側耳傾聽。

只聽得師父的聲音說道：「戚師弟，十多年來揭不破的謎，到今日才算眞相大白。」聽得戚長發的聲音道：「小弟不懂，甚麼叫做眞相大白。」

「那還用我多說麼？師父他老人家是怎麼死的？」

「師父失落了一本練武功的書，找來找去找不到，鬱鬱不樂，就此逝世。你又不是不知道，何必問我？」

「是啊。這本練武的書，叫做甚麼名字？」

「我怎麼知道？你問我幹甚麼？」

「我卻聽師父說過，叫做『連城訣』。」

「甚麼練成、練不成的，我半點也不懂。」

「知之者不如好之者，好之者不如甚麼？」

「不如樂之者！」

「嘿嘿，哈哈，呵呵！」

「有甚麼好笑？」

「你明明滿腹詩書，卻裝作粗魯不文。咱們同門學藝十幾年，誰還不知道誰的底？你不懂『連城訣』三字，又怎背得出《論語》、《孟子》？」

「你是考較我來了，是不是？」

「拿來！」

「拿甚麼來？」

「你自己知道，還裝甚麼蒜？」

「我戚長發向來就不怕你。」

沈城聽師父和師叔越吵越大聲，害怕起來，急奔回廳，走到魯坤身邊低聲道：「大師兄，師父跟師叔吵了起來，只怕要打架！」

魯坤一怔，站起身來道：「咱們瞧瞧去！」周圻、萬圭、孫均等都急步跟去。

戚芳拉拉狄雲的衣袖，道：「咱們也去！」狄雲點點頭，剛走出兩步，戚芳將一柄長劍塞在他手中。狄雲一回頭，只見戚芳左手中提著兩把長劍。狄雲問道：「兩把？」戚芳道：「爹沒帶兵刃！」

萬門八弟子都臉色沉重，站在書房門外。狄雲和戚芳站得稍遠。十個人屏息凝氣，聽著書房中兩人爭吵。

「戚師弟，師父他老人家的性命，明明是你害死的。」那是萬震山的聲音。

「放屁，放你媽的屁，萬師哥，你話說得明白些，師父怎麼會是我害死的？」戚長發盛怒之下，聲音大異，變得十分嘶啞。

「師父他那本《連城訣》，難道不是你戚師弟偷去的？」

「我知道甚麼連人、連鬼的？萬師哥，你想誣賴我姓戚的，可沒這麼容易。」

「你徒兒剛才使的劍招，難道不是連城劍法？為甚麼這般輕靈巧妙？」

「我徒兒生來聰明，是他自己悟出來的，連我也不會。那裏是甚麼連城劍法了？你叫卜垣來請我，說你已練成了連城劍法，我正要向你請問。這兩天你做壽太忙，還沒問。萬師哥，你說過這話沒有？咱們叫卜垣來對證啊！」

門外各人的眼光一齊向卜垣瞧去，見他神色甚為難看，顯然戚長發的話不假。狄雲和戚芳對視一眼，都點了點頭，心想：「卜垣這話我也聽見的，要想抵賴那可不成。」

只聽萬震山哈哈笑道：「我自然說過這話。若不是這麼說，如何能騙得你來。戚長發，我來問你，你說從來沒聽見過『連城劍法』的名字，爲甚麼卜垣一說我已練成連城劍法，你就巴巴的趕來？你還想賴嗎？」

「啊哈，姓萬的，你是騙我到江陵來的？」

「不錯，你將劍訣交出來，再到師父墳上磕頭謝罪。」

「爲甚麼要交給你？」

「哼，我是大師兄。」

房中沉寂了半晌，只聽戚長發嘶啞的聲音道：「好，我交給你。」

門外衆人一聽到「好，我交給你」這五個字，都不由自主的全身一震。狄雲和戚芳恨不得有個地洞可以鑽將下去。魯坤等八人向狄戚二人投以鄙夷之色。戚芳又氣惱，又感到萬分屈辱，眞想不到爹爹竟會做出這等不要臉的事來。

突然之間，房中傳出萬震山長聲慘呼，悽厲異常。

萬圭驚叫：「爹！」飛腿踢開房門，搶了進去。只見萬震山倒在地下，胸口插著一柄明晃晃的匕首，身邊都是鮮血。窗子大開，兀自搖晃，戚長發卻已不知去向。

萬圭哭叫：「爹，爹！」撲到萬震山身邊。

戚芳口中低聲也叫：「爹，爹！」身子顫抖，握住了狄雲的手。

魯坤叫道：「快，快追兇手！」和周圻、孫均等紛紛躍出窗去，大叫：「捉兇手，捉兇手啊！」狄雲見萬門八弟子出去追趕師父，這一下變故，嚇得他六神無主，不知如何才好。

戚芳又叫了一聲：「爹爹！」身子連晃，站立不定。狄雲忙伸手扶住，低下頭來，但見萬震山的屍身雙目緊閉，臉上神情猙獰可怖，想是臨死時受到極大痛苦。

狄雲不敢再看，低聲道：「師妹，咱們走不走？」戚芳尚未回答，只聽得身後一個聲音說道：「你們是謀殺我師父的同犯，可不能走！」

狄雲和戚芳回過頭來，只見一柄長劍的劍尖指著戚芳後心，劍柄抓在卜垣手裏。狄雲大怒，待欲反唇相稽，但話到口邊，想到師父手刃師兄，那還有甚麼話可說？不由得低下了頭，一言不發。

卜垣冷冷的道：「兩位請回到自己房去，待咱們拿到戚長發後，一起送官治罪。」狄雲道：「此事全由我一人身上而起，跟師妹毫不相干。你們要殺要剮，找我一人便了。」卜垣猛力推他背心，喝道：「走罷，這可不是你逞好漢的時候。」狄雲只聽到外面「捉兇手啊，捉兇手啊！」的聲音，跟著街上噹、噹、噹的鑼聲響了起來，奔走呼號之聲，亂成一片，心中說不出的羞愧難當，又害怕之極，咬了咬牙，走向自己房去。

戚芳哭道：「師哥，那……那怎麼得了？」狄雲哽咽道：「我……我不知道。我去跟師父抵罪好了。」戚芳哭道：「爹爹，他……他到那裏去了？」掩臉走進自己房中。

狄雲坐在房中，心亂如麻，手足無措。其時距萬震山被殺已有兩個多時辰，他兀自呆呆坐在桌前，望著燒得只賸半寸的殘燭，不知如何是好。

這時追趕戚長發的衆人都已回轉。「兇手逃出城去了，追不到啦！」「無論如何要捉到兇手，給師父報仇！」「只怕兇手亡命江湖，再也尋他不著。」「哼！便追到天涯海角，也要捉到他碎屍萬段。」「明日大撒江湖帖子，要請武林英雄主持公道，共同追殺這卑鄙無恥的兇手。」「對，對！咱們把兇手的女兒和姓狄的小狗先宰了，祭拜師父的英靈。」「不！待明天縣太爺來驗過了屍首再說。」萬門家人弟子這些大聲議論，狄雲與戚芳都聽在耳裏，這時也都停息了。

狄雲想叫師妹獨自逃走，但想：「她年紀輕輕一個女子，流落江湖，有誰來照顧？我帶著她一同逃走罷？不，禍事由我身上而起，若不是我逞強出頭，跟萬家衆師兄打架生事，萬師伯怎會疑心我師父盜了甚麼『連城劍』劍訣？我師父最老實不過，怎會去偷甚麼劍訣？這三招劍法是那個老乞丐教我的啊。可是師父已殺了人，我這時再說出來，旁人也決不相信。我實在罪大惡極，都是我一人不好。我明天要當衆言明，爲師父辯白。可是……可是萬師伯明明是師父殺的，師父的惡名怎能洗刷得了？不，我決不能逃走，我留著給師父抵罪，讓他們殺我好了！」

正自思潮起伏，忽聽得外面屋頂上喀喇一聲輕響，一抬頭，只見一條黑影自西而東，從屋頂上縱躍而過，他險些叫出「師父」來，但凝目看去，那人身形又高又瘦，決不是師父。跟著又有一個人影緊接著躍過，這次更看明白那人手握單刀。

他心想：「他們是在搜尋師父麼？難道師父還在附近，並沒走遠？」正思疑間，忽聽得東邊屋中傳來一聲女子的驚呼。他大吃一驚，握住劍柄，立即躍起，首先想到的便是：「他們在欺侮師妹？」跟著又聽得一聲女子的呼喊：「救命！」

這聲音似乎並非戚芳，但他關心太切，那等得及分辨是否戚芳遇險，縱身便從窗口躍了出去，剛站上屋簷，又聽得那女子驚叫：「救命！救命！」

他循聲奔去，只見東邊樓上透出燈光，一扇窗子兀自搖動。他縱到窗邊，往裏張去，只見一個女子雙手給反綁在背後，橫臥在床，兩條漢子伸出手去摸她臉頰，另一個卻要解她衣衫。狄雲不認得這女子是誰，但見她已嚇得臉無人色，在床上滾動掙扎，大聲呼救。

他自己雖在難中，但見此情景，不能置之不理，當即連劍帶人從窗中撲將進去，挺劍刺向左邊那漢子的後心。右邊的漢子舉起椅子擋格，左邊的漢子已拔出單刀，砍了過來。狄雲見這兩人臉上都蒙了黑布，只露出一對眼睛，喝道：「大膽惡賊，留下命來！」唰唰唰連刺三劍。

兩條漢子不聲不響，各使單刀格打。一名漢子叫道：「呂兄弟，扯呼！」另一人道：「算他萬震山運氣，下次再來報仇！」雙刀齊舉，往狄雲頭上砍來。

狄雲見來勢兇猛，閃身避過。一條漢子飛足踢翻桌子，燭台摔下，房中登時黑漆一團。只聽得呼呼聲響，兩人躍出窗子，跟著乒乓連響，幾塊瓦片擲將過來。黑暗中狄雲看不清楚，而這高來高去的輕身功夫他原也不擅長，不敢追出。

他心想：「其中一個賊子姓呂，多半是呂通一夥報仇來了。他們還不知萬師伯已死。」忽聽床上那女子叫道：「啊喲，我胸口有一把小刀，快給我拔出來。」狄雲吃了一驚，道：「賊人刺中了你？」那女子呻吟道：「刺中了！刺中了！」

狄雲道：「我點亮蠟燭給你瞧瞧。」那女子道：「你過來，快，快過來！」狄雲聽她說得驚慌，走近一步，道：「甚麼？」

突然之間，那女子張開手臂，將他攔腰抱住，大聲叫道：「救命啊，救命啊！」狄雲這一驚比適才更加厲害，明明見她雙手已給反綁了，怎麼會將自己抱住？忙伸手去推，想脫開她摟抱，不料這女子死命的牢牢抱住他腰，一時竟推她不開。

忽然間眼前光亮，窗口伸進兩個火把，照得房中明如白晝，好幾個人同時問道：「甚麼事？甚麼事？」那女子叫道：「採花賊，採花賊！謀財害命啊，救命，救命！」

狄雲大急，叫道：「你……你……你怎麼不識好歹？」伸手往她身上亂推。那女子本來抱著他腰，這時卻全力撐拒，叫道：「別碰我，別碰我！」

狄雲正待逃開，忽覺後頸中一陣冰冷，一件兵器已架在頸中。他正待分辯，驀地裏白光閃動，只覺右掌猛地劇痛，噹啷一聲，自己手中的鐵劍跌落地板。他俯眼看時，嚇得幾乎暈了過去，只見自己右手的五根手指已給人削落，鮮血如泉水般噴將出來，慌亂中斜眼瞥去，但見吳坎手持帶血長劍，站在一旁。

他只說得一聲：「你！」飛起右足便往吳坎踢去，突然間後心遭人猛力一拳，一個踉蹌，撲跌在那女人身上。那女人又叫：「救命啊，採花賊啊！」只聽得魯坤的聲音說道：「將這小賊綁了！」

狄雲雖是個從沒見過世面的鄉下少年，此刻也明白是落入了人家布置的陰毒陷阱之中。他急躍而起，翻過身來，正要向魯坤撲去，忽然見到一張蒼白的臉，卻是戚芳。

狄雲一呆，只見戚芳站在魯坤身旁，臉上的神色又傷心，又鄙夷，又憤怒。他叫道：「師妹！」戚芳突然滿臉脹得通紅，顫聲道：「你爲甚麼……爲甚麼這樣？」狄雲滿腹冤屈，這時如何說得出口？

戚芳「啊」的一聲，哭了出來，全身顫抖，說道：「我……我還是死了的好！」見狄雲右手五指全遭削落，心中又是一痛，咬緊牙齒，撕下自己布衫上一塊衣襟，走近身來，爲他包紮傷口。這時她臉色卻又變得雪白。

狄雲痛得幾次便欲暈去，但強自支持不倒，只咬得嘴唇出血，一句話也說不出來了。

魯坤道：「小師娘，這狗賊膽敢對你無禮，咱們定然宰了他給你出氣。」原來這女子是萬震山的小妾。她雙手掩臉，嗚嗚哭喊，說道：「他……他說你們師父已經死了，叫我跟從他。他說戚姑娘的父親殺了人，要連累到他。他……他又說已得了好多金銀珠寶，發了大財，叫我立刻跟他遠走高飛，一生吃著不完……」

狄雲腦海中混亂一片，只喃喃的道：「假的……假的……」

周圻大聲道：「去，去！去搜這小賊的房！」

衆人將狄雲推推拉拉，擁向他房中。戚芳茫然跟在後面。

萬圭卻道：「大家不可難爲狄師哥，事情沒弄明白，可不能冤枉了好人！」周圻怒道：「還有甚麼不明白的？這小子是屁好人！」萬圭道：「我瞧他倒不是爲非作歹之人。」周圻道：「剛才你沒親耳聽見麼？沒親眼瞧見麼？」萬圭道：「我瞧他是多飲了幾杯，不過是酒後亂性。」吳坎大聲道：「他明明是想強姦小師娘！」萬圭道：「這人是個老實頭，未必有這麼大膽！」

這許多事紛至沓來，戚芳早沒了主意，聽萬圭這麼爲狄雲分辯，心下暗暗感激，低聲道：「萬師兄，我師哥……的確不是那樣的人。」

萬圭道：「是啊，我說他只喝醉了酒，偷錢是一定不會的。」

說話之間，衆人已推著狄雲，來到他房中。沈城雙眼骨碌碌的在房中轉了轉，一矮身，伸手在床底下拉出一個重甸甸的包裹，但聽得叮叮噹噹，金屬撞擊之聲亂響。狄雲更加驚得呆了，只見沈城解開包裹，滿眼都是壓扁了的金器銀器、酒壺酒杯，不一而足，都是萬府中酒筵上的物事。

戚芳一聲驚呼，伸手扶住了桌子。

萬圭安慰道：「戚師妹，你別驚慌，咱們慢慢想法子。」

馮坦揭起被褥，又是兩個包裹。沈城和馮坦分別解開，一包是銀錠元寶，另一包卻是女子的首飾，珠花項鍊、金鐲金戒的一大堆。

戚芳此時更沒懷疑，怨憤欲絕，恨不得立時便橫劍自刎。她自幼和狄雲一同長大，心目中早便當他是日後的夫郎，那料到這個自己一向愛重的情侶，竟會在自己橫逢大禍之時，要和別的女人遠走高飛。難道這個妖妖嬈嬈的女子，便當眞迷住了他麼？看來還是他害怕受爹爹連累，想獨自逃走？

魯坤大聲喝罵：「臭小賊，贓物俱在，還想抵賴麼？」左右開弓，重重打了狄雲兩記耳光。狄雲雙臂給孫均、吳坎分別抓住了，沒法擋格，兩邊臉頰登時高高腫起。

魯坤打發了性，一拳拳擊向他胸口。戚芳叫道：「別打，別打，有話好說。」

周圻道：「打死這小賊，再報官！」說著也是一拳。狄雲口一張，噴出一大口鮮血來。馮坦挺劍上前，道：「將他左手也割下了，瞧他能不能再幹壞事？」孫均提起狄雲的左臂，馮坦舉劍便要砍下。

戚芳「啊」的一聲急叫。萬圭道：「大夥瞧我面上，別難爲他了，咱們立刻就送官。」戚芳見馮坦緩緩收劍，她兩行珠淚順著臉頰滾了下來，向萬圭望了一眼，眼色中充滿感激之情。

「一五，一十，十五，二十……」

差役口中數著，木棍著力往狄雲的後腿上打去。狄雲身子給另外兩個差役按著，木棍一下又一下的落下來。和他心中痛楚相比，這些擊打根本算不了甚麼，甚至他右掌上的痛楚也算不了甚麼。他心中只是想：「連芳妹也當我是賊，連她也當我是賊！」

「二十五……三十……三十五……四十……」粗大的木棍從空中著力揮落，肌膚腫了，破裂了，鮮血沾到了他衣褲上，濺在四周地下。

狄雲在監獄的牢房中醒來時，兀自昏昏沉沉，不知自己身處何地，也不知時候已過了多久，漸漸的，他感到了右手五根手指斷截處的疼痛，又感到了背上、腿上、臀上給木棍擊打處的疼痛。他想翻過身來，好讓創痛處不壓在地上，突然之間，兩處肩頭一陣難以形容的劇烈疼痛，又使他暈了過去。

待得再次醒來，他首先聽到了自己聲嘶力竭的呻吟，接著感到全身各處的劇痛。可是爲甚麼肩頭卻痛得這麼厲害？爲甚麼這疼痛竟如此的難以忍受？他只感到說不出的害怕，良久良久，竟不敢低下頭去看。「難道我兩個肩膀都給人削去了嗎？」隔了一陣，忽然聽到鐵器的輕輕撞擊之聲，一低頭，只見兩條鐵鍊從自己雙肩垂了下來。他驚駭之下，側頭看時，只嚇得全身發顫。

這一顫抖，兩肩處更痛得兇了。原來這兩條鐵鍊竟是從他肩胛的琵琶骨處穿過，和他雙手的鐵鐐、腳踝上的鐵鏈鎖在一起。穿琵琶骨，他曾聽師父說過的，那是官府對付最兇惡的江洋大盜的法子，任你武功再強，琵琶骨給鐵鍊穿過，半點功夫也使不出來了。霎時之間，心中轉過了無數念頭：「爲甚麼要這樣對付我？難道他們眞的以爲我是大盜？我這樣受冤枉，難道官老爺查不出麼？」

在知縣的大堂之上，他曾斷斷續續的訴說經過，但萬震山的小妾桃紅一力指證，意圖強姦的是他而不是別人。萬家八個弟子和許多家人都證實，親眼看到他抱住了桃紅，看到那些賊贓從他床底下、被褥底下搜出來。衙門裏的差役又都說，荊州萬家武功高強，威名遠震，那有甚麼盜賊敢去打主意？

狄雲記得知縣相貌清秀，面目很慈祥。他想知縣大老爺一時誤信人言，冤枉了好人，但終究會查得出來。可是，右手五根手指給削斷了，以後怎麼再能使劍？

他滿腔憤怒，滿腹悲恨，不顧疼痛的站起身來，大聲叫喊：「冤枉，冤枉！」忽然腿上一陣酸軟，俯身向地直摔了下去。他掙扎著又想爬起，剛剛站直，兩肩劇痛，腿膝酸軟，又向前摔倒。他爬在地下，仍不住口的大叫：「冤枉，冤枉！」

屋角中忽有一個聲音冷冷的說道：「給人穿了琵琶骨，一身功夫都廢了，嘿嘿，嘿嘿！下的本錢可真不小！」狄雲也不理說話的是誰，更不去理會這幾句話是甚麼意思，仍然大叫：「冤枉，冤枉！」

一名獄卒走了過來，喝道：「大呼小叫的幹甚麼？還不給我閉嘴！」狄雲叫道：「冤枉，冤枉！我要見知縣大老爺，求他伸冤。」那獄卒喝道：「你閉不閉嘴？」狄雲反而叫得更響了。

那獄卒獰笑一聲，轉身提了一隻木桶，隔著鐵欄，兜頭便將木桶向他身上倒了下去。狄雲只感一陣臭氣刺鼻，已不及閃避，全身登時濕透，這一桶竟是尿水。尿水淋上他身上各處破損的創口，疼痛更加倍的厲害。他眼前一黑，暈了過去。

他迷迷糊糊的發著高燒，一時喚著：「師父，師父！」一時又叫：「師妹，師妹！」接連三天之中，獄卒送了糙米飯來，他一直神智不清，沒吃過一口。

到得第四日上，身上高燒終於漸漸退了。各處創口痛得麻木了，已不如前幾日那麼劇烈難忍。他記起了自己的冤屈，張口又叫：「冤枉！」但這時叫出來的聲音微弱之極，只是斷斷續續的幾下呻吟。

他坐了一陣，茫然打量這間牢房。那是約莫兩丈見方的一間大石屋，牆壁都是一塊塊粗糙的大石所砌，地下也是大石塊鋪成，牆角落裏放著一隻糞桶，鼻中聞到的盡是臭氣和霉氣。

他緩緩轉過頭來，只見西首屋角之中，一對眼睛狠狠的瞪視著他。狄雲身子一顫，沒想到這牢房中居然還有別人。只見這人滿臉虬髯，頭髮長長的直垂至頸，衣衫破爛不堪，簡直如同荒山中的野人。他手上手銬，足上足鐐，和自己一模一樣，甚至琵琶骨中也穿著兩條鐵鍊。

狄雲心中第一個念頭竟是歡喜，嘴角邊閃過了一絲微笑，心想：「原來世界上還有如我一般不幸的人。」但隨即轉念：「這人如此兇惡，想必眞是個殺人放火、無惡不作的江洋大盜。他是罪有應得，我卻是冤枉！」想到這裏，不禁眼淚一連串的掉了下來。他受審被笞，瑯璫入獄，雖吃盡了苦楚，卻一直咬緊牙關強忍，從沒流過半滴眼淚，到這時再也抑制不住，索性放聲大哭。

那虬髯犯人冷笑道：「裝得眞像，好本事！你是個戲子麼？」

狄雲不去理他，自管自的大聲哭喊。只聽得腳步聲響，那獄卒又提了一桶尿水過來。狄雲性子再硬，卻也不敢跟他頂撞，只得慢慢收住哭聲。那獄卒側頭向他打量，忽然說道：「小賊，有人瞧你來著。」

狄雲又驚又喜，忙道：「是……是誰？」那獄卒又側頭向他打量了一會，從身邊掏出一枚大鐵匙，開了外邊的鐵門。只聽得腳步聲響，那獄卒走過一條長長的甬道，又是開鐵門的聲音，接著是關鐵門、鎖鐵門的聲音，甬道中三個人的腳步聲音，向著這邊走來。

狄雲大喜，當即躍起，雙腿酸軟，便要摔倒，忙靠住身旁牆壁，這一牽動肩頭的琵琶骨，又是一陣大痛。但他滿懷欣喜，把疼痛全都忘了，大聲叫道：「師父，師妹！」他在世上只師父和師妹兩個親人，甬道中除獄卒外尚有兩人，自然是師父和師妹了。

突然之間，他口中喊出一個「師」字，下面這個「父」字卻縮在喉頭，張大了嘴，閉不攏來。從鐵門中進來的，第一個是獄卒，第二個是個衣飾華麗的英俊少年，卻是萬圭，第三個便是戚芳。她大叫：「師哥，師哥！」撲到了鐵柵欄旁。

狄雲走上一步，見到她一身綢衫，並不是從鄉間穿出來的那套新衣，第二步便不再跨了出去。但見她雙目紅腫，只叫：「師哥，師哥，你……你……」

狄雲問道：「師父呢？可……可找到了他老人家麼？」戚芳搖了搖頭，眼淚撲簌簌的掉了下來。狄雲又問：「你……你可好？住在那裏？」戚芳抽抽噎噎的道：「我沒地方去，暫且住在萬師哥家裏……」狄雲大聲叫道：「這是害人的地方，千萬住不得，快……快搬了出去。」戚芳低下了頭，輕聲道：「我……我又沒錢。萬師哥……待我很好，他這幾天……天天上衙門，花錢打點……搭救你。」

狄雲更加惱怒，大聲道：「我又沒犯罪，要他花甚麼錢？將來咱們怎生還他？知縣大老爺查明了我的冤枉，自會放我出去。」

戚芳「啊」的一聲，又哭了出來，恨恨的道：「你……你爲甚麼要做這種事？爲……爲甚麼要撇下我？」狄雲一怔，登時明白了，到這時候，師妹還是以爲桃紅的話是眞的，相信這幾包金銀珠寶確是自己偷的。他一生對戚芳又敬又愛，又憐又畏，甚麼事都跟她說，甚麼事都跟她商量，那知道一遇上這等大事，她竟和旁人絲毫沒分別，一般的也認爲自己去逼姦女子，偷盜金銀，以爲自己能做這樣的大壞事。

這瞬息之間，他心中感到的痛楚，比之肉體上所受的種種疼痛更勝百倍。他張口結舌，有千言萬語要向戚芳辯白，可是喉嚨忽然啞了，半句話也說不出來。他拚命用力，脹得面紅耳赤，但喉嚨舌頭總是不聽使喚，發不出絲毫聲音。

戚芳見到他這等可怖的神情，害怕起來，轉過了頭不敢瞧他。

狄雲使了半天勁，始終說不出一個字，忽見戚芳轉頭避開自己，不由得心中大慟：「她在恨我，恨我拋棄了她去找別個女子，恨我偷盜別人的金銀珠寶，恨我在師門有難之時想偷偷一人遠走高飛。師妹，師妹，你這麼不相信我，又何必來看我？」他再也不敢去瞧戚芳，慢慢轉頭來，向著牆壁。

戚芳回過臉來，說道：「師哥，過去的事，也不用再說了，只盼早日……早日得到爹爹訊息。萬師哥他……他在想法子保你出去……」

狄雲心中想說：「我不要他保。」又想說：「你別住在他家裏。」但越用力，全身肌肉越緊張抽搐，說不出一個字來。他身子不住抖動，鐵鍊錚錚作響。

那獄卒催道：「時候到啦。這是死囚牢，專囚殺人重犯，原是不許人探監的。上面要是知道了，我們可吃罪不起。姑娘，這人便活著出去，也是個廢人。你乘早忘了他，嫁個有錢的漂亮少爺罷！」說著向萬圭瞧了一眼，色迷迷的笑了起來。

戚芳求道：「大叔，我還有幾句話跟我師哥說。」伸手到鐵柵欄內，去拉狄雲的衣袖，柔聲說道：「師哥，你放心好啦，我一定求萬師哥救你出去，咱們一塊去找爹爹。」將一隻小竹籃遞了進去，道：「那是些臘肉、臘魚、熟雞蛋，還有二兩銀子。師哥，我明天再來瞧你……」那獄卒不耐煩了，喝道：「大姑娘，你再不走，我可要不客氣啦！」

萬圭這時才開口道：「狄師兄，你放心罷。你的事就是我的事，小弟自會盡力向縣太爺求情，將你的罪定得越輕越好。」

那獄卒連聲催促，戚芳無可奈何，只得委委屈屈的走了出去，一步一回頭的瞧著狄雲，但見他便如一尊石像一般，始終一動不動的向著牆壁。

狄雲眼中所見的，只是石壁上的凹凸起伏，他眞想轉過頭來，望一眼戚芳的背影，想叫她一聲「師妹」，可是不但口中說不出話，連頭頸也僵直了。他聽到甬道中三個人的腳步聲漸漸遠去，聽到開鎖、開鐵門的聲音，聽到甬道中獄卒一個人回來的腳步聲，心想：「她說明天再來看我。唉，可得再等長長的一天，我才能再見到她。」

他伸手到竹籃中去取食物。忽然一隻毛茸茸的大手伸將過來，將竹籃搶了過去，正是那個兇惡的犯人。只見他抓起籃中一塊臘肉，放入口中嚼了起來。

狄雲怒道：「這是我的！」他突然能開口說話了，自己覺得十分奇怪。他走上一步，想去搶奪。那犯人伸手一推，狄雲站立不定，一交向後摔出，砰的一聲，後腦撞在石牆之上。這時候他才明白「穿琵琶骨，成了廢人」的眞正意思。

第二天戚芳卻沒來看他。第三天沒來，第四天也沒有。

狄雲一天又一天的盼望、失望，等到第十天上，他幾乎要發瘋了。他叫喚，吵鬧，將頭在牆上碰撞，但戚芳始終沒來，換來的只有獄卒淋來的尿水、那兇徒的毆擊。

過得半個月，他終於漸漸安靜下來，變成一句話也不說。

一天晚上，忽然有四名獄卒走進牢來，手中都執著鋼刀，押了那兇徒出去。

狄雲抬頭望窗，見天空月亮正圓，心想：「是押他出去處決斬首罷？他倒好，以後不用再挨這苦日子了，我也不用再受他欺侮。」過了良久，他在睡夢之中，忽然聽得鐵鍊曳地的聲音，四名獄卒架了那兇徒回來。狄雲睜開眼來，只見那兇徒全身是血，顯是剛給狠狠的拷打了一頓。

那囚徒一倒在地下，便即昏迷不醒。狄雲待四個獄卒去後，借著照進牢房來的月光打量他時，只見他臉上、臂上、腿上，都是酷遭笞打的血痕。狄雲雖然連日受他欺侮，見了這等慘狀，不由得心有不忍，從水缽中倒了些水，餵著他喝。

那囚徒緩緩醒轉，睜眼見是狄雲，突然舉起鐵銬，猛力往他頭上砸落。狄雲力氣雖失，應變的機靈尚在，忙閃身相避，不料那囚犯雙手力道並不使足，半途中迴將過來，砰的一聲，重重砸在他腰間。狄雲立足不定，向左直跌出去。他手足都有鐵鍊與琵琶骨相連，登時劇痛難當，不禁又驚又怒，罵道：「瘋子！」

那囚徒狂笑道：「你這苦肉計，如何瞞得過我，乘早別來打我主意。」

狄雲只覺脅間肋骨幾乎斷折，痛得話也說不出來，過得半晌，才道：「瘋子，你自身難保，有甚麼主意給人好打？」那囚徒躍上前來，在他身上重重踢了幾腳，喝道：「我看你這小賊年紀還輕，不過是受人指使，否則我不踢死你才怪。」

狄雲氣得身上的痛楚也自忘了，心想無辜受這牢獄之災，已是不幸，而與這不可理喻的瘋漢同處一室，更是不幸之中再加不幸。

到了第二個月圓之夜，那囚犯又讓四名帶刀獄卒帶了出去，拷打一頓，送回牢房。這一次狄雲學了乖，任他模樣如何慘不忍睹，始終不去理會。不料不理也是不成，那囚徒一口氣沒處出，儘管遍體鱗傷，還是來找他晦氣，不住吆喝：「你奶奶的，你再臥底十年八年，老子也不上你當。」「人家打你祖宗，你祖宗就打你這孫子！」「咱們就這麼耗著，瞧是誰受的罪多？」似乎他身受拷打，全是狄雲的不是，又打又踢，鬧了半天。

此後每到月亮將圓，狄雲就愁眉不展，知道慘受荼毒的日子近了。果然每月十五，那囚犯總是給拉出去經受一頓拷打，回來後就轉而對付狄雲。總算狄雲年紀甚輕，身強力壯，每個月挨一頓打，倒也經受得起，有時不免奇怪：「我琵琶骨給鐵鍊穿後，力氣全無。這瘋漢一般的給鐵鍊穿了琵琶骨，怎地仍有一身蠻力？」幾次鼓起勇氣詢問，但只須一開口，那瘋漢便拳足交加，此後只好半句話也不向他說。

如此忽忽過了數月，冬盡春來，在獄中將近一年。狄雲慢慢慣了，心中的怨憤、身上的痛楚，也漸漸痲木了。這些時日中，他爲了避開瘋漢的毆辱，正眼也不瞧他一下。只要不跟他說話，目光不與他相對，除了月圓之夕，那瘋漢平時倒也不來招惹。

這日清晨，狄雲眼未睜開，聽得牢房外燕語呢喃，突然間想起從前常和戚芳在一起觀看燕子築巢的情景，雙雙燕子，在嫩綠的柳葉間輕盈穿過。心中驀地一酸，向燕語處望去，只見一對燕子漸飛漸遠，從數十丈外高樓畔的窗下掠過。他長日無聊，常自遙眺紗窗，猜想這樓中有何人居住，但窗子老是緊緊關著，窗檻上卻終年不斷的供著盆鮮花，其時春光爛漫，窗檻上放的是一盆茉莉。

正在胡思亂想，忽聽得那瘋漢輕輕一聲嘆息。這一年來，那瘋漢不是狂笑，便是罵人，從來沒聽見他嘆過甚麼氣，何況這聲嘆息之中，竟頗有憂傷、溫柔之意。狄雲忍不住轉過頭去，只見那瘋漢嘴角邊帶著一絲微笑，臉上神色誠摯，不再是那副兇悍惡毒的模樣，雙眼正凝望那盆茉莉。狄雲怕他覺察自己在偷窺他臉色，忙轉過頭不敢再看。

自從發現了這秘密後，狄雲每天早晨都偷看這瘋漢的神情，但見他總是臉色溫柔的凝望著那盆鮮花，從春天的茉莉、玫瑰，望到了秋天的丁香、鳳仙。這半年之中，兩個人幾乎沒說上十句話。月圓之夜的毆打，也變成了一個悶打，一個悶挨。狄雲早覺察到，只要自己一句話不說，這瘋漢的怒氣就小得多，拳腳落下時也輕得多。他心想：「再過得幾年，恐怕我連怎麼說話也要忘了。」

這瘋漢雖橫蠻無理，卻也有一樣好處，嚇得獄卒輕易不敢到牢房中囉唕。有時獄卒給他罵得狠了，不送飯給他，他就奪狄雲的飯吃。倘若兩人的飯都不送，那瘋漢餓上幾天也漫不在乎。

那一年十一月十五，那瘋漢給苦打一頓之後，忽然發起燒來，昏迷中儘說胡話，前言不對後語，狄雲依稀只聽得他常常呼喚著兩個字，似乎是「雙花」，又似「傷懷」。

狄雲初時不敢理會，但到得次日午間，聽他不斷呻吟的說：「水，水，給我水喝！」忍不住在瓦缽中倒了些水，湊到他嘴邊，嚴神戒備，防他又雙手毆擊過來。幸好這一次他乖乖的喝了水，便即睡倒。

當天晚上，竟又來了四個獄卒，架著他出去又拷打了一頓。這次回來，那瘋漢的呻吟聲已若斷若續。一名獄卒狠狠的道：「他倔強不說，明兒再打。」另一名獄卒道：「乘著他神智不清，咱們趕緊得逼他說出來。說不定他這一次要見閻王，那可不美。」

狄雲和他在獄中同處已久，雖苦受他欺凌折磨，可也真不願他這麼便死在獄卒的手下。十七那一天，狄雲服侍他喝了四五次水。最後一次，那瘋漢點了點頭示謝。自從同獄以來，狄雲首次見到他的友善之意，突然之間，心中感到了無比歡喜。

這天二更過後，那四名獄卒果然又來了，打開了牢門。狄雲心想這一次那瘋漢若再經拷打，那是非死不可，忽然將心一橫，跳起來攔在牢門前，喝道：「不許進來！」一名高大的獄卒邁步過來，罵道：「賊囚犯，滾開。」狄雲手上無力，猛地裏低頭一口咬去，將他右手食中兩指咬得鮮血淋漓，牙齒深及指骨，兩根手指幾乎都咬斷了。那獄卒大吃一驚，反身跳出牢房，嗆啷一聲，一柄單刀掉在地下。

狄雲俯身搶起，呼呼呼連劈三刀，他手上雖無勁力，但以刀代劍，招數仍頗精妙。一名肥胖的獄卒仗刀直進，狄雲身子略側，一招「大母哥鹽失，長鵝鹵翼圓」（其實是「大漠孤煙直，長河落日圓」），單刀轉了個圓圈，唰的一刀，砍在他腿上。那獄卒嚇得連滾帶爬的退了出去。這一來血濺牢門，四名獄卒見他勢若瘋虎，形同拚命，倒也不敢輕易搶進，在牢門外將狄雲的十八代祖宗罵了個臭死。狄雲一言不發，只守住獄門。那四名獄卒居然沒去搬求援軍，眼看攻不進來，罵了一會，也就去了。

接連四天之中，獄卒既不送飯，也不送水。狄雲到第五天時，渴得再也難以忍耐。那瘋漢更嘴唇也焦了，忽道：「你假裝要砍死我，這狗娘養的非拿水來不可。」狄雲不明其理，但想：「不管有沒有用，試試也好！」當下大聲叫道：「再不拿水來，我將這瘋漢先砍死再說。」反過刀背，在鐵柵欄上碰得噹噹噹的直響。

只見那獄卒匆匆趕來，大聲吆喝：「你傷了他一根毫毛，老子用刀尖在你身上戳一千一萬個窟窿。」跟著便拿了清水和冷飯來。

狄雲餵著那瘋漢吃喝已畢，問道：「他要折磨你，可又怕我殺了你，爲甚麼這樣？」那瘋漢雙目圓睜，舉起瓦缽劈頭向他砸去，罵道：「你這番假惺惺的買好，我就上了你當麼？」乒乓一聲，瓦缽破碎，狄雲額頭鮮血涔涔而下。他茫然退開，心想：「這人狂性又發作了！」

但此後逢到月圓之夜，那些獄卒雖一般的將那瘋漢提出去拷打，他回來卻不再在狄雲身上找補。兩人仍並不交談，狄雲要是向他多瞧上幾眼，醋缽大的拳頭還是一般招呼過來。那瘋漢只有在望著對面高樓窗檻上的鮮花之時，臉上目中，才露出一絲溫柔神色。狄雲自也不懂甚麼是溫柔，只覺他忽然和善了些。

到第四年春天，狄雲心中已無出獄之念，雖夢魂之中，仍不斷想到師父和師妹，但師父的影子終於慢慢淡了。師妹那壯健婀娜的身子，紅紅的臉蛋，黑溜溜的大眼睛，在他心底卻仍和三年多前一般清晰。

他已不敢盼望能出獄去再和師妹相會，每天可總不忘了暗暗向觀世音菩薩祝禱，只要師妹能再到獄中來探望他一次，便天天受那瘋漢的毆打，也所甘願。

戚芳始終沒來。

有一天，卻有一個人來探望他。那是個身穿綢面皮袍的英俊少年，笑嘻嘻的道：「狄師兄，你還認得我麼？我是沈城。」隔了三年多，他身材已長高了，狄雲幾乎已認他不出。狄雲心中怦怦亂跳，只盼能聽到師妹的一些訊息，問道：「我師妹呢？」

沈城隔著柵欄，遞了一隻籃子進來，笑道：「這是我萬師嫂送給你的。人家可沒忘了舊相好，大喜的日子，巴巴的叫我送兩隻雞、四隻豬蹄、十六塊喜糕來給你。」

狄雲茫然問道：「那一個萬師嫂？甚麼大喜的日子？」

沈城哈哈一笑，滿臉狡譎的神色，說道：「萬師嫂嘛，就是你的師妹戚姑娘了。今天是她和我萬師哥拜堂成親的好日子。她叫我送喜糕雞肉給你，那不是挺夠交情麼？」

狄雲身子一晃，雙手抓住鐵柵，顫聲怒道：「你……你胡說八道！我師妹怎能……怎能嫁給那姓萬的？」

沈城笑道：「我恩師給你師父刺了一刀，幸好沒死，後來養好了傷，過去的事，既往不咎。你師妹住在我萬師哥家裏，這三年來卿卿我我，說不定……說不定……哈哈，明年擔保給生個白白胖胖的娃娃。」他年紀大了，說話更加油腔滑調，流氣十足。

狄雲耳中嗡嗡作響，似乎聽到自己口中問道：「我師父呢？」似乎聽到沈城笑道：「誰知道呢？他只道自己殺了人，還不高飛遠走？怎麼還敢回來？」又似乎聽到沈城笑道：「萬師嫂說，你在牢裏安心住下去罷，待她生得三男四女，說不定會來瞧瞧你。」

狄雲突然大吼：「你胡說，胡說！你……你……你放甚麼狗屁……」提起籃子用力擲出，喜糕、豬蹄、熟雞，滾了一地。

但見每一塊粉紅色的喜糕上，都印著「萬戚聯姻，百年好合」八個深紅色小字。

狄雲拚命要不信沈城的話，可又怎能不信？迷迷糊糊中只聽沈城笑道：「萬師嫂說，可惜你狄師哥不能去喝一杯喜酒，她……她可沒忘了你呢……」狄雲雙手連著鐵銬，突然從柵欄中疾伸出去，一把捏住沈城的脖子。沈城大驚想逃。狄雲不知從那裏突然生出來一股勁力，竟越捏越緊。沈城的臉從紅變紫，雙手亂舞，始終掙扎不脫。

那獄卒急忙趕來，抱著沈城的身子猛拉，費盡了力氣，才救了他性命。

狄雲坐在地下，不言不動。那獄卒嘻嘻哈哈的將雞肉和喜糕都撿了去。狄雲瞪著眼睛，可就全沒瞧見。

這天晚上三更時分，他將衣衫撕成了一條條布條，搓成了一根繩子，打一個活結，兩端縛在鐵柵欄高處的橫檔上，將頭伸進活結之中。他並不悲哀，也不再感到憤恨。人世已無可戀之處，這是最爽快的解脫痛苦的法子。只覺脖子中的繩索越來越緊，一絲絲的氣息也吸不進了。過得片刻，甚麼也不知道了。

可是他終於漸漸有了知覺，好像有一隻大手在重重壓他胸口，那隻手一鬆一壓，鼻子中就有一陣陣涼氣透了進來。也不知道過了多少時候，他才慢慢睜開眼來。

眼前是一張滿腮虬髯的臉，那張臉咧開了嘴在笑。

狄雲不由得滿腹氣惱，心道：「你事事跟我作對，我便是尋死，你也不許我死。」有心要起來和他廝拚，但委實太過衰弱，力不從心。那瘋漢笑道：「你已氣絕了小半個時辰，若不是我用獨門功夫相救，天下再沒第二個人救得。」狄雲怒道：「誰要你救？我又不想活了。」那瘋漢得意洋洋的道：「我不許你死，你便死不了。」

那瘋漢只笑吟吟的瞧著他，過了一會，忽然湊到他身邊，低聲道：「我這門功夫叫作『神照經』，你聽見過沒有？」

狄雲怒道：「我只知道你有神經病，甚麼神照經、神經照，從來沒聽見過。」

說也奇怪，那瘋漢這一次竟絲毫沒發怒，反而輕聲哼起小曲來，伸手壓住狄雲的胸口，一壓一放，便如扯風箱一般，將氣息壓入他肺中，低聲又道：「也是你命大，我這『神照經』已練了一十二年，直到兩個月前才練成。倘若你在兩個月之前尋死，我就救你不得了。」

狄雲胸口鬱悶難當，想起戚芳嫁了萬圭，眞覺還是死了的乾淨，向那瘋漢瞪了一眼，恨恨的道：「我前生不知作了甚麼孽，今世要撞到你這惡賊。」

那瘋漢笑道：「我很開心，小兄弟，這三年來我眞錯怪了你。我丁典向你賠不是啦！」說著爬在地下，咚咚咚的向他磕了三個響頭。

狄雲嘆了口氣，低聲說了聲：「瘋子！」也就沒再去理他，慢慢側過身來，突然想起：「他自稱丁典，那是姓丁名典麼？我和他在獄中同處三年，一直不知他的姓名。」好奇心起，問道：「你叫甚麼？」

那瘋漢道：「我姓丁，目不識丁的丁，三墳五典的典。我疑心病太重，一直當你是歹人，這三年多來當眞將你害得苦了，實在太對你不起。」狄雲覺得他說話有條有理，並沒半點瘋態，問道：「你到底是不是瘋子？」

丁典黯然不語，隔得半晌，長長嘆了口氣，道：「到底瘋不瘋，也難說得很。我只在求心之所安，旁人看來，卻不免覺得我太過傻得莫名其妙，也可說是瘋了！」過了一會，又安慰他道：「狄兄弟，你心中的委屈，我已猜到了十之八九。人家既然對你無情無義，你又何必將這女子苦苦放在心上？大丈夫何患無妻？將來娶一個勝你師妹十倍的女子，又有何難？」

狄雲聽了這番說話，三年多來鬱在心中的委屈，忍不住便如山洪般奔瀉了出來，但覺胸口一酸，淚珠滾滾而下，到後來，更伏在丁典懷中放聲大哭。

丁典摟住他上身，輕輕撫摸他長髮。

過得三天，狄雲精神稍振。丁典低低的跟他有說有笑，講些江湖上的掌故趣事，跟他解悶。但當獄吏送飯來時，丁典卻仍對狄雲大聲呼叱，穢語辱罵，神情與前毫無異樣。

一個折磨得他苦惱不堪的對頭，突然間成爲良朋好友，若不是戚芳嫁了人這件事不斷像毒蟲般咬噬著他的心，這時的獄中生涯，和三年來的情形相比，簡直像是天堂了。

狄雲曾低聲向丁典問起，爲甚麼以前當他是歹人，爲甚麼突然察覺了眞相。丁典道：「你若眞是歹人，決不會上吊自殺。我等你氣絕好久，死得透了，身子都快僵了，這才施救。普天下除我自己之外，沒人知道我已練成『神照經』的上乘功夫。若不是我會得這門功夫，無論如何救你不轉。你自殺既是眞的，那便不是向我施苦肉計的歹人了。」狄雲又問：「你疑心我向你施苦肉計？那爲甚麼？」丁典微笑不答。

第二次狄雲又問到這件事時，丁典仍然不答，狄雲便不再問了。

一日晚上，丁典在他耳邊低聲道：「我這『神照經』功夫，是天下內功中威力最強、最奧妙的法門。今日起我傳授給你，你小心記住了。」狄雲搖頭道：「我不學。」丁典奇道：「這等機緣曠世難逢，你爲甚麼不要學？」狄雲道：「這種日子生不如死。咱二人此生看來也沒出獄的指望，再高強的武功學了也毫無用處。」丁典笑道：「要出獄去，那還不容易？我將初步口訣傳你，你好好記著。」

狄雲甚爲執拗，尋死的念頭兀自未消，說甚麼也不肯學，仍要尋死。丁典又好氣又好笑，卻也束手無策，恨不得再像從前這般打他一頓。

又過數日，月亮又要圓了。狄雲不禁暗暗替丁典擔心。丁典猜到他心意，說道：「狄兄弟，我每個月該當有這番折磨，我受了拷打後，回來仍要打你出氣，你我千萬不可顯得和好，否則於你我都是大大不利。」狄雲問道：「那爲甚麼？」丁典道：「他們倘若疑心你我交了朋友，便會對你使用毒刑，逼你向我套問一件事。我打你罵你，就可免得你身遭惡毒慘酷的刑罰。」狄雲點頭道：「不錯。這件事既如此重要，你千萬不可說與我知道，免得我一個不小心，走漏了風聲。丁大哥，我是個毫無見識的鄉下小子，倘若胡裏胡塗的誤了你大事，如何對得起你？」

丁典道：「他們把你和我關在一起，初時我只道他們派你前來臥底，假意討好於我，從中設法套問我的口風，因此我對你十分惱怒，大加折磨。現下我知道你不是臥底的奸細了，可是他們將你和我關在一起，這般三年四年的不放，用意仍在盼你做奸細。只望你討得我的歡心，我向你吐露了機密，他們便可拷打逼問於你。他們情知對付我很難，對付你這個年輕小夥子，那便容易之極。你是知縣衙門的犯人，卻送到知府衙門的囚牢來監禁，自然便是這個緣故。」

十五晚上，四名帶刀獄卒提了丁典出去。狄雲心緒不寧，等候他回轉。到得四更天時，丁典又是目青鼻腫、滿身鮮血的回到牢房。

待四名獄卒走後，丁典臉色鄭重，低聲道：「狄兄弟，今天事情很糟糕，當眞不巧之極，給仇人認出了我。」狄雲道：「怎麼？」丁典道：「每月十五，知府提我去拷打一頓，那是例行公事。可是今天有人來行刺知府，眼見他性命不保，我便出手相救，只因我身有銬鐐，四名刺客中只殺了三個，第四個給他跑了，這可留下了禍胎。」

狄雲越聽越奇怪，連問：「知府到底爲甚麼這般拷打你？這知府這等殘暴，有人行刺，你又何必救他？逃走的刺客是誰？」丁典搖搖頭，嘆道：「一時也說不清楚這許多事。狄兄弟，你武功不濟，又沒了力氣，以後不論見到甚麼事，千萬不可出手助我。」

狄雲並不答話，心道：「我姓狄的豈是貪生怕死之徒？你拿我當朋友，你若有危難，我怎能不出手？」

此後數日之中，丁典只默默沉思，除了望著遠處高樓窗檻上的花朵，臉上偶爾露出一絲微笑之外，整日仰起了頭呆想。

到了十九那一天深夜，狄雲睡得正熟，忽聽得喀喀兩聲。他睜開眼來，月光下只見兩名勁裝大漢使利器砍斷了牢房外的鐵柵欄，手中各執一柄單刀，踴身而入。狄雲驚得呆了，不知如何是好，但見丁典倚牆而立，嘿嘿冷笑。

那身材較矮的大漢說道：「姓丁的，咱兄弟倆踏遍了天涯海角，到處找你，那想得到你竟是躲入了荊州府的牢房，做那縮頭烏龜。總算老天有眼，尋到了你。」另一名大漢道：「咱們眞人面前不說假話，你將那本書取出來，三份對分，咱兄弟非但不會難爲你，還立刻將你救出牢獄。」丁典搖頭道：「不在我這裏。早就給言達平偷去啦。」

狄雲心中一動：「言達平，我二師伯？怎地跟此事有關？」

那矮大漢喝道：「你故布疑陣，休想瞞得過我。去你的罷！」揮刀上前，刀尖刺向丁典的咽喉。丁典不閃不避，讓那刀尖將及喉頭數寸之處，突然一矮身，欺向身材較高的大漢左側，手肘撞處，正中他小腹。那大漢一聲沒哼，便即委倒。

那矮大漢驚怒交集，呼呼兩刀，向丁典疾劈過去。丁典雙臂一舉，臂間的鐵鍊將單刀架開，便在同時，膝蓋猛地上挺，撞在矮大漢身上。那人猛噴鮮血，倒斃於地。

丁典霎息間空手連斃二人，狄雲不由得瞧得呆了。他武功雖失，眼光卻在，知道自己縱然功力如舊，長劍在手，也未必打得過這矮漢子，另外那名漢子未及出手，便已身亡，功夫如何雖瞧不出端倪，但既與那矮漢聯手，想來也必不弱。丁典琵琶骨中仍穿著鐵鍊，竟在頃刻之間便連殺兩名好手，實令他驚佩無已。

丁典將兩具屍首從鐵柵間擲了出去，倚牆便睡。此刻鐵柵已斷，他二人若要越獄，確實大有機會，但丁典既一言不發，狄雲也不覺得外面的世界比獄中更好。

第二日早晨，獄卒進來見了兩具屍體，登時大驚小怪的吵嚷起來。丁典怒目相向，狄雲聽而不聞。那獄卒除了將屍首搬去之外，唯有茫然相對。

又過兩日，狄雲半夜裏又為異聲驚醒。朦朧之中，只見丁典雙臂平舉，正和一名道人四掌相抵，兩人站著不動。他曾聽師父說過，這般情勢是兩個敵手比拚內力。這道人何時進來，如何和丁典比拚內力，狄雲竟半點不知。他師父說，比武角鬥，以比拚內力最為凶險，毫無旋迴閃避餘地，動輒便決生死。

星月微光之下，但見那道人極緩極慢的向前跨了一步，丁典也慢慢退了一步。過了好一會，那道人又邁出一步，丁典跟著退了一步。

狄雲見那道人步步進逼，顯然頗佔上風，焦急起來，搶步上前，舉起手上鐵銬往那道人頭頂擊落。鐵銬剛碰到道人頂門，驀地裏不知從何處湧來一股暗勁，猛力在他身上一推。他站立不定，直摔出去，砰的一聲，重重撞到牆上，一屁股坐將下來，伸手撐地欲起，黑暗中卻撐在一隻瓦碗邊上，喀的一響，瓦碗給他按破了一邊，但覺滿手是水。他更不多想，抓起瓦碗，將半碗冷水逕往那道人後腦潑去。

丁典這時的內力其實早已遠在那道人之上，只是要試試自己新練成的神功，收發之際威力如何，才將他作爲試招的靶子。那道人本已累得筋疲力竭，油盡燈枯，這半碗冷水潑到後腦，一驚之下，但覺對方的內勁洶湧而至，格格格格爆聲不絕，肋骨、臂骨、腿骨寸寸斷折。他眼望丁典，說道：「你……你已練成了『神照經』……已經……天下……天下……無敵手……」慢慢縮成一個肉團，氣絕而死。

狄雲心中怦怦亂跳，道：「丁大哥，你這『神照經』原來……原來這等厲害。當眞是天下無敵手麼？」丁典臉色凝重，道：「單打獨鬥，本應足以稱雄江湖，但這臭道人受我內力壓擊之後，尙能開口說話，顯然我功力未至爐火純青。三日之內，必有眞正勁敵到來。狄兄弟，你能助我一臂之力嗎？」

狄雲豪興勃發，說道：「但憑大哥吩咐，只是我……我武功全失，就算不失，那也是太過低微。」丁典微微一笑，從草墊下抽出一柄鋼刀，便是日前那兩名大漢所遺下的，說道：「你將我鬍子剃去，咱們使一點詭計。」

狄雲接過鋼刀，便去剃他的滿腮虬髯，那鋼刀極爲鋒銳，貼肉剃去，丁典腮上虬髯紛紛而落。丁典將剃下來的一根根鬍子都放入手掌。

狄雲笑道：「你捨不得這些跟隨你多年的鬍子麼？」丁典道：「那倒不是。我要你扮一扮我。」狄雲奇道：「我扮你？」丁典道：「不錯。三日之內，將有勁敵到來，那五個人單打獨鬥都不是我對手，但一齊出手，那就十分厲害。我要他們將你錯認爲我，全神貫注的想對付你時，我就出其不意的從旁襲擊，攻他們個措手不及。」

狄雲囁嚅道：「這個……這個……只怕有點……不夠光明正大。」丁典哈哈大笑，道：「光明正大，光明正大！江湖上人心多少險詐，個個都以鬼蜮伎倆對你，你待人光明正大，那不是自尋死路麼？」狄雲道：「話雖如此，不過……」

丁典道：「我問你：當初進牢之時，你大叫冤枉，我信得過你定然清白無辜，可是怎會在牢裏一關三年多，始終沒法洗雪？」狄雲道：「嗯，這個，我就是難以明白。」丁典微笑道：「是誰送了你進牢來，自然是誰使了手腳，一直讓你不能出去。」狄雲道：「我總是想不通，那萬震山的小妾桃紅和我素不相識，無冤無仇，爲甚麼要陷害我，叫我身敗名裂，受盡這許多苦楚？」丁典問道：「他們怎麼陷害於你，說給我聽。」

狄雲一面給他剃鬚，一面將如何來荊州拜壽、如何打退大盜呂通、如何與萬門八弟子比劍打架、如何師父刺傷師伯而逃走、如何有人向萬震山的妾侍非禮、自己出手相救反遭陷害等情一一說了，只是那老丐夜中教劍一節，卻略去了不說。只因他曾向老丐立誓，決不洩露此事，再者也覺此事乃旁枝末節，無甚要緊。

他從頭至尾的說完，丁典臉上的鬍子也差不多剃完了。狄雲嘆了口氣，道：「丁大哥，我受這潑天的冤屈，那不是好沒來由麼？那定是他們恨我師父殺了萬師伯。可是萬師伯只是受了點傷，並沒死，把我關了這許多年，也該放我出去了。要說將我忘了，卻又不對。那姓沈的小師弟不是探我來著嗎？」

丁典側過頭，向他這邊瞧瞧，又向他那邊瞧瞧，只嘿嘿冷笑。

狄雲摸不著頭腦，問道：「丁大哥，我說得甚麼不對了？」丁典冷笑道：「對，對，完全對，那又有甚麼地方不對頭的？倘若不是這樣，那才不對頭了。」狄雲奇道：「甚……甚麼？」丁典道：「喏！你自己想想。有一個傻小子，帶了一個美貌妞兒到我家來。我見到這妞兒便動了心，可是這妞兒對那傻小子實在不錯。我想佔這妞兒，便非得除去這傻小子不可，你想得使甚麼法子才好？」

狄雲心中暗暗感到一陣涼意，隨口道：「使甚麼法子才好？」

丁典道：「若是用毒藥或是動刀子殺了那傻小子，身上擔了人命，總是多一層干係，何況那美貌妞兒說不定是個烈性女子，不免要尋死覓活，說不定更要給那傻小子報仇，那不是糟了？依我說啊，還是將那傻子送到官裏，關將起來的好。要令那妞兒死心塌地的跟我，須得使她心中惱恨這傻小子，那怎麼辦？第一、須得使那小子移情別戀；第二、須得令那小子顯得是自己撇開這個妞兒；第三、最好是讓那小子幹些見不得人的無恥勾當，讓那妞兒一想起來便噁心。」

狄雲全身發顫，道：「你……你說這一切，全是那姓萬的……是萬圭安排的？」

丁典微笑道：「我沒親眼瞧見，怎麼知道？你師妹生得很俊，是不是？」

狄雲腦中一片迷惘，點了點頭。

丁典道：「嗯，為了討好那個姑娘，我自然要忙忙碌碌哪，一捧捧白花花的銀子拿將出來，送到衙門裏來打點，說是在設法救那個小子。最好是跟那姑娘一起來送銀子，那姑娘甚麼都親眼瞧見了，自然好生感激。銀子確是送了給府台大人、知縣大人，送了給衙門裏的師爺，送了給公差，那倒一點不錯。」

狄雲道：「他使了這許多銀子，總該有點功效罷？」丁典道：「自然有啊，有錢能使鬼推磨，怎麼會沒功效？」狄雲道：「那怎……怎麼一直關著我，不放我出去？」

丁典笑道：「你犯了甚麼罪？他們陷害你的罪名，也不過是強姦未遂，偷盜一些錢財。既不是犯上作亂，又不是殺人放火，那又是甚麼重罪了？那也用不著穿了你的琵琶骨，將你在死囚牢裏關一輩子啊。這便是那許多白花花銀子的功效了。妙得很，這條計策天衣無縫。這個姑娘住在我家裏，她心中對那傻小子倒還念念不忘，可是等了一年又一年，難道能一輩子不嫁人嗎？」

狄雲提起單刀，噹的一聲，砍在地下，說道：「丁大哥，原來我一直不能放出去，都是萬圭使了銀子的緣故。」

丁典不答，仰起了頭沉吟，忽然皺起眉頭，說道：「不對，這條計策中有一個老大破綻，大大的不對。」狄雲怒道：「還有甚麼破綻？我師妹終於嫁給他啦。若不是蒙你相救，我自縊身死，那不是萬事順遂，一切都稱了他心？」

丁典在獄室中走來走去，不住搖頭，說道：「其中有一個大大的破綻，他們如此工於心計，怎能見不到？」狄雲道：「你說有甚麼破綻？」

丁典道：「你師父啊。你師父傷了你師伯後，逃了出去。荊州五雲手萬震山在武林中大大有名，他受傷不死的訊息沒幾天便傳了出去，你師父就算沒臉再見師兄，難道就不派人來接你師妹回家？你師妹這一回家，那萬圭苦心籌劃的陰謀毒計，豈不是全盤落了空？」

狄雲伸手連連拍擊大腿，道：「不錯，不錯！」他手上帶著手銬，這一拍腿，鐵鍊子登時噹噹的直響。他見丁典形貌粗魯，心思竟恁地周密，不禁甚爲欽佩。

丁典側過了頭，低聲道：「你師父爲甚麼不來接女兒回去，這其中定是大有蹊蹺。萬圭他們事先一定已料到了這一節，否則這計策不會如此安排。這中間的古怪，一時之間我確實猜想不透。」

狄雲直到今日，才從頭至尾的明白了自己陷身牢獄的關鍵。他不斷伸手擊打自己頭頂，大罵自己眞是蠢才，別人想也不用想就明白的事，自己三年多來始終莫名奇妙。

他自怨自艾了一會，見丁典兀自苦苦思索，便道：「丁大哥，你不用多想啦。我師父是個鄉下老實人，想是他傷了萬師伯，驚嚇之下，遠遠逃到了蠻荒邊地，再也聽不到江湖上的訊息，再也不敢回來找尋師妹，那說不定也是有的。」

丁典睜大了眼睛，瞪視著他，臉上充滿了好奇，道：「甚麼？你……你師父是個鄉下老實人？他殺了人會害怕逃走？」狄雲道：「是啊，我師父再忠厚老實也沒有了，萬師伯冤枉他偷盜太師父的甚麼劍訣，他一怒就忍不住動手，其實他心地再好也沒有了。」

丁典嘿的一聲冷笑，自去坐在屋角，嘴裏輕哼小曲。狄雲奇道：「你爲甚麼冷笑？」丁典道：「不爲甚麼。」狄雲道：「一定有原因的。丁大哥，你儘管說好了。」

丁典道：「好罷！你師父外號叫作甚麼？」狄雲道：「叫作『鐵鎖橫江』。」丁典道：「那是甚麼意思？」狄雲遲疑半晌，道：「這種文謅謅的話，我原本不大懂。猜想起來，那是說他老人家武功了得，善於守禦，敵人攻不進他門戶。」

丁典哈哈大笑，道：「小兄弟，你自己才忠厚老實得可以。鐵鎖橫江，那是叫人上也上不得，下也下不得。老一輩的武林人物，誰不知道這個外號的含意？你師父聰明機變，厲害之極，只要是誰惹上了他，他一定挖空心思的報復，叫人好似一艘船在江心渦漩中亂轉，上也上不得，下也下不得。你如不信，將來出獄之後，儘可到外面打聽打聽。」

狄雲兀自不信，道：「我師父教我劍法，將招法都解錯了，甚麼『孤鴻海上來，池潢不敢顧』，他解作『哥翁喊上來，是橫不敢過』；甚麼『落日照大旗，馬鳴風蕭蕭』，他解作『老泥招大姐，馬命風小小』。他字也不大識，怎說得上聰明厲害？」

丁典嘆了口氣，道：「你師父文武雙全，江湖上向來有名，怎會解錯詩句？他城府極深，定有別意。為甚麼連自己徒兒也要瞞住，外人可猜測不透了。嘿嘿，倘若你不是這般……這般忠厚老實，他也未必肯收你為徒。咱們別說這件事了，來罷，我給你黏成個大鬍子。」他提起單刀，在梟道人屍體的手臂上斫了一刀。梟道人新死未久，刀傷處流出血來。丁典將一根根又粗又硬的鬍子蘸了血，黏在狄雲的兩腮和下顎。

狄雲聞到一陣血腥之氣，頗有懼意，但想到萬圭的毒計、師父這個外號，以及許許多多自己不明白的事端，只覺得這世上最平安的，反而是在這牢獄之中。

第二日中午，獄中連續不斷的關了十七個犯人進來。高矮老少，模樣一瞧即知都是江湖人物，將一間獄室擠得滿滿地，各人都只好抱膝而坐。狄雲見越來越多，不由得暗自心驚，情知這些人都是為對付丁典而來。他本說有五個勁敵，那知竟來了一十七個。

丁典卻一直朝著牆壁而臥，毫不理會。

這些犯人大呼小叫，高聲談笑，片刻間便吵起嘴來。狄雲低下了頭，聽他們的說話。原來這一十七人分作三派，都在想得甚麼寶貴的物事。狄雲偶爾目光斜過，與這干人兇暴的目光相觸，嚇得立刻便轉過頭去，只想：「我扮作了丁大哥，可是我武功全失，待會動手，那便如何是好？丁大哥本領再高，也不能將這些人都打死啊。」

眼見天色漸漸黑將下來。一個魁梧的大漢大聲道：「咱們把話說明在先，這正主兒，是我們洞庭幫要了的。誰要是不服，乘早手底下見真章，免得待會拉拉扯扯，多惹麻煩。」他這洞庭幫在獄中共有九人，最是人多勢眾。一個頭髮灰白的中年漢子陰陽怪氣的道：「手底下見真章，那也好啊。大夥兒在這裏羣毆呢，還是到院子中打個明白？」那大漢道：「院子就院子，誰還怕了你不成？」伸手抓住一條鐵柵，向左推去，鐵條登時彎了。他隨手又扭彎右邊一條鐵柵，膂力實是驚人。

這大漢正想從兩條扭彎了的鐵柵間鑽出去，突然間眼前人影晃動，有人擋住了空隙，正是丁典。他一言不發，一伸手便抓住了那大漢的胸口。這大漢比丁典還高出半個頭，但給他一把抓住，竟立即軟垂垂的毫不動彈。丁典將他龐大的身子從鐵柵間塞了出去，拋在院子中。這大漢蜷縮在地下，不動一動，顯是死了。

獄中諸人見到這般奇狀，都嚇得呆了。丁典隨手抓了一人，從鐵柵投擲出去，跟著又抓一人，接連的又抓又擲，先後共有七人給他投了出去。凡經他雙手抓到，無不立時斃命，連哼也不哼一聲。

餘下的十人大驚，三人退縮到獄室角落，其餘七人同時出手，拳打腳踢，向丁典攻去。丁典既不拆架，亦不閃避，只伸手抓出，一抓之下，必定抓到一人，而給他抓到的必定死於頃刻，如何受了致命之傷，狄雲全然瞧不出來。片刻之際，七人全死。

躲在獄室角落裏的餘下三人只嚇得心膽俱裂，一齊屈膝跪地，磕頭求饒。丁典便似沒瞧見，又是一手一個，都抓死了投擲出去。

狄雲只瞧得目瞪口呆，恍在夢中。丁典拍了拍雙手，冷笑道：「這一點兒微末道行，也想來搶奪連城訣！」狄雲一呆，道：「丁大哥，甚麼連城訣？」他想到師父與師伯曾為「連城劍法」而吵嘴動武，不知兩者是否便是一物。丁典似乎自悔失言，但也不願出言相欺，冷笑了幾下，並不回答。

狄雲見這一十七人適才還都生龍活虎，頃刻間個個屍橫就地，他一生中從未見過這許多死人堆在一起，嘆道：「丁大哥，這些人都死有餘辜麼？」丁典道：「死有餘辜，倒也不見得。只是這些人個個不存好心。我若不是練成了『神照經』上的武功，給這批人逼供起來，那才眞慘不堪言呢。」

狄雲知他所言非虛，說道：「你隨手一抓，便傷人性命，這種功夫我聽也沒聽說過。我如跟師妹說，她也不會相信……」這句話剛說出口，立即省悟，不由得胸頭一酸，心口似乎給人重重打了一拳。

丁典卻並不笑他，嘆了口長氣，自言自語：「其實呢，縱然練成了絕世武功，也不能事事盡如人意……」狄雲忽然「咦」的一聲，伸手指著庭中的一具死屍。

丁典道：「怎麼？」狄雲道：「這人沒死透，他的腳動了幾動。」丁典大吃一驚，道：「當眞？」說這兩個字時，聲音也發顫了。狄雲道：「剛才我見他動了兩下。」心想：「一個人受傷不死，那也沒甚麼大不了，決不能再起來動手。」

丁典皺起了眉頭，竟似遇上了重大難題，從鐵柵間鑽了出去，俯身查看。

突然間嗤嗤兩聲，兩件細微的暗器分向他雙眼急射，正是那並沒死透之人所發。丁典向後急仰，兩枝袖箭從他面上掠了過去，鼻中隱隱聞到一陣腥臭，顯然箭上餵有劇毒。那人一發出袖箭，立即挺躍而起，向屋簷上竄去。

丁典見他輕身功夫了得，自己身有銬鐐，行動不便，只怕追他不上，隨手提起一具屍體向上擲去，去勢奇急。砰的一下，屍體的腦袋重重撞在那人腰間。那人左足剛踏上屋簷，給這屍體一撞，站立不定，倒摔下來。丁典搶上幾步，一把抓住他後頸，提到牢房之中，伸手探他鼻息，這次是眞的死了。

丁典坐在地下，雙手支頤，苦苦思索：「爲甚麼先前這一下竟沒能抓死他？我的功力之中，到底出了甚麼毛病？難道這『神照功』畢竟沒練成？」半天想不出個所以然，惱起上來，伸手又往那屍體的胸口插落，突然一股又韌又軟的力道將他手指彈回，丁典驚喜交集，叫道：「是了，是了！」撕開那人外衣，只見他貼身穿著一件漆黑發亮的裏衣，喜道：「是了！原來如此，倒嚇得我大吃一驚。」

狄雲奇道：「怎麼？」丁典拉去那漢子的外衣，又將黑色裏衣剝了下來，將屍體擲出牢房，笑嘻嘻的道：「狄兄弟，你把這件衣服穿在身上。」狄雲料到這件黑衣甚是珍貴，道：「這是大哥之物，兄弟不敢貪圖。」丁典道：「不是你的物事，你便不貪圖麼？」語音嚴厲。狄雲一怔，怕他生氣，道：「大哥定要我穿，我穿上就是。」

丁典正色道：「我問你，不是你的物事，你要不要？」狄雲道：「除非物主一定要給我，我非受不可，否則……否則……不是我的東西，我自然不能要。若是貪圖別人的東西，那不是變成強盜小偷麼？」說到後來，神色昂然，道：「丁大哥，請你明白，我是受人陷害，才給關在這裏。我一生清白，從來沒拿過一件半件別人的物事。」

丁典點頭道：「很好！不枉我丁某交了你這朋友。你把這件衣服貼肉穿著。」

狄雲不便違拗，除下衣衫，把這件黑色裏衣貼肉穿了，外面再罩上那件三年多沒洗的臭衣。他雙手戴著手銬，肩頭琵琶骨又穿了鐵鍊，更換衣衫委實難上加難，全仗丁典替他撕破舊衫衣袖，方能除下穿上。那件黑色裏衣其實是前後兩片，腋下用扣子扣起，穿上倒也不難。

丁典待他穿好了，才道：「這件刀槍不入的寶衣，是用大雪山上的烏蠶蠶絲織成的。你瞧，這只是兩塊料子，剪刀也剪不爛，只得前一塊、後一塊的扣在一起。這傢伙是雪山派中的要緊人物，才有這件『烏蠶衣』。他想來取寶，沒料想竟是送寶來了！」

狄雲聽說這件黑衣如此珍異，忙道：「大哥，你仇人甚多，該當自己穿了護身才是。再說，每個月十五……」丁典連連搖手，道：「我有神照功護身，用不著這烏蠶衣。每月十五的拷打嘛，我是甘心情願受的，用這寶甲護身，反而其意不誠了。一些皮肉之苦，又傷不了筋骨，有甚相干？」

狄雲好生奇怪，欲待再問。丁典道：「我叫你黏上鬍子，扮作我的模樣，我雖在旁保護，總是擔心出岔子，現下這可好了。我現下傳你內功心法，你好好聽著。」

以前丁典要傳他功夫，狄雲萬念俱灰，決意不學，此刻明白了受人陷害的前因後果，一股復仇之火在胸中熊熊燃起，恨不得立時便出獄去找萬圭算帳。他親眼見到丁典赤手空拳，連斃這許多江湖高手，心想自己只須學得他兩三成功夫，越獄報仇便有指望，霎時間心亂如麻，熱血上湧，滿臉通紅。

丁典只道他仍執意不肯學這內功，正欲設法開導，狄雲突然雙膝跪下，放聲大哭，叫道：「丁大哥，求你教我。我要報仇！」

丁典縱聲長笑，聲震屋瓦，說道：「要報仇，那還不容易？」

待狄雲激情過去，丁典便即傳授他入門練功的口訣和行功之法。

狄雲一得傳授，毫不停留的便即依法修習。丁典見他練得起勁，笑道：「練成神照經，天下無敵手。難道是這般容易練成的麼？我各種機緣巧合，內功的底子又好，這才十二年而得大成。狄兄弟，練武功要勤，那是很要緊的，可是欲速則不達，須得循序漸進才是，尤須心平氣和，沒半點雜念。你好好記著我這幾句話。」

狄雲此時口中稱他為「大哥」，心中其實已當他為「師父」，他說甚麼便聽甚麼。但胸中仇恨洶湧如波濤，又如何能心平氣和？

次日獄吏大驚小怪的吵嚷一番。衙役、捕快、仵作騷擾半天，到得傍晚，才將那一十七具屍首抬了出去。丁典和狄雲只說是這夥人自相鬥毆而死。做公的卻也沒有多問。

這一日之中，狄雲只照著丁典所授的口訣用功。這「神照功」入門的法子甚爲簡易，但要心中沒絲毫妄念，卻艱難之極。狄雲一忽兒想到師妹，一忽兒想到萬圭，一忽兒又想到了師父，練到晚間，這才心念稍歛，突然之間，前胸後背同時受了重重一擊。這兩下便如兩個大鐵鎚前後齊撞一般。狄雲眼前一黑，幾乎便欲暈去，待得疼痛稍止，睜開眼來，只見身前左右各站著一個和尙，一轉頭，見身後和兩側還有三個，一共五僧，將他圍在中間。

狄雲心道：「丁大哥所說的五個勁敵到了，我須得勉強支撐，不能露出破綻。」哈哈一笑，說道：「五位大師父，找我丁某有何貴幹？」

左首那僧人道：「快將『連城訣』交了出來！咦，你……你……你是……」突然之間，他背上啪的一聲，中了一拳，身子搖了幾搖，險些摔倒。跟著第二名僧人又已中拳，哇的一聲，吐出一口鮮血。

狄雲大奇，忍不住向丁典瞧去，只見他倏然躍近，擊出一拳，這一拳無聲無影，去勢快極，正中第三名僧人胸口。那僧人「啊」的一聲大叫，倒退幾步，撞在牆上。

另外兩名僧人順著狄雲的目光，向蜷縮在黑暗角落中的丁典望去，齊聲驚叫：「神照功，無影神拳！」身材極高的那僧兩手各拉一名受傷僧人，從早已扳開的鐵柵間逃出，越牆而去。另一名僧人攔腰抱住吐血的僧人，回手發掌，向丁典擊來。丁典搶上舉拳猛擊。那僧人接了他一拳，倒退一步，再接一拳，又退一步，接到第三拳，已退出鐵柵。

那僧人踉踉蹌蹌的走了幾步，又倒退一步，身子搖晃，似乎喝醉了一般，鬆手將吐血的僧人拋在地下，似欲單身逃命，但每跨一步，腳下都似拖了一塊千斤巨石，腳步沉重之極，掙扎著走出六七步後，呼呼喘氣，雙腿漸漸彎曲，摔倒在地，再也站不起來。兩名僧人在地下扭曲得幾下，便均不動。

丁典道：「可惜，可惜！狄兄弟，你若不向我看來，那個和尚便逃不了。」狄雲見這兩個僧人死得悽慘，心下不忍，暗想：「讓那三個逃走了也好，丁大哥殺的人實在太多了。」丁典道：「你嫌我出手太狠了，是不是？」狄雲道：「我……我……」猛地裏喉頭塞住，一交坐倒，說不出話來。

丁典忙給他推宮過血，按摩了良久，他胸口的氣塞方才舒暢。

丁典道：「你嫌我辣手，可是那兩個惡僧一上來便向你各擊一掌，若不是你身上穿著烏蠶衣，早就一命嗚呼了。哎！這事做哥哥的太過疏忽，那想到他們一上來便會動手。我猜想他們定要先逼問一番。嗯，是了，他們對我十分忌憚，要將我先打得重傷，這才逼問。」

他抹去狄雲腮上的鬍子，笑道：「那賊禿嚇得心膽俱裂，再也不敢來惹咱們了。」他又正色道：「狄兄弟，那逃走了的高個子和尚，叫做寶象。那胖胖的叫做善勇。我第一拳打倒的那個最厲害，叫做勝諦。這五個和尚都是青海黑教『血刀門』的高手惡僧，我若不是暗中伏擊得手，以一敵五，只怕鬥他們不過。善勇和勝諦都已中了我的神拳，就算一時不死，也活不了幾天。賸下的那寶象心狠手辣，日後你如在江湖上遇上了，務須小心在意。」沉吟半晌，又道：「聽說這五僧的師父尚在人世，武功更加厲害，將來倒要跟他鬥鬥。」

狄雲雖有寶衣護身，但前胸後背同受夾擊，受傷也頗不輕，在丁典指點下運了十幾天功，又得丁典每日以內力相助，這才慢慢痊可。

此後兩年多的日子過得甚是平靜，狄雲勤練神照功，頗有進展。偶爾有一兩個江湖人物到獄中來囉唕，丁典不是一抓，便是一拳，轉眼間便送了他們性命。

近幾個月來狄雲修習神照功，進步似是停滯了，練來練去，和幾個月前仍是一樣。好在他悟性雖然不高，生性卻極堅毅，知道這等高深內功決非輕易得能練成，在丁典指點下日夕耐心修習，以期突破難關。

這一日早晨醒來，他側身而臥，臉向牆壁，依法吐納，忽聽得丁典「咦」的一聲，聲音中頗有焦慮之意，過得半晌，又聽他自言自語：「今天是不會謝的，明天再換也不遲。」狄雲有些詫異，轉過身來，只見他抬起了頭，正凝望著遠處窗檻上的那隻花盆。

狄雲自練神照功後，耳目比之往日已遠爲靈敏，放眼瞧去，見盆中三朵黃薔薇中，有一朵缺了一片花瓣。他日常總見丁典凝望這盆中的鮮花，呆呆出神，數年如一日，心想獄中無可遣興，唯有這一盆花長保鮮艷，丁典喜愛欣賞，那也不足爲奇。只是這花盆中的鮮花若非含苞待放，便是迎日盛開，不等有一瓣凋謝，便即換過。春風茉莉，秋月海棠，日日夜夜，窗檻上總有一盆鮮花。狄雲記得這盆黃薔薇已放了六七天，平時早就換過了，但這次卻一直沒換。

這一日丁典自早到晚，心緒煩躁不寧。到得次日早晨，那盆黃薔薇仍然沒換，有五六片花瓣已爲風吹去。狄雲心下隱隱感到不祥之意，見丁典神色十分難看，便道：「這人這一次忘了換花，想必下午會記得。」

丁典大聲道：「怎麼會忘記？決不會的！難道……難道是生了病？就算是生了病，也會叫人來換花啊！」不停步的走來走去，神色不安已極。

狄雲不敢多問，便即盤膝坐下，入靜練功。

到得傍晚，陰雲四合，不久便淅淅瀝瀝的下起雨來，一陣寒風過去，三朵黃薔薇上的花瓣又飄了數片下來。丁典這幾個時辰之中，一直目不轉睛的望著這盆花，每飄落一片花瓣，他總是臉上肌肉扭動，神色悽楚，便如是在他身上剜去一塊肉那麼難受。

狄雲再也忍耐不住，問道：「丁大哥，你爲甚麼這樣不安？」丁典轉過頭來，滿臉怒容，喝道：「關你甚麼事？囉唆甚麼？」自從他傳授狄雲武功以來，從未如此兇狠無禮。狄雲甚感歉仄，待要說幾句甚麼話分解，卻見他臉上漸漸現出淒涼之意，顯然心中甚是悲痛，便住了口。

這一晚丁典竟一息也沒坐下。狄雲聽著他走來走去，銬鐐上不住發出叮叮噹噹的聲響，也無法入睡。

次日清晨，斜風細雨，兀自未息。曙色朦朧中看那盆花時，只見三朵薔薇的花瓣已然落盡，盆中唯餘幾根花枝，在風雨中不住顫動。

丁典大叫：「死了？死了？你眞的死了？」兩目流淚，雙手抓住鐵柵，不住搖晃。

狄雲道：「大哥，你若記掛著誰，咱們便去瞧瞧。」丁典一聲虎吼，喝道：「瞧！能去瞧麼？我若能去，早就去了，用得著在這臭牢房中苦耗？」狄雲不明所以，睜大了眼，只好默不作聲。這一日中，丁典雙手抱住了頭，坐在地下不言不動，不吃不喝。

耳聽得打更聲「的篤，的篤，噹」的打過一更。寂靜中時光流過，於是「的篤，的篤，噹噹」的打過二更。丁典緩緩站起身來，道：「兄弟，咱們去瞧瞧罷。」話聲甚是平靜。狄雲道：「是。」丁典伸出手去，抓住兩根鐵柵，輕輕往兩旁一分，兩根鐵柵登時便彎了。丁典道：「提住鐵鍊，別發出響聲。」狄雲依言抓起鐵鍊。

丁典走到牆邊，提氣一縱，便即竄上了牆頭，低聲道：「跳上來！」狄雲學著他向上一竄，不料給穿通琵琶骨後，全身勁力半點也使不出來，他這一躍，只不過竄起三尺。丁典伸手一抓，將他帶上了牆頭，兩人同時躍下。

過了這堵牆，牢獄外另有一堵極高的高牆，丁典或能上得，狄雲卻無論如何無法逾越。丁典哼了一聲，將背脊靠在牆上。但聽瑟瑟瑟一陣泥沙散落的輕響過去，磚石紛紛跌落。狄雲雙眼一花，只見牆上現出了一個大洞，丁典已然不見。原來他竟以神照功的絕頂內功，破牆而出。狄雲又驚又喜，忙從牆洞中鑽了出去。

外面是條小巷。丁典向他招招手，從小巷的盡頭走去。出小巷後便是街道。丁典對荊州城中的街巷似乎極爲熟悉，過了一條街，穿過兩條巷子，來到一家鐵店門首。

丁典舉手推出，啪的一聲，門住大門的門閂便已崩斷。店裏的鐵匠吃了一驚，跳起身來，叫道：「有賊！」丁典一把叉住他喉嚨，低聲道：「生火！」

那鐵匠不敢違拗，點亮了燈，見二人長髮垂肩，滿臉鬍子，模樣兇惡，自然嚇得呆了。丁典道：「把銬鐐鑿開！」那鐵匠料得二人是衙門中的越獄重犯，若鑿斷銬鐐，官府追究起來，定要嚴辦，不禁遲疑。丁典隨手抓起一根徑寸粗的鐵條，來回拗得幾下，啪的一聲，折爲兩截，喝道：「你這頭頸，有這般硬麼？」

那鐵匠要弄斷這鐵條，使到鋼鑿大錘，也得攪上好一會兒，見丁典舉手間便將鐵條拗斷，倘若來拗自己頭頸，那可萬萬不妥，當下連聲：「是，是！」取出鋼鑿、鐵錘，先給丁典鑿開了銬鐐，又給狄雲鑿開。

丁典先將自己琵琶骨中的鐵鍊拉出。當他將鐵鍊從狄雲肩頭的琵琶骨中拉出來時，鮮血滿身，狄雲痛得險些暈去。

終於狄雲雙手捧著那條沾滿鮮血的鐵鍊，站在鐵砧之前，想到在這根鐵鍊的束縛之下，在暗無天日的牢獄中苦度五年多時光，直至今日，鐵鍊方始離身，不由得又歡喜，又傷心，想起師妹已嫁了萬圭，自己的死活她自絲毫不放在心上，不禁怔怔的掉下淚來。

「這樣子的六個多月，
不論大風大雨，大霜大雪，我天天早晨去賞花。
凌小姐也總風雨不改的給我換一盆鮮花。
她每天只看我一眼，決不看第二眼，
每看了這一眼，總是滿臉紅暈的隱到了簾子之後。」

三 人淡如菊

狄雲隨著丁典走出鐵店。他乍脫銬鐐，走起路來輕飄飄的，十分不慣，幾次頭重腳輕，險些兒摔倒，然見丁典腳步沉穩，越走越快，當下緊緊跟隨，生怕黑暗中和他離得太遠。片刻之間，兩人已來到那放置花盆的窗下。丁典仰起了頭，猶豫半晌，似乎想要進去，卻又拿不定主意。狄雲見窗戶緊閉，樓中寂然無聲，道：「我先去瞧瞧，好麼？」丁典點點頭。

狄雲繞到小樓門前，伸手推門，發覺門內上了閂。好在圍牆甚低，一株柳樹的枝椏從牆內伸了出來，這時琵琶骨中的鐵鍊既去，內外功行便能使出，他微一縱身，抓住枝椏，翻身進了圍牆。裏面一扇小門卻是虛掩著的。狄雲推門入內，拾級上樓，黑暗中聽得樓梯發出輕微的吱吱之聲，腳下只覺虛浮浮的，甚不自在。他在這五年多之中，整日整夜便在一間獄室中走動，從未踏過一步梯級。

到得樓頂，側耳靜聽，絕無半點聲息，朦朧微光中見左首有門，便輕輕走了進去，房中連呼吸之聲也無。隱隱約約間見桌上有一燭台，伸手在桌上摸到火刀火石，打火點燃蠟燭，燭光照映之下，突然間感到一陣說不出的寂寞淒涼。

室中空空洞洞，除一桌、一椅、一床之外，甚麼東西也沒有。床上掛著一頂夏布白帳子，一床薄被，一個布枕，床腳邊放著一雙青布女鞋。只這一雙女鞋，才顯得這房間原為一個女子所住。

他呆了一呆，走到第二間房中去看時，那邊竟連桌椅也沒一張。可是瞧那模樣，卻又不是新近搬走了傢生用具，而是許多年來一直便如此空無所有。拾級來到樓下，每一處都去查看了一遍，竟一個人也無。

他隱隱覺得不妥，出來告知丁典。丁典道：「甚麼東西也沒有？」狄雲搖了搖頭。丁典似乎對這情景早在意料之中，毫不驚奇，道：「到另一個地方去瞧瞧。」

那另一個地方卻是一座大廈，朱紅的大門，門上釘著碗口大的銅釘，門外兩盞大燈籠，一盞寫著「荊州府正堂」，另一盞寫著「凌府」。狄雲心中一驚：「這是荊州府凌知府的寓所，丁大哥到來作甚？是要殺他麼？」

丁典握著他手，一言不發的越牆而進。他對凌府中的門戶甚是熟悉，穿廊過戶，便似是在自己家中行走一般。過了兩條走廊，來到花廳門外，見到窗紙中透出光亮，丁典突然發起抖來，顫聲道：「兄弟，你進去瞧瞧。」

狄雲伸手推開了廳門，只見燭光耀眼，桌子上點燃著兩根素燭，原來是座靈堂。他一直在擔心會瞧見靈堂、棺材、或是死人，這時終於見到了，雖早已料到，還是忍不住打了個寒噤，凝目瞧那靈牌時，見上面寫著「愛女凌霜華之靈位」八個字，突覺身後風聲颯然，丁典搶了進來。

丁典呆了一陣，撲在桌上，放聲大慟，叫道：「霜華，你果然先我而去了。」

霎時之間，狄雲心中想到了許許多多事情，這位丁大哥的種種怪僻行逕，就在這撫桌一哭之際，令他全然明白了。但再一細想，卻又有種種難以索解之處。

丁典全不理會自己是越獄的重犯，不理會身處之地是知府大人的住宅，越哭越悲。狄雲心知難以相勸，只有任其自然。丁典哭了良久，這才慢慢站直身子，伸手揭開素幃，幃後赫然是一具棺木。他雙手緊緊抱住棺木，將臉貼著棺蓋，抽抽噎噎的道：「霜華，霜華，你爲甚麼這樣忍心？你去之前，怎麼不叫我來再見你一面？」

狄雲忽聽得腳步聲響，門外有幾人來到，忙道：「大哥，有人來啦。」

丁典用嘴唇去親那棺材，對於有人來到，全沒放在心上。

只見火光明亮，兩個人高舉火把，走了進來，喝道：「是誰在這裏吵鬧？」那兩人之後是個四十五六歲的中年漢子，衣飾華貴，一臉精悍之色，他向狄雲瞧了一眼，問道：「你是誰？到這裏幹甚麼？」狄雲滿腔憤激，反問道：「你又是誰？到這裏幹甚麼？」手執火把的一人喝罵道：「小賊，這位是荊州府府台凌大人，你好大膽子，半夜三更到這裏來，想造反嗎？快跪下！」狄雲冷笑一聲，渾不理會。

丁典擦乾了眼淚，問道：「霜華是那一天去世的？生甚麼病？」語音竟十分平靜。

凌知府向他看了一眼，說道：「啊，我道是誰，原來是丁大俠。小女不幸逝世，有勞弔唁，存歿同感。小女去世已五天了，大夫也說不上是甚麼病症，只說是鬱積難消。」

丁典恨恨的道：「這可遂了你的心願。」凌知府嘆道：「丁大俠，你可忒也固執了，倘若早早說了出來，小女固然不會給你害死，我和你更成了翁婿，那是何等的美事。」丁典大聲道：「你說霜華是我害死的？不是你害死她的？」說著向凌知府走上一步，眼中兇光暴長。

凌知府卻十分鎮定，搖頭道：「事已如此，還說甚麼？霜華啊，霜華，你九泉之下，定要怪爸爸不體諒你了。」慢慢走到靈位之前，左手扶桌，右手拭淚。

丁典森然的道：「倘若我今日殺了你，霜華在天之靈定然恨我。凌退思，瞧在你女兒份上，你折磨了我這七年，咱們一筆勾銷。今後你再惹上我，可休怪姓丁的無情。狄兄弟，走罷。」

凌知府長嘆一聲，道：「丁大俠，咱們落到今日的結果，你說有甚麼好處？」丁典道：「你清夜撫心自問，也有點慚愧麼？你只貪圖那甚麼『連城訣』，寧可害死自己女兒。」凌知府道：「丁大俠，你不忙走，還是將那劍訣說了出來，我便給解藥於你，免得枉自送了性命。」

丁典一驚，道：「甚麼解藥？」便在此時，只覺臉頰、嘴唇、手掌各處忽有輕微的麻痺之感，同時又聞到了一陣淡淡的花香，這花香，這花香……他又驚又怒，身子搖晃。

凌知府道：「我生怕有不肖之徒，開棺辱我女兒的清白遺體，因此……」

丁典登時省悟，怒道：「你在棺木上塗了毒藥？凌退思，你好惡毒！」縱身而起，發掌便向他擊去。不料那毒藥當眞厲害，霎時間消功蝕骨，神照功竟已使不出來。

凌知府凌退思側身閃避，身手甚是敏捷，門外又搶進四名漢子，執刀持劍，同時向丁典攻去。丁典飛起左足，向左首一人的手腕踢去，本來這一腳方位去得十分巧妙，那人手中的單刀非給踢下不可。豈知他腳到中途，突然間勁力消失，竟然停滯不前，原來毒性已傳到腳上。那人翻轉刀背，啪的一聲，打在他腳骨之上。丁典腳骨碎裂，摔倒在地。

狄雲大驚，惶急中不及細想，縱身就向凌退思撲去，心想只有抓著他作為要脅，才能救得丁典。那知凌退思左掌斜出，呼的一掌，擊在他胸口，手法勁力，均屬上乘。狄雲早豁出了性命不要，不封不架，仍然撲上前去。凌退思武功不低，這一掌明明擊中對方胸口，卻見狄雲毫不理會，他不知狄雲內穿「烏蠶衣」寶甲護身，還道他武功奇高，一驚之下，已給狄雲左手拿住了胸口「膻中穴」。

狄雲一襲得手，俯身便將丁典負在背上，左手仍牢牢抓住凌退思胸前要穴。那四個漢子心有顧忌，只是喝罵，卻不敢上前。丁典喝道：「投去火把，吹熄蠟燭。」執火把的漢子不敢不從，靈堂中登時一團漆黑。

狄雲左手抓住凌退思前胸，右手負著丁典，快步搶出。丁典指點途徑，片刻間來到花園門邊，狄雲踢開板門，奮力在凌退思的膻中穴上猛擊一拳，負著丁典便逃了出去，黑暗中一腳高一腳低的狂衝急奔。他苦修神照經兩年，雖還說不上有甚重大成就，但內力卻已非同泛泛。他擊向凌退思這一拳情急拚命，出力奇重，正好又擊中了對方胸口要穴。凌退思中拳後，悶哼一聲，往後便倒。他手下從人與武師驚惶之下，忙於相救，誰也顧不得來追趕丁狄二人了。

丁典手腳越來越痲木，神智卻仍清醒。他熟悉江陵城中道路，指點狄雲轉左向右，不久便遠離鬧市，到了一座廢園。丁典道：「凌知府定然下令把守城門，嚴加盤查，我中毒已深，是不能出城了。這廢園向來說是有鬼，沒人敢來，咱們且躲一陣再說。」

狄雲將他輕輕放在一株梅樹之下，道：「丁大哥，你中了甚麼毒？怎樣施救才是？」

丁典嘆了口氣，苦笑道：「不中用了。那是『金波旬花』的劇毒，天下無藥可解，挨得一刻是一刻。」

狄雲大吃一驚，全身猶如墮入冰窖，顫聲道：「甚麼？你……你是……是說笑罷？」心中卻明知丁典並非說笑。丁典道：「凌退思這『金波旬花』毒性厲害之極，嘿嘿，我以前只聞得幾下，便暈了過去。這一次是碰到了肌膚，那還了得？」

狄雲急道：「丁大哥，你……你別傷心。留得青山在……唉……女人的事，我……我也是一樣，這叫做沒法子……你得想法子解了毒再說……我去打點水來給你洗洗。」心中一急，說出來的話全然語無倫次。

丁典搖搖頭，道：「沒用的。這『金波旬花』之毒用水一洗，肌膚立時發腫腐爛，死得更加慘些。不去理它，它倒發作得慢。狄兄弟，我有許許多多話要跟你說，你別忙亂，你一亂，只怕我漏了要緊話兒。時候不多了，我得把話說完，你給我安安靜靜的坐著，別打斷我話頭。」

狄雲只得坐在他身旁，可是心中卻又如何安靜得下來？

丁典說得很平穩，似乎說的是別人的事，是個和他不相干的旁人。

「我是荊門人，是武林世家。我爹在兩湖也算是頗有名氣的。我學武的資質還不錯，除了家傳之學，又拜了兩位師父。年輕時愛打抱不平，居然也闖出了一點兒小小名頭。後來父母去世，我家財不少，卻也不想結親，只勤於練武，結交江湖上朋友。

「那是十五年前的事了，我乘船從四川下來，出了三峽後，船泊在三斗坪。那天晚上，我在船中聽得岸上有打鬥聲音。我生性愛武，自是關心，從船窗向外張望。那晚月光明亮，照在那幾人臉上，是三個人在圍攻一個老者。這三人都是兩湖武林中的出名人物，我倒都認得。一個是五雲手萬震山。（狄雲插口道：「啊，是我師伯！」）另一個是陸地神龍言達平。（狄雲道：「嗯，是我二師伯，不過我沒見過他老人家。」）第三個人使一口長劍，身手甚是矯捷，那是鐵鎖橫江戚長發。（狄雲跳了起來，叫道：「是我師父！」）

「我和萬震山曾有數面之緣，知他武功不弱，我當時遠不及他，見他們師兄弟三人聯手攻敵，想來必操勝算。那老者背上已經受傷，不住流血，手中又沒兵刃，只以一雙肉掌和他三人相鬥，功夫卻比萬震山他們高出太多。那三人不敢逼近他身旁。我越看越不平，但見萬震山他們使的每一手都是殺著，顯然要置那老者於死地。我一聲也不敢出，生怕給他們發覺，禍事可不小。這種江湖上的仇殺，若給旁人瞧見了，往往便要殺人滅口。

「鬥了半天，那老者背上的血越流越多，實在支持不住了，突然叫道：『好，我交給你們。』伸手到懷中去掏摸甚麼。萬震山他們三人一齊擁上，似乎生怕給旁人先搶到了手。突然之間，那老者雙掌呼的推出，三人爲掌力所逼，齊向後退。老者轉身便奔，撲通一聲，跳入了江中。三人大聲驚叫，趕到江邊。

「長江從三峽奔瀉下來，三斗坪的江水可有多急？只一眨眼間，那老者自然是無影無蹤了。但你師父仍不肯死心，跳到我船上，拔了竹篙，在江中亂撈一陣。這三人既逼死了那老頭，該當歡喜才是，但三人臉色都極可怕。我不敢多看，將頭蒙在被中，隱隱約約聽得他們在爭吵甚麼，似乎是互相埋怨。

「我直聽得這三人都走遠了，才敢起身，忽聽得後梢上啪的一聲響，梢公『啊』的一聲，叫道：『有水鬼！』我側頭看去，只見一個人濕淋淋的伏在船板上，正是那老者。原來他跳入江中後，鑽入船底，用大力鷹爪手法鉤住船底，凝住呼吸，待敵人退走後這才出來。我忙將他扶入船中，見他氣息奄奄，話也說不出來了。

「我心裏想，萬震山他們如不死心，定會趕向下游尋覓這老者的屍體。也是我自居俠義道，要救人性命，便命船家立即開船，溯江而上，回向三峽。船家當然不願，半夜中又沒縴夫，上三峽豈是易事？但總而言之，有錢能使鬼推磨便是了。

「我身邊帶得有金創藥，便給那老者治傷。可是他背上那一劍刺得好深，穿通了肺，這傷是治不好的了。我只有盡力而爲，甚麼也不多問，一路上買了好酒好肉服侍。我見了他的武功，親眼見他躍入長江，鑽入船底，這份膽識和功夫，便值得我丁典給他賣命。

「這麼治了三天，那老者問了我的姓名，苦笑道：『很好，很好！』從懷中取出一個油紙包來交給我。我道：『老丈的親人在甚麼地方？我必給老丈送到，決不有誤。』那老者道：『你知我是誰？』我道：『不知。』他道：『我是梅念笙。』

「我這一驚自然非同小可。甚麼？你不奇怪？梅念笙是誰，你不知道麼？是鐵骨墨萼梅念笙啊。你眞的不知道？（狄雲又搖搖頭，說道：「從來沒聽見過這名字。」）嘿嘿，是了，你師父自然不會跟你說。鐵骨墨萼梅念笙，是湘中武林名宿，他有三個弟子，大弟子名叫萬震山，二弟子叫言達平，三弟子叫……（狄雲插口道：「丁……丁大哥，你……你說甚麼？」）他三弟子是戚長發。當時我聽他自承是梅念笙，這份驚奇，跟你此刻一模一樣。我親眼見到月夜江邊那場惡鬥，見到萬震山師兄弟三人出手的毒辣，只有比你更加震駭。

「梅老先生向我苦笑著搖搖頭，道：『我的第三徒兒最厲害，搶先冷不防的在我背上插了一劍，老頭兒才逼得跳江逃命。』（狄雲顫聲道：「甚麼？眞是我師父先動手？」）我不知說些甚麼話來安慰他才是，心想他師徒四人反目成仇，必有重大之極的原因，我是外人，雖然好奇，卻也不便多問。梅老先生道：『我在這世上的親人，就這麼三個徒兒。他們想奪我一部劍譜，不惜行刺師父，嘿嘿，好厲害的乖徒兒！劍譜是給他們奪去了，可是沒劍訣，那又有甚麼用？連城劍法雖然神奇，又怎及得上神照功了？這部神照經，我送了給你，好好的練罷。此經如能練成，威力奇大，千萬不可誤傳匪人。連城訣是這樣的，你牢牢記在心裏，有好大的用處。』神照經和連城訣，就是這樣得來的。

「梅老先生說了這番話後，沒挨上兩個時辰便死了。我在巫峽江邊給他安葬，當時我全不知連城訣如此事關重大，只道是他本門中所爭奪的一部劍術訣譜，因此沒想到須得嚴守隱秘，便在梅老先生墓前立了一塊碑，寫上『兩湖大俠梅先生念笙之墓』。那知道這塊石碑，竟給我惹來了無窮煩惱。有人便從這石碑的線索，追查石匠、船夫，查到這碑是我立的，梅老先生是我葬的，那麼梅老先生身上所懷的東西，十之八九是落入了我手中。

「過不了三個月，便有一個江湖豪客尋到我家中來。來人禮貌周到，說話吞吞吐吐的不著邊際，後來終於吐露了來意，他說有一張大寶藏的地圖，是在梅老先生手中，這時想必為我所得，請我取出來，大家參詳，如找到寶藏，我得七成，他得三成。

「梅老先生交給我的，其實是一部修習上乘內功的秘經，還說了幾句劍訣，說是甚麼『連城訣』，那不過幾個數目字，此外一無所有，那裏有甚麼寶藏的地圖。我據實以告，那人不信，要我將武功秘訣給他看。梅老先生鄭重叮嚀，千萬不可誤傳匪人。我自是不允交出，那人快快而去。過不了三天，半夜裏便摸到我家裏來，跟我動上了手，他肩頭帶了彩，這才知難而退。

「風聲一洩漏，來訪的人越來越多。我實在應付不了，到得最後，連萬震山也來了。我在荊門老家躭不下去，只有一走了之，隱姓埋名，走得遠遠地，直到關外牧場去幹買賣牲口的勾當。這麼過得五六年，再也聽不到甚麼風聲了，記掛著老家，便改了裝，回到荊門來瞧瞧。不料老屋早給人燒成了一片白地，幸好我也沒甚麼親人，這麼一來，反而乾淨。」

狄雲心中一片迷惘，說要不信罷，這位丁大哥從來不打誑語，何況跟他親如骨肉，何必揑造一番謊言來欺騙自己？要信了他的話罷，難道一向這麼忠厚老實的師父，竟是這麼一個陰險狠毒之人？只見丁典臉上的肌肉不住輕輕顫動，似乎毒性正自蔓延，狄雲道：「丁大哥，我師父跟太師父的事，咱們不忙查究。你……還是仔細想想，有甚麼法子，能治你所中的毒。」

丁典搖頭道：「我說過叫你別打岔，你就靜靜的聽著。

「那是在九年多之前，九月上旬，我到了漢口，向藥材店出賣從關外帶來的老山人參。藥材店主人倒是個風雅人，做完了生意，邀我去看漢口出名的菊花會。這菊花會中名貴的品種倒眞不少，嗯，黃菊有都勝、金芍藥、黃鶴翎、報君知、御袍黃、金孔雀、側金盞、鶯羽黃。白菊有月下白、玉牡丹、玉寶相、玉玲瓏、一團雪、貂蟬拜月、太液蓮。紫菊有碧江霞、雙飛燕、翦霞綃、紫玉蓮、紫霞杯、瑪瑙盤、紫羅繖。紅菊有美人紅、海雲紅、醉貴妃、繡芙蓉、胭脂香、錦荔枝、鶴頂紅。淡紅色的有佛見笑、紅粉團、桃花菊、西施粉、勝緋桃、玉樓春……」

他各種各樣菊花品種的名稱隨口而出，倒似比武功的招式更加熟習。狄雲有些詫異，但隨即想起，丁大哥是愛花之人，因此那位凌小姐的窗檻上鮮花不斷。他熟知諸般菊花的品種名稱，自非奇事。

丁典說到這些花名時，嘴角邊帶著微笑，神色甚是柔和，輕輕的道：「我一面看，一面讚賞，和藥店主人談論，說出這些菊花的名稱，品評優劣。我觀賞完畢，將出花園時，說道：『這菊花會也算是十分難得了，就可惜沒綠菊。』

「忽聽得一個小姑娘的聲音在我背後說道：『小姐，這人倒知道綠菊花。我們家裏的「春水碧波」、「綠玉如意」，平常人那裏輕易見得？』

「我回過頭來，只見一個清秀絕俗的少女正在觀賞菊花，穿一身嫩黃衫子，當眞是人淡如菊，我一生之中，從未見過這般雅致清麗的姑娘。她身旁跟著一個十四五歲的丫鬟。那位小姐見我注視她，臉上登時紅了，低聲道：『對不起，先生別見怪，小丫頭隨口亂說。』我霎時間呆住了，甚麼話也說不出來。

「我眼望她出了園子，仍怔怔的不會說話。那藥店主人道：『這一位是武昌凌翰林家的小姐，咱們武漢出名的美人。她家裏的花卉，那是了不起的。』

「我出了園子，和藥店主人分了手，回到客店，心中除了那位凌小姐之外，再沒絲毫別的念頭。到得午後，我便過江到了武昌，問明途徑，到凌翰林府上去。倘若就此進去拜訪，那是太也冒昧，我在府門外踱來踱去，心裏七上八下，又歡喜，又害怕，又斥罵自己該死。我那時年紀已不算小了，可是就像初墮情網的小夥子一般，變成了隻沒頭蒼蠅。」他說到這裏，臉上現出一股奇異的光采，眼中神光湛湛，顯得甚爲興奮。

狄雲感到害怕，擔心他突然會體力不支，說道：「丁大哥，你還是安安靜靜的歇一會。我去找個大夫來給你瞧瞧，未必就眞的沒法子治。」說著便站起身來。

丁典一把抓住他衣袖，說道：「我們倆這副模樣出去找大夫，那不是自尋死路麼？」頓了一頓，嘆了口氣，道：「狄兄弟，那日你聽到師妹嫁了別人，氣得上吊。你師妹待你無情無義，實在不值得爲她尋死。」

狄雲點頭道：「不錯，這些年來，我也已想穿啦。」

丁典道：「倘若你師妹對你一往情深，終於爲你而死，那麼，你也該爲她死了。」

狄雲突然省悟，道：「那位凌小姐，是爲你死的？」丁典道：「正是。她爲我死了，現下我也就要為她死啦。我……我心裏很快活。她對我情深義重，我……我也待她不錯。狄兄弟，別說我中毒無藥可治，就是醫治得好，我也不治。」

驀然之間，狄雲心中感到一陣難以形容的傷心，那當然是為了痛悼良友將逝，可是在內心深處，反而在羨慕他的幸福，因為在這世界上，有一個女子是眞心誠意的愛他，甘願為他而死，而他，也是同樣深摯的報答了這番恩情。可是自己呢？自己呢？

丁典又沉浸在往日的回憶之中，說道：

「凌翰林的府門是朱紅的大門，門口兩隻大石獅子，我是個江湖人，怎能貿然闖進去？我在門外踱了三個時辰，直踱到黃昏，自己也不知道到底在盼望甚麼。

「天快黑了，我還是沒想到要離開，忽然間，旁邊小門中出來一個少女，悄步走到我身邊，輕聲說道：『傻瓜，你在這裏還不走？小姐請你回家去罷！』我一看，正是凌小姐身邊的那個丫頭。我心中怦怦亂跳，結結巴巴的道：『你……你說甚麼？』

「她笑嘻嘻的道：『小姐和我賭了東道，賭你甚麼時候才走。我已贏了兩個銀指環啦，你還不走？』我又驚又喜，道：『我在這裏，小姐早知道了麼？』那丫鬟笑道：『我出來瞧了你好幾次，你始終沒見到我，你靈魂兒也不見了，是不是？』她笑了笑，轉身便走。我忙道：『姊姊！』她說：『怎麼？你想甚麼？』我道：『聽姊姊說，府上有幾本名種的綠菊，我想觀賞一下，不知行不行？』她點點頭，伸手指著後園的一角紅樓，說道：『我去求求小姐，要是她答允，就會把綠菊花放在那紅樓的窗檻上。』

「那天晚上，我在凌府外的石板上坐了一夜。

「到第二天早晨，狄兄弟，我好福氣，兩盆淡綠的菊花當真出現在那窗檻之上。我知道一盆叫作『春水碧波』，一盆叫作『綠玉如意』，可是我心中想著的，只是放這兩盆花的人。就在那時候，在那簾子後面，那張天下最美麗的臉龐悄悄的露出半面，向我凝望了一眼，忽然間滿臉紅暈，隱到了簾子之後，從此不再出現。

「狄兄弟，你大哥相貌平庸，非富非貴，只是個流落江湖的草莽之徒，如何敢盼望得佳人垂青？只是從此之後，每天早晨，我總是到凌府的府門外，向小姐的窗檻瞧上半天。凌小姐倒也記著我，每天總是換一盆鮮花，放在窗檻上。

「這樣子的六個多月，不論大風大雨，大霜大雪，我天天早晨去賞花。凌小姐也總風雨不改的給我換一盆鮮花。她每天只看我一眼，決不看第二眼，每看了這一眼，總是滿臉紅暈的隱到了簾子之後。我只要每天這樣見到一次她的眼波、她臉上的紅暈，那就心滿意足。她從來沒跟我說話，我也從不敢開口說一句。以我的武功，輕輕一縱，便可躍上樓去，到了她身前。但我從來不敢對她有半分輕慢。至於寫一封信來表達敬慕之忱，那更是不敢了。

「那一年三月初五的夜裏，有兩個和尚到我寓所來，忽然向我襲擊。他們得知了消息，想搶神照經和劍訣。這兩個和尚，便是『血刀門』五僧中的二僧，其中一個我已在牢獄中料理了，那日你親眼瞧見的。可是那時我還沒練成神照功，武功及不上他們，給這兩個惡僧打得重傷，險些性命不保，我躲在馬廄的草料堆中，這才脫難。

「這一場傷著實不輕，足足躺了三個多月，才勉強能夠起身。我一起床，撐了拐杖，掙扎著便到凌府的後園門外，只見景物全非，一打聽，原來凌翰林已在三個月前搬了家。搬到甚麼地方，竟誰也不知。

「狄兄弟，你想想，我這番失望，可比身上這些傷勢厲害得多。我心中奇怪，凌翰林是武昌大名鼎鼎的人物，搬到了甚麼地方，決不至於誰也不知。可是我東查西問，花了不少財物氣力，仍沒半點頭緒。這中間實在大有蹊蹺。顯然，凌翰林或許爲了躲避仇家，或許另有特別原因，這才突然間舉家遷徙，不知去向，湊巧的是，我受傷不久，她家裏就搬了。

「從此我不論做甚麼事都是全無心思，在江湖上東遊西蕩。也是我丁典洪福齊天，這日在長沙茶館之中，無意聽到兩個幫會中人談論，商量著要到荊州去找萬震山，說要他交出那部《連城劍譜》來。我想那日萬震山師兄弟三人大逆弒師，爲的就是這本劍譜，到底那劍譜是副甚麼樣子，倒不妨瞧瞧。於是我悄悄跟著二人，到了江陵。這兩個幫會中人委實是不自量力，一到萬家去生事，就給萬震山拿住了，送到荊州府衙門去。我跟著去瞧熱鬧，一見到府衙前貼的大告示，可眞喜從天降。原來那知府不是旁人，正是凌小姐的父親凌退思。

「這天晚上，我悄悄捧了一盆薔薇，放在凌小姐後樓的窗檻上，然後在樓下等著。第二天早晨，小姐打開窗子，見到了那盆花，驚呼了一聲，隨即又見到了我。我們一年多不見，都以爲今生再無相見之日，此番久別重逢，眞是說不出的歡喜。她向我瞧了好一會兒，臉有喜色，紅著臉輕輕掩上了窗子。第三天，她終於說話了，問道：『你生病了麼？可瘦得多了。』

「以後的日子，我不是做人，是在天上做神仙，其實就做神仙，一定也沒我這般快活。每天半夜裏，我到樓上去接凌小姐出來，在江陵各處荒山曠野漫遊。我們從沒半分不規矩的行爲，然而是無話不說，比天下最要好朋友還更知己。

「一天晚上，凌小姐向我吐露了一個大秘密。原來她爹爹雖然考中進士，做過翰林，其實是兩湖龍沙幫中的大龍頭，不但文才出衆，武功也十分了得。我對凌小姐既敬若天神，對她父親自然也甚爲尊敬，聽了也不以爲意。

「又有一天晚上，凌小姐對我說，她父親所以不做清貴的翰林，又使了數萬兩銀子，千方百計的謀幹來做荊州府知府，乃是有個重大圖謀。原來他從史書之中，探索到荊州城中某地，一定埋藏有一批數量巨大無比的財寶。

「凌小姐說，六朝時梁朝的梁武帝經侯景之亂而死，簡文帝接位，又爲侯景害死，湘東王蕭繹接位於江陵，是爲梁元帝。梁元帝儒弱無能，性喜積聚財寶，在江陵做了三年皇帝，搜刮的金珠珍寶，不計其數。承聖三年，魏兵攻破江陵，殺了元帝。但他聚斂的財寶藏在何處，卻無人得知。魏兵元帥于謹爲了查問這批珍寶，拷打殺掠了數千人，始終追查不到。他怕知道珍寶所在的人日後偷偷發掘，將江陵百姓數萬口盡數驅歸長安。殺的殺，坑的坑，幾乎沒甚麼活口倖存。幾百年來，這秘密始終沒揭破。時候長了，更加誰也不知道了。

「凌小姐說，她爹爹花了多年功夫，翻查荊州府志，以及各種各樣的古書舊錄，斷定梁元帝這批財寶，定是埋藏在江陵城外某地。梁元帝性子殘忍，想必是埋了寶物之後，將得知秘密的人盡數殺了，因此魏兵元帥不論如何的拷掠百姓，終究得不到絲毫線索。」

狄雲聽到這裏，心頭存著的許多疑竇慢慢一個個解明了，說道：「丁大哥，你知道這寶藏的秘密，是不是？這許多人到牢獄中來找你，也必是爲了想得這個大寶藏。」

丁典臉露苦笑，繼續說下去：

「凌小姐跟我說了這些話，我只覺她爹爹發財之心忒也厲害，他已這般文武全才，又富又貴，何必再去想甚麼寶藏？後來我跟她談論江湖間的諸般見聞，那晚在江邊見到萬震山三人弒師奪譜的事，自然也不瞞她。我跟她說到神照經、連城訣等等。

「我們這般過了大半年快活日子。那一日是七月十四，凌小姐對我說：『典哥，咱們的事，總得給爹爹說了，請他老人家作主，那就不用這般偷偷摸摸……』她這句話沒說完，羞得將臉藏在我的懷裏。我說：『你是千金小姐，我就怕你爹爹瞧我不起。』她說：『我祖上其實也是武林中人，只不過我爹爹去做了官，我又不會半點武藝。我爹爹是最疼我的，自從我媽死後，我說甚麼他都答允。』

「我聽她這麼說，自然高興得要命。七月十五這一天，在白天該睡覺的時候，也閉不了眼睛。到得半夜，我又到凌小姐樓上去會她，她滿臉通紅的說：『爹爹說，一切但憑女兒的主意。』我樂得變成了個大傻瓜，兩個兒你瞧瞧我，我瞧瞧你，只嘻嘻的直笑。

「我倆手挽手走下樓來，忽然在月光之下，看見花圃中多了幾盆顏色特別嬌艷的黃花。這些花的花瓣黃得像金子一樣，閃閃發亮，花朵的樣子很像荷花，只是沒荷花那麼大。我二人都是最愛花的，立時便過去觀賞。凌小姐嘖嘖稱奇，說從來沒見過這種黃花，我們一齊湊近去聞聞，要知道這花的香氣如何……」

狄雲聽他敘述往事，月光之下，與心上人攜手同遊，觀賞奇花，當眞是天上神仙也比不上了。可是丁典述說的語調之中，卻含有一股陰森森的可怖的氣息，狄雲聽得幾乎氣也喘不過來，似乎這廢園之中，有許多惡鬼要撲上身來一般，突然之間他想到了一個名字，大聲叫道：「金波旬花！」

丁典嘴角邊露出一絲苦笑，隔了好一會，才道：「兄弟，你不笨了。以後你一人行走江湖，也不會吃虧，我這可放心了。」

狄雲聽他這幾句話中充滿了關切和友愛，忍不住熱淚盈眶，恨恨的道：「凌知府這狗官，他，他，他不肯將女兒許配給你，那也罷了，何必使這毒計害你？」

丁典道：「當時我怎麼猜想得到？更那知道這金色的花朵，便是奇毒無比的金波旬花？『波旬』兩字是梵語，是『惡魔』的意思。這毒花是從天竺傳來的，原來天竺人叫它爲『惡魔花』，我一聞到花香，便一陣暈眩，只見凌小姐身子晃了幾晃，便即摔倒。我忙伸手去扶，自己卻也站立不定。我正運內功調息，與毒性相抗，突然間暗處搶出幾個手執兵刃的漢子來。我只和他們鬥得幾招，眼前已漆黑一團，接著便甚麼也不知道了。

「待得醒轉，我手足都已上了銬鐐，連琵琶骨也給鐵鍊穿過。凌知府穿了便服，在花廳中審訊，旁邊伺候的也不是衙門中的差役，而是他幫會中的兄弟。我自然十分倔強，破口大罵。凌知府先命人狠狠拷打我一頓，這才逼我交出神照經和劍訣。

「以後的事，你都知道了。每個月十五，凌知府便提我去拷打一頓，勒逼我交出武經劍訣，我始終給他個不理不睬。他的耐性也眞好，咱們便這麼耗上了。」

狄雲道：「凌小姐呢？她爲甚麼不想法子救你？你後來練成了神照功，來去自如，爲甚麼不去瞧瞧她？爲甚麼在獄中空等，一直等到她死？」

丁典頭腦中一陣劇烈的暈眩，全身便似在空中飄浮飛舞一般。他伸出手來亂抓亂摸，似想得到甚麼依靠。狄雲伸手過去握住了他手。丁典突然一驚，使力掙脫，說道：「我手上有毒，你別碰。」狄雲心中又是一陣難過。

丁典暈了一會，漸漸定下神來，問道：「你剛才說甚麼？」狄雲忽然想起一事，說道：「丁大哥，你有沒有想過，凌小姐是受她父親囑咐，故意騙你，想要……」丁典一聲大叫，喝道：「放屁！」揮拳便擊了下來。狄雲自知失言，不願伸手招架，甘心受他一拳。

不料丁典的拳頭伸在半空，卻不落下，向狄雲瞪視片刻，緩緩收回拳頭，道：「兄弟，你爲女子所負，以致對天下女子都不相信，我也不來怪你。霜華若是受她父親囑咐，想使美人計，要騙我的神照經和連城訣，那是很容易的。她又何必騙？只須說一句：『你那部神照經和連城訣給了我罷！』她甚至不用明說，只須暗示一下，或者表示了這麼一點點意思，我立刻就給了她。她拿去給她父親也好，施捨給街邊的乞丐也好，或是撕爛來玩也好，燒著瞧也好，我都眉頭也不皺一下。狄兄弟，雖然這是武林中的奇書至寶，可是與霜華相比，在我心中，這奇書至寶也不過是糞土而已。凌退思枉自文武雙全，實在是個大大的蠢才。他若叫女兒向我索取，我焉有相拒之理？」

狄雲道：「說不定他曾跟凌小姐說過，凌小姐卻不答允。」

丁典搖頭道：「若有此事，霜華也決不瞞我。」嘆了口氣，說道：「凌退思這種人，於功名利祿、金銀財寶看得極重，以己度人，以為天下人都如他一般的重財輕義，以為他女兒倘若向我索取，我一定不允，反倒著了形跡，令我起了提防之心。另外還有個原因，他是翰林知府，女兒卻私下裏結識了我這草莽布衣。他痛恨我辱沒了他門楣，非殺我不可。

「他將我擒住後，立時便搜我全身，甚麼東西也找不到，在我的寓所窮搜大索，自然也找不到甚麼。其實，那神照經和連城訣，我都記在心裏，外面不留半點線索。每個月十五，他總是提我出去盤問拷打，把甚麼甜言蜜語都說完了，威嚇脅迫也都使遍了，我只是給他個不理不睬。他從我嘴裏問不到半句眞話，但從他盤問的話中，我反而推想到了，原來梅念笙老先生跟我說的那『連城訣』，便是找尋梁元帝大寶藏的秘訣。他又曾派人裝扮了囚犯，和我關在一起，想套問我的口風。那人假裝受了冤屈，大罵凌退思不是好人。可是我一下子就瞧了出來，只可惜那時沒練成神照功，身上沒多少力量，打得他不夠厲害。」他說到這裏，嘴角邊露出一絲微笑，道：「你運氣不好，給我冤枉打了不少頓。若不是你上吊自盡，到今日說不定給我打也打死了。」

狄雲道：「我給人陷害，若不是丁大哥……」丁典左手搖了搖，要他別說下去，道：「這是機緣。世事都講究一個『緣』字。」

他眼角斜處，月光下見到廢園角落的瓦礫之中，長著一朵小小的紫花，迎風搖曳，頗有孤寂淒涼之意，便道：「你給我採了來。」狄雲過去摘下花朵，遞在他的手裏。

丁典拿著那朵小紫花，神馳往日，緩緩說道：「我給穿了琵琶骨，關在牢裏，一切都已想得清清楚楚，凌退思是非要了我的命不可。我如將經訣早一日交給他，他便早一日殺我。但如我苦挨不說，他瞧在財寶面上，反而不會害我，便是拷打折磨，也只讓我受些皮肉之苦，還眞捨不得傷了我要害。」

狄雲道：「是了，那日我假意要殺你，那獄卒反而大起忙頭，不敢再強兇霸道。」

丁典拿著那朵小紫花，手指微微顫抖，紫花也微微顫抖，緩緩道：

「我在牢獄中給關了一個多月，又氣又急，幾乎要發瘋了。一天晚上，終於來了一個丫鬟，那便是凌小姐的貼身使婢菊友，我在武昌城裏識得霜華，便因她一言而起。不知霜華使了多少賄賂，才打動獄卒，引得她來見我一面。可是，菊友一句話也沒跟我說，也沒甚麼書柬物事遞給我，只是向我呆望。獄卒手裏拿著一柄尖刀，指住她的背心。我很明白，那獄卒顯是怕極了凌知府，只許她見我一面，可不許說話。

「菊友瞧了我一會，怔怔的流下淚來。那獄卒連打手勢，命她快走。菊友見到鐵欄外的庭院中長得有一朵小雛菊，便去採了來，隔著鐵欄遞了給我，伸手指著遠處高樓上的窗檻。窗檻上放著一盆鮮花。我心中一喜，知道這花是霜華放在那兒的，作爲我的伴侶。菊友不能多停，轉身走了出去。剛要走出院子的鐵門，高處一箭射了下來，正中她背心，登時便將她射死了。原來凌退思深怕我朋友前來劫獄，連牆頭屋頂都伏得有人。

跟著第二箭射下，那獄卒也送了性命。那時我當眞十分害怕，生怕凌退思橫了心，連自己女兒竟也加害。我不敢再觸怒他，每次他審問我，我只給他裝聾作啞。

「菊友是爲我而死的，若不是她，這幾年我如何熬得過？我怎知道那窗檻上的鮮花，是霜華爲我而放？可是霜華始終不露面，始終不在那邊窗子中探出頭來讓我瞧她一眼。我當時一點也不明白，有時不免怪她，爲甚麼這樣忍心。

「於是我加緊用功，苦練神照經，要早日功行圓滿，能不受這鐵銬的拘束。我只盼得脫樊籠，帶同霜華出困。只是這神照功講究妙悟自然，並非一味勤修苦練便能奏功。我給穿了琵琶骨，挑斷了腳筋，自然比旁人又加倍艱難。直到你自盡之前的兩個月，這才大功告成。這些日子之中，全憑這一盆鮮花作爲我的慰藉。

「凌退思千方百計的想套出我胸中秘密。將你和我關在一起，那也是他的計策。他知道派親信來騙我，是不管用的了，於是索性讓一個眞正受了大冤屈的少年人來陪我。時候一久，我自能辨別眞僞。只要我和你成了患難之交，向你吐露了眞情，那麼在我身上逼不出的，多半能在你口中套騙出來。你年幼無知，忠厚老實，別人假裝好人，你容易上當。可是我始終不相信你。我親身的遭受，菊友的慘死，叫我對誰也信不過了。

「事隔多年，凌退思這荊州府知府的任期早已屆滿，該當他調，或是升官，想來他使了銀子，居然一任一任的做下去。他不想升官，只想得這個大寶藏。

「你以爲我沒出過獄去嗎？我練成神照功後，當天便出去了，只是出去之前點了你的昏睡穴，你自然不知道。那一晚我越過高牆之時，還道不免一場惡鬥，不料事隔多年，凌退思已無防我之心，外邊的守衛早已撤去。他萬萬料想不到神照功如此奇妙，穿了琵琶骨、挑斷了腳筋的人，居然還能練成上乘武功。

「我到了高樓的窗下，心中跳得十分厲害，似乎又回到了初次在窗下見到她的心情。終於鼓起了勇氣，輕輕在窗上敲了三下，叫了聲：『霜華！』

「她從夢中驚醒過來，矇矇矓矓的道：『大哥！典哥！是你麼？我是在做夢麼？』我隔了這許多苦日子，終於又再聽到她的聲音，歡喜得眞要發狂，顫聲道：『霜妹，是我！我逃出來啦。』我等她來開窗。以前我們每次相會，總是等她推開窗子招了手，我才進去，我從來不自行進她的房。

「不料她並不開窗，將臉貼在窗紙上，低聲道：『謝天謝地，典哥，你仍好好活著，爹沒騙我。』我的聲音很苦澀，說道：『嗯，你爹沒騙你。我還活著。你開窗罷，我要瞧你。』她急道：『不，不！不行！』我的心沉了下去，問道：『爲甚麼不行？』她道：『我答應了爹，他不傷你性命，我就永遠不再跟你相見。他要我起了誓，要我起一個毒誓，倘若我再見你，我媽媽在陰世天天受惡鬼欺侮。』她說到這裏，聲音哽咽了。她十三歲那年喪母，對亡母是最敬愛不過的。

「我眞恨極了凌退思的惡毒心腸。他不殺我，只不過爲了想得經訣，霜華便不起這毒誓，他也決計捨不得殺我。可是他終於逼得女兒起了這毒誓，這個毒誓，將我甚麼指望都化成了泡影。但我仍不死心，說道：『霜華，你跟我走。你把眼睛用布蒙了起來，永不見我就是。』她哭道：『那不成的。我也不願你再見我。』

「我胸中積了許多年的怨憤突然迸發出來，叫道：『爲甚麼？我非見你不可！』

「她聽到我的聲音有異，柔聲道：『典哥，我知道你給爹爹擒獲後，一再求他放你。他卻將我另行許配別人，要我死了對你的心。我說甚麼也不答允，他用強逼迫，於是……於是……我用刀子劃破了自己的臉。』」

狄雲聽到這裏，不禁「啊」的一聲叫了出來。

丁典道：「我又感激，又憐惜，一掌打破了窗子。她驚呼一聲，閉起了眼睛，伸手蒙住了自己臉，可是我已經瞧見了。她那天下最美麗的臉龐上，已又橫又豎的劃上了十七八刀，肌肉翻了出來，一條條都是鮮紅的疤痕。她美麗的眼睛，美麗的鼻子，美麗的嘴巴，都歪歪扭扭，變得像妖魔一樣。我伸手將她摟在懷裏。她平時多麼愛惜自己容顏，若不是爲了我這不祥之人，她怎肯讓自己的臉蛋受半點損傷？我說：『霜妹，容貌及得上心麼？你爲我而毀容，在我心中，你比從前更加美上十倍，百倍。』她哭道：『到了這地步，咱倆怎麼還能廝守？我答允了爹爹，永遠不再見你。典哥，你……你去罷！』我知道這是無可挽回的了，說道：『霜妹，我回到牢獄中去，天天瞧著你這窗邊的鮮花。』她卻摟住我的脖子，說道：『你……你別走！』

「我和她相偎相倚，不再說甚麼話。她不敢看我，我也不敢再瞧她。我當然不是嫌她醜陋，可是……可是……她的臉實在毀損得厲害。隔了很久很久，遠處的雞啼了。她說：『典哥，我不能害我死了的媽媽。你……你以後別再來看我。』我說：『咱倆從此不再相見？』她哭道：『不再相見！我只盼咱倆死了之後，能葬在一起。只盼有那一位好心人，能幫咱們完成我這心願，我在陰間天天唸佛保佑他。』」

「我道：『我已推想到，我所知道的那「連城訣」，便是找尋梁元帝那大寶藏的秘訣。我跟你說，你好好記住了。』她道：『我不記，我記著幹甚麼？爹爹爲了這個秘密，才害得你這樣，典哥，我不想聽。』我道：『你尋一個誠實可靠之人，要他答允幫咱們成全這個合葬的心願，就將這劍訣對他說。』

「她道：『我這一生是決不下這樓的了，我這副樣子，怎能見人？』可是她想了一想之後，又道：『好，你跟我說。典哥，我無論如何要跟你葬在一起。就這副樣子去求人，我也不怕。』於是我將劍訣說了給她聽。她用心記住了。

「東方漸漸亮了，我和她分了手，回到了獄中。那時我雖可自在出獄，但我每天要看她窗上的花，我是永遠永遠不會走的……有人行刺凌退思，我反而救他，因爲……因爲如果凌退思給人殺了，霜華一個人孤苦伶仃，在這世上再也沒依靠……」

他說到這裏，聲音漸漸低了下去。

狄雲道：「大哥你放心，要是你眞的好不了，我定要將你和凌小姐合葬。我可不希罕你的甚麼秘訣，你就說了，我也決計不聽。」

丁典臉露歡笑，說道：「好兄弟，不枉我結識你一場。你答允給我們合葬，我死得瞑目，我好歡喜……你照我所教的用心練去，將來必可練成神照功，天下無敵是不見得，但比萬震山他們一定高得多了……」他話聲越來越低，說道：「你如找得到這個大寶藏，也不必是爲了自己發財，可以用來打救天下的苦人，像我、像你這樣的苦人，天下多得是。這連城訣，你若不聽，我一死之後便失傳了，豈不可惜？」狄雲點了點頭。

丁典深深吸一口氣，道：「你聽著，這都是些數字，可弄錯不得。」狄雲打疊精神，凝神傾聽。丁典道：「第一字是『四』，第二字是『四十一』，第三字是『三十三』，第四字『五十三』……」

狄雲正感莫名其妙，忽聽得廢園外腳步聲響，有人說道：「到園子裏去搜搜。」

丁典臉上變色，一躍而起。狄雲跟著跳起。只見廢園後門中搶進三條大漢。

「再見她一面，又有甚麼好？
她有丈夫、女兒，一家人歡歡喜喜的，
那有半分將我這殺人逃犯放在心上？
我再想見她，豈不徒然自討沒趣？」

四 空心菜

丁典向這三人横了一眼，問道：「兄弟，我說的那四個數目字，你記住了麼？」

狄雲見三名敵人已逼近身前，圍成了弧形，其中一人持刀，一人持劍，另一人雖是空手，但滿臉陰鷙之色，神情極是可怖。他凝神視敵，未答丁典的問話。

丁典大聲叫道：「兄弟，你記住了沒有？」狄雲一凜，道：「第一字是……」他本想說出個「四」字來，但立時想起：「我若說出口來，豈不教敵人聽去了？」當即將左手伸到背後，四根手指一豎。丁典道：「好！」

那使刀的漢子冷笑道：「姓丁的，你總算也是條漢子，怎麼到了這地步，還在婆婆媽媽的囉唆不休？快跟咱兄弟們乖乖回去，大家免傷和氣。」那使劍的漢子卻道：「狄大哥，多年不見，你好啊？牢獄中住得挺舒服罷？」

狄雲一怔，聽這口音好熟，凝神看去，登時記起，此人便是萬震山的二弟子周圻，相隔多年，他在上唇留了一片小鬍子，兼之衣飾華麗，竟不識得他了。狄雲這幾年來慘遭陷害的悲憤，霎時間湧向心頭，滿臉脹得通紅，喝道：「原來是周……周……周二哥！」他本欲直斥其名，終於在「周」字之下，加上了「二哥」兩字。

丁典猜到了他的心情，喝道：「好！」轉眼便是一場決生死的搏鬥，狄雲能抑制憤怒，叫他一聲「周二哥」，便不是爛打狂拚的一勇之夫了，說道：「這位周二爺，想必是萬老爺子門下的高弟。很好，很好，你幾時到了凌知府手下當差？狄兄弟，我給你引見引見。這位是『萬勝刀』門中的馬大鳴馬爺。那位是山西太行門外家好手，『雙刀』耿天霸耿爺。據說他一對鐵掌鋒利如刀，因此外號『雙刀』，其實他是從來不使兵刃的。」

狄雲道：「這兩位的武功怎樣？」丁典道：「第三流中的好手。要想攀到第二流，卻終生無望。」狄雲道：「爲甚麼？」丁典道：「不是那一塊材料，資質既差，又沒名師傳授。」他二人一問一答，當眞旁若無人。

耿天霸便即忍耐不住，喝道：「直娘賊，死到臨頭，還在亂嚼舌根。吃我一刀！」他所說的「一刀」，其實乃是一掌，喝聲未停，右掌已經劈出。

丁典中毒後一直難以運氣使勁，不敢硬接，斜身避過。耿天霸右掌落空，左掌隨至。丁典識得這是「變勢掌」，急忙翻手化解。可是一掌伸將出去，勁力勢道全不是那回事，啪的一聲，腋下已給耿天霸的左掌打實。丁典身子一晃，哇的一聲，吐出了一口鮮血。耿天霸笑道：「怎麼樣？我是第三流，你是第幾流？」

丁典吸一口氣，突覺內息暢通，原來那「金波旬花」的劇毒深入血管，使血液漸漸凝結，越流越慢。他適才吐出一大口鮮血，所受內傷雖然不輕，毒性卻已暫時消減。他心頭一喜，立時上前挺掌向耿天霸按出。耿天霸舉掌橫擋，丁典左手迴圈，啪的一聲，重重打了他一個嘴巴，跟著右手圈轉，反掌擊在他頭頂。耿天霸大叫一聲「啊喲！」急躍退後。丁典右掌倏地伸出，擊中了他胸口。耿天霸又一聲「啊喲！」再退了兩步。

丁典這三掌只須有神照功相濟，任何一掌都能送了當今一流高手的性命。耿天霸只外功厲害，內力卻殊爲平平，居然連受三掌仍能挺立不倒。丁典自知死期已近，雖生性豁達，且已決意殉情，但此刻一股無可奈何、英雄末路的心情，卻也令他不禁黯然神傷。然而耿天霸連中三掌，大驚失色，但覺臉上、頭頂、胸口隱隱作痛，心想三處都是致命的要害，不知傷勢如何，不由得怯意大生。

馬大鳴向周圻使個眼色，道：「周兄弟，並肩子上！」周圻道：「是啊！」他自忖不是狄雲對手，但想自己手中有劍，對方卻赤手空拳，再加他右手手指遭削，琵琶骨穿破，就算他功夫再強，也使不出了，便挺劍向狄雲刺去。

丁典知狄雲神照功未曾練成，此刻武功尚遠不及入獄之前，要空手對抗周圻，不過枉送了性命，身形斜晃，左手便去奪周圻長劍。這一招去勢奇快，招式又極特異，周圻尚未察覺，丁典左手三根手指已搭上了他右手脈門。周圻大驚，只道兵刃非脫手不可，那可性命休矣，豈知自己脈門上穴道居然並不受制，當即順手急甩，長劍迴轉，疾刺丁典左胸。丁典側身避過，長嘆一聲。

馬大鳴見丁典和耿天霸、周圻動手，兩次都已穩佔上風，卻兩次均不能取勝，心中微一琢磨，已知其理：「凌知府說他身中劇毒，想必是毒性發作，功力大減。」耿天霸見丁典奪劍功敗垂成，也知他內力已不足以濟，心道：「這姓丁的招數厲害，卻是虎落平陽……呸，他媽的！虎落平陽被犬欺，我將這賊囚犯比作老虎，豈不是將老子比作狗了？」兩人一般的心思，同時向丁典撲去。

狄雲搶上擋架。丁典在他肩頭上一推，喝道：「狄兄弟，退下。」右手探出，已抓中了馬大鳴喉頭。這一抓只須有尋常內功，手指抓到了這等要緊的部位，那也非要了對方性命不可。馬大鳴嚇得魂飛天外，就地急滾，逃了開去。

丁典暗自歎氣，自己內力越來越弱，只仗著招數高出敵人甚多，尚可支持片刻，若這「連城訣」不說與狄雲知道，大秘密從此湮沒無聞，未免太也可惜，說道：「狄兄弟，你聽我的話。你躲在我身後，不必去理會敵人，只管記我的口訣。這事非同小可，咱們說甚麼也得辦成功了。你丁大哥落到今日這步田地，便是爲此。」狄雲應了一聲，縮到丁典身後。丁典道：「第五個字是『十八』……」

馬大鳴知道凌知府下令大搜，追捕丁典，主旨是在追查一套武功秘密；而周圻到凌退思手下當差，既非爲名，亦非爲利，乃奉了師父之命，暗中查訪連城訣。這時兩人聽到丁典說出第五個字是「十八」這句話，都是心中一凜，牢牢記住。只聽丁典又道：「第六個字是『七』。」馬大鳴、周圻、狄雲三人又一齊用心暗記。

耿天霸卻只奉命來捉要犯，不知其餘，見丁典口中唸唸有辭，甚麼「十七、十八」，馬大鳴和周圻兩人便即心不在焉，也是「十七、十八」的喃喃自語，只道丁典在唸甚麼迷人心魄的咒語，大喝：「喂，別著了他道兒！」揮掌向丁典直劈過去，但忌憚對手了得，一掌擊過，不敢再施後著，立即退開。

丁典讓過敵掌，腳下站立不穩，向前撲出。馬大鳴瞧出便宜，揮刀砍向他左肩。丁典只覺眼前一黑，竟不知閃避。狄雲大驚，危急中無法解救，搶將上來，一頭撞入馬大鳴懷裏。

丁典一陣頭暈過去，睜開眼來，見狄雲和馬大鳴糾纏在一起，周圻挺劍正要往狄雲背心上刺去，當即左手揮出，兩根手指戳向周圻雙眼。他自知力氣微弱已極，只有攻向這等柔軟部位，方能收退敵之功。周圻不暇傷人，疾向左閃，便在此時，馬大鳴一刀柄已擊在狄雲頭上，將他打倒在地。丁典叫道：「狄兄弟，記住第七字，那是……」只覺胸口氣息急窒，耿天霸右掌又到。

丁典搖了搖頭，眼前白光連閃，馬大鳴和周圻同時攻來，丁典身子晃動，猛向刀劍迎上，噗噗兩聲，刀劍同時刺中他身子。狄雲一聲大叫，搶上救援。丁典乘著鮮血外流、毒性稍弱這一瞬息，運勁雙掌，順手一掌打在馬大鳴右頰，反手一掌打向周圻。這一掌本來非打中周圻不可，不料耿天霸恰好於這時撲將上來，衝勢極猛，喀喇一聲響，將胸口撞在丁典的掌上，肋骨全斷，當時便暈死過去。

丁典這兩掌使盡了全身剩餘的精力。馬大鳴當場身死。耿天霸氣息奄奄，也已命在頃刻。只周圻卻沒受傷，右手抓住劍柄，要從丁典身上拔出長劍，再來回刺狄雲。丁典身子向前挺出，雙手緊抱周圻腰間，叫道：「狄兄弟，快走，快走！」他身子這麼一挺，長劍又深入體內數寸。

狄雲卻那肯自行逃生，撲向周圻背心，扠住他咽喉，叫道：「放開丁大哥！」他可不知其實是丁典抓住了對手，卻不是周圻不放他丁大哥。

丁典自覺氣力漸漸衰竭，快將拉不住敵人，只要給他一拔出長劍，擺脫了自己糾纏，狄雲非送命不可，大叫：「狄兄弟，快走，你別顧我，我……我總是不活的了！」狄雲叫道：「要死，大家死在一起！」使勁狠扠周圻喉嚨，可是他琵琶骨遭穿通後，肩臂上筋骨肌肉大受損傷，不論如何使勁，始終沒法令敵人窒息。

丁典顫聲道：「好兄弟，你義氣深重……不枉我……交了你這朋友……那劍訣……

可惜說不全了……我……我很快活……春水碧波……那盆綠色的菊花……嗯！她放在窗口，你瞧多美啊……菊花……」聲音漸漸低沉，臉上神采煥發，抓著周圻的雙手卻慢慢鬆開了。

周圻使力掙扎，將長劍從丁典身上拔出，劍刃上全是鮮血，急忙轉身，和狄雲臉對著臉，相距不過尺許，一聲獰笑，手上使勁，挺劍便向狄雲胸口猛刺。

狄雲大叫：「丁大哥，丁大哥！」驀然間胸口感到一陣劇痛，一垂眼，見周圻的長劍正刺在自己胸膛上，耳中但聽得他得意之極的獰笑：「哈哈，哈哈！」

在這一瞬之間，狄雲腦海中轉過了無數往事：在師父家中學藝，與戚師妹親暱要好，在萬震山家中苦受冤屈，獄中五年的淒楚生涯……種種事端，一齊湧向心頭，悲憤充塞胸臆，大呼：「我……我……和你同歸於盡。」伸臂抱住了周圻背心。

他練神照功雖未見功，但也已有兩年根基，這時自知性命將盡，全身力氣都凝聚於雙臂之上，緊緊抱住敵人，有如一雙鐵箍。周圻只感呼吸急促，用力掙扎，卻沒法脫身。狄雲但覺胸口越來越痛，此時更無思索餘暇，雙臂只用力擠壓周圻。是不是想就此擠死敵人，心中也沒這個念頭，就是說甚麼也不放鬆手臂。但長劍竟不再刺進，似乎遇上了甚麼穿不透的阻力，劍身竟漸成弧形，慢慢彎曲。周圻又驚又奇，右臂使勁挺刺，要將長劍穿通狄雲身子，可是便要再向前刺進半寸，也已不能。

狄雲紅了雙眼，凝視著周圻的臉，初時見他臉上盡是得意和殘忍，但漸漸的變爲驚訝和詫異，又過一會，詫異之中混入了恐懼，害怕的神色越來越強，變成了震駭莫名。

周圻的長劍明明早刺中了狄雲，卻只令他皮肉陷入數寸，難以穿破肌膚。他怯意越來越盛，右臂內勁連催三次，始終不能將劍刃刺入敵身，驚懼之下，再也顧不得傷敵，只想脫身逃走，但給狄雲牢牢抱住了，始終擺脫不開。

周圻感到自己右臂慢慢內彎，跟著長劍的劍柄抵到了自己胸口，劍刃越來越彎，彎成了半圓。驀地裏啪的一聲響，劍身折斷。周圻大叫一聲，向後便倒。兩截鋒利的斷劍，一齊刺入了他小腹。

周圻一摔倒，狄雲帶著跌下，壓在他身上，雙臂仍牢牢抱住他不放。狄雲聞到一陣濃烈的血腥氣，見周圻眼中忽然流下淚來，跟著口邊流出鮮血，頭一側，一動也不動了。

狄雲大奇，還怕他是詐死，不敢放開雙手，跟著覺得自己胸口的疼痛已止，又見周圻口中流血不止，他迷迷惘惘的鬆開手，站起身來，只見兩截斷劍插在周圻腹中，只有劍柄和劍尖露出在外。再低頭看自己胸口時，見外衫破了寸許一道口子，露出黑色的內衣。他瞧瞧周圻身上的兩截斷劍，再瞧瞧自己衣衫上的裂口，突然間省悟，原來，是貼身穿著的烏蠶衣救了自己性命，更因此而殺了仇人。

狄雲驚魂稍定，立即轉身，奔到丁典身旁，叫道：「丁大哥，丁大哥。你……你……怎麼樣？」丁典慢慢睜開眼來，向他瞧著，只眼色中沒半分神氣，似乎視而不見，或者不認得他是誰。狄雲叫道：「丁大哥，我……我說甚麼也要救你出去。」丁典緩緩道：「可惜……可惜那劍訣，從此……從此失傳了，合葬……霜華……」狄雲大聲道：

「你放心！我記得的……定要將你和凌小姐合葬，完了你二人心願。」

丁典慢慢合上眼睛，呼吸越來越弱，但口唇微動，還在說話。狄雲將耳朵湊到他的唇邊，依稀聽到他在說：「那第十一個字……」但隨即沒聲音了。狄雲的耳朵上感到已無呼氣，伸手到他胸口摸去，只覺一顆心也已停止了跳動。

狄雲早知丁典性命難保，但此刻才眞正領會到這位數年來情若骨肉的義兄終於捨己而去。他跪在丁典身旁，拚命往他口中吹氣，心中不住許願：「老天爺，老天爺，你讓丁大哥再活轉來，我寧可再回到牢獄之中，永遠不再出來。我寧可不去報仇，寧可一生一世受萬門弟子欺侮折辱，老天爺，你……你……你千萬得讓丁大哥活轉來……」

然而他抱著丁典身子的雙手，卻覺到丁典的肌膚越來越僵硬，越來越冷，知道自己這許多許願都落了空。頃刻之間，感到了無比寂寞，無比孤單，只覺得外邊這自由自在的世界，比那小小的獄室更加可怕，以後的日子更加難過。他寧可和丁典再回到那獄室中去。

他橫抱著丁典的屍身，站了起來，忽然間，無窮無盡的痛苦和悲傷都襲向心頭。他放聲大哭，沒任何顧忌的號啕大哭。全沒想到這哭聲或許會召來追兵，也沒想到一個大男人這般哭泣太也可羞。只心中抑制不住的悲傷，便這般不加抑制的大哭。

當眼淚漸漸乾了，大聲的號啕變爲低低的抽噎時，難以忍受的悲傷在心中仍一般的難以忍受，可是頭腦比較清楚些了，開始尋思：「丁大哥的屍身怎麼辦？我怎麼帶著他去和凌姑娘的棺木葬在一起？」此時心中更無別念，這件事是世上唯一的大事。

忽然間，馬蹄聲從遠處響起，越奔越近，一共有十餘匹之多。只聽得有人在呼叫：「馬大爺、耿大爺、周二爺，見到了逃犯沒有？」十餘匹馬奔到廢園外，一齊止住。有人叫道：「進去瞧瞧！」又有一人道：「不會躲在這地方的。」先一人道：「你怎知道？」啪的一聲響，靴子著地，那人跳下了馬背。

狄雲更不多想，抱著丁典的屍身，從廢園的側門中奔了出去，剛一出側門，便聽得廢園中幾個人大聲驚呼，發現了馬大鳴、耿天霸、周圻三人的屍身。

狄雲在江陵城中狂奔。他知道這般抱著丁典的屍身，既跑不快，又隨時隨刻會給人發見。但他寧可重行受逮入獄，寧可身受酷刑，寧可立遭處決，卻決不肯丟棄丁大哥。

奔出數十丈，見左首有一扇小門斜掩，當即衝入，反足將門踢上。只見裏面是一座極大的菜園，種滿了油菜、蘿蔔、茄子、絲瓜之類。狄雲自幼務農，和這些瓜菜睽隔了五年，此時乍然重見，心頭不禁生出一股溫暖親切之感。四下打量，見東北角上是間柴房，從窗中可以見到松柴稻草堆得滿滿的。他俯身拔了幾枚蘿蔔，抱了丁典的屍身，衝入柴房。側耳聽得四下並無人聲，於是搬開柴草，將屍身放好，輕輕用稻草蓋了。在他心中，還是存著指望：「說不定，丁大哥會突然醒轉。」

剝了蘿蔔皮，大大咬了一口。生蘿蔔甜美而辛辣的汁液流入咽喉。五年多沒嘗到了，想到了湖南的鄉下，不知有多少次，曾和戚師妹一同拔了生蘿蔔，在田野間漫步剝食……。他吃了一個又一個，眼眶又有點潮濕了，驀地裏，聽到了一個聲音。他全身劇烈震動，手中的半個蘿蔔掉在地下。雪白的蘿蔔上沾滿泥沙和稻草碎屑。

他聽到那清脆溫柔的聲音在叫：「空心菜，空心菜，你在那裏？」

他登時便想大聲答應：「我在這裏！」但這個「我」字只吐出一半，便在喉頭哽住了。他伸手按住了嘴，全身禁不住的簌簌顫抖。

因爲「空心菜」是他的外號，世上只有他和戚芳兩人知道，連師父也不知。戚芳說他沒腦筋，老實得一點心思也沒有，除了練武之外，甚麼事情也不想，甚麼事情也不懂，說他的心就像空心菜一般，是空的。

狄雲笑著也不辯白，他喜歡師妹這般「空心菜，空心菜」的呼叫自己。每次聽到「空心菜」這名字，心中總是感到說不出的溫柔甜蜜。因爲當有第三個人在場的時候，師妹決不這樣叫他。要是叫到了「空心菜」，總是只有他和她兩人單獨在一起。

當他單獨和她在一起的時候，她高興也好，生氣也好，狄雲總是感到說不出的歡喜。他是個不會說話的傻小子，有時那傻頭傻腦的神氣惹得戚芳很生氣，但幾聲「空心菜，空心菜」一叫，往往兩個人都咧開嘴笑了。

記得卜垣到師父家來投書那一次，師妹燒了菜招待客人，有雞有魚，也有一大碗空心菜。那一晚，卜垣和師父喝著酒，談論著兩湖武林中的近事，他怔怔的聽著，無意中和戚芳的目光相對，只見她夾了一筷空心菜，放在嘴邊，卻不送入嘴裏。她用紅紅的柔軟的嘴唇，輕輕觸著那幾條空心菜，眼光中滿是笑意。她不是在吃菜，而是在吻那幾條菜。那時候，狄雲只知道：「師妹在笑我是空心菜。」

這時在這柴房之中，腦中靈光一閃，忽然體會到了她紅唇輕吻空心菜的含意。現下呼叫著「空心菜」的，明明是師妹戚芳的聲音，那是一點也不錯的，決不是自己神智失常而誤聽了。

「空心菜，空心菜，你在那裏？」這幾聲呼叫之中，一般的包含著溫柔體貼無數，輕憐蜜愛無數。不，還不止這樣，從前和她一起在故鄉的時候，師妹的呼叫中有友善，有親切，有關懷，但也有任性，有惱怒，有責備，今日的幾聲「空心菜」中，卻全是深切的愛憐。「她知道我這幾年來的冤枉苦楚，對我更加好了，是不是呢？」

他不敢相信自己的耳朵。「我是在做夢。師妹怎麼會到這裏來？她早已嫁給了萬圭，又怎能再來找我？」可是，那聲音又響了，這一次更近了一些：「空心菜，你躲在那裏？你瞧我捉不捉到你？」聲音中是那麼多的喜歡和憐惜。

狄雲只覺身上每一根血管都在脹大，忍不住氣喘起來，雙手手心中都是汗水，悄悄站起身來，躲在稻草之後，從窗格中向外望去，只見一個女子的背影向著自己，正在找人。不錯，削削的肩頭，細細的腰身，高而微瘦的身材，正是師妹。

只聽她笑著叫道：「空心菜，你還不出來？」突然之間，她轉過身來。

狄雲眼前一花，腦中感到一陣暈眩，眼前這女子正是戚芳。烏黑而光溜溜的眼珠，微微上翹的鼻尖，臉色白了些，不像湖南鄉下時那麼紅潤，然而確是師妹，確是他在獄室中記掛了千遍萬遍，愛了千遍萬遍，又惱了千遍萬遍的師妹。

她臉上仍那麼笑嘻嘻地，叫著：「空心菜，你還不出來？」

聽得她如此深情款款的呼叫自己，大喜若狂之下，便要應聲而出，和這個心中無時不在思念的師妹相見，但他剛跨出一步，猛地想起：「丁大哥常說我太過忠厚老實，極易上別人的當。師妹已嫁了萬家的兒子，今日周圻死在我手下，怎知道她不是故意騙我出去？」想到此處，立即停步。

只聽得戚芳又叫了幾聲「空心菜，空心菜！」狄雲心旌動搖，尋思：「她這麼叫我，情深意眞，決然不假。再說，若是她要我性命，我就死在她手下便了。」心中一酸，突然間起了自暴自棄的念頭，第二次舉步又欲出去。

忽聽得一個小女孩的笑聲，清脆的響了起來，跟著說道：「媽，媽，我在這兒！」狄雲心念一動，再從窗格中向外望去，只見一個身穿大紅衣衫的女孩從東邊快步奔來。她年紀太小，奔跑時跌跌撞撞，腳步不穩。只聽戚芳帶笑的柔和聲音說道：「空心菜，你躲到那兒啦？媽到處找你不著。」那小女孩得意的道：「空心菜在花園！空心菜看螞蟻！」

狄雲耳中嗡的一聲響，心口猶如被人猛力打了一拳。難道師妹已生了女兒？難道她女兒就叫做「空心菜」？她叫「空心菜」，是叫她女兒，並不是叫我？難道自己誤衝誤撞，又來到了萬震山家裏？

這幾年來，他心底隱隱存著個指望，總盼忽然有一天會發見，師妹其實並沒嫁給萬圭，沈城那番話原來都是撒謊。他這個念頭從來沒敢對丁典說起，只深深藏在心底，有時午夜夢迴，證實了自己的妄想，忽然會歡喜得跳了起來。可是這時候，他終於親眼見到、親耳聽到，有一個小女孩在叫她「媽媽」。

他淚水湧到了眼中，從柴房的窗格中模模糊糊的瞧出去，只見戚芳蹲在地下，張開了雙臂，那小女孩笑著撲在她懷裏。戚芳連連親吻那小女孩的臉頰，柔聲笑道：「空心菜自己會玩，眞乖！」

狄雲只看到戚芳的側面，看到她細細的長眉，彎彎的嘴角，臉蛋比幾年前豐滿了些，更加的白嫩和艷麗。他心中又是一陣酸痛：「這幾年來做萬家少奶奶，不用在田裏耕作，不用受日晒雨淋，身子自然養得好了。」

只聽戚芳道：「空心菜別在這裏玩，跟媽媽回房去。」那女孩道：「這裏好玩，空心菜要看螞蟻。」戚芳道：「不，今天外面有壞人，要捉小孩子。空心菜還是回房裏去罷。」那女孩道：「甚麼壞人？捉小孩子做甚麼？」戚芳站起身來，拉著女兒的手，道：「監牢裏逃走了兩個很兇很兇的壞人。爸爸去捉壞人去啦。壞人到了這裏，就捉空心菜去。空心菜聽媽媽的話，回房去玩。媽給你做個布娃娃，好不好？」那女孩卻甚執拗，道：「不要布娃娃。空心菜幫爸爸捉壞人。」

狄雲聽戚芳口口聲聲稱自己爲「壞人」，一顆心越來越沉了下去。

便在這時，菜園外蹄聲得得，有數騎馬奔過。戚芳從腰間抽出鋼劍，搶到後園門口。

狄雲站在窗邊不敢稍動，生怕發出些微聲響，便驚動了戚芳。他無論如何不願再和師妹相見，胸間的悲憤漸漸的難以抑制，自己沒做過半點壞事，無端端的受了世間最慘酷的苦楚，她竟說自己是——「壞人」。

他見小女孩走近了柴房門口，只盼她別進來，可是那女孩不知存著甚麼念頭，竟然跨步便進了柴房。狄雲將臉藏在稻草堆後面，暗道：「出去，出去！」

突然之間，小女孩見到了他，見到這蓬頭散髮、滿臉鬍子的可怕樣子，驚得呆了，睜著圓圓的大眼，要想哭出聲來，卻又不敢。

狄雲知道要糟，只要這女孩一哭，自己蹤跡立時便會給戚芳發覺，當即搶步而上，左手將她抱起，右手按住了她嘴巴。可是終於慢了片刻，小女孩已「啊」的一聲，哭了出來。但這哭聲斗然而止，後半截給狄雲按住了。

戚芳眼觀園外，一顆心始終繫在女兒身上，猛聽得她出聲有異，一轉頭，已不見了她人影，跟著聽得柴房中稻草發出簌簌響聲，忙兩個箭步，搶到柴房門口，只見一個鬍子蓬鬆、滿身血污的漢子抱住了她女兒，一隻手按在她口上。戚芳這一驚當眞魂飛天外，鋼劍挺出，便向狄雲臉上刺去，喝道：「快放下孩子！」

狄雲心中一酸，自暴自棄的念頭又起：「你要殺我，這便殺罷！」見她鋼劍刺到，竟不閃不避。戚芳一呆，生怕傷了女兒，疾收鋼劍，又喝：「放下我孩子！」

狄雲聽她口口聲聲只是叫自己放下她孩子，全無半分故舊情誼，怒氣大盛，偏不放下她孩子，右手順手在柴堆中抽了一條木柴，在她鋼劍上一格，倒退了一步。

戚芳見這兇惡漢子仍抱著女兒不放，越來越驚，雙膝忽感酸軟，吸一口氣，挺劍向狄雲右肩急刺。狄雲側身讓過，右手中的木柴當作劍使，自左肩處斜劈向下，跟著向後刺出。戚芳驚噫一聲，只覺這劍法極熟，正是她父親所傳的一招「哥翁喊上來」，當下不及思索，低頭躲過，手中長劍便是兩招「忽聽噴驚風，連山若布逃」。

這柴房本就狹隘，堆滿了柴草之後，餘下來的地位不過剛可夠兩人容身迴旋，這一拆上了招，處處礙手礙腳。

狄雲自幼和戚芳同師學藝，沒一日不是拆招練劍，相互間的劍招都爛熟於胸，這時見她使出這兩招劍法，自然而然便依師父所授的招數拆了下去，堪堪使到「老泥招大姐，馬命風小小」，手中木柴大開大闔，口中一聲長嘯，橫削三招。

當年師兄妹練劍，拆到此處時戚芳便已招架不住，但這時狄雲將木柴第三次橫削過去時，忽然間手腕一酸，啪的一聲，木柴竟爾掉在地下。他一驚之下，隨即省悟：「我右手手指遭削，已終身不能使劍，我這可忘了。」

一抬頭，只見戚芳手中的鋼劍劍尖離自己胸口不及一寸，劍身顫動不已，她臉上驚愕之情，實難形容。兩人怔怔的你望著我，我望著你，誰都說不出話來。隔了好半晌，戚芳才道：「是……是你麼？」喉音乾澀，嘶啞幾不成聲。

狄雲點了點頭，將左臂中抱著的小女孩遞了過去。戚芳拋下鋼劍，忙將女兒接過，不知說甚麼才好。那女孩已嚇得連哭也哭不出來，將小臉蛋藏在母親懷裏，再也不敢向狄雲多瞧一眼。戚芳道：「我……我不知道是你。這許多年來……」

忽然外面一個男子的聲音叫道：「芳妹，芳妹！你在那裏？」正是萬圭，呼聲越來越近，正尋向菜園中來。戚芳臉上陡然變色，低聲在女兒耳邊說：「空心菜，這伯伯不是壞人，你別跟爹爹說。知道麼？」小女孩抬起頭來，向狄雲瞧了一眼，見到他可怖的神情模樣，突然哇的一聲，大聲哭嚷。

外面那男子聽到了女孩哭聲，循聲而至，叫道：「空心菜，別哭。爹爹在這兒！」戚芳向狄雲望了一眼，轉身便出，反手帶上柴門，抱著女兒，向丈夫迎了上去。

狄雲呆呆的站著，似乎有個聲音不住的在耳邊響著：「我還是死了的好，我還是死了的好！」只聽那男子聲音笑問：「空心菜為甚麼哭？」狄雲很想到窗口去瞧瞧，萬圭這時候是怎麼一副模樣，可是一雙腳便如是在地下釘住了，再也移動不得。

聽得戚芳笑道：「我和空心菜在後門口玩，兩騎馬奔過，馬上的人拿了兵刃，長相挺兇的。空心菜說是壞人，要捉了她去，嚇得大哭。」萬圭笑道：「那是府衙門裏追拿逃犯。來，爹爹抱空心菜。爹爹打死壞人。空心菜不怕壞人。爹爹把壞人一個個都打死了。」

狄雲心中一涼：「女人撒謊的本領眞不小，這麼一說，那女孩就算說見到了壞人，她丈夫也不會起疑。哼，我爲甚麼要你包瞞？你們只管來捉我去，打死我好了。」

兩步搶到窗邊，向外望去，只見萬圭衣飾華麗，抱著那女孩正向內走，戚芳倚偎在他身旁，並肩而行，神態極爲親熱。

師妹已嫁了萬圭，這件事以往狄雲雖曾幾千幾萬次的想過，但總盼是假的，此刻活生生的情景終於出現在眼前了。他張口大叫：「我……」俯身便想去拾戚芳拋在地下的鋼劍，衝出去和萬圭拚命。自己身入牢獄，受了這許多冤屈苦楚，都是由於眼前這人的陷害，而自己愛逾性命的情侶，卻成了這人的妻室。這時候心中更無別念，不是去殺了這人，便是死在他手下。

但就這麼一俯身，見到了柴草中丁典的屍身，見到丁典雙眼閉上，臉上神色安詳，驀地想起：「丁大哥臨死時諄諄叮囑，求我將他與凌小姐合葬。我這時出去和萬圭這賊子相拚，送了性命半點也不打緊，丁大哥的心願卻完成不了啦。」轉念又想：「我求師妹成全此事，只怕也能辦到……呸，呸！狄雲你這壞人，你自己也不肯承擔的事，如何去轉托別人？你死在地下，有何臉面和丁大哥相見？師妹這等沒良心，豈肯為你辦甚麼大事？」一想通了這一節，終於慢慢抑制了憤激之心。

但他這一聲「我」字，已驚動了萬圭，只聽他道：「好像柴房裏有人。」戚芳笑道：「是嗎？剛才我見老王進去搬柴。圭哥，我給你燉了燕窩，快去吃了罷。空心菜老是哭個不休，得讓她好好睡一覺。」萬圭「嗯」了一聲，道：「柴房裏是廚子老王？」抱著女兒，兩夫妻並肩去遠了。

狄雲一時腦海中空空洞洞，沒法思索，過了好半晌，伸手搥了搥自己腦袋，尋思：「這柴房終究不能久躲，那個廚子老王真的來搬柴燒飯，那怎麼辦？我還是將丁大哥密密藏起，自己溜了出去，到得晚間，再來搬取丁大哥的屍身。嗯，就是這樣。」

可是，只跨得一步，心中便有個聲音在拉住他：「師妹一定會再來瞧我。我這一走，便永遠見她不著了。」「再見她一面，又有甚麼好？她有丈夫、女兒，一家人歡歡喜喜的，那有半分將我這殺人逃犯放在心上？我再想見她，豈不徒然自討沒趣？」「唉，我在獄中等了這許多年，日思夜想，只盼再見她一面，今日豈可錯過了這難得機會？我難道又有甚麼別的指望了？只不過是要問問，師父他老人家有訊息麼？我要問她，爲甚麼這麼喜新棄舊，我一遭災禍，立時就對我毫不顧念？」「問這些又有甚麼意思？她不是說謊，便是照實而答。謊話，有甚麼可聽的？她如照實說了，我只有更加傷心。」

這麼思前想後，一會兒決意立刻離開，但跟著又拿不定主意。他向來爽快，原不是這般遲疑不決、三心兩意之人，可是今日面臨一生中最大的難題，竟不知如何決斷才好。留著，明知不妥，就此一走，卻又是萬分的不捨。

正自這般思潮翻湧，栗六不安，忽聽得菜園中腳步輕響，一個人躡手躡腳的悄悄走來。那人走幾步，便停一下，又走幾步，顯然是嚴神戒備，唯恐有人知覺。

那人越來越近，狄雲一顆心怦怦亂跳：「師妹終於找我來了。她要跟我說甚麼？是求我原恕麼？她還有一些念舊之意麼？」又想：「我還有甚麼話要跟她說的？唉，算了，算了！她有好丈夫，好女兒，過得挺開心的。我永遠不要再見她了。」

突然之間，滿腔復仇之心，化作冰涼：「我本來是個鄉下窮小子，就算不受這場冤屈，師妹和我成了夫妻，我固然快樂，師妹卻勢必要辛苦勞碌一輩子，於她又有甚麼好處？我要報仇，是將萬圭殺了麼？師妹成了寡婦，難道還能嫁我，嫁給她的殺夫仇人？她心中早就沒了我這個人，從前我就比不上萬圭，現下我跟他更加天差地遠了。這場冤仇，就此一筆勾銷，讓她夫妻母女快快樂樂的過日子罷。」

想到此處，決意不再和戚芳多說甚麼，俯身便去柴草堆中抱丁典的屍身，猛聽得砰的一聲，柴房門板給人一腳踢開。狄雲吃了一驚，轉過身來，只見一個高瘦男子手中長劍光芒閃爍，站在門口，卻是萬圭。狄雲輕噫一聲，不假思索，便俯身拾起戚芳遺下的鋼劍。

萬圭滿臉煞氣，他早已得知狄雲越獄的消息，整日便心神不定，這時一眼看到狄雲手中鋼劍是戚芳之物，更是又妒又恨，冷冷的道：「好啊，在柴房裏相會，她連自己的兵刃也給了你，想謀殺親夫麼？只怕沒這麼容易！」

狄雲腦中一片混亂，一時也不懂萬圭在說些甚麼，心中只想：「怎麼是他來了？他怎會知道我在這裏？自然是師妹說的，叫她丈夫來捉我去請功領賞。她怎麼會這般無情無義？」

萬圭見狄雲不答，只道他情怯害怕，挺劍便向他胸口疾刺過去。狄雲揮劍擋過，自然而然的使出了昔年老乞丐所授的那招「刺肩式」，長劍斜轉，已指向萬圭肩頭。這招劍法怪異之極，萬門八弟子當年招架不住，事隔五年，萬圭雖武功已大有長進，卻仍招架不住。

萬圭一驚之下，手中長劍不知如何運使才好，收劍抵擋已然不及，發劍攻敵也已落了後手，便這樣微一遲疑，一條性命已全然交在對方手中，心下憤怒已極，卻絲毫不敢動彈，瞧著狄雲一張滿臉鬍子的污穢臉孔，憤怒之情漸漸變爲恐懼。

狄雲這一劍卻也不刺過去，心中轉念：「我殺他不殺？」

萬圭在萬分危急之際，忽然見到對方眼神中流露出惶惑之色，而持劍的手腕卻又微微顫抖，靈機一動，大聲叫道：「戚芳，你來看！」

狄雲聽他大叫「戚芳」，心中一驚，微微側頭去看。不料萬圭這是用計使詐，乘他略一轉頭，立即長劍挺上，奮力上格。狄雲右手手指遭削，持劍不牢，長劍脫手飛出。萬圭大喜，立即挺劍刺出。狄雲連閃兩閃，躲在柴堆之後，順手抽起一條硬柴，以柴當劍，奮力打去。萬圭唰唰兩劍，將他那段硬柴削短了一截。狄雲將手中半截硬柴用力擲出，待他躍身閃避，又抽了一段硬柴，再度攻去。

萬圭見他失了兵刃，自己已操必勝，就算他以柴作劍，戳中自己一下兩下，也無大礙，定了定神，展開劍法緩緩進攻。數招之後，狄雲長聲怒吼，右腕中劍，登時血如泉湧，手指無力，拋下了硬柴。萬圭跟著又一劍刺中他大腿，飛起左足，將他踢倒。狄雲掙扎著還待爬起，萬圭又是一腳踢在他顴骨上，狄雲登時暈去。

萬圭罵道：「裝死嗎？」在他右肩上砍了一劍，見他並不動彈，才知是眞的昏暈，心想：「凌知府許下五千兩銀子的重賞，捉拿這兩名囚犯，自然是捉活的好。反正這一次送將官裏去，這人自就難以活命，我何必親手殺他？」一瞥眼，見到柴草堆中露出一隻腳來，不由得又驚又喜：「這裏還有一人！」他不知丁典已死，急忙揮劍，砍在屍體腳上。

狄雲雖遭踢暈，腦子中卻有一個聲音在大叫大喊：「我不能死，我不能死！我答應過丁大哥的，要將他屍身和凌小姐合葬。」這念頭強烈之極，很快便醒了過來，迷迷糊糊的想起：「許多年之前的一天晚上，我也曾給他打倒，也曾給他在頭上重重踢了幾下。」緩緩睜眼，見萬圭正揮劍向丁典的屍身上砍落。他初時還未十分清醒，不知眼前之事是甚麼意思，但隨即見到萬圭將丁典的屍身從柴草裏拖了出來，他大叫一聲：「丁大哥！」突然間全身精力瀰漫，急縱而起，撲在萬圭背上，右臂已扼住了他喉嚨。

萬圭大驚之下，待要反劍去刺，但手臂無法後彎，連劈幾劍，都劈在硬柴堆上，而狄雲扼在他喉頭的手臂卻越收越緊了。

狄雲見他傷殘丁典的屍體，怒發如狂。這人陷害自己、奪去戚芳，這怨仇尚可置之不理，但如此殘害丁典，卻萬萬不能干休，一時心中更無別念，只盼即刻便將敵人扼死。但覺萬圭掙扎了一會，抵抗已漸漸無力，可是狄雲數處受傷，傷口中流血不止，自己手臂上的力氣卻在更快消失。心中不住說：「我再支持一會兒，便能扼死了他。」到後來眼前金星亂舞，腦中亂成一團，終於甚麼也不知道了。

他雖暈去，扼在萬圭喉間的手臂仍沒鬆開。萬圭給他扼得難以呼吸，就在狄雲暈去之時，同時失卻了知覺。

柴草堆上躺著這一對冤家。兩個人似乎都死了，但胸間都還在起伏，口鼻間仍有呼吸。眞不知冥冥間如何安排？若是狄雲先醒轉片刻，他拾起地下長劍，一劍便將萬圭殺了。倘若萬圭先行醒轉，他也不會再存將狄雲生擒活捉的念頭，那實在太過危險，勢必是隨手一劍，砍在他頭上，立時便取了他性命。

世界上甚麼事情都能發生。未必一定好人運氣好，壞人運氣壞。反過來也一樣，也未必壞人運氣好，好人運氣壞。人人都會死的，遲死的人也未必一定運氣好些。

但對於活著的人，對於戚芳和她的小女兒，狄雲先死，還是萬圭先死，中間便有很大差別。倘若這時候要戚芳來抉擇，要她選一個人，讓他先行醒轉，不知她會選誰？

柴房中的兩個人兀自昏暈不醒，有一個人的腳步聲音，慢慢走近柴房。

狄雲耳中聽到浩浩水聲，臉上有冰涼的東西一滴滴濺上來，隱隱生疼，隨即覺得身上很冷，半點也沒力氣。他一有知覺，立即右臂運勁，叫道：「我扼死你！我扼死你！」但臂彎中虛空無物，跟著又發覺自己身子在不住搖晃，在不住移動。驚惶中睜開眼來，眼前黑沉沉地，只覺得一滴滴水珠打在臉上、手上、身上，原來是天在下大雨。

身子仍不住搖晃，胸口煩惡，只想嘔吐。忽然間，身旁有一艘船駛過，船上張了帆，那清清楚楚是一艘船。奇怪極了，怎麼身旁會有一艘船？

只想坐起身來看個究竟，但全身酸軟，連一根指頭也動不了，只能這般仰天臥著，眼見得頭頂有黑雲飄動，那不是在柴房之中。心中突然想起：「丁大哥呢？」一想到丁典，身上驀地裏生出了一股力氣，雙手一按，便即坐起，身子跟著晃了幾晃。

他是在一艘小舟之中。小舟正在江水滔滔的大江中順流而下。是夜晚，天上都是黑雲，正下著大雨，他向船左船右岸上凝目望去，兩邊都黑沉沉地，甚麼也瞧不見。他心中焦急，大叫：「丁大哥，丁大哥，丁大哥！」他知道丁典已經死了，但他的屍身萬萬不能失去。突然之間，左足踢到軟軟一物，低頭一看，不由得驚喜交集，叫道：「丁大哥，你在這裏！」張開雙臂，抱住了他。丁典的屍身，便在船艙中他足邊。

他虛弱得連喘氣也沒力氣，連想事也沒力氣。只覺喉乾舌燥，便張開了口，讓天空中落下來的雨點濕潤嘴唇和舌頭。這般迷迷糊糊的似睡似醒，雙臂抱著丁典的屍身，直至天色漸明，大雨卻兀自不止。晨光熹微之中，忽然見到自己大腿上有一大塊布條纏著，跟著發覺手臂和肩頭的兩處傷口上也都有布帶裹住，鼻中隱隱聞到金創藥的藥氣。一晚大雨，綳帶都濕透了，但傷口已不再流血。

「是誰給我包紮了傷口？要是傷口不裹好，也不用誰來殺我，單是流血便要了我的命。」驀地裏感到一陣難以忍耐的寂寞淒涼：「這世上還有誰來關懷我、幫助我？丁大哥已經死了，更會有誰盼望我活著？會費心來爲我裏傷？」細看那幾條綳帶，纏得極不整齊，似乎包紮的人動手時十分心急慌忙，然而綳帶不是粗布，而是上佳的緞子，緞帶的一邊鑲著精致的花邊，另一邊是撕口，顯然，是從衣衫上撕下來的，是女子的衣衫。是師妹麼？他心中怦然而動，胸口隨即熱了起來，嘴角邊露出了自嘲的苦笑：「她去叫丈夫來殺我，怎麼又會給我裏傷？要不是她通風報信，我躲在柴房裏，萬圭又怎會知道？」

可是自己是在一艘小舟之中，小舟是在江中飄流。不知這地方離江陵已有多遠？無論如何，是暫時脫離了險境，不會再受凌知府的追拿了。

「是誰給我裏了傷口？是誰將我放在小船之中？連丁大哥也一起來了？」他對自己的生死已並不如何關懷，但丁典的屍體也和他在一起，這事卻不能不令他衷心感激。

苦苦思索，想得頭也痛了，始終沒能想出半點端倪。他竭力追憶過去一天中所發生的事，想到萬圭劍砍丁典、自己竭力扼他咽喉之後，就再也想不下去了。以後的事情，腦海中便是一片空白。

一側頭間，額角撞著了一包硬硬的東西，那是用綢布包著的一個小小包袱。他心中一喜，料得這包袱之中定有線索可尋，顫抖著雙手打了開來，只見包裹有五六錠碎銀子，還有四件女子首飾：一朵珠花、一隻金鐲、一個金項圈、一隻寶石戒指。另外是小孩子頸中所掛的一個金鎖片，鎖片上的金鍊是給人匆忙拉斷的，鍊子斷處還鉤上了一小塊衣衫的碎片，顯然，那是臨時從小孩頸中扯了下來，倒像是盜賊攔路打劫而得來一般。金鎖片上刻著「德容雙茂」四個字。狄雲沒讀過多少書，字雖識得，卻不懂這四個字是甚麼意思，心想：「是那小孩的名字罷？她女兒不叫『德容』，也不叫『雙茂』，她叫做『空心菜』！」

他撥弄著這五件首飾，較之適才未見到那包袱之時，心中反更多了幾分胡塗：「銀子和首飾，自然是搭救我的那人給的，以便小舟靠了岸後，我好有錢買飯吃。可是，到底是誰給的呢？首飾不是師妹的，我可從來沒見她戴過。」

浩浩江水，送著一葉小舟順流而下。這一天中，狄雲只苦苦思索：「是誰給我包紮了傷口？是誰給了我銀兩首飾？」

狄雲生怕寶象不吃死鼠，
忙道：「自然是活的，還在動！」
抓住兩隻老鼠，
從神壇下伸手出來給他看。

五

老鼠湯

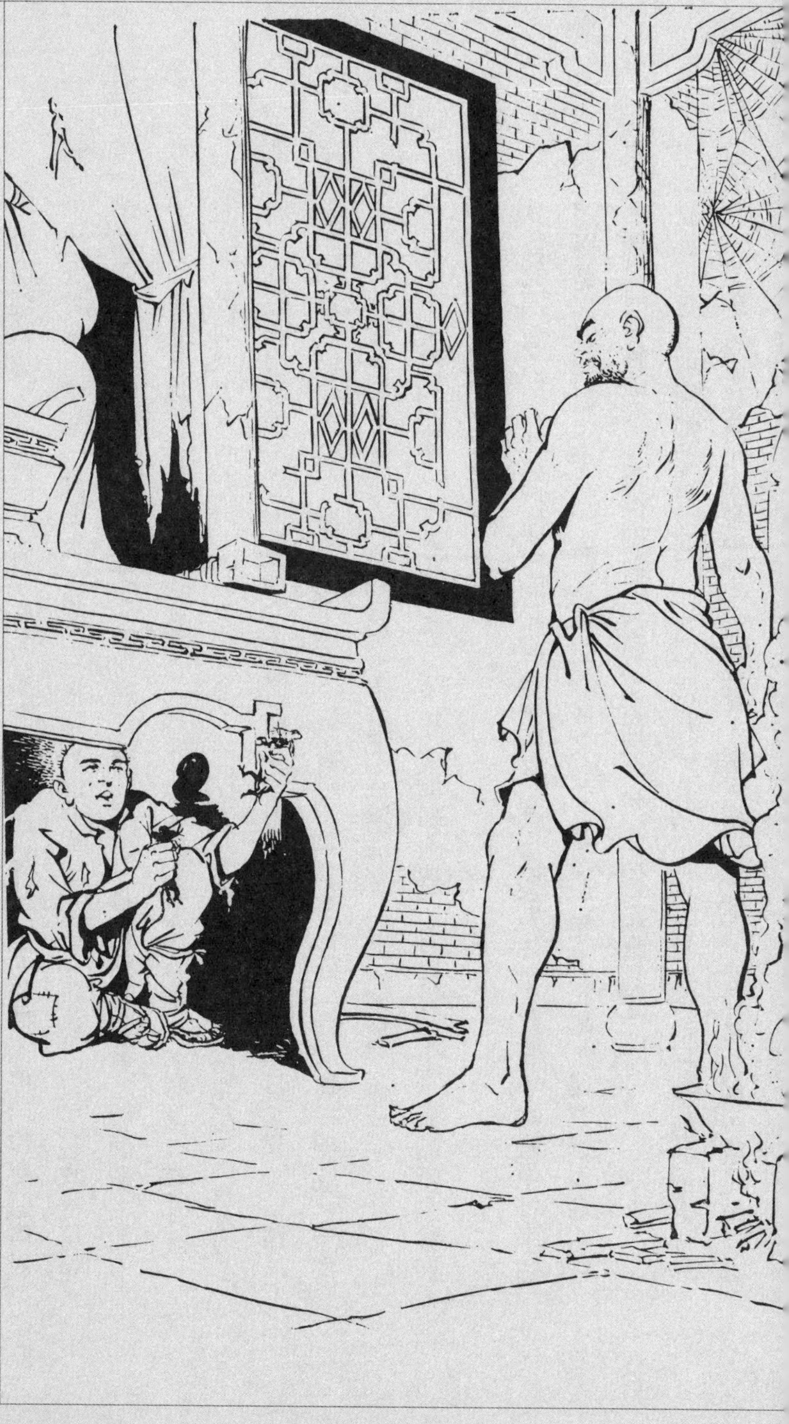

江陵以下地勢平坦，長江在湘鄂之間迂迴曲折，浩浩東流，小舟隨著江水緩緩飄浮。長江兩岸一個個市鎮村落從舟旁經過，從上游下來的船隻有帆有櫓，一艘一艘越過了他。船上人經過小舟時，對舟中長鬚長髮、滿臉血污的狄雲都投以好奇驚訝的眼色。

將近傍晚時分，狄雲終於有了些力氣，同時肚子裏咕咕的響個不停，也覺餓得厲害。他坐起身來，拿起一塊船板，將小舟慢慢划向北岸，想到小飯店中買些飯吃。可是這一帶甚是荒涼，見不到一家人家。小舟順江轉了個彎，見柳蔭下繫著三艘漁船，船上炊煙升起。他小舟流近漁船時，聽得船梢上鍋子中煎魚之聲吱吱價響，香氣直送過來。

他將小舟划過去，向船梢上的老漁人道：「打魚的老伯，賣一尾魚給我吃，行嗎？」那老漁人見他形相可怖，心中害怕，本是不願，卻不敢拒絕，便道：「是，是！」將一尾煎熟了的青魚盛在碗中，隔船送了過來。狄雲道：「若有白飯，益發買一碗吃。」那老漁人道：「是，是！」盛了一大碗糙米飯給他，飯中混著一大半番薯、高粱。

狄雲三扒兩撥，便將一大碗飯吃光了，正待開口再要，忽聽得岸上一個嘶啞的聲音喝道：「漁家！有大魚拿幾條上來。」

狄雲側頭看去，見是個極高的和尚，兩眼甚大，湛湛有光。狄雲登時心中打了個突，認得是那晚到獄中來和丁典爲難的五僧之一，想了一想，記起丁典說過他名叫寶象。那晚丁典擊斃兩僧，重傷兩僧，這寶象見機，帶了兩個傷僧逃走了。

狄雲再也不敢向他多看一眼。丁典說這和尚武功了得，曾叮囑他日後倘若遇上，務須小心。要是給這寶象和尚發覺了丁典屍身，那可糟極。他雙手捧著飯碗，饒是他並非膽小怕死之輩，卻也忍不住一顆心怦怦亂跳，手臂也不禁微微發抖，心中只說：「別發抖，別發抖，可不能露出馬腳！」但越想鎮定，越管不住自己。

只聽那老漁人道：「今日打的魚都賣了，沒魚啦。」寶象怒道：「誰說沒魚？我餓得慌了，快弄幾條來！沒大魚，小的也成。」那老漁人道：「眞的沒有！我有魚，你有銀子，幹麼不賣？」說著提起魚簍，翻過來一倒，簍底向天，簍中果然無魚。

寶象已甚爲饑餓，見狄雲身旁一條煮熟的大魚，還只吃了一小半，便叫：「兀那漢子，你那裏有魚沒有？」狄雲心中慌亂，見他向自己說話，只道他已認出了自己，更不答話，舉起船板，往江邊的柳樹根上用力一推，小舟便向江心盪了出去。

寶象怒道：「賊漢子，我問你有魚沒有，幹麼逃走？」

狄雲聽他破口大罵，更加害怕，用力划動船板，將小舟盪向江心。寶象從岸旁拾起一塊石頭，用力向他擲去。狄雲見石頭擲來，當即俯身，但聽得風聲勁急，石頭從頭頂掠過，卜的一響，掉入了江中，水花濺得老高。

寶象見他躲避石頭時身法利落，儼然是練家子模樣，決非尋常漁人船夫，心下起疑，喝道：「他媽的快划回來，要不然我要了你狗命！」

狄雲那去理他，拚命的使力划船。寶象蹲低身子，右手拾起一塊石頭，便即擲出，跟著左手又擲一塊。狄雲手上划船，雙眼全神貫注的瞧著石塊的來路。第一塊側身避過，第二塊來得極低，貼著船身平平飛到，當即臥倒躺在艙底。這其間只寸許之差，眼前黑黝黝的一塊東西急速飛過，厲風刮得鼻子和臉頰隱隱生疼。他剛一坐起，第三塊石頭又到，啪的一響，打在船頭，登時木屑紛飛，船頭上缺了一塊。

寶象見狄雲閃避靈活，小船順著江水飄行，越來越遠，當即用力擲出兩塊石頭，卻對準了小船。他若一出手便即擲船，小小一艘木船立時便會洞穿沉沒，但這時相距已遠，接連幾塊石頭雖都打在船上，卻勁力已衰，只打碎了些船舷、船板而已。

寶象見制他不住，大怒喝罵，遠遠見到江風吹拂，狄雲的亂鬚長髮不住飛舞，猛地想起：「這人倒似個越獄囚徒。丁典在荊州府越獄逃走，江湖上傳得沸沸揚揚。說不定從這囚徒身上，倒可打聽到丁典的一些蹤跡。」不由得貪念大盛，怒火卻熄了，叫道：「漁家，漁家，快划我去追上他。」

柳樹下三艘船上的漁人見他飛石打人，甚爲悍惡，早都悄悄解纜，順流而下。寶象連聲呼喊，卻有誰肯回來載他？寶象呼呼的擲出幾塊石頭，有一塊打在一名漁人頭上。那漁人腦漿迸裂，倒撞入江。其餘漁人嚇得魂飛魄散，划得更加快了。

寶象沿著江岸疾追，快步奔跑，竟比狄雲的小船迅速得多。寶象在長江北岸追趕，狄雲不住划船斜向南岸。寶象雖趕過了他頭，但和小船仍越離越遠。狄雲尋思：「要是給他在岸邊找到了一艘船，逼得梢公前來趕我，就難以逃脫他毒手。」惶急之中，只有喃喃禱祝：「丁大哥，丁大哥，你死而有靈，叫這惡和尚找不到船隻。」

長江中上下船隻甚多，幸好沿北岸數里均無船隻停泊。狄雲出盡平生之力，將船划到了南岸，將那小包袱往懷裏一揣，抱起丁典屍身，上岸便行。這一帶江面雖然不寬，但樹木遮掩，寶象已望不過來。他突然想起一事，回身將小船用力向江心推去，只盼寶象遙遙望來，還道自己仍在船中，一路向下游追去。

他慌不擇路的向南奔跑，只盼離開江邊越遠越好。奔得里許，不由得叫一聲苦，但見白茫茫一片水色，大江當前，原來長江流到這裏竟也折而向南。

他急忙轉身，見右首有座小小破廟，當即抱著丁典的屍身走到廟前，欲待推門入內，突然膝間一軟，坐倒在地，再也站不起來。他受傷後流血不少，早甚虛弱，划船再加抱屍奔逃，此時筋疲力盡，半點力氣也沒有了。掙扎了兩次，沒法坐起，斜靠在地下呼呼喘氣。見天色漸暗，心下稍慰：「只消到得夜晚，寶象那惡僧總不能找到咱們了。」這時丁典雖然已死，但他心中，仍然當他是親密的伴侶一般。

在廟外直躺了大半個時辰，力氣漸復，才掙扎著爬起，抱著丁典的屍身推門進廟。見是一座土地廟，泥塑的土地神矮小委葸，形貌可笑。狄雲傷頹之餘，見到這小小神像，忽然心生敬畏，恭恭敬敬的跪下，向神像磕了幾個頭，心下多了幾分安慰。

坐在神像座前，抱頭呆呆瞪視著躺在地下的丁典。天色一點點黑了下來，他心中才漸漸多了幾分平安。

他臥在丁典屍身之旁，就像過去幾年中，在那小小牢房裏那樣。

沒到半夜，忽然下起雨來，淅淅瀝瀝的，一陣大，一陣小。狄雲感到身上寒冷，縮成一團，靠到丁典身旁，突然之間，碰到了丁典冰冷冷的肌膚，想到丁大哥已死，再也不能和自己說話，胸中悲苦，兩行淚水緩緩從面頰上流下。

突然間雨聲中傳來一陣蹋躂、蹋躂的腳步聲，正向土地廟走來。那人踐踏泥濘，卻行得極快。狄雲吃了一驚，聽得那人越走越近，忙將丁典的屍身往神壇底下一藏，自己縮身到了神龕之後。

腳步聲越近，狄雲的心跳得越快，只聽得呀的一聲，廟門給人推開，跟著一人咒罵起來：「媽巴羔子的，這老賊不知逃到了那裏，又下這般大雨，淋得老子全身都濕了。」這聲音正是寶象，出家人大罵「媽巴羔子的」已然不該，自稱「老子」，更加荒唐。狄雲於世務所知不多，這幾年來常聽丁典講論江湖見聞，已不是昔年那渾噩無知的鄉下少年，心想：「這寶象雖作和尚打扮，但吃葷殺人，絕無顧忌，多半是個兇悍大盜。」

只聽寶象口中污言穢語越來越多，罵了一陣，騰的一聲，便在神壇前坐倒，跟著瑟瑟有聲，聽得出他將全身濕衣都脫了下來，到殿角去絞乾了，搭在神壇邊上，臥倒在地，不久鼾聲即起，竟自睡熟了。

狄雲心想：「這惡僧脫得赤條條地，在神像之前睡覺，豈不罪過？」又想：「我趁此機會，捧塊大石砸死了他，以免明天大禍臨頭。」但他實不願隨便殺人，又知寶象的武功勝過自己十倍，若不能一擊砸死，只須他稍餘還手之力，自己勢必性命難保。

這時他倘若從後院悄悄逃走，寶象定然不會知覺，但丁典的屍身在神壇底下，決計不能捨之而去，一搬動立時便驚動了惡僧。耳聽得庭中雨水點點滴滴的響個不住，心下徬徨無計，只盼明晨雨止，寶象離此他去。但聽來這雨顯是不會便歇。到得天明，寶象如不肯冒雨出廟，自會在廟中東尋西找，非給他見到屍體不可。雖是如此，心中還是存了僥倖之想：「說不定這雨到天亮時便止了，這惡僧急於追我，匆匆便出廟去。」

忽然間想起：「他進來時破口大罵，說不知那『老賊』逃到了那裏。我年紀又不老，為甚麼叫我『老賊』？難道他又在另外追趕一個老人？」想了一會，猛地省悟：「啊，是了，我滿頭長髮，滿臉長鬚，數年不剃，旁人瞧來自然是個老人了。他罵我是『老賊』，嘿嘿，罵我是『老賊』！」想到了這裏，伸手去摸了摸腮邊亂草般的鬍子。

忽聽得啪的一聲響，寶象翻了個轉身。他睡夢中一腳踢到神壇底下，正好踢中丁典的屍身。他一覺情勢有異，立即醒覺，只道神壇底下伏有敵人，黑暗中也不知廟中有多少人埋伏，搶起身旁鋼刀，前後左右連砍，教敵人欺不近身，喝道：「是誰？媽巴羔子的，賊王八蛋！」連罵數聲，不聽有人答應，屏息不語，仍不聽得有人。

寶象黑暗中連砍十五六刀，使出「夜戰八方式」，四面八方都砍遍了，飛足踢倒神壇，揮刀砍落，啪的一聲響，混有骨骼碎裂之聲，已砍中了丁典屍體。

狄雲聽得清清楚楚，寶象是在刀砍丁典。雖丁典已死，早已無知無覺，但在狄雲心中，仍是他至敬至愛的義兄，這一刀便如是砍在自己身上一般，立時便想衝出去拚命，但這五年的牢獄折磨，已將這樸實鹵莽的少年變成個遇事想上幾想的青年。剛一動念，跟著便想：「我衝出去跟他廝拚，除了送掉自己性命，更沒別樣結果。丁大哥和凌小姐合葬的心願便不能達成。那如何對得起他？」

寶象一刀砍中丁典屍身，不聞再有動靜，黑暗之中瞧不透半點端倪。他身邊所攜火摺早在大雨中浸濕了，沒法點火來瞧個明白，他慢慢一步一步倒退，背心靠上了牆壁，以防敵人自後偷襲，然後凝神傾聽。

這時兩人之間隔了一道照壁，除了雨聲淅瀝，更沒別樣聲息。

狄雲知道只要自己呼吸之聲稍重，立時便送了性命，只有將氣息收得極為微細，緩緩吸進，緩緩呼出，腦子中卻飛快的轉著念頭：「再過一會，天就明了。這惡僧見到丁大哥的屍體，必定大加蹧蹋，那便如何是好？」

他腦子本就算不得靈活，而要設法在寶象手下保全丁典屍體，更是個極大難題。他苦苦思索，想不出半點主意，焦急萬分，自怨自艾：「狄雲啊狄雲，你這笨傢伙，自然想不出主意。倘若丁大哥不死，他定有法子。」惶急下伸手抓著頭髮用力一扯，登時便扯下了六七根來。

突然之間，腦子中出現了一個念頭：「這惡僧叫我『老賊』。他見我滿臉鬍子，只道我是個老人。我若將鬍子剃得乾乾淨淨，他豈非就認我不出了？只是身邊沒剃刀，怎能剃去這滿臉鬍子？哼，我死也不怕，難道還怕痛？用手一根根拔去，也就是了。」

想到便做，摸到一根根鬍子，一根根的輕輕拔去，惟恐發出半點聲息，心想：「就算那惡僧認我不出，也不過不來殺我而已，我又有甚麼法子保護丁大哥周全？嗯，行一步，算一步，我只須暫且保得性命，能走近惡僧身旁，乘他不備，便可想法殺他。」

待得鬍子拔了一大半，忽又想起：「就算我沒了鬍鬚，這滿頭長髮，還是洩露了我面目。這惡僧在長江邊上追我，自然將我這披頭散髮的模樣瞧得清清楚楚了。」一不做，二不休，伸手扯住一根頭髮，輕輕一抖，拔了下來。

拔鬍子還不算痛，那一根根頭髮要拔個清光，當眞痛得厲害。一面拔著，心中只想：「別說只拔鬚拔髮這等小事，只要是爲了丁大哥，便要我砍去自己手足，也不會皺一皺眉頭。」又想：「我這法子眞笨，丁大哥的鬼魂定在笑我。可是……他再也不能教我一個巧妙的法子了。」

耳聽得寶象又已睡倒，唯恐給這惡僧聽到自己聲息，於是拔一些頭髮鬍子，便極慢極慢的退出一步，直花了小半個時辰，才退入天井，又過良久，慢慢出了土地廟後門。大雨點點滴滴的打在臉上，方輕輕舒了口氣。

在廟外不用擔心給寶象聽見，拔鬚拔髮時就快得多了，終於將滿頭長髮、滿腮鬍子拔了個乾淨。頭頂與下巴疼痛之極，生平從未經歷，但想比之給仇人削去手指、穿了琵琶骨，卻又如何？仇恨滿胸，拔髮拔鬚的疼痛也不怎麼在乎了。他挖開地下爛泥，將拔下的頭髮鬍鬚都塞入泥中，以防寶象發見後起疑，摸摸自己光禿禿的腦袋和下巴，不但已非「老賊」，而且成了個「賊禿」，悲憤之下，終於也忍不住好笑，尋思：「我這麼亂拔一陣，頭頂和下巴必定血跡斑斑，須得好好沖洗，以免露出痕跡。」抬起了頭，讓雨水淋去臉上污穢。

又想：「我臉上是沒破綻了，這身衣服若給惡僧認出，還是糟糕。嗯，沒衣衫好換，我便學惡僧的樣，脫得赤條條的，卻又怎地？」於是將衣衫褲子都脫了下來，烏蠶衣可不能脫，變成了只有內衣、卻無褲子，當下撕開外衣，圍在腰間，又恐寶象識得烏蠶衣來歷，便在爛泥中打了個滾，全身塗滿污泥。

這時便丁典復生，一時之間也認他不出。狄雲摸索到一株大樹之下，用手指挖開爛泥，將小包袱埋在其中，暗想：「若能逃脫惡僧毒手，護得丁大哥平安，日後必當報答這位為我裹傷、贈我銀兩首飾之人的大恩大德。可是他究竟是誰？」

忙到這時，天色已微微明亮。狄雲悄悄向南行去，折而向西，行出里許，天已大明，見大雨兀自未止，料想寶象不會離廟他去。此刻如逕自逃走，寶象說甚麼也找他不到，但保護丁典的屍身、設法去和凌小姐合葬，是當前第一等大事，無論如何，總之不能不守對丁大哥許下的諾言，自己便死十次，也必須做到。要想找一件武器，荒野中卻到那裏找去？只得拾了一塊尖銳的石片，藏在腰間，心想若能在這惡僧的要害處戳上一下，說不定也能要了他性命。最好這惡僧已離廟他去，那便上上大吉。

在積水坑中一照，見到自己模樣古怪，忍不住好笑，但隨即感到說不出的淒苦。

心中記掛著丁典，等不得另找更合用的武器，便向東朝土地廟行去，心想：「我須得瘋瘋顛顛，裝做是本地的一條無賴漢子。」將近土地廟時，放開喉嚨，大聲高唱山歌：

「對山的妹妹，聽我唱啊，
你嫁人莫嫁富家郎，
王孫公子良心壞！
要嫁我癩痢頭阿三，頂上光！」

他當年在湖南鄉間，本就擅唱山歌，湖畔田間，溪前山後，和戚芳倆不知已唱過幾千幾萬首山歌。湖南鄉間風俗，山歌都是應景即興之作，隨口而出，押以粗淺韻腳，與日常說話並無多大差別。他歌聲一出口，胸間不禁一酸，自從那一年和戚芳攜手同遊以來，這山歌已五年多沒出過他的喉頭，這時舊調重唱，眼前情景卻希奇古怪之極。聽歌者不再是那個俏美可喜的小師妹，而是一個赤條條、惡狠狠的大和尚。他明知離寶象近一步，便多一分凶險，但想為了丁大哥，就算給這惡和尚殺了，也是報答了丁大哥待自己的好處。

他慢慢走近土地廟，逼緊了喉嚨，模擬著女聲又唱了起來：

「你癩痢頭阿三有啥香？
想娶我如花如玉小嬌娘？
貪圖你頭上沒毛不用梳？
貪圖你窮天窮地當清光？」

一句「當清光」還沒唱完，寶象已從土地廟中走了出來。他將上衣圍在腰間，向外一張，要瞧瞧是誰來了，見狄雲口唱山歌而來，頭頂光禿禿地，還道他真是個癩痢頭禿子，山歌中卻滿口自嘲，不由得好笑，叫道：「喂，禿子，你過來！」

狄雲唱道：

「大師父叫我有啥事？
要送我金子和銀子？

癩痢頭阿三運氣好，

大師父要請我吃肥豬。」

他一面唱，一面走向寶象跟前，雖勉力裝作神色自若，但一顆心忍不住劇烈異常的跳動，臉上也已變色。但寶象那裏察覺，笑嘻嘻的道：「癩痢頭阿三，你去給我找些吃的東西來，大師父重重有賞，有沒肥豬？」狄雲搖搖頭，唱道：

「荒山野嶺沒肥豬……」

寶象喝道：「好好說話，不許唱啊唱的。」

狄雲伸了伸舌頭，勉力想裝出一副油腔滑調的神氣，說道：「癩痢頭阿三唱慣了山歌，講話沒那麼順當。大師父，這裏前不巴村，後不巴店，十里之內，並沒人煙。你別說想吃肥豬，便青菜白飯也難找。這裏西去十五里，有好大一座市鎮，有酒有肉，有雞有魚，大師父想吃甚麼有甚麼，不妨便去。」他自知無力殺得寶象，報他刀砍丁典之仇，只盼他信得自己言語，向西去尋飲食，自己便可抱了丁典屍身逃走。

可是大雨始終不止，唰唰唰的落在兩人身上。

寶象道：「你去給我找些吃的來，有酒有肉最好，否則殺隻雞殺隻鴨也成。」

狄雲只掛念著丁典，嘴裏「哦哦」答應，走進殿中，只見丁典的屍身已從神壇下給拖了出來，衣衫盡數撕爛，顯是曾遭寶象仔細搜查過。狄雲心中悲恨，再也掩飾不住，說道：「這……這裏有個死人……是……是你打死的麼？」

他臉色大變，寶象只道他是見到死人害怕，獰笑道：「不是我打死的。你來認認，這人是誰？你認得他麼？」狄雲吃了一驚，一時心虛，還道他已識破自己行藏，若不是決意保護丁典，已然發足便逃，當下強自鎮定，說道：「這人相貌很古怪，不是本村裏的。」寶象笑道：「他自然不是你村子裏的人。」突然厲聲道：「喂，去找些吃的東西來。你不聽話，佛爺肚子餓了，就只好先吃了你，填填肚子。」

狄雲見丁典屍身暫且無恙，稍覺放心，應道：「是，是！」轉身出廟，心想：「我且避他一避，只須半天不回來，他耐不住饑餓，自會去尋食物。他終不成帶了丁大哥走。他已搜查過丁大哥身邊，找不到甚麼，自也可死心了。」

不料只行得兩步，寶象厲聲喝道：「站住！你到那裏去？」狄雲道：「我去給你買吃的啊。」寶象道：「嗯，很好很好！你過多久回來？」狄雲道：「很快的，一會兒功夫就回來了。」寶象道：「去罷！」

狄雲回頭向丁典的屍身望了一眼，向廟外走去。突然背後風聲微動，啪啪兩響，左右雙頰上各吃了一記耳光。幸好寶象只道他是個不會絲毫武功的鄉下漢子，下手不重；又幸好寶象身法奇快，一出手便即打中，否則狄雲腦筋並不靈敏，遇到背後有人來襲，自然而然的會閃身躲避，決計來不及想到要裝作不會武功。

狄雲吃了一驚，道：「你……你……」心想：「他既識破了，那只有拚命了。」只聽寶象道：「你身上有多少銀子，拿出來給我瞧瞧！」狄雲道：「我……我……」寶象怒道：「你身上光溜溜的，諒你這窮漢也沒銀子，憑你的臭面子，又能賒得到、欠得著了？哼，你說去給我買吃的，不是存心想溜麼？」狄雲聽他這麼說，反而寬心：「原來他只瞧破我去買東西是假，那倒不要緊。」寶象又道：「你這禿頭說十里之內並沒人煙，又怎能去買了吃的，即刻便回？這不是明明騙我麼？哼，你給我說老實的，到底想甚麼？」狄雲結結巴巴的道：「我……我……我見了大師父害怕，想逃回家去。」

寶象哈哈大笑，拍了拍長滿黑毛的胸口，說道：「怕甚麼？怕我吃了你麼？」一提到這「吃」字，登時腹中咕咕直響，更餓得難受。天亮之後，他早已在廟中到處搜尋過了，半點可吃之物也沒有。他喃喃的連說幾句：「怕我吃了你麼？怕我吃了你麼？」這般說著，眼中忽然露出兇光，向狄雲上上下下打量。

狄雲給這眼光只瞧得滿身發毛，已猜到惡僧心中在打甚麼主意。寶象果然正在想：「人肉滋味本來不錯，人心人肝更加好吃，眼前現成有一口豬在這裏，幹麼不宰了吃？」

狄雲心下不住叫苦：「我給他殺了，倒也沒甚麼。瞧這惡僧的模樣，顯是要將我煮來吃了，這可冤得很了。我跟你拚了！」可是，拚命一定遭殺，殺了之後，仍給他吃下肚中，拚不拚又有甚麼分別？只見寶象雙眼中兇光大熾，嘿嘿獰笑，一步步逼來，一張醜臉越發顯得猙獰可怖。

寶象笑道：「嘿嘿，你這瘦鬼，吃起來滋味一定不好。這死屍還比你肥胖些，只可惜死屍有毒，吃不得。沒法子，沒肥豬，瘦豬也只好將就著對付。」一伸手，抓住了狄雲左臂。

狄雲奮力掙扎，卻那裏掙扎得開？心中焦急恐懼，當眞難以形容。經過這幾年來的慘受折磨，早已並不如何怕死，但想到要給這惡僧活生生的吃下肚去，確是忍不住全身發抖。

寶象見狄雲無法逃脫，心想不如叫他先燒好湯水，然後再下手宰殺，只可惜這人不會自己宰殺自己，再將自己燒成一大碗紅燒人肉，雙手恭恭敬敬的端將上來，便道：「我殺了你來吃，有兩個法子。一是生割你腿上肌肉，隨割隨烤，那麼你就要受零碎苦頭。第二個法子是一刀將你殺了，煮肉羹吃。你說那個法子好？」

狄雲咬牙道：「你要……將我殺了，你……你……你這惡和尚……」欲待破口大罵，卻怕他一怒之下，更讓自己慘受凌遲之苦，罵人的話到得口邊，終於忍住。

寶象笑道：「不錯，你知道就好，越是聽話，越死得爽快。你倔強掙扎，這苦頭可就大了。喂，癩痢頭阿三，我說啊，你去廚房裏把那隻鐵鑊拿來，滿滿的燒上一鑊水。」狄雲明知他是要用來烹食自己，還是忍不住問：「幹甚麼？」

寶象笑道：「這個就不用多問了。快去！」狄雲道：「要燒水，在廚房裏燒好了。」寶象道：「廚房裏滿是灰塵、蜘蛛網，老佛爺一進去便直打噴嚏。我不瞧著你，你這小癩痢定要逃走。」狄雲道：「我不逃走便是。」寶象怒道：「我說甚麼，便是甚麼。」說著一掌揮出，在他右臉上重重一擊，又將他踢了個觔斗。

狄雲滾在地下，突然想起：「他叫我燒水，倒是個機會，等得一大鑊水燒滾，端起來潑在他身上。他赤身裸體，豈不立時燙死了？」心中存了這個主意，登時不再恐懼，便到廚房去將一隻破鑊端了出來。見那鐵鑊上半截已然殘破，只能裝得小半鑊水，半鑊滾水只怕未必能燙死這惡僧，但想就算整他不死，燙他個半死不活也好。

他將鐵鑊端到殿前天井中，接了簷頭雨水，先行洗刷乾淨，然後裝載雨水，直至水齊破口，無法再裝爲止。寶象讚道：「好極，好極！癩痢頭阿三，我倒眞不捨得吃了你。你這人做事乾淨利落，煮人肉羹是把好手！」

狄雲苦笑道：「多謝大師父誇獎。」拾了七八塊磚頭，架在鐵鑊下面。破廟中多的是破桌斷椅，狄雲急於和寶象一決生死，快手快腳的執起破舊木料，堆在鐵鑊之下。可是要尋火種，卻就難了。狄雲張開雙手，作個無可奈何的神態。

寶象道：「怎麼？沒火種嗎？我記得他身上有的。」說著向丁典的屍身一指。狄雲見丁典的大腿給寶象砍得血肉模糊，胸中一股悲憤之氣直衝上來，轉頭向寶象狠狠瞪視，恨不得撲上前去咬他幾口。寶象卻似老貓捉住了耗子一般，要玩弄一番，這才吃掉，對狄雲的憤怒絲毫不以爲意，笑吟吟的道：「你找找去啊。倘若生不了火，大和尙吃生肉也成。」

狄雲俯下身去，在丁典的衣袋中一摸，果然摸到兩件硬硬的小物，正是一把火刀，一塊火石，尋思：「咱二人同在牢獄之時，丁大哥身邊可沒這兩件東西，他卻從何處得來？」翻轉火刀，見刀上鑄得有一行陽文招牌：「荊州老合興鐵店」。狄雲曾和丁典去鐵店斬斷身上銬鐐，想來這便是那家鐵店的店號。狄雲握了這對刀石，心想：「丁大哥顧慮周全，在鐵店中取這火刀火石，原意是和我同闖江湖之用，不料沒用上一次，便已命赴陰世。」怔怔的瞧著火刀火石，不由得潸然淚下。

寶象只道他發見火種後自知命不久長，是以悲泣，哈哈笑道：「大和尙是千金貴體，你前世幾生修到，竟能拿大和尚的腸胃作棺材，拿大和尚的肚皮作墳墓，福緣深厚，運氣不壞！快生火罷！」

狄雲更不多言，在廟中找到了一張陳舊已極的黃紙籤，放在火刀、火石之旁，便打著了火。火燄燒到黃紙籤上，本來給灰塵掩蔽著的字跡露了出來，只見籤上印著「下下」、「求官不成」、「婚姻難諧」、「出行不利」、「疾病難愈」等字樣，片刻之間，火舌便將紙籤燒去了半截。狄雲心想：「我一生不幸，不用求籤便知道了。」當即將紙籤去點燃了木片，鑊底的枯木漸燒漸旺。

鐵鑊中的清水慢慢生出蟹眼泡沫，他知這半鑊水過不到一炷香時分便即沸滾。他心神緊張，望望那水，又望望寶象裸露著的肚皮，心想生死存亡在此一舉，一雙手不自禁的打起顫來。終於白氣蒸騰，破鑊中水泡翻湧。狄雲站直身子，端起鐵鑊，雙手一抬，便要向寶象頭上淋去。

豈知他身形甫動，寶象已然驚覺，十指伸出，搶先抓住了他的手腕，厲聲喝道：「幹甚麼？」狄雲不會說謊，用力想將滾湯往寶象身上潑去，但手腕給抓住了，便似套在一雙鐵箍中一般，竟移動不得分毫。

寶象若要將這鑊滾湯潑在狄雲頭上，只須手臂一甩，自是輕而易舉，但卻可惜了這半鑊熱湯，淋死了這癩痢頭阿三，自己重新燒湯，未免麻煩。他雙臂微一用勁，平平下壓，將鐵鑊放回原處，喝道：「放開了手！」

狄雲如何肯放開鐵鑊，雙手又運勁回奪。寶象右足踢出，砰的一聲，將他踢得直跌出去，頭後腳前，撞入神壇之下。寶象心想：「這癩痢頭手勁倒也不小。」這時也不加細想，喝道：「老子要宰你了。乖乖的自己解去衣服，省得老子費事。」

狄雲摸出腰間藏著的尖石，便想衝出去與這惡僧一拚，忽見神壇腳邊兩隻老鼠肚子向天，身子不住抽搐，將死未死，這一下陡然在黑暗中看到一絲光明，叫道：「我捉到了兩隻老鼠，給你先吃起來充饑，好不好？老鼠的滋味可鮮得緊呢，比狗肉還香。」

寶象道：「甚麼？是老鼠？是死的還是活的？」狄雲生怕他不吃死鼠，忙道：「自然是活的，還在動呢，只不過給我捏得半死不活了。」抓住兩隻老鼠，從神壇下伸手出來給他看。

寶象曾吃過老鼠，知道鼠肉之味與瘦豬肉也差不多，眼見這兩頭老鼠毫不肥大，想是破廟之中無甚食物之故，一時沉吟未決。

狄雲道：「大師父，我給你剝了老鼠皮，煮一大碗湯喝，包你又快又美。」

寶象生性大懶，要他動手殺人洗剝，割切煮食，想起來就覺心煩，聽狄雲說給他煮老鼠湯，倒是投其所好，道：「兩隻老鼠不夠吃，你再去多捉幾隻。」

狄雲心想：「我現下功夫已失，手腳不靈，老鼠那裏捉得到？」但好容易出現了一線生機，決不能放過，忙道：「大師父，我給你先煮了這兩隻大老鼠作點心，立刻再捉！」寶象點頭道：「那也好，要是我吃得個飽，饒你一命，又有何妨？」

狄雲從神壇下鑽了出來，說道：「我借你的刀子一用，切了老鼠的頭。」

寶象渾沒當這鄉下小禿子是一回事，向鋼刀一指，說道：「你用罷！」跟著又補上一句：「你有膽子，便向老子砍上幾刀試試！」狄雲本來確有搶到鋼刀、迴身便砍之意，但給他先行點破，倒不敢輕舉妄動了，兩刀砍下鼠頭，開膛破肚，剝下鼠皮，將老鼠的腸胃心肺一併用雨水洗得乾淨，然後放入鑊中。

寶象連連點頭，說道：「很好，很好。你這禿頭，煮老鼠湯是把好手。快再去捉幾隻來。」狄雲道：「好，我去捉。」轉身向後殿走去。寶象道：「你若想逃走，我定將你身上的肉，一塊塊活生生的割下來吃了。」狄雲道：「捉不到老鼠便捉田雞，江裏有魚有蝦，甚麼都能吃。我服侍你大師父，吃得飽飽的，舒舒服服，何必定要吃我？癩痢頭阿三身上有瘡有癩，吃了擔保你拉肚子，發寒熱。」寶象道：「哼，別讓我等得不耐煩了。喂，你不能走出廟去，知不知道？」

狄雲大聲答應，爬在地下，裝著捕老鼠的神態，慢慢爬到後殿，站直了身子。他東張西望，想找個隱蔽處躲了起來，從後門望出去，見左首有個小小池塘，當下不管三七二十一，快步奔去，輕輕溜入池塘，只露出口鼻在水面透氣，更抓些浮萍亂草，堆在鼻上。他自幼生於水濱，水性倒是甚好，只可惜這地方離江太遠，否則躍入大江之中，順流而下，寶象無論如何追趕不上。

過了好一會，只聽得寶象叫道：「好湯！老鼠湯不錯。可惜老鼠太少。癩痢頭阿三，捉到了老鼠沒有？」叫了幾聲，跟著便大聲咒罵起來。狄雲將右耳伸出水面，聽他的動靜。但聽他滿口污言穢語，罵得粗俗不堪，跟著踢踢蹚蹚，踏著泥濘尋了出來。只跨得幾步，便到了池塘邊。狄雲那裏還敢露面，揑住鼻子，全身鑽在水底。幸好那池塘生滿了青萍水藻，他一沉入塘底，在上面便看不到了。

但水底不能透氣，他一直熬到忍無可忍，終於慢慢探頭上來，想輕輕吸一口氣，剛吸得半口，忽喇一聲，一隻大手抓將下來，已抓住了他後頸。寶象大罵：「不把你這小禿子割成十七八塊，老子不是人。你膽敢逃走！」狄雲反手抱住他胳臂，一股勁兒往池塘內拉扯。寶象沒料到他竟敢反抗，塘邊泥濘，腳下一滑，撲通一聲，跌入了塘中。

狄雲大喜，使勁將他背脊往水中按去。只是池塘水淺，寶象人又高大，池水淹不過頂，他一踏到塘底，反手便扣住狄雲手腕，跟著左手將他頭撳下水去。狄雲早豁出了性命不要，人在水底，牢牢抱住了寶象身子，說甚麼也不放手。寶象一時倒給他弄得無法可施，破口大罵，一不小心，吞進了幾口污水，怒氣更盛，提起拳頭，直往狄雲背上擂去。狄雲只覺這惡僧一拳打來，雖給塘水阻了一阻，力道輕了些，卻也疼痛難忍，只要再挨得幾拳，非昏去不可。他絕無還手之力，只有將腦袋去撞寶象的胸膛。

正糾纏得不可開交，突然間寶象大叫一聲：「啊喲！」抓住狄雲的手慢慢放鬆，舉在半空的拳頭也不擊落，竟緩緩垂下，跟著身子挺了幾挺，沉入了塘底。

狄雲大奇，忙掙扎著起來，見寶象一動不動，顯已死了。他驚魂未定，不敢去碰他身子，遠遠站在池塘一邊觀看。只見寶象直挺挺的躺在塘底，一動也不再動，隔了良久，看來眞的已死，狄雲兀自不敢放心，捧起塊石頭擲到他身上，見仍不動，才知不是裝死。

狄雲爬上岸來，猜不透這惡僧到底如何會突然死去，忽然閃過一個念頭：「難道我的神照功已大有威力，自己可還不知？在他胸口撞得幾頭，便送了他性命？」試一運氣，只覺「足少陽膽經」一脈中的內息，行到大腿「五里穴」，無論如何便不上行，而「手少陽三焦經」一脈，內息行到上臂「清冷淵」也即遇阻滯。比之在獄中時反退步了，想是這幾日來心神不定，擱下了功夫。顯然，要練成神照功，時日火候還差得挺遠。

他怔怔的站在池塘旁，對眼前的情景始終不敢相信是眞事。但見雨點一滴滴的落在池塘水面，激起一個個漪漣。寶象的屍身躺在塘底，了無半絲生氣。

呆了一陣，回到殿中，見鐵鑊下的柴火已經熄滅，鐵鑊旁又有兩隻老鼠死在地下，肚皮朝天，耳朵和後足兀自微微抖動。狄雲心想：「嗯，原來寶象自己倒捉到了兩隻老鼠，沒福享受，便給我打死了。」見鑊中尚有碗許殘湯，是寶象喝得剩下來的，他肚中正餓，端起鐵鑊，張口便要去喝老鼠湯。突然之間，鼻中聞到一陣奇特的香氣。

他一呆之下，雙手持著鐵鑊，縮嘴不喝，尋思：「這是甚麼香氣？我聞到過的，那決不是甚麼好東西。」再聞了聞老鼠湯中的奇香，登時省悟，大叫：「好運氣！」雙手一抬，將鐵鑊向天井中拋了出去，轉身向著丁典的屍身含淚說道：「丁大哥，你雖在死後，又救了兄弟一命。」在千鈞一髮的瞬息之間，他明白了寶象的死因。

丁典中了「金波旬花」的劇毒，全身血肉都含奇毒。寶象刀砍丁典屍身，老鼠在傷口中噬食血肉。老鼠食後中毒而死，寶象煮鼠爲湯而食，跟著便也中毒。兩人在池塘中糾纏鬥毆，寶象突然毒發身亡。眼前鐵鑊旁這兩頭死鼠，也是喝了鑊中的毒湯而死的。

狄雲心想：「倘若那金波旬花不是有這麼一股奇怪的香氣，倘若我心思轉得稍慢片刻，這毒湯已然下肚去了。」又想：「我第一次聞到這『金波旬花』的香氣，是在凌小姐的靈堂之中，凌知府塗在他女兒的棺木上。丁大哥以前曾聞到過的，曾中過毒，第二次怎能不知？是了，那時丁大哥見到凌小姐的棺木，心神大亂，甚麼都不知道了。」

他曾數度萬念俱灰，自暴自棄，不想再活在人世，但此刻死裏逃生，卻又慶幸不已。天空仍烏雲重重疊疊，大雨如注，心中卻感到了一片光明，但覺只須留得一條命在，便有無盡生趣，無限風光。

他定了定神，先將丁典的屍身端端正正的放在殿角，然後出外將寶象的屍身從池塘裏拉起，挖個坑埋了。回到殿中，見寶象的衣服搭在神壇之上，壇上放著一個油布小包，另有十來兩碎銀子。

他好奇心起，拿過油布小包，打了開來，見裏面又包著一層油紙，再打開油紙，見是一本黃紙小書，封皮上彎彎曲曲的寫著幾行字不像字、圖不像圖的花樣，也不知是甚麼。翻將開來，見第一頁上繪著一個精瘦乾枯的裸體男子，一手指天，一手指地，面目甚爲詭異，旁邊注滿了五顏六色的怪字，形若蝌蚪，或紅或綠。狄雲瞧著圖中男子，見他鉤鼻深目，曲髮高顴，面目黝黑，不似中土人物，形貌甚爲古怪，而怪異之中，更似蘊藏著一股吸引之力，令人不由自主的心旌搖動，神不守舍。他看了一會，便不敢再看。

翻到第二頁，見紙上仍繪著這裸體男子，只姿式不同，左足金雞獨立，右足橫著平伸而出，雙手反在身後，左手握著右耳，右手握著左耳。一路翻將下去，但見這裸體人形的姿式越來越怪，花樣變幻無窮，有時雙手撐地，有時飛躍半空，更有時以頭頂地倒立，下半身卻憑空生出六條腿來。到了後半本中，那人手中卻持了一柄彎刀。

他回頭翻到第一頁，再向圖中那人臉上細瞧，見他舌尖從左邊嘴角中微微伸出，同時右眼張大而左眼略瞇，臉上神情古怪，便因此而生。他好奇心起，便學著這人的模樣，也舌尖微吐，右眼張而左眼閉，這姿式一做，只覺得顏面間甚是舒適，再向圖形中看去時，隱隱見到那男子身上有幾條極淡的灰色細線，繪著經脈。狄雲心道：「是了，原來這人身上不繪衣衫，是爲了要顯出經脈。」

丁典在獄中授他神照功之時，曾將人身的經脈行走方位，解說得極是詳細明白，練這項最上乘的內功，基本關鍵便在於此。他早記得熟了，這時瞧著圖中人身上的經脈線路，不由自主便調運內息，體內一股細微的眞氣便依著那經脈運行起來。

尋思：「這經脈運行的方位，和丁大哥所教的恰恰相反，只怕不對。」但隨即轉念：「我便試他一試，又有何妨？」當即催動內息，循圖而行，片刻之間，便覺全身軟洋洋地，說不出的輕快舒暢。他練神照功時，全神貫注的凝氣而行，那內息便要上行一寸、二寸，也萬分艱難，但這時照著圖中的方位運行，霎時之間便如江河奔流，竟絲毫不用力氣，內息自然運行。他又驚又喜：「怎麼我體內竟有這樣的經脈？莫非連丁大哥也不知麼？」跟著又想：「這冊子是那惡和尙的，書上文字圖形又都邪裏邪氣，定不是甚麼正經東西，還是別去沾惹的爲是。」

但這時他體內的內息運行正暢，竟不想就此便停，心中只想：「好罷，只玩這麼一次，下次不能再玩了。」漸覺心曠神怡，全身血液都暖了起來，又過一會，身子輕飄飄地，好似飽飲了烈酒一般，禁不住手舞足蹈，口中嗚嗚嗚的低聲呼叫，腦中一昏，倒在地下，便甚麼也不知道了。

過了良久，這才知覺漸復，緩緩睜眼，只覺日光照耀，原來大雨早停，太陽晒進殿來。狄雲一躍而起，只覺精神勃勃，全身充滿了力氣，心想：「難道這本冊子上的功夫，竟有這般好處？不，不！我還是照丁大哥所授的功夫用心習練才是，這種邪魔外道，一沾上身，說不定後患無窮。」拿起冊子，要想伸手撕碎，但轉念又想，總覺其中充滿秘奧，不捨得便此毀去。

他整理一下衣衫，見破爛已極，實難蔽體，丁典屍身上的衣褲也都已撕爛斬碎，見寶象的僧衣和褲子搭在神壇之上，倒是完好，於是取過來穿在身上。雖穿了這惡僧的僧袍，心中甚覺彆扭，但總勝於褲子上爛了十七八個破洞，連屁股也遮不住。他將那本冊子和十多兩碎銀都揣在懷裏，到大樹下的泥坑中將那包首飾和銀兩挖了出來收起，抱起丁典屍身，走出廟去。

行出百餘丈，迎面來了個農夫，見他手中橫抱死屍，大吃一驚，失足摔在田中，滿身泥濘的掙扎起來，快步逃走。狄雲知道如此行走，必定惹事，但一時卻也想不出甚麼善策。幸好這一帶甚是荒僻，一路走去，不再遇到行人。他橫抱著丁典，心下只想：「丁大哥，丁大哥，我捨不得和你分手，我捨不得和你分手。」

忽聽得山歌聲起，遠遠有七八名農夫荷鋤走來，狄雲忙一個箭步，躲入山旁的長草之中，待那些農夫走過，心想：「若不焚了丁大哥的遺體，終究不能完成他與凌小姐合葬的心願。」到山坳中拾些枯枝柴草，一咬牙，點燃了火，在丁典屍身旁焚燒起來。

火舌吞沒了丁典頭髮和衣衫，狄雲只覺得這些火燄是在燒著自己的肌肉，撲在地下，咬著青草泥土，淚水流到了草上土中，又流到了他嘴裏……

狄雲細心撿起丁典的骨灰，鄭重包在油紙之中，外面再裹以油布。這油紙油布本是寶象用來包藏那本黃紙冊子的。包裹外用布條好好的縛緊了，這才貼肉縛在腰間。再用手挖了一坑，將剩下的灰燼撥入坑中，用土掩蓋了，拜了幾拜。

站起身來，心下茫然：「我要到那裏去？」世上的親人，便只師父一人，自然而然的想起：「我且回沅陵去尋師父。」師父刺傷萬震山而逃去，料想不會回歸沅陵老家，必是隱姓埋名，遠走高飛。但這時除了回沅陵去瞧瞧之外，實在想不出還有旁的甚麼地方可去。

轉上了大路，向鄉人一打聽，原來這地方大地名叫塔市口，對江便是湖北監利縣，當地已屬湖南地界。此處江邊荒僻，狄雲到了塔市口，取出碎銀買些麵食吃了。

出得店來，只聽得喧嘩叫嚷，人頭湧湧，不少人吵成一團，跟著砰砰聲響，好些人打了起來。狄雲好奇心起，便走近去瞧瞧熱鬧。只見人叢之中，七八條大漢正圍住一個老者毆打。那老者青衣羅帽，家人裝束。那七八條漢子赤足短衣，身邊放著短秤魚簍，顯然都是魚販。狄雲心想這是尋常打架，沒甚麼好瞧的，正要退開，只見那老家人飛足將一名壯健魚販踢了個觔斗，原來他竟身有武功。

這一來，狄雲便要瞧個究竟了。只見那老家人以寡敵衆，片刻間又打倒了三名魚販。旁邊瞧著的魚販雖衆，一時竟無人再敢上前。忽聽得衆魚販歡呼起來，叫道：「頭兒來啦，頭兒來啦！」只見江邊兩名魚販飛奔而來，後面跟著三人。那三人步履頗爲沉穩，狄雲一眼瞧去，便知身有武功。

那三人來到近前，爲首一人是個四十來歲漢子，蠟黃臉皮，留著一撇鼠鬚，向倒在地下哼哼唧唧的幾名魚販望了一眼，說道：「閣下是誰，仗了誰的勢頭，到我們塔市口來欺人？」他這幾句話是向那老家人說的，可是眼睛向他望也沒望上一眼。

那老家人道：「我只是拿銀子買魚，甚麼欺人不欺人的？」那頭兒向身旁的魚販問道：「幹麼打了起來？」那魚販道：「這老傢伙硬要買這對金色鯉魚。我們說金色鯉魚難得，是頭兒自己留下來合藥的。這老傢伙好橫，非買不可。我們不賣，他竟動手便搶。」

那頭兒轉過身來，向那老家人打量了幾眼，說道：「閣下的朋友，是中了藍砂掌麼？」那老家人一聽，臉色變了，說道：「我不知道甚麼紅砂掌、藍砂掌。我家主人不過想吃鯉魚下酒，吩咐我拿了銀子來買魚。普天下可從來沒有甚麼魚能賣、甚麼魚又不能賣的規矩？」魚販頭兒冷笑道：「眞人面前說甚麼假話？閣下主人是誰？倘若是好朋友，別說金色大鯉可以奉送，在下還可送上一粒專治藍砂掌的『玉肌丸』。」

那老家人臉色更加驚疑不定，隔了半晌，才道：「請問閣下是誰？如何知道藍砂掌？如何又有玉肌丸？難道，難道……」魚販頭兒道：「不錯，在下和那使藍砂掌的主兒，確有三分淵源。」

那老家人更不打話，身形一起，伸手便向一隻魚簍抓去，行動甚為迅捷。魚販頭兒冷笑道：「有這麼容易？」呼的一掌，便往他背心上擊去。老家人回掌一抵，借勢借力，身子已飄在數丈之外，提著魚簍，急步疾奔。那魚販頭兒沒料到他有這一手，眼見追趕不上，手一揚，一件暗器帶著破空之聲，向他背心急射而去。

那老家人奪到鯉魚，滿心歡喜，一股勁兒的發足急奔，沒想到有暗器射來。魚販頭子發射的是一枚瓦楞鋼鏢，他手勁挺大，去勢頗急。狄雲眼見那老家人不知閃避，心中不忍，順手提起地下一隻魚簍，從側面斜向鋼鏢擲去。

他武功已失，手上原沒多少力道，只是所站地位恰到好處，只聽得卜的一聲響，鋼鏢插入了魚簍。那魚簍向前又飛了數尺，這才落地。

那老家人聽得背後聲響，回頭瞧時，只見那魚販頭子手指狄雲，罵道：「兀那小賊禿，你是那座廟裏的野和尚，卻來理會長江鐵網幫的閒事？」

狄雲一怔：「怎地他罵我是小賊禿了？」見那魚販頭子聲勢洶洶，又說到甚麼「長江鐵網幫」，記得丁大哥常自言道，江湖上各種幫會禁忌最多，要是不小心惹上了，往往受累無窮。他不願無緣無故的多生事端，便拱手道：「是小弟的不是，請老兄原諒。」

那魚販頭子怒道：「你是甚麼東西，誰來跟你稱兄道弟？」跟著左手一揮，向手下的魚販道：「把這兩人都拿下了。」

便在此時，只聽得叮噹叮噹，叮玲玲，叮噹叮噹，叮玲玲一陣鈴聲，兩騎馬自西至東，沿著江邊馳來。那老家人面有喜色，道：「我家主人親自來啦，你跟他們說去。」

魚販頭子臉色一變，道：「是『鈴劍雙俠』？」但隨即臉色轉為高傲，道：「是『鈴劍雙俠』便又怎地？還輪不到他們到長江邊上來耀武揚威。」

說話未了，兩乘馬已馳到身前。狄雲只覺眼前一亮，但見兩匹馬一黃一白，神駿高大，鞍轡鮮明。黃馬上坐著個青年男子，二十五六歲，一身黃衫，身形高瘦。白馬上乘的是個少女，二十歲上下年紀，白衫飄飄，左肩上懸著一朵紅綢製的大花，臉容白嫩，相貌甚為俏麗。兩人腰垂長劍，手中都握著條馬鞭，兩匹馬一般的高頭長身，難得的是黃者全黃，白者全白，身上竟沒一根雜毛。黃馬頸下掛了一串黃金鸞鈴，白馬的鸞鈴則是白銀所鑄，馬頭微一擺動，金鈴便發出叮噹叮噹之聲，銀鈴的聲音又是不同，叮玲玲、叮玲玲的，更為清脆動聽。端的是人俊馬壯。狄雲一生之中，從沒見過這般齊整標致的人物，不由得心中暗暗喝一聲采：「好漂亮！」

那青年男子向著那老者道：「水福，鯉魚找到了沒有？在這裏幹甚麼？」那老家人道：「汪少爺，金色鯉魚找到了一對，可是……可是他們偏不肯賣，還動手打人。」

那青年瞥眼見到地下魚簍上的鋼鏢，說道：「嘿，誰使這般歹毒的暗器？」馬鞭一伸，鞭絲已捲住鋼鏢尾上的藍綢，提了回來，向那少女道：「笙妹，你瞧，是見血封喉的『蝎尾鏢』！」那少女道：「是誰用這鏢了？」話聲甚是清亮。

那魚販頭子微微冷笑，右手緊握腰間單刀刀柄，說道：「鈴劍雙俠這幾年闖出了好大的名頭，長江鐵網幫不是不知。可是你們想欺到我們頭上，只怕也沒這麼容易。」他語氣硬中帶軟，顯然不願與鈴劍雙俠發生爭端。

那少女道：「這蝎尾鏢蝕心腐骨，太過狠毒，我爹爹早說過誰也不許再用，難道你不知道麼？幸好你不是用來打人，打魚簍子練功夫，倒也不妨。」

水福道：「小姐，不是的。這人發這毒鏢射我。多蒙這位小師父斜刺裏擲了這隻魚簍過來，才擋住了毒鏢。要不然小的早已沒命了。」他一面說，一面指著狄雲。

狄雲暗暗納悶：「怎地一個叫我小師父，一個罵我小賊禿，我幾時做起和尚來啦？」

那少女向狄雲點了點頭，微微一笑，示意相謝。狄雲見她一笑之下，容如花綻，更加嬌艷動人，不由得臉上一熱，微感羞澀。

那青年聽了水福之言，臉上登時如罩了層嚴霜，向那魚販頭子道：「此話當眞？」不待對方回答，馬鞭抖動，鞭上捲著的鋼鏢疾飛而出，風聲呼呼，啪的一響，釘在十數丈外的一株柳樹上，手勁之強，實足驚人。

那魚販頭子兀自口硬，說道：「逞甚麼威風了？」那青年公子喝道：「便是要逞這威風！」提起馬鞭，向他劈頭打落，那魚販頭子舉刀便格。不料那公子的馬鞭忽然斜出向下，著地而捲，招數變幻，直攻對方下盤。魚販頭子急忙躍起相避。這馬鞭竟似是活的一般，倏的反彈上來，已纏住了他右足。那公子足尖在馬腹上輕輕一點，胯下黃馬立時前衝。那魚販頭子的下盤功夫本來甚是了得，這青年公子就算用鞭子纏住了他，也未必拖他得倒。但這公子先引得他躍在半空，令他根基全失，這才揮鞭纏足。那黃馬這一衝有千斤之力，魚販頭子力氣再大，也禁受不起，他身軀給黃馬拉著，凌空而飛。衆魚販大聲吶喊，七八個人隨後追去，意圖救援。

那黃馬縱出數丈，將那馬鞭繃得有如弓弦，青年公子蓄勢借力，振臂甩出，那魚販頭子便如騰雲駕霧般飛了出去。他空有一身武功，卻半點使不出來，身子不由自主的向江中射去。岸上衆人大驚之下齊聲呼喊。只聽得撲通聲響，水花濺起老高，魚販頭子摔入了江中，霎時間沉入水底，無影無蹤。

那少女拍手大笑，揮鞭衝入魚販羣中，東抽一記，西擊一招，將衆魚販打得跌跌撞撞的四散奔逃。魚簍魚網撒了一地，鮮魚活蝦在地下亂爬亂跳。

那魚販頭子一生在江邊討生活，水性自是精熟，從江面上探頭出來，已在下游數十丈之外，污言穢語的亂罵，卻也不敢上岸再來廝打。

水福提起盛著金鯉的魚簍，打開蓋子，歡歡喜喜的道：「公子請看，紅嘴金鱗，難得又這般肥大。」那青年道：「你急速送回客店，請花大爺用來救人。」水福道：「是。」走到狄雲身前，躬了躬身，道：「多謝小師父救命之恩。不知小師父的法名怎生稱呼？」狄雲聽他左一句小師父，右一句小師父，叫得自己心中發毛，一時答不上話來。那青年道：「快走，快走。千萬不能躭擱了。」水福道：「是。」不及等狄雲答話，快步去了。

狄雲見這兩位青年男女人品俊雅，武藝高強，心中暗自羨慕，頗有結納之意，只是對方並不下馬，想要請教姓名，頗覺不便。正猶豫間，那公子從懷中掏出一錠黃金，說道：「小師父，多謝你救了我們老家人一命。這錠黃金，請師父買菩薩座前的香油罷。」輕輕拋出，將金子向狄雲投了過來。狄雲左手抄過接住，向他回擲過去，說道：「不用了。請問兩位尊姓大名。」

那青年見他接金擲金的手法，顯是身有武功，不等金子飛到身前，馬鞭揮出，已將金子捲住，說道：「師父既然也是武林中人，想必得知鈴劍雙俠的小名。」

狄雲見他抖動馬鞭，將那錠黃金舞弄得忽上忽下，神情舉止，頗有輕浮之意，便道：「適才我聽那魚販頭子稱呼兩位是鈴劍雙俠，但不知閣下尊姓大名。」那青年怫然不悅，心道：「你既知我們是鈴劍雙俠，怎會不知我的姓名？」口中「嗯」了一聲，也不答話。便在此時，一陣江風吹了過來，拂起狄雲身上所穿僧袍的衣角。

那少女一聲驚噫，道：「他……他是青海黑教的……的……血刀惡僧。」那青年滿臉怒色，道：「不錯。哼，滾你的罷！」

狄雲大奇，道：「我……我……」向那少女走近一步，道：「姑娘你說甚麼？」那少女臉上現出又驚又恐的神態，道：「你……你……你別走近我，滾開。」狄雲心中一片迷惘，問道：「甚麼？」反而更向她走近了一步。

那少女提起馬鞭，唰的一聲，從半空中猛擊下來。狄雲萬料不到她說打便打，轉頭欲避，已然不及，唰的一聲響處，這一鞭著著實實的打在臉上，從左額角經過鼻樑，通向右邊額角，擊得好不沉重。狄雲驚怒交集，道：「你……你幹麼打我？」見那少女又揮鞭打來，伸手便欲去奪她馬鞭，不料這少女鞭法變幻，他右手剛探出，馬鞭已纏上了他頭頸。

跟著只覺得後心猛地一痛，已給那青年公子從馬上出腿，踢了一腳，狄雲立足不定，向前便倒。那公子催馬過來，縱馬蹄往他身上踹去。狄雲百忙中向外滾開，昏亂中只聽得銀鈴聲叮玲玲的響了一下，一條白色的馬腿向自己胸口踏將下來。狄雲更沒思索餘地，情知這一腳只要踹實了，立時便會送命，急忙縮身，但聽得喀喇一響，不知斷了甚麼東西，眼前金星飛舞，甚麼也不知道了。

待得他神智漸復，醒了過來，已不知過了多少時候。迷迷糊糊中撐手想要站起，突然左腰一陣劇痛，險些又欲暈去，跟著哇的一聲，吐出一大口鮮血。他慢慢轉頭，只見左腿褲腳上全是鮮血，一條左腿扭得向前彎轉。他好生奇怪：「這條腿怎會變成這個樣子？」過了一會，這才明白：「那姑娘縱馬踹斷了我的腿。」

他全身乏力，腿上和背心更痛得厲害，一時之間自暴自棄的念頭又生：「我不要活了，便這麼躺著，快快死了才好。」他也不呻吟，只盼速死。可是想死卻並不容易，甚至想昏去一陣也是不能，心中只想：「怎麼還不死？怎麼還不死？」

過了良久，這才想到：「我跟他二人無冤無仇，沒半點地方得罪了他們，正說得好好地，幹麼忽然對我下這毒手？」苦苦思索，心中一片茫然，實無絲毫頭緒，自言自語：「我就這麼蠢，倘若丁大哥在世，就算不能助我，也必能給我解說這中間的道理。」

一想起丁典，立時轉念：「我答應了丁大哥，將他與凌小姐合葬。這心願未了，我無論如何不能便死。」伸手向腰間摸去，發覺丁典的骨灰包沒給人踢破，心下稍慰，用力坐起身來，喉頭一甜，又是鮮血上湧。他知道多吐一口血，身子便衰弱一分，強自運氣，想將這口血壓將下去，卻覺口中鹹鹹的，一張嘴，又是一攤鮮血傾在地下。

最痛的是那條斷腿，就像幾百把小刀不住在腿上砍斬，終於連爬帶滾的到了柳蔭下，心想：「我不能死，說甚麼也得活下去。要活下去便得吃東西。」見地下的魚蝦早已停止跳動，死去多時，便抓了幾隻蝦塞入口中，胡亂咀嚼，心想：「先得接好斷腿，再想法子快快離開。」

遊目四顧，見眾魚販拋在地下的各樣物事兀自東一件、西一件的散著，於是爬過去取了一柄短槳，又取過一張漁網，先將漁網慢慢拆開，然後搬正自己斷腿，將短槳靠在腿旁，把漁網的麻繩纏了上去。纏一會，歇一會，每逢痛得要暈去時，便閉目喘氣，等力氣稍長，又再動手。

好容易綁好斷腿，心想：「要養好我這條腿，少說也得兩個月時光。卻到那裏去養息才好？」瞥眼見到江邊的一排漁舟，心念一動：「我便住在船中，不用行走。」他生怕這批魚販回來，更遭災難困厄，雖已筋疲力盡，卻不敢稍歇，向著江邊爬去，爬上一艘漁船，解下船纜，扳動短槳，慢慢向江心划去。

一低頭時，只見身上一角僧袍翻轉，露出黑色衣襟上一把殷紅帶血的短刀，乃以大紅絲線所繡，刀頭上有三點鮮血滴下，也是紅線繡成，形狀生動，甚爲可怖。他驀地醒悟：「啊，是了，這是寶象惡僧的僧袍。這兩人只道我是惡僧一夥。」一伸手，便摸到了自己光禿禿的腦袋。

他這才恍然，為甚麼那老家人口口聲聲的稱自己為「小師父」，而長江鐵網幫的魚販頭子又罵自己為「小賊禿」，原來自己早已喬裝改扮做了個和尚，卻兀自不覺。又想：「我衣角翻開，那姑娘便說我是青海黑教的甚麼血刀惡僧。這把血刀的模樣這麼難看，這派和尚又定是無惡不作之人，單看寶象，便可想而知。」

他無端端的給踹斷了腿，本來惱怒悲憤之極，一想明白其間的原因過節，登時便對「鈴劍雙俠」消了敵意，反覺這對青年英俠嫉惡如仇，實是大大的好人。只是這二人武功高強，人品俊雅，自己便算解釋明白了誤會，也不配跟他們結交。

將漁船慢慢划出十餘里，見岸旁有個小市鎮，遠遠望去，人來熙往的甚是熱鬧，心想：「這件僧衣披在身上，是個大大的禍胎，須得儘早換了去才好。」當下將船划近岸邊，撐著短槳拄地，忍痛掙扎著一跛一拐，走上岸去。市上行人見這青年和尚跛了一條腿，滿身血污，向他瞧去時臉上都露出驚疑神色。

對這等冷漠疑忌的神氣，狄雲這幾年來受得多了，倒也不以為意。他緩緩在街上行走，見到一家舊衣店，便進去買了一件青布長袍，一套短衫褲。這時更換衣衫，勢須先行赤身露體，只得將青布長袍穿在僧袍之外，又買了頂氈帽，蓋住光頭，然後到西首一家小飯鋪中去買飯充饑。待得在飯鋪的長櫈上坐定，累得幾欲暈倒，又嘔了兩大口血。

店伴送上飯菜，是一碗豆腐煮魚，一碗豆豉臘肉。狄雲聞到魚肉和米飯的香氣，精神爲之一振，拿起筷子，扒了兩口飯，夾起塊臘肉送進口中，咀嚼得幾下，忽聽得西北角上叮噹叮噹、叮玲玲，叮噹叮噹、叮玲玲，一陣陣鸞鈴之聲響了起來。

他口中的臘肉登時便嚥不下咽喉，心道：「鈴劍雙俠又來了。要不要迎出去說明誤會？我平白無辜的給他們縱馬踩成這般重傷，若不說個清楚，豈不冤枉？」可是他這些日子中受苦太深，給人欺侮慣了，轉念便想：「我這一生受的冤枉，難道還算少了？再給他們冤枉一次，又有何妨？」但聽得鸞鈴之聲越響越近，狄雲轉過身來，面朝裏壁，不願再和他們相見。

便在這時，忽然有人伸手在他肩頭一拍，笑道：「小師父，你幹下的好事發了，我們太爺請你去喝酒。」

狄雲一驚，轉身過來，見是四個公人，兩個拿著鐵尺鐵鍊，後面兩人手執單刀，滿臉戒備之色。狄雲叫聲「啊喲！」站起身來，順手抓起桌上一碗臘肉，劈頭向左首那公人擲去，跟著手肘上抬，掀起板桌，將豆腐、白飯、菜湯，齊向第二名公人身上倒去，心道：「荊州府的公人追到了。我若再落在凌退思的手中，那裏還有命在？」

兩名公人給他夾頭夾腦的熱菜熱湯潑在身上，忙向後退，狄雲已搶步奔出。但只跨得一步，腳下一個踉蹌，險些摔倒，他在惶急之際，竟忘了左腿已斷。第三名公人瞧出便宜，舉刀砍來。狄雲武功雖失，對付這些公人卻仍綽綽有餘，抓住他手腕擰轉，已奪過了他單刀。四名公人見他手中有了兵器，那裏還敢欺近，只是大叫：「採花淫僧拒捕傷人啊！」「血刀惡僧又犯了案哪！」「姦殺官家小姐的淫僧在這裏啊！」

這麼一叫嚷，市鎮上眾人紛紛過來，見到狄雲這麼滿臉都是傷痕血污的可怖神情，都遠遠站著，不敢走近。狄雲聽得公人的叫嚷，心道：「難道不是荊州府派來捉拿我的？」大聲喝道：「你們胡說些甚麼？誰是採花淫僧了？」

叮噹叮噹、叮玲玲幾聲響處，一匹黃馬、一匹白馬雙雙馳到。「鈴劍雙俠」人在馬上，居高臨下，一切早已看清。兩人一見狄雲，怔了一怔，覺得面容好熟，立時便認出他便是那血刀惡僧，只喬裝改扮了，想要掩飾本來面目。

一名公人叫道：「喂，大師父，你風流快活，也不打緊，怎地事後又將人家姑娘一刀殺了？好漢一人做事一身當，跟我們到縣裏去打了這樁官司罷。」另一名公人道：「你去買衣買帽，改裝易容，可都給哥兒們瞧在眼裏啦。你今天是逃不走了，還是乖乖的上了綁罷。」狄雲怒道：「你們就會胡說八道，冤枉好人。」一名公人道：「那是決計冤枉不了的。大前天晚上你闖進李舉人府中，姦殺李舉人的兩位小姐，我清清楚楚瞧見了的，眼睛眉毛，鼻頭嘴巴，沒一樣錯了，的的確確便是你。」

「鈴劍雙俠」勒馬站在一旁觀看。

「表哥，這和尚武功沒甚麼了不起啊。剛才若不是瞧在他救了水福性命的份上，早就殺了他。原來他……他竟這麼壞。」

「我也覺得奇怪。雖說這些惡僧在長江兩岸做了不少天理難容的大案，傷了十幾條人命，公人奈何他們不得，可是兩湖豪傑又何必這等大驚小怪？瞧這小和尚的武功，他的師父、師兄們也高明不到了那裏去。」

「說不定他這一夥中另有高手，否則的話，兩湖豪傑幹麼要來求我爹爹出手？又上門去求陸伯伯、花伯伯、劉伯伯？」

「哼，這些兩湖豪傑也當眞異想天開，天下又有那一位高人，須得勞動『落花流水』四大俠同時出手，才對付得了？」

「嘻嘻，勞動一下咱們『鈴劍雙俠』的大駕，那還差不多。」

「表妹，你到前面去等我，讓我一個人來對付這賊禿好了。」

「我在這裏瞧著。」

「不，你還是別在這裏。武林中人日後說起這回事來，只說是我汪嘯風獨自出手，殺了血刀惡僧，可別把水笙水女俠牽扯在內。你知道，江湖上那些人的嘴可有多髒。」

「對，你想得周到，我可沒你這麼細心。」

血刀僧勒轉馬頭，回奔過來，
雙馬相交，一擦而過。
水笙只覺眼前紅光閃動，
鼻尖上微微一涼，
隨即覺到放在鼻上的那根頭髮已不在了。

六 血刀老祖

狄雲見四下裏閒人漸圍漸多，脫身更加難了，舉刀舞動，喝道：「快給我讓開！」左腋下撐著那條短槳，便向東首衝去。圍在街頭的閒人發一聲喊，四散奔逃。那四名公人叫道：「採花淫僧，往那裏走？」硬著頭皮追了上去。狄雲單刀斜指，手腕翻處，已劃傷了一名公人手臂。那公人大叫：「拒捕殺人哪！拒捕殺人哪！」

水笙催馬走開。汪嘯風縱馬上前，馬鞭揚出，唰的一聲，捲住了狄雲手中單刀，往外急甩。狄雲手上無力，單刀立時脫手飛出。汪嘯風左臂探出，抓住了他後頸衣領，將他身子提起，喝道：「淫僧，你在兩湖做下了這許多案子，還想活命不成！」右手反按劍把，青光閃處，長劍出鞘，便要往狄雲頸中砍落。

旁觀眾人齊聲喝采：「好極，好極！」「殺了這淫僧！」「大夥兒咬他一口出氣！」狄雲身在半空，全無半分抗拒之力，暗暗嘆了口氣，心道：「我命中注定要給人冤枉，那也沒法可想。」眼見汪嘯風手中的長劍已舉在半空，他微微苦笑，心道：「丁大哥，不是小弟不願盡力，實在我運氣太壞。」

忽聞得遠處一個蒼老乾枯的聲音說道：「手下留人，休傷他性命！」

汪嘯風回過頭去，見是一個身穿黑袍的和尚。那和尚年紀極老，尖頭削耳，臉上都是皺紋，身上僧袍的質地顏色和狄雲所穿一模一樣。汪嘯風臉色立變，知是青海血刀僧一派，舉劍便向狄雲頸中砍落，準擬先殺小淫僧，再殺老淫僧。劍鋒離狄雲的頭頸尚有尺許，猛覺右手肘彎中一麻，已遭暗器打中穴道。他手中長劍軟軟垂了下來，雖力道全無，但劍刃鋒利，仍在狄雲左頰劃了道血痕。

那老僧身形如風，欺近身來，揮掌將汪嘯風推落下馬，左手抓起狄雲，右腿一抬，竟在平地跨上了黃馬馬背。旁人上馬，必是左足先踏上左鐙，然後右腿跨上馬背，但這老僧既不縱躍，亦不踏鐙，一抬右腿，便上了馬鞍，縱馬向水笙馳去。

水笙聽得汪嘯風驚呼，當即勒馬。汪嘯風叫道：「表妹，快走！」水笙微一遲疑，掉轉馬頭，那老僧已騎了黃馬追到。他將狄雲往水笙身後的白馬鞍子上放落，正要順手將她推下，水笙已拔出長劍，轉身向他頭頂砍落。那老僧見到她秀麗的容貌，不禁一怔，說道：「好美！」手臂前探，點中了她腰間穴道。

水笙長劍砍到半空，陡然間全身無力，長劍噹啷落地，心裏又驚又怕，忙要躍下馬來，突覺後腰上又即酸痛痲軟，雙腿已不聽使喚。那老僧左手牽住白馬轡繩，雙腿力夾，黃馬、白馬便叮噹叮噹、叮玲玲，叮噹叮噹、叮玲玲的去了。

汪嘯風躺在地下，大叫：「表妹，表妹！」眼睜睜瞧著表妹爲兩個淫僧擄去，後果不堪設想，可是他全身酸軟，竭盡平生之力，也動彈不了半分。

但聽得那些公人大叫大嚷：「捉拿淫僧啊！」「血刀惡僧逃走了！」「拒捕傷人啊！」

狄雲身在馬背，一搖一晃的險些摔下，自然而然的伸手一抓，觸手之處，只覺軟綿綿地，低頭看時，見抓住的正是水笙後背腰間。水笙大驚，叫道：「惡和尙，快放手！」狄雲也即吃驚，急忙鬆手，抓住了馬鞍。但他坐在水笙身後，兩人身子無法不碰在一起。水笙只叫：「放開我，放開我！」那老僧聽得厭煩，伸過手來點了她啞穴，這麼一來，水笙連話也說不出來了。

那老僧騎在黃馬背上，不住打量水笙的身形面貌，嘖嘖稱讚：「很標致，好得很！老和尚艷福不淺。」水笙嘴巴雖啞，耳朵卻不聾，只嚇得魂飛魄散，差一點便即暈去。

那老僧縱馬一路西行，儘揀荒僻處馳去。行了一程，覺兩匹坐騎的鸞鈴之聲太過刺耳，叮噹叮噹、叮玲玲的，顯然是引人來追，當即伸手出去，將金鈴、銀鈴一個個都摘了下來。這些鈴子是以金絲銀絲繫在馬頸，他順手一扯便拉下一枚，放入懷中之時，每隻鈴子都已捏扁成塊。

那老僧不讓馬匹休息，行到向晚，到了江畔山坡上一處懸崖旁，見地勢荒涼，四下裏既無行人，又無房屋，將狄雲從馬背抱下，放在地上，又將水笙抱下，再將兩匹馬牽到一株大樹下，繫在樹上。他向水笙上上下下的打量片刻，笑嘻嘻的道：「妙極！老和尚艷福不淺！」這才盤膝坐定，對著江水閉目運功。

狄雲坐在他對面，思潮起伏：「今日遭遇當眞奇怪之極。兩個好人要殺我，這老和尚卻來救了我。這和尚顯然跟寶象是一路，決不是好人，他若去侵犯這姑娘，那便如何是好？」天色漸漸黑了下來，耳聽得山間松風如濤，夜鳥啾鳴，偶一抬頭，便見到那老僧猶似殭屍一般的臉，心中不由得怦怦亂跳，斜過頭去，見到草叢中露出一角素衣，正是水笙倒在其中。他幾次想開口問那老僧，但見他神色儼然，用功正勤，始終不敢出聲打擾。

過了良久，那老僧突然徐徐站起，左足蹺起，腳底向天，右足站在地下，雙手張開，向著山凹裏初升的一輪明月。狄雲心想：「這姿式我在那裏見過的？是了，寶象那本小冊之中，便繪得有這個古怪的圖形。」但見那老僧這般單足站立，竟如一座石像一般，絕無半分搖晃顫抖。過得一會，呼的一聲，那老僧斗然躍起，倒轉了身子落將下來，雙手在地下一撐，便頭頂著地，兩手左右平伸，雙足併攏，朝天挺立。

狄雲覺得有趣，從懷中取出那本冊子，翻到一個圖形，月光下看來，果然便和那老僧此刻的姿式一模一樣，心中省悟：「這定是他們門中練功的法子。」

眼見那老僧凝神閉目，全心貫注，一個個姿式層出不窮，一時未必便能練完，狄雲將冊子放回懷中，心想：「這老僧雖救了我性命，但顯是個邪淫之徒，他擄了這姑娘來，分明不懷好意。乘著他練功入定之際，我去救了那姑娘，一同乘馬逃走。」

他明知此舉十分凶險，可總不忍見水笙好好一個姑娘受淫僧欺辱，當下悄悄轉身，輕手輕腳的向草叢中爬去。他在牢獄中常和丁典一齊練功，知道每當吐納呼吸之際，耳聾目盲，五官功用齊失，只要那老僧練功不輟，自己救那姑娘，他就未必知覺。

他身子一動，斷腿處便痛得難以抵受，只得將全身重量都放在一雙手上，慢慢爬到草叢間，幸喜那老僧果然並未知覺。低下頭來，見月光正好照射在水笙臉上。她睜著圓圓的大眼，臉上神色顯得恐懼之極。狄雲生怕驚動老僧，不敢說話，便打個手勢，示意自己前來相救。

水笙自遭老僧擄到此處，心想落入這兩個淫僧的魔手，以後只怕求生不能，求死不得，所遭的屈辱不知將如何慘酷，苦於穴道被點，別說無法動彈，連一句話也說不出口。她給老僧放在草叢之中，螞蟻蚱蜢在她臉上頭中爬來爬去，早已萬分難受，這時忽見狄雲偷偷摸摸的爬將過來，只道他定然不懷好意，要對自己非禮，不由得害怕之極。狄雲連打手勢，示意救她，但水笙驚恐之中，將他的手勢都會錯了意，只有更加害怕。

狄雲伸手拉她坐起，手指大樹邊的馬匹，意思說要和她一齊上馬逃走。水笙全身軟軟的全然使不出力。狄雲若雙腿健好，便能抱了她奔下坡去，但他斷腿後自己行走兀自艱難，無論如何不能再抱一人，唯有設法解開她穴道，讓她自行。只是他不明點穴解穴之法，只得向水笙連打手勢，指著她身上各處部位，盼她以眼色指示，何處能夠解穴。

水笙見他伸手向自己全身各處東指西指，不禁羞憤到了極點，也痛恨到了極點：「這小惡僧不知想些甚麼古怪法門，要來折辱於我。我只要身子能動，即刻便向石壁上一頭撞死，免受他百端欺侮。」

狄雲見她神色古怪，心想：「多半她也是不知。」眼前除了解她穴道之外，更沒第二條脫身逃走的途徑，可是說甚麼也不敢開口，暗道：「姑娘，我是一心助你脫險，得罪莫怪。」當下伸出手去，在她背上輕輕推拿了幾下。

這輕輕幾下推揉，於解穴自然毫無功效，但水笙心中的驚恐卻又增了幾分。她表哥汪嘯風自幼在她家跟她父親學藝，和她青梅竹馬，情好彌篤，父親也早說過將她許配給表哥。兩人雖時時一起出門，行俠江湖，但互相以禮自持，連手掌也從不相觸。狄雲這麼推拿得幾下，她淚水已撲簌簌的流了下來。

狄雲微微一驚，心道：「她爲甚麼哭泣？嗯，想必她給點穴之後，這背心穴道一碰到便劇痛難當，因此哭了起來。我試試解她腰裏穴道。」於是伸手到她後腰，輕輕揑了幾下。這幾下一揑，水笙的眼淚流得更加多了。狄雲大為惶惑：「原來腰間穴道也痛，那便怎生是好？」他知道女子身上的尊嚴，這胸頸腿腹等處，那是瞧也不敢去瞧，別說去碰了，尋思：「我沒法子解她穴道，若再亂試，那可使不得。只有背負她下坡，冒險逃走。」於是握著她的雙臂，要將她身子拉到自己背上。

水笙氣苦已極，驚怒之下，數次險欲暈去，見他提起自己手臂，顯是要來解自己衣衫，一口氣塞在胸間，呼不出去。狄雲將她雙臂一提，正要拉起她身子，水笙胸口這股氣一衝，啞穴突然解了，當即叫喚：「惡賊，放開我！別碰我，放開我！」

這一下呼叫突如其來，狄雲大吃一驚，雙手鬆開，將她摔落在地，自己站立不穩，雙腿軟倒，壓在她身上。

水笙這麼一叫，那老僧立時醒覺，睜開眼來，見兩人滾作一團，又聽水笙大叫：「惡僧，你快一刀將姑娘殺了，放開我。」那老僧哈哈大笑，說道：「小混蛋，你性急甚麼？你想先偷吃師祖的姑娘麼？」走上前來，一把抓住狄雲背心，將他提起，走遠幾步，才將他放下，笑道：「很好，很好！我就喜歡你這種大膽貪花的少年，你斷了一條腿，居然不怕痛，還想女人，妙極，妙極，有種！很合我脾胃。」

狄雲為他二人誤會，當眞哭笑不得，心想：「我若說明眞相，這惡僧一掌便送了我性命。只好暫且敷衍，再想法子脫身，同時搭救這姑娘。」那老僧道：「你是寶象新收的弟子，是不是？」不等狄雲回答，咧嘴一笑，道：「寶象一定很喜歡你了，連他的血刀僧衣也賜了給你，他那部《血刀秘笈》有沒傳給你？」

狄雲心想：「《血刀秘笈》不知是甚麼東西？」顫抖著伸手入懷，取出那本黃紙冊子。那老僧接過來翻閱一遍，又還了給他，輕拍他頭頂，說道：「很好，很好！你叫甚麼名字？」狄雲道：「我叫狄雲。」那老僧道：「很好，很好！你師父傳過你練功的法門沒有？」狄雲道：「沒有。」那老僧道：「嗯，不要緊。你師父那裏去了？」狄雲那敢說寶象不是自己師父，且早已死了？只得隨口道：「他……他在江裏乘船。」

那老僧道：「你師父跟你說過師祖的法名沒有？」狄雲道：「沒有。」那老僧道：「我法名便叫做『血刀老祖』。你這小混蛋很討我歡喜。你跟著師祖爺爺，包管你享福無窮，天下的美貌佳人哪，要那一個便抱那一個。」

狄雲心想：「原來他是寶象的師父。」問道：「他們罵你……罵咱們是『血刀惡僧』，師……師祖是咱們這一派的掌教了？」血刀老祖笑道：「嘿嘿，寶象這混蛋的口風也真緊，家門來歷，連自己心愛的徒兒也不給說。咱們這一派是青海黑教中的一支，叫做血刀門。你祖師是這一門的第四代掌教。你好好兒學功夫，第六代掌教說不定便能落在你身上。嗯，你的腿斷了，不要緊，我給你治治。」

他解開狄雲斷腿的傷處，將斷骨對準，從懷中取出一個瓷瓶，倒出些藥末，敷在傷處，說道：「這是本門秘製的接骨傷藥，靈驗無比，不到一個月，斷腿便平復如常。咱們明兒上荊州府去，你師父也來會齊。」狄雲心中一驚：「荊州我可去不得。」

血刀老祖包好狄雲的傷腿，回頭向水笙瞧瞧，笑道：「小混蛋，這妞兒相貌挺美，不壞，當眞不壞。她自稱甚麼『鈴劍雙俠』。她老子水岱自居名門正派，說是中原武林中的頂兒尖兒人物，不自量力的要跟咱們『血刀門』爲難，昨天竟殺了你一個師叔，他奶奶的，想不到他的大閨女卻給我手到擒來。嘿嘿嘿，咱爺兒倆要教她老子丟盡臉面，剝光了這妞兒衣衫，縛在馬上，趕著她赤條條的在一處處大城小鎭遊街，教千人萬人都看個明白，水大俠的閨女是這麼一副標致模樣。」

水笙心中怦怦亂跳，嚇得只想嘔吐，不住轉念：「那小的惡僧固惡，這老的更加凶暴，我怎樣才能圖個自盡，保住我軀體淸白和我爹爹顏面？」

忽聽得血刀老祖笑道：「說起曹操，曹操便到，救她的人來啦！」狄雲心中一喜，忙問：「在那裏？」血刀老祖道：「還在五里之外，嘿嘿，一共有一十七騎。」狄雲側耳傾聽，隱隱聽到東南方山道上有馬蹄之聲，但相距甚遠，連蹄聲也若有若無，絕難分辨多寡，這老僧一聽，便知來騎數目，耳力委實驚人。

血刀老祖道：「你的斷腿剛敷上藥，三個時辰內不能移動，否則今後便會跛了。這一二百里內，沒聽說有甚麼大本領之人，這一十七騎追兵，我都去殺了罷。」

狄雲不願他多傷武林中的正派人物，忙道：「咱們躲在這裏不出聲，他們未必尋得著。敵衆我寡，師……師祖還是小心些的好。」

血刀老祖大爲高興，說道：「小混蛋良心好，難得，難得，咱們血刀門中武功強的人多，良心好的人少，師祖爺爺挺喜歡你的。」伸手腰間，一抖之下，手中已多了一柄軟軟的緬刀。刀身不住顫動，宛然是一條活蛇一般。月光之下，但見這刀的刃鋒全作暗紅色，血光隱隱，甚爲可怖。狄雲不自禁的打了個寒噤，問道：「這……這便是血刀了？」血刀老祖道：「這柄寶刀每逢月圓之夜，須割人頭相祭，否則鋒銳便減，於刀主不利。你瞧月亮正圓，難得一十七個人趕來給我祭刀。寶刀啊，寶刀，今晚你可以飽餐一頓人血了。」

水笙聽得馬蹄聲漸漸奔近，心下暗喜，但聽血刀老僧說得十分自負，似乎來者必死，雖不能全信，卻也暗自擔憂，心想：「爹爹來了沒有？表哥來了沒有？」

又過一會，月光下見到一列馬從山道上奔來，狄雲一數，果然不多不少是一十七騎。但見這十七騎銜尾急奔，迅即經過坡下山道，馬上乘者並沒想到要上來查察。

水笙提高嗓子，叫道：「我在這裏，我在這裏！」那一十七騎乘客聽到聲音，立時勒馬轉頭。一個男子大聲呼道：「表妹，表妹！」正是汪嘯風的聲音。水笙待要再出聲招呼，血刀老祖伸指一彈，一粒石塊飛將過去，又打中了她啞穴。

一十七人紛紛下馬，聚在一起低聲商議。血刀老祖突然伸手在狄雲腋下一托，將他身子托將起來，朗聲說道：「青海黑教血刀門，第四代掌門血刀老祖，第六代弟子狄雲在此！」跟著俯身，左手抓住水笙頸後衣服，將她高高提起，朗聲道：「水岱的閨女，已做了我徒孫狄雲第十八房小妾，誰要來喝喜酒，這就上來罷。哈哈，哈哈！」他有意顯示深厚內功，笑聲震撼山谷，遠遠傳送出去。那一十七人相顧駭然，盡皆失色。

汪嘯風見表妹遭惡僧提在手裏，全無抗拒之力，又說甚麼做了他「徒孫狄雲的第十八房小妾」，只怕她已遭污辱，只氣得五內俱焚，大聲吼叫，挺著長劍，搶先向山坡奔上。其餘十六人紛紛吶喊：「殺了血刀惡僧！」「爲江湖上除一大害！」「這等兇殘淫僧，決計容他不得。」

狄雲見了這等陣仗，心中好生尷尬，尋思：「這些人都當我是血刀門的惡僧，我便有一百張嘴，也分辯不得。最好他們打死了這老和尚，將水姑娘救出……可是……可是這老和尚一死，我也難以活命。」一時盼中原羣俠得勝，一時又望血刀老祖打退追兵，自己也不知到底幫的是那一邊。

斜眼向血刀老祖瞧去，只見他微微冷笑，渾不以敵方人多勢衆爲忌，雙手各提一人，一柄血刀咬在嘴裏，更顯得猙獰兇惡。待得追來的羣豪奔到二十餘丈之外，他緩緩放下狄雲，小心不碰動他傷腿，等羣豪奔到十餘丈外，他又將水笙放在狄雲身旁，一柄刀仍咬在嘴裏，雙手叉腰，夜風獵獵，鼓動寬大的袍袖。

汪嘯風叫道：「表妹，你安好麼？」水笙只想大叫：「表哥，表哥！」卻那裏叫得出聲？但見表哥越奔越近，她心中混和著無盡喜悅、擔憂、依戀和感激，只想撲入他懷中痛哭一場，訴說這幾個時辰中所遭遇的苦難和屈辱。

汪嘯風一意只在找尋表妹，東張西望，奔跑得便慢了幾步，羣豪中有七八人奔在他前面。月光之下，但見山坡最高處血刀老祖銜刀而立，凜然生威，羣豪奔到離他五六丈時，不約而同的立定了腳步。

雙方相對片刻，猛聽得一聲呼喝，兩條漢子並肩衝上坡去，一使金鞭，一使雙刀。

兩人衝上數丈，那使雙刀的腳步快捷，已繞到了血刀老祖身後，兩人分據前後，大聲呼喝，同時攻上。血刀老祖略一側身，避過兩般兵器，身子左右閃動，一把彎刀始終銜在嘴裏，突然間左手抓住刀柄，順手揮出，已將那使金鞭的劈去半個頭顱，殺了一人之後，立時又銜刀在口。那使雙刀的又驚又悲，將一對長刀舞得雪花相似，滾動而前。血刀老祖空手在他刀光中穿來插去，驀地裏右手從口中抽出刀來，從上揮落，刀鋒從他頭頂直劈至腰。

羣豪齊聲驚呼，狼狽後退，但見他口中那柄軟刀上鮮血滴滴流下，嘴角邊也沾了不少鮮血。羣豪雖然驚駭，但敵愾同仇，叱喝聲中，四人分從左右攻上。血刀老祖向西斜走，四人大聲叫罵，發足追趕，餘人也蜂擁而上。只追出數丈，四人腳下已分出快慢，兩人在前，兩人在後。血刀老祖忽地停步，回身急衝，紅光閃動，先頭兩人已命喪刀下。後面兩人略一遲疑，血刀及頸，霎時間也均身首異處。

狄雲躺在草叢之中，見他頃刻間連斃六人，武功之詭異，手法之殘忍，實是不可思議，心想：「這般打法，餘下這十一人，只怕片刻間便給他殺個乾乾淨淨。那可如何是好？」忽聽得一人叫道：「表妹，表妹，你在那裏？」正是「鈴劍雙俠」中的汪嘯風。

水笙便躺在狄雲的身旁，只是給血刀老祖點了啞穴，叫不出聲，心中卻在大叫：「表哥，我在這裏。」

汪嘯風彎腰疾走，左手不住撥動長草找尋。忽然間一陣山風，捲起水笙的一角衫子。汪嘯風大叫：「在這裏了！」撲將上來，一把將她抱起。水笙喜極流淚，全身顫抖。汪嘯風只叫：「表妹，表妹，你在這裏！」緊緊抱住了她。二人劫後重逢，甚麼禮儀規矩，早都拋到了九霄雲外。

汪嘯風又問：「表妹，你好麼？」見水笙不答，將她放下。水笙腳一著地，身子便往後仰。汪嘯風學過點穴，雖不甚精，卻也會得基本手法，忙伸手在她腰間和背心三處穴道之上推宮過血，解了她封閉的穴道。水笙叫出聲來：「表哥，表哥。」

狄雲當汪嘯風走近，便知情勢凶險，乘著他給水笙推解穴道之際，悄悄爬開。

水笙聽得草中簌簌有聲，想起這惡僧對自己的侮辱，指著狄雲，對汪嘯風道：「快，快，殺了這惡僧。」這時汪嘯風的長劍已還入鞘中，一聽此言，唰的一聲拔出，劍勢如風，向狄雲疾刺過去。狄雲聽得水笙叫喚，早知不妙，沒等長劍遞到，忙向外打滾，幸好處身所在正是斜坡，順勢便滾了下去。

汪嘯風跟著又挺劍刺去，眼見便要刺中，突然噹的一聲響，虎口劇震，眼前紅光閃動。他百忙中不及細想，順手使出來的便是九式連環的「孔雀開屏」，將長劍舞成一片光屏，擋在身前。但聽得叮叮噹噹，刀劍相交之聲密如聯珠，只一瞬之間，便已相撞了三十餘聲。汪嘯風劍法已頗得乃師水岱眞傳，這套「孔雀開屏」翻來覆去共有九式，平時練得純熟，此刻性命在呼吸之間，敵人的刀招來得迅捷無比，那裏還說得上見招拆招？只是自管自的照式急舞。血刀老祖連攻三十六刀，一刀快似一刀，居然盡數給他擋了開去。

羣豪只瞧得目爲之眩。這時十七人中又已有三人爲血刀老祖所殺，賸下來連水笙在內也只九人。衆人見兩人刀劍快鬥，瞧得都是手心中揑一把冷汗，均想：「鈴劍雙俠名不虛傳，他竟擋得住這般快如閃電的急攻。」

其實血刀老祖只須刀招放慢，跟他拆上十餘招，汪嘯風非命喪血刀之下不可，幸好血刀老祖一時沒想到，對方這套專取守勢的劍招，只不過是練熟了的一路劍法，心道：「好小子，咱們鬥鬥，到底是你快還是我快？」一味的加快強攻。羣豪都想併力上前，將血刀老祖亂刀分屍，只兩人鬥得實在太快，那裏插得下手去？

水笙關心表哥安危，雖手酸腳軟，也不敢再多等待，俯身從地下死屍手裏取過一柄長劍，上前夾攻。她和表哥平時聯手攻敵，配合純熟，汪嘯風擋住了血刀老祖的攻勢，水笙長劍便向敵人要害刺去。血刀老祖數十招拾奪不下汪嘯風，猛地裏一聲大吼，右手仍血刀揮舞，左手卻空手去抓他長劍。汪嘯風大吃一驚，加快揮劍，只盼將他手指削斷幾根，不料血刀老祖的左手竟如不怕劍鋒，或彈或壓，或挑或按，竟將他劍招化解了大半，這麼一來，汪嘯風和水笙立時險象環生。

羣豪中一個老者瞧出勢頭不對，知道今晚「鈴劍雙俠」若再喪命，餘下的沒一人能活著離開此處，大叫：「大夥兒併肩子上，跟惡僧拚命。」

便在此時，忽聽得西北角上有人長聲叫道：「落——花流水！」跟著西方也有人應道：「落花——流水。」「流水」兩字尚未叫完，西南方有人叫道：「落花流——水。」這三人分處三方，高呼之聲也是或豪放，或悠揚，音調不同，但均中氣充沛，內力甚高。

血刀老祖一驚：「卻從那裏鑽出這三個高手來？從聲音中聽來，每一人的武功只怕都不在我下，三個傢伙聯手夾攻，那可不易對付。」他心中尋思應敵之策，手中刀招卻毫不遲緩。

猛聽得南邊又有一人高聲叫道：「落花流水——」這「落花流水」的第四個「水」拖得特長，聲音滔滔不絕的傳到，有如長江大河一般，更比其餘三人近得多。

水笙大喜，叫道：「爹爹，爹爹，快來！」

羣豪中有人喜道：「江南四老到啦，落花流水！哈……」他那哈哈大笑只笑出一個「哈」字，胸口鮮血激噴，已遭血刀砍中。

血刀老祖聽得又來一人，而此人竟是水笙之父，猛地想起一事：「曾聽我徒兒善勇說道，中原武林中武功最厲害的，除丁典之外，有甚麼南四奇、北四怪。北四怪叫甚麼『風虎雲龍』，南四奇則是『落花流水』。當時我聽了說道滾他媽的，外號叫作『落花流水』，還能有甚麼好腳色？可是聽這四個傢伙的應和之聲，可著實有點兒鬼門道。」

他尋思未定，只聽得四人齊聲合呼，「落花流水」之聲，從四個不同方向傳來，只震得山谷鳴響。血刀老祖聽聲音知四人相距尚遠，最遠的還在五里之外，但等得將眼前敵人一一殺了，那四人一合上圍，可就不易脫身。他撮唇作嘯，長聲呼道：「落花流水，我打你們個落花流水！」手指彈處，錚的一聲，水笙手中長劍給他彈中，拿揑不定，長劍直飛起來。

血刀老祖叫道：「狄雲，預備上馬，咱們可要少陪了。」

狄雲答應不出，心中好生為難，要是和他同逃，難免陷溺越來越深，將來無可收拾。但如留在此處，立時便會給眾人斬成碎塊，要說半句話來分辯的餘裕也無。只聽血刀老祖又叫：「徒孫兒，快牽了馬。」狄雲轉念已定：「眼前總是逃命要緊。我這一生給人冤枉，還算少了？人家心裏對我怎麼想法，那管得了這許多？」等血刀老祖第三次呼叫，便即答應，拾起地下一根花槍，左手支撐著當作拐杖，走到樹邊去牽了兩匹坐騎。

一個使桿棒的大胖子叫道：「不好，惡僧想逃，我去阻住他。」挺起桿棒，便向狄雲趕去。血刀老祖道：「嘿，你去阻住他，我來阻住你。」橫一刀，豎一刀，血刀揮處，那胖子連人帶棒斷為四截。餘人見到他如此慘死，忍不住駭然而呼。血刀老祖原是要嚇退眾人的牽纏，迴過長臂，攔腰抱起水笙，撒腿便向牽著坐騎的狄雲身前奔來。

水笙急叫：「惡僧，放開我，放開我！」伸拳往他背上急擂。她劍法不弱，拳頭卻出手無力，血刀老祖皮粗肉厚，給她搥上幾下渾如不覺，長腿一邁便是半丈，連縱帶奔，幾個起落，便已到了狄雲身旁。

汪嘯風將那套「孔雀開屏」使發了性，一時收不住招，仍是「東展錦羽」、「西剔翠翎」、「南迎艷陽」、「北迴晨風」，一式式的使動。他見水笙再次被擄，忙狂奔追來，手中長劍雖仍不住揮舞，卻已不成章法。

血刀老祖將狄雲一提，放上了黃馬，又將水笙放在他身前，低聲道：「那四個鬼叫的傢伙都是勁敵，非同小可。這女娃兒是人質，別讓她跑了。」說著跨上白馬，縱騎向東。只聽得「落花流水，落花流水」的呼聲漸近，有時是一人單呼，有時卻是兩人、三人、四人齊聲呼叫。

水笙大叫：「表哥，表哥！爹爹，爹爹！快來救我。」可是眼見得表哥又一次遠遠落在馬後。「鈴劍雙俠」的坐騎黃馬和白馬乃千中挑、萬中選的大宛駿馬。平時他二人以此自豪，常說雙騎腳程之快，力氣之長，當世更沒第三匹馬及得上，可是這時爲敵所用，畜生無知，仍這般疾馳快跑，馬越快，離得汪嘯風越加遠了。

汪嘯風眼看追趕不上，只有不住呼叫：「表妹，表妹！」

一個高呼「表哥」，一個大叫「表妹」，聲音哀淒，狄雲聽在耳中，甚感不忍，只想將水笙推下馬來，但想到血刀老祖之言：「來的都是勁敵，非同小可，這女娃兒是人質，別讓她跑了。」放走水笙，血刀老祖定會大怒，此人殘忍無比，殺了自己如宰雞犬，又想如給水笙之父等四個高手追上了，自己定也不免冤枉送命。一時猶豫難決，聽得水笙高叫之音已聲嘶力竭，心中一酸：「他二人情深愛重，給人活生生的拆開。我跟師妹……嘿，我跟師妹，何嘗不是這樣？可是，可是她對待我，幾時能像水姑娘對她表哥那樣？」想到此處，不由得傷心，心道：「你去罷！」伸手將她推下了馬背。

血刀老祖雖在前帶路，時時留神後面坐騎上的動靜，忽聽得水笙大叫之聲突停，跟著一聲「啊喲」，掉在地下，還道狄雲斷了一腿，制她不住，當即兜轉馬頭。

水笙身子落地，輕輕一縱，已然站直，當即發足向汪嘯風奔去。兩人此時相距已有五十餘丈，一個自西而東，一個自東而西，越奔越近。一個叫：「表哥！」一個叫：

「表妹！」都是說不出的歡喜。血刀老祖微笑勒馬，竟不理會，稍候片刻，眼見汪嘯風和水笙相距已不過二十餘丈，這才雙腿一夾，一聲呼嘯，向水笙追去。

狄雲大驚，心中只叫：「快跑，快跑！」對面幾個倖存的漢子見血刀老祖口銜血刀，縱馬衝來，也齊聲呼叫：「快跑，快跑！」

水笙聽得背後馬蹄之聲越來越近，兩人發力急奔之下，和汪嘯風之間相距也越來越近。她奔得胸口幾乎要炸裂了，膝彎發軟，隨時都會摔倒，卻仍勉強支撐。

突然之間，覺到白馬的呼吸噴到了背心，聽得血刀老祖笑道：「逃得了麼？」水笙伸出雙手，汪嘯風還在兩丈以外，血刀老祖的左手卻已搭上了她肩頭。

她一聲驚呼，正要哭出聲來，只聽得一個熟悉而慈愛的聲音叫道：「笙兒別怕，爹來救你了！」

水笙一聽，正是父親到了，心中一喜，精神陡長，腳下不知從那裏生出一股力量，一縱之下，向前躍出丈餘，血刀老祖的手掌本已搭在她肩頭，竟爾為她擺脫。汪嘯風向前一湊，兩人左手已拉著左手。汪嘯風右手長劍舞出一個劍花，心下暗道：「天可憐見，師父及時趕到，便不怕那淫僧惡魔了。」

血刀老祖嘿嘿冷笑聲中，血刀遞出。汪嘯風急揮長劍去格，突見那血刀紅影閃閃，迎風彎轉，竟如一根軟帶一般，順著劍鋒曲了下來，刀頭削向他手指。汪嘯風若不放手撤劍，一隻手掌立時便廢了。他百忙中迅捷變招，掌心勁力吐出，長劍向敵人飛擲過去。

血刀老祖左指彈處，將長劍彈向西首飛奔而至的一個老者，右手中血刀更向前伸，直砍汪嘯風面門。汪嘯風仰身相避，不得不放開了水笙手掌。血刀老祖左手迴抄，已將水笙抱起，橫放馬鞍。他卻不拉轉馬頭，仍向前直馳，衝向前面中原羣豪。

攔在道中的幾條漢子見他馳馬衝來，齊聲發喊，散在兩旁。血刀老祖口發嗬嗬怪聲，砍翻一名漢子，縱馬兜了個圈子，迴向狄雲奔去。

突見左首灰影一閃，長劍上反射的月光耀眼生花，一條冷森森的劍光點向他胸口。血刀老祖迴刀掠出，噹的一聲，刀劍相交，只震得虎口隱隱作痲，心道：「好強的內力。」便在此時，右首又有一柄長劍遞到，這劍勢道甚奇，劍尖劃成大大小小的一個個圈子，竟看不清他劍招指向何處。血刀老祖又是一驚：「太極劍名家到了。」

他勁透右臂，血刀也揮成一個圓圈，刀圈和劍圈一碰，噹噹噹數聲，火花迸濺。對方喝道：「好刀法！」向旁飄開，卻是個身穿杏黃道袍的道人。血刀老祖叫道：「你劍法也好！」左首那人喝道：「放下我女兒！」劍中夾掌，掌中夾劍，兩股勁力一齊襲到。

狄雲遠遠望見血刀老祖又將水笙擄到，跟著卻受二人左右夾擊。左首那老者白鬚如銀，相貌俊雅，口口聲聲呼喝「放下我女兒」，自是水笙的父親。但見血刀老祖每接他一劍，身子便隨著一晃，似是內力有所不如，卻見西邊山道上又有兩人奔來，身形快捷如風，顯然也是極強的高手。狄雲心想：「待得那二人趕到，四人合圍，血刀老祖定然不敵，非死即傷。我還是及早逃命罷！」轉念又想：「若不是他出手相救，我早給那汪嘯風一劍殺了。忘恩負義，只顧自身，太也卑鄙無恥。」便勒馬相候。

忽聽得血刀老祖大叫：「你女兒還了你罷！」揚手將水笙凌空拋出，越過水岱頭頂，向狄雲擲了過來。

這一下誰都大出意料之外，水笙身在半空，尖聲驚呼，旁人也不約而同的大叫。狄雲見水笙向自己飛來，勢道勁急，若不接住，勢須落地受傷，忙張臂抱住。這一擲力道本重，幸好狄雲身在馬上，大半力道由馬匹承受了去。血刀老祖將水笙擲出之時，已先點了她穴道，是以她只有聽任擺布，無力反抗，大叫：「小和尚，放開我！」

血刀老祖向水岱疾砍兩刀，又向那老道猛砍兩刀，都是只攻不守、極其凌厲的招數，叫道：「狄雲乖孩兒，快逃，快逃，不用等我。」

狄雲迷迷惘惘的手足無措，但見汪嘯風和另外數人各挺兵刃，大呼「殺了小淫僧」，快步趕來，而血刀老祖又在連聲催促：「快逃，快逃！」當即力提韁繩，縱馬衝出。本來他和血刀老祖縱馬向東，這時慌慌張張，反向西馳去。

血刀老祖一口血刀越使越快，一團團紅影籠罩了全身，笑道：「我要陪你的美貌女兒去，不陪你這糟老頭兒了。」雙腿一夾，胯下坐騎騰空而起，向前躍出。

水岱救女情急，不願多跟他糾纏，施展「登萍渡水」輕功，身子便如在水上飄行一般，向狄雲疾追。可是狄雲胯下所乘，正是水岱當年花了五百兩銀子購來的大宛良馬，腳程之快，除了血刀老祖所乘的那匹白馬，當世罕有其倫。黃馬背上雖乘著兩人，水岱卻仍追趕不上。水岱大叫：「停步，停步！」那馬識得他聲音，但背上狄雲正自提韁力推，竟不能停步。水岱叫道：「小惡僧，你再不勒馬，老子把你斬成十七八塊！」水笙叫道：「爹爹，爹爹！」水岱心痛如割，叫道：「孩兒別慌！」

頃刻之間，一馬一人追出了里許，水岱雖輕功了得，但畢竟年紀老了，長力不濟，和黃馬相距越來越遠，忽聽得呼的一響，背後金刃劈風。他反手迴劍，架開了血刀老祖砍來的一刀，一陣風從身旁掠過，血刀老祖哈哈大笑，騎了白馬追著狄雲去了。

血刀老祖和狄雲快奔一陣，將追敵遠遠拋離，眼見中原羣豪再也追趕不上，血刀老祖怕跑傷了坐騎，這才招呼狄雲按轡徐行。血刀老祖沒口子稱讚狄雲有良心，雖見情勢危急之極，自己催他快走，他卻不肯先逃。狄雲只有苦笑，斜眼看水笙時，見她臉上神色恐懼中混著鄙夷，知她痛恨自己已極，這事反正無從解釋，心道：「你愛怎麼想便怎麼想，要罵我淫僧惡賊，儘管大罵便是。」

血刀老祖道：「喂，小妞兒，你爹的武功挺不壞啊！嘿嘿，可是你祖師爺比你爹爹又勝一籌，他使盡了吃奶的力氣，仍攔不住我。」水笙恨恨的瞪他一眼，並不作聲。血刀老祖道：「那使劍的老道是誰？是『落花流水』中的那一個？」

水笙打定了主意，不管他問甚麼，總給他個不理不睬。

血刀老祖笑道：「徒孫兒，女人家最寶貴的是甚麼東西？」狄雲嚇了一跳，心道：「啊喲，不好！這老和尚要玷污水姑娘的清白？我怎地相救才好？」只得答道：「我不知道。」血刀老祖笑道：「女人家最寶貴的，是她的臉蛋。這小妞兒不回答我說話，我用刀在她臉上橫劃七刀，豎砍八刀，這一招有個名堂，叫做『橫七豎八』，你說美是不美？」說著唰的一聲，將本已盤在腰間的血刀擎在手中。

水笙早就拚著一死，沒指望僥倖生還，但想到自己白玉無瑕的臉蛋要給這惡僧劃得橫七豎八，忍不住打個寒噤，轉念又想，他若毀了自己容貌，說不定倒可保得身子清白而死，倒是不幸中的大幸了。

血刀老祖將一把彎刀在她臉邊晃來晃去，威嚇道：「我問你那老道是誰？你再不答話，我一刀便劃將下來了。你答不答話？」水笙怒道：「呸！你快殺了姑娘！」血刀老祖右手一落，紅影閃處，在她臉上割了一刀。

狄雲「啊」的一聲輕呼，轉過了頭，不忍觀看。水笙已自暈去。血刀老祖哈哈大笑，催馬前行。狄雲忍不住轉頭瞧水笙時，只見她粉臉無恙，連一條痕印也無，不由得心中一喜，才知血刀老祖刀法之精，實已到了從心所欲、不差厘毫的地步。適才這一刀，刀鋒從水笙頰邊一掠而過，只割下她鬢邊幾縷秀髮，肌膚卻絕無損傷。

水笙悠悠醒轉，眼淚奪眶而出，眼見到狄雲的笑容，更加氣惱，罵道：「你……你……你這幸災樂禍的壞……壞……壞人。」她本想用一句最厲害的話來罵他，但她平素從來不說粗俗的言語，一時竟想不出甚麼兇狠惡毒的句子來。

血刀老祖彎刀一舉，喝道：「你不回答，第二刀又割將下來了。」水笙心想反正一刀已然割了，再割幾刀也是一樣，叫道：「你快殺了我，快殺了我！」血刀老祖獰笑道：「那有這麼容易？」嗤的一聲輕響，刀鋒又從她頰邊掠過。

這一次水笙沒失去知覺，但覺頰上微微一涼，卻不感疼痛，又無鮮血流下，才知這老惡僧只是嚇人，原來自己臉頰無損，心頭一喜，忍不住吁了口長氣。

血刀老祖向狄雲道：「乖徒孫，爺爺這兩刀砍得怎麼樣？」狄雲道：「刀法高極啦，當眞了得！」這兩句話確是由衷之言。血刀老祖道：「你要不要學？」狄雲心念一動：「我正想不出法子來保全水姑娘的清白，若是我纏住老和尚學武藝，只要他肯用心教我，沒功夫別起邪念，我就好想法子救人。可是那非討得他歡喜不可。」便道：「祖師爺這刀上功夫，徒孫兒羨慕得不得了。你教得我幾招，日後遇上她表哥之流的小輩，便不會再受他欺侮，也免得折了你師祖爺爺的威風。」他生平極難得說謊，這時爲了救人，這句「師祖爺爺」一出口，自己也覺肉麻，不由得滿臉通紅。

水笙「呸」了一聲，罵道：「不要臉，不害羞！」

血刀老祖大是開心，笑道：「我這血刀功夫，非一朝一夕所能學會，好罷，我先傳你一招『批紙削腐』的功夫。你習練之時，先用一百張薄紙，疊成一疊，放在桌上，一刀橫削過去，將一疊紙上的第一張批了下來，可不許帶動第二張。然後第二刀批第二張，第三刀批第三張，直到第一百張紙批完。」

水笙是少年人的心性，忍不住插口道：「吹牛！」

血刀老祖笑道：「你說吹牛，咱們就試上一試。」伸手到她頭上拔下一根頭髮。水笙微微吃痛，叫道：「你幹甚麼？」血刀老祖不去理她，將那根頭髮放在她鼻尖上，縱馬快奔。其時水笙蜷曲著身子，橫臥在狄雲身前馬上，見血刀老祖將頭髮放在自己鼻尖，微感痲癢，不知他搗甚麼鬼，正要張嘴呼氣將頭髮吹開，只聽血刀老祖叫道：「別動，瞧清楚了！」他勒轉馬頭，回奔過來，雙馬相交，一擦而過。

水笙只覺眼前紅光閃動，鼻尖上微微一涼，隨即覺到放在鼻上的那根頭髮已不在了。只聽得狄雲大叫：「妙極，妙極！」血刀老祖伸過血刀，但見刀刃上平平放著那根頭髮。血刀老祖和狄雲都是光頭，這根柔軟的長髮自是水笙之物，再也假冒不來。

水笙又驚又佩，心想：「這老和尚武功眞高，剛才他這一刀只要高得半分，這根頭髮便批不到刀上，只要低得半分，我這鼻尖便給他削去了。他馳馬揮刀，那比之批薄紙甚麼的更加難上百倍。」

狄雲要討血刀老祖歡喜，諛詞滾滾而出，只不過他口齒笨拙，翻來覆去也不過是幾句「刀法眞好！我可從來沒見過」之類。水笙親身領略了這血刀神技，再聽到狄雲的恭維，也已不覺過份，只覺得這人爲了討好師祖，馬屁拍到這等地步，爲人太過卑鄙。

血刀老祖勒轉馬頭，又和狄雲並騎而行，說道：「至於那『削腐』呢，是用一塊豆腐放在木板之上，一刀刀的削薄它，要將兩寸厚的一塊豆腐削成二十片，每一片都完整不破，這一招功夫便算初步小成了。」狄雲道：「那還只初步小成？」血刀老祖道：「當然了！你想，穩穩的站著削豆腐難呢，還是馳馬急衝、在妞兒鼻尖上削頭髮難？哈哈，哈哈！」狄雲又恭維道：「師祖爺爺天生的大本事，不是常人所能及的，徒孫兒只要練到師祖爺爺十分之一，也就心滿意足了！」血刀老祖哈哈大笑。水笙則罵：「肉麻，卑鄙！」

要狄雲這老實人說這些油腔滑調的言語，原是頗不容易，但自來拍馬屁的話第一句最難出口，說得多了，自然也順溜起來。好在血刀老祖確具人所難能的武功，狄雲這些讚譽倒也不是違心之論，只不過依他本性，決不肯如此宣之於口而已。

血刀老祖道：「你資質不錯，只要肯下苦功，這功夫是學得會的。好，你來試試！」說著伸手又拔下水笙一根頭髮，放在她鼻尖上。水笙大驚，一口氣便將頭髮吹開，叫道：「這小和尚不會的，怎能讓他胡試？」血刀老祖道：「功夫不練就不會，一次不成，再來一次，兩次不成，便練他個十次八次！」說著又拔了她一根頭髮，放上她的鼻尖，將血刀交給狄雲，笑道：「你試試看！」

狄雲接過血刀，向橫臥在身前的水笙瞧了一眼，見她滿臉都是憤恨惱怒之色，但眼光之中，終於流露出了恐懼的神色。她知狄雲從未練過這門刀法，如照著血刀老祖的模樣，將這利刃從自己鼻尖上掠過，別說鼻子定然給他一刀削去，多半連腦袋也給劈成兩半。她心下自慰：「這樣也好，死在這小惡僧的刀下，勝於受他二人的侮辱。」話雖如此，想到眞的要死，卻也不免害怕。

狄雲自然不敢貿然便劈，問道：「師祖爺爺，這一刀劈出去，手勁須得怎樣？」血刀老祖道：「腰勁運肩，肩通於臂，臂須無勁，腕須無力。」接著便解釋怎麼樣才是「腰勁運肩」，要怎樣方能「肩通於臂」，跟著取過血刀，說明甚麼是「無勁勝有勁」，「無力即有力」。水笙聽他解說這些高深的武學道理，不由得暗暗點頭。

狄雲聽得連連點頭，黯然道：「只可惜徒孫受人陷害，穿了琵琶骨，割斷手筋，再也使不出力來。」血刀老祖問道：「怎樣穿了琵琶骨？割斷手筋？」狄雲道：「徒孫給人拿在獄中，吃了不少苦頭。」

血刀老祖呵呵大笑，和他並騎而行，叫他解開衣衫，露出肩頭，果見他肩骨下陷，兩邊琵琶骨上都有鐵鍊穿過的大孔，傷口尚未愈合，而右手手指被截，臂筋遭割，就武功而言，可說是成了個廢人，至於他被「鈴劍雙俠」縱馬踩斷腿骨，還不算在內。血刀老祖只瞧得直笑。狄雲心想：「我傷得如此慘法，虧你還笑得出來。」

血刀老祖笑道：「你傷了人家多少閨女？嘿嘿，小夥子一味好色貪花，不顧身子，這才失手，是不是？」狄雲道：「不是。」血刀老祖笑道：「老實招來！你給人拿住，送入牢獄，是不是受了女子之累？」狄雲一怔，心想：「我為萬震山小妾陷害，說我偷錢拐逃，那果然是受了女子之累。」不由得咬著牙齒，恨恨的道：「不錯，這賤人害得我好苦，終有一日，我要報此大仇。」水笙忍不住插口罵道：「你自己做了許多壞事，還說人家累你。這世上的無恥之尤，以你小……小……小和尚為首。」

血刀老祖笑道：「你想罵他『小淫僧』，這個『淫』字卻有點不便出口，是不是？小妞兒好大的膽子，孩兒，你將她全身衣衫除了，剝得赤條條地，咱們這便『淫』給她看看，瞧她還敢不敢罵人？」狄雲只得含含糊糊的答應一聲。

水笙怒罵：「小賊，你敢？」此刻她絲毫動彈不得，狄雲若是輕薄之徒，依著血刀老祖之言而行，她又有甚麼法子？這「你敢」兩字，也不過是無可奈何之中虛聲恫嚇而已。

狄雲見血刀老祖斜眼淫笑，眼光不住在水笙身上轉來轉去，顯是不懷好意，一瞥之下，見水笙秀麗清純的臉容上全是恐懼，心中不忍，尋思：「怎麼方能移轉他的心思，別儘打這姑娘的主意？」問道：「師祖爺爺，徒孫這塊廢料，還能練武功麼？」血刀老祖道：「那有甚麼不能？便是兩隻手兩隻腳一齊斬斷了，也能練我血刀門的功夫。」狄雲叫道：「那可好極了！」這一聲呼叫卻是眞誠的喜悅。

兩人說著話，按轡徐行，不久轉上了一條大路。忽聽得鑼聲噹噹，跟著絲竹齊奏，迎面來了一隊迎親的人衆，共是四五十人，簇擁著一頂花轎。轎後一人披紅戴花，服色光鮮，騎了一匹白馬，便是新郎了。

狄雲一撥馬頭，讓在一旁，心中惴惴，生怕給這一干人瞧破了行藏。血刀老祖卻縱馬直衝過去。衆人大聲吆喝：「喂，喂！讓開，幹甚麼的？」「臭和尚，人家做喜事，你還不避開，也不圖個吉利？」

血刀老祖衝到迎親隊之前兩丈之處，勒馬停住，雙手叉腰，笑道：「喂，新娘子長得怎麼樣，俊不俊啊？」迎親隊中一條大漢從花轎中抽出一根轎槓，搶出隊來，聲勢洶洶的喝道：「狗賊禿，你活得不耐煩了？」那根轎槓比手臂還粗，有一丈來長，他雙手橫持，倒也威風凜凜。

血刀老祖向狄雲笑道：「你瞧清楚了，這又是一路功夫。」身子向前一探，血刀顫動，刀刃便如一條赤練蛇一般，迅速無倫的在轎槓上爬行而過，隨即收刀入鞘，哈哈大笑。迎親隊中有人喝罵：「老賊禿，你瞎了眼麼？想化緣也不揀時辰！」罵聲未絕，那手持轎槓的大漢「啊喲」一聲，叫出聲來。只聽得啪、啪、啪、啪一連串輕響，一塊塊兩寸來長的木塊掉在地下，他雙手所握，也只是兩塊數寸的木塊。原來適才這頃刻之間，一根丈許長的轎槓，已讓血刀批成了數十截。

血刀老祖哈哈大笑，血刀出鞘，直一下，橫一下，登時將那大漢切成四截，喝道：「我要瞧瞧新娘子，是給你們面子，有甚麼大驚小怪的。」

衆人見他青天白日之下在大道之上如此行兇，無不嚇得魂飛魄散。膽子大些的，發一聲喊，四散走了。一大半人卻腳都軟了，有的人連尿屎也嚇了出來，那敢動彈。

血刀老祖血刀輕晃，已割去了花轎帷幕，左手抓住新娘胸口，拉了出來。那新娘尖聲嘶叫，沒命掙扎。血刀老祖舉刀一挑，將新娘遮在臉前的霞帔削去，露出她驚惶失色的臉來。但見這新娘不過十六七歲年紀，還是個孩童模樣，相貌也頗醜陋。血刀僧呸的一聲，一口痰往她身上吐去，說道：「這般醜怪的女子，做甚麼新娘！天下女人都死光了嗎？」血刀晃動，竟將新娘的鼻子割了。

那新郎僵在馬上，只瑟瑟發抖。血刀老祖叫道：「孩兒，再瞧我一路功夫，這叫做『嘔心瀝血』！」說著手一揚，血刀脫手飛出，一溜紅光，逕向馬上的新郎射去。他血刀脫手，隨即縱馬前衝，快馬繞過新郎，飛身躍起，長臂探手，將血刀抄在手中，又穩穩的坐上了馬鞍。那新郎胸口穿了一洞，血如噴泉，身子慢慢垂下，倒撞下馬。原來那血刀穿過他身子，又給血刀僧接在手裏。

狄雲一路上敷衍血刀僧，一來心中害怕，二來他救了自己性命，於己有恩，總不免有感激之意，此刻見他割傷新娘，又連殺二人，這三人和他毫不相識，竟下此毒手，不由得氣憤，大叫：「你……你怎可濫殺無辜？這些人礙著你甚麼了？」血刀老祖一怔，笑道：「我生平就愛濫殺無辜。要是有罪的才殺，世上那有這許多有罪之人？」說到這裏，血刀揚動，又砍去了迎親隊中一人的腦袋。狄雲大怒，拍馬上前，叫道：「你……你不能再殺人了。」血刀老祖笑道：「小娃兒，見到流血就怕，是不是？那你有甚麼屁用？」

便在此時，只聽得馬蹄聲響，有數十人自遠處追來。有人長聲叫道：「血刀僧，你放下我女兒，咱們兩下罷休，否則你便逃到天邊，我也追你到天邊。」聽來馬蹄之聲尚遠，但水岱這聲呼叫，卻字字清晰。水笙喜道：「爹爹來了！」

又聽得四個人的聲音齊聲叫道：「落花流水兮——水流花落！落花流水兮——水流花落！」四人嗓音各自不同，或蒼老，或雄壯，或悠長，或高亢，但內力之厚，各擅勝場。血刀僧皺起眉頭，罵道：「中原的狗賊，偏有這許多臭張致！」

只聽水岱又叫道：「你武功再強，決計難敵我『南四奇』落花流水聯手相攻，你放下我女兒，大丈夫言出如山，不再跟你爲難就是。」血刀僧尋思：「適才已見識過水岱和那老道的功夫。一對一相鬥，我決計不懼。他二人聯手，我便輸多贏少，非逃不可。他三人聯手，我是一敗塗地，只怕逃也逃不走了。四人聯手攻我，血刀老祖死無葬身之地。嘿嘿，這些中原江湖中人，說話有甚麼狗屁信用？擄著這妞兒爲質，尚有騰挪餘地，一將她放走，要不要跟我爲難，就全憑他們喜歡了！」

血刀僧長聲吆喝，揮鞭往狄雲所乘的坐騎臀上抽去，左手提韁，縱馬向西奔馳，提起內力，回過頭來，長聲叫道：「水老爺子，血刀門的兩個和尙都已做了你女婿。第四代掌門是你女婿，第六代弟子也是你女婿。丈人追女婿，口水點點滴，妙極，妙極！」

水岱一聽之下，氣得心胸幾乎炸破。他早知血刀門的惡僧姦淫燒殺，無惡不作，師徒二人一同污辱自己女兒，在他血刀門事屬尋常。別說眞有其事，單是這幾句話，已勢必讓人在背後說上無窮無盡的污言穢語。一個稱霸中原數十年的老英雄，今日竟受如此侮辱，若不將血刀師徒碎屍萬段，日後如何做人？便催馬力追。

這時隨著水岱一齊追趕的，除了和水岱齊名、並稱「南四奇」的陸、花、劉三老之外，尙有中原三十餘名好手，或爲捕頭鏢客，或爲著名拳師，或爲武林隱逸，或爲幫會首腦。血刀門的衆惡僧最近在湖廣一帶鬧得天翻地覆，不分靑紅皀白的做案，將中原白道黑道的人物盡都得罪了。武林羣豪動了公憤，得知訊息後，大夥兒都追了下來，均覺這不只是助水岱奪還女兒而已，若不將血刀門這老少二惡僧殺了，所有中原的武林人士盡皆臉上無光。羣豪一路追來，每到一處州縣市集，便掉換坐騎。衆人換馬不換人，在馬背上嚼吃乾糧，喝些清水，便又急追。

血刀老祖仗著雙騎神駿，遇到茶鋪飯店，往往還打尖休息，但住宿過夜卻終究不敢，亦無餘暇污辱水笙。便因中原羣豪追得甚緊，水笙這數日中終於保得清白。

如此數日過去，已從湖北追進了四川境內。兩湖羣豪與巴蜀江湖上人物向來聲氣相通。川東武人一得到訊息，紛紛加入追趕。待到渝州一帶，川中豪傑不甘後人，又都參與其事，他們與此事並非切身相關，但反正有勝無敗，正好湊湊熱鬧，結交朋友，也顯得自已義氣爲重。待過得渝州，追趕的人衆已逾二三百人。四川武人有錢者多，大批騾馬跟隨其後，運送衣被糧食。只是這干人得到訊息之時，血刀老祖與狄雲、水笙已然西去，只能隨後追趕，卻不及迎頭攔截。

西蜀武人與追來的羣豪會面，慰問一番之後，都道：「唉，早知如此，我們攔在當道，說甚麼也不放那老少兩個淫僧過去，總要救得水小姐脫險。」水岱口中道謝，心下忿怒：「說這些廢話有屁用？憑你們這幾塊料，能攔得住那老少二僧？」

這一前一後的追逐，轉眼間將近二十日，血刀老祖幾次轉入岔道，想將追趕者撇下。但羣豪中有一人是來自關東的馬賊，善於追蹤之術，不論血刀老祖如何繞道轉彎，他總能跟蹤追到。只這麼一來，一行人越走越荒僻，已深入川西的崇山峻嶺。羣豪均知血刀僧是想逃回西藏、青海，一到了他老巢，血刀門本門僧衆已然不少，再加上奸黨淫朋，勢力雄厚，那時再和中原羣豪一戰，有道是強龍不鬥地頭蛇，勝敗之數就難說了。

西北行地勢漸高，氣候寒冷，過得兩天，忽然天下大雪。其時已到了西川邊陲的石渠，更向西北行便是青海。當地一帶是巴顏喀喇山山脈，地勢高峻，遍地冰雪，馬蹄滑溜，寒風徹骨是不必說了，最難受的是人人心跳氣喘，除了內功特高的數人之外，餘人均感周身疲乏，恨不得躺下來休息幾個時辰。

但參與追逐之人個個頗有名望來頭，誰都不肯示弱，壞了聲名。這時多數人已萌退志，若有人倡議罷手不追，大半人便要歸去。尤其是川東、川中的豪傑之中，頗有一些養尊處優的富家子弟，武功雖不差，卻吃不起苦頭。有的見地勢險惡，心生怯意，藉故落後；更有的乘人不覺，悄悄走上了回頭路。

這一日中午時分，羣豪追上了一條陡削的山道，忽見一匹黃馬倒斃在道旁雪堆之中，正是汪嘯風的坐騎。水岱和汪嘯風大喜，齊聲大叫：「惡賊倒了一匹坐騎，咱們快追，淫僧逃不掉啦！」羣豪精神一振，都大聲歡呼起來。

叫喊聲中，忽見山道西側高峯上一大片白雪緩緩滾將下來。

一名川西的老者叫道：「不好，要雪崩，大夥兒退後！」話聲未畢，但聽得雷聲隱隱，山頭上滾下來的積雪漸多漸速。羣豪一時不明所以，七張八嘴的叫道：「那是甚麼？」「雪崩有甚麼要緊？大夥兒快追！」「快，快！搶過這條山嶺再說。」

只隔得片刻，隱隱的雷聲已變作轟轟隆隆、震耳欲聾的大響。衆人這時才感害怕。那雪崩初起時相距甚遠，但從高峯上一路滾將下來，沿途挾帶大量積雪，更有不少巖石隨而俱下，聲勢越來越大，到得半山，當眞如羣山齊裂、怒潮驟至一般，說不出的可怖可畏。

羣豪中早有數人撥轉馬頭奔逃，餘人聽著那山崩地裂的巨響，似覺頭頂的天也塌了，一齊壓將下來，只嚇得心膽俱裂，也都紛紛回馬快奔。有幾匹馬嚇得呆了，竟然不會舉足，馬上乘客見情勢不對，只得躍下馬背，展開輕功急馳。

但雪崩比之馬馳人奔更加迅捷，頃刻間便已滾到了山下，逃得較慢之人立時給壓在如山如海的雪中，連叫聲都立時為積雪淹沒，任他武功再高，也半點施展不出了。

羣豪直逃過一條山坡，見崩衝而下的積雪給山坡擋住，不再湧來，各人又各奔出數十丈，這才先後停步。但見山上白雪兀自如山洪暴發，河堤陡決，滾滾不絕的衝將下來，瞬息之間便將山道谷口封住了，高聳數十丈，平地陡生雪峯。

衆人呆了良久，才紛紛議論，都說血刀僧師徒二人惡貫滿盈，葬身於寒冰積雪之下，自是人心大快，不過死得太過容易，倒便宜他們了，更累得如花似玉的水笙和他們同死。也有人惋惜相識的朋友死於非命，但各人大難不死，誰都慶幸逃過了災劫，為自己歡喜之情，遠勝於悼惜朋友之喪。

各人驚魂稍定，檢點人數，一共少了一十二人，其中有「鈴劍雙俠」之一的汪嘯風，以及南四奇「落花流水」四人。水岱關心愛女，汪嘯風牽掛愛侶，自是奮不顧身的追在最前，其餘三奇因與水岱的交情特深，也均不肯落後。想不到這一役中，名震當世、武功絕倫的「南四奇」，竟一齊喪身在川青之交的巴顏喀喇山中。

各人歎息了一番，便即覓路下山。大家都說，不到明年夏天，嶺上的百丈積雪決不消融，死者的家屬便要前來收屍，也得等上大半年才行。

有些人心中，暗暗還存在一個念頭，只不便公然說出口來：「南四奇和鈴劍雙俠這些年來得了好大名頭，耀武揚威，不可一世。死得好，死得妙！」

血刀老祖帶著狄雲和水笙一路西逃，敵人雖愈來愈衆，但他離藏青老巢卻也越來越近。只連日趕路，再加上漫天風雪，山道崎嶇，所乘的兩匹良駒腳力再強，也已支持不住。這一日黃馬終於倒斃道旁，白馬也一跛一拐，眼看便要步黃馬的後塵。

血刀老祖眉頭深皺，心想：「我一人要脫身而走，那是容易之極，只是徒孫兒的腿跛了，行走不得，再讓這美貌的女娃兒給人奪了回去，委實心有不甘，血刀老祖失了威風。」想到此處，突然兇性大發，回過身來，一把摟住水笙，便去扯她衣衫。

水笙嚇得大叫：「你……你幹甚麼？」血刀僧喝道：「老子不帶你走了，你還不明白？」狄雲叫道：「師祖，敵人便追上來啦！」血刀僧怒道：「你囉唆甚麼？」便在這危急當口，忽聽得頭頂悉悉瑟瑟，發出異聲，抬頭一看，山峯上的積雪正滾滾而下。

血刀僧久在川邊，見過不少次雪崩大災，他便再狂悍兇淫十倍，也不敢和這天象奇變作對，連叫：「快走，快走！」遊目四顧，只南邊的山谷隔著個山峯，或許能不受波及，眼下情勢危急，無暇細思，牽了白馬，發足便向南邊山谷中奔去。饒是他無法無天，這時臉色也自變了。這山谷旁的山峯上也有積雪。積雪最受不起聲音震盪，往往一處雪崩，帶動四周羣峯上積雪盡皆滾落。

血刀老祖展開輕功疾行。白馬馱著狄雲和水笙二人，一跛一拐的奔進山谷。這時雪崩之聲大作，血刀老祖望著身側的山峯，憂形於色，這當兒眞所謂聽天由命，自己作不起半點主，只要身側山峯上的積雪也崩將下來，那便萬事全休了。

雪崩從起始到全部止息，也只一盞茶工夫，但這短短的時刻之中，血刀僧、狄雲、水笙三人全是臉色慘白，你望望我，我望望你，眼光中都流露出恐懼之極的神色。水笙忘了自己在片刻之前，還只盼立時死了，免遭這淫僧師徒的污辱，但這時天地急變之際，不期而然的對血刀僧和狄雲生出依靠之心，總盼這兩個男兒漢有甚麼法子能助己脫此災難。

突然山峯上一塊小石子骨溜溜的滾將下來。水笙嚇了一跳，尖聲呼叫。血刀僧伸左掌按住了她嘴巴，右手啪啪兩下，打了她兩記巴掌。水笙兩邊臉頰登時紅腫。

幸好這山峯向南，多受陽光，積雪不厚，峯上滾下來一塊小石之後，再無別物滾下。過得片刻，雪崩的轟轟聲漸漸止歇。血刀僧放脫了按在水笙嘴上的手掌，和狄雲二人同時舒了口長氣。水笙雙手掩面，也不知是寬心，是惱怒，還是害怕。

血刀僧走到谷口，巡視了一遍回來，滿臉鬱怒堆積，坐在一塊山石上，不聲不響。狄雲問道：「師祖爺爺，外面怎樣？」血刀僧怒道：「怎麼樣？都是你這小子累人！」

狄雲不敢再問，知道情勢不妙，過了一會，終於忍不住又道：「是敵人把守住谷口嗎？師祖爺爺，你不用管我，你自己獨個兒先走罷。」

血刀僧一生都和兇惡奸險之徒爲伍，不但所結交的朋友從不眞心相待，連親傳弟子如寶象、善勇、勝諦之輩，面子上對師父敬畏，心中卻無一不是爾虞我詐，只求損人利己，這時聽狄雲叫他獨自逃走，不由得甚是欣慰，臉上露出一絲笑容，讚道：「乖孩子，你良心倒好！不是敵人把守谷口，是積雪封谷。數十丈高、數千丈寬的大雪，不到春天雪融，咱們再也走不出去了。這荒谷之中，有甚麼吃的？咱們怎能挨到明年春天？」

狄雲一聽，也覺局勢凶險，但眼前最緊迫的危機已過，終究心中一寬，說道：「你放心，船到橋洞自會直，就算餓死，也勝於在那些人手中受盡折磨而死。」血刀僧咧嘴一笑，道：「乖孫兒說得不錯！」從腰間抽出血刀，站起身來，走向白馬。

水笙大驚，叫道：「喂，你要幹甚麼？」血刀僧笑道：「你倒猜猜看。」其實水笙早就知道，他是要殺了白馬來吃。這白馬和她一起長大，一向就如是最好的朋友一般，忙叫：「不！不！這是我的馬，你不能殺。」血刀僧道：「吃完了白馬，便要吃你了。老子人肉也吃，爲甚麼不能吃馬肉！」水笙求道：「求求你，別害我馬兒。」無可奈何之中，轉頭向狄雲道：「請你求求他，別殺我馬兒。」

狄雲見了她這副情急可憐的模樣，心下不忍，但想情勢至此，那有不宰馬來吃之理，吃完了馬肉，只怕連馬鞍子也要煮熟了來吃。他不願見到水笙的傷心神情，只得轉過了頭。

水笙又叫道：「求求你，別殺我馬兒。」血刀僧笑道：「好，我不殺你馬兒！」水笙大喜，道：「謝謝你！謝謝你！」忽聽得嗤的一聲輕響，血刀僧狂笑聲中，馬頭已落，鮮血急噴。水笙連日疲乏，這時驚痛之下，竟又暈去。

待得悠悠醒轉，便聞到一股肉香，她肚餓已久，聞到肉香，不自禁的歡喜，但神智略醒，立即知道是她愛馬在慘遭烤炙。一睜眼，只見血刀僧和狄雲坐在石上，手中各捧了一大塊烤得焦黃的燒肉，正自張口大嚼，石旁生著一堆柴火，一根粗柴上吊著一隻馬腿，兀自在火上燒烤。水笙悲從中來，失聲而哭。血刀僧笑道：「你吃不吃？」水笙哭道：「你這兩個惡人，害了我的馬兒，我……我定要報仇！」

狄雲好生過意不去，歉然道：「水姑娘，這雪谷裏沒別的可吃，咱們總不能眼睜睜的餓死。要好馬嘛，只要日後咱們能出得此谷，總有法子找到。」水笙哭道：「你這小惡僧假裝好人，比老惡僧還要壞。我恨死你，我恨死你。」狄雲無言可答，要想不吃馬肉罷，實在是餓得難受，心道：「你便恨死我，我也不得不吃。」張口又往馬肉上咬去。

血刀僧口中咀嚼馬肉，斜目瞧著水笙，含含糊糊的道：「味道不壞，當眞不壞。嗯，過幾天烤這小妞兒來吃，未必有這馬肉香。」又想：「吃完了那小妞兒，只好烤我這個乖徒孫來吃了。這人很好，吃了可惜。嗯，留著他最後吃，總算對得他住。」

兩人吃飽了馬肉，在火堆中又加些枯枝，便倚在大石上睡了。

狄雲朦朧中只聽到水笙抽抽噎噎的哭個不住，心中突然自傷：「她死了一匹馬，便這麼哭個不住。我活在世上，卻沒一人牽掛我。等我死時，看來連這頭牲口也還不如，不會有誰爲我流一滴眼淚。」

花鐵幹一招中平槍「四夷賓服」，
勁力威猛已極，
那想得到血刀僧竟會在這千鈞一髮之際墮崖。
只聽得波的一聲輕響，
槍尖刺入了劉乘風胸口。

七

落花流水

睡到半夜，狄雲忽覺肩頭給人推了兩下，當即醒轉，只聽得血刀僧輕聲道：「有人來了！」狄雲一驚，隨即大喜：「既有人能進來，咱們便能出去。」低聲道：「在那裏？」血刀僧向西一指，道：「躺著別作聲，敵人功夫很強。」狄雲側耳傾聽，卻一點聲音也聽不到。

血刀僧持刀在手，蹲低身子，突然間如箭離弦，悄沒聲的竄了出去，人影在山坡一轉，便已不見。狄雲好生佩服：「這人的武功當眞厲害。丁大哥倘若在世，和他相比，不知誰高誰下？」一想到丁典，伸手往懷中一摸，包著丁典骨灰的包裹仍好端端的在懷裏。四周寒氣極烈，但手指碰到丁典的骨灰包，內心感到一陣溫暖。

靜夜之中，忽聽得噹噹兩下兵刃相交之聲。兩聲響過，便即寂然。過得好半晌，又噹噹兩聲。狄雲料知血刀僧偷襲未成，跟敵人交上了手。聽那兵刃相交之聲，敵人武功似不在他之下，兩人勢均力敵，拚鬥結果難料。

接著噹噹噹噹四響，水笙也驚醒了。山谷中放眼盡是白雪，月光如銀，在白雪上反映出來，雖在深夜，亦如黎明。水笙向狄雲瞧了一眼，口唇一動，想要探問，但心中對他憎恨厭惡，又想他未必肯講，一句問話將到口邊，又縮了回去。

忽聽得噹噹聲漸響。狄雲和水笙同時抬頭，向著響聲來處望去，月光下見兩條人影盤旋來去，刀劍碰撞之聲直響向東北角高處。那是一座地勢險峻的峭壁，堆滿了積雪，眼看絕難上去，但兩人手上拆招，腳下毫不停留，刀劍光芒閃爍下，竟鬥上了峭壁。

狄雲凝目上望，瞧出與血刀僧相鬥的那人身穿道裝，手持長劍，正是「落花流水」

四大高手之一，不知他如何在雪崩封山之後，又竟闖進谷來？水笙隨即也瞧見了那道人，大喜之下脫口而呼：「是劉伯伯，劉乘風伯伯到了！爹爹，爹爹！我在這兒。」

狄雲吃了一驚，心想：「血刀老祖和那老道相鬥，看來一時難分勝敗。她爹爹聞聲趕來，豈不立時便將我殺了？」忙道：「喂，別大聲嚷嚷的，叫得再雪崩起來，大家一起送命。」水笙怒道：「我就是要跟你這惡和尚一起送命。」又大聲叫喊：「爹爹，我在這裏！」狄雲喝道：「大雪崩下來，連你爹爹也一起埋了。你想害死你爹爹不是？」

水笙心想不錯，立時便住了口，轉念又想：「我爹爹何等本事？適才大雪崩，旁人都轉身逃了，劉乘風伯伯還是衝進谷來。劉伯伯既然來得，爹爹自也來得。就算叫得再有雪崩，最多是壓死了我，爹爹總是無礙。這老惡僧如此厲害，要是他將劉伯伯殺了，我要求死也不得了。」又即叫喊：「爹爹，爹爹，我在這裏。」

狄雲不知如何制止才好。抬頭向血刀老祖瞧去，只見他和那老道劉乘風鬥得正緊，血刀幻成一道暗紅色的光華，在皚皚白雪之間盤旋飛舞。劉乘風出劍並不快捷，然而守得似乎甚為嚴密。兩大高手搏擊，到底誰佔上風，狄雲自然看不出來。只聽得水笙不停口大叫「爹爹」，叫得幾聲，改口又叫：「表哥，表哥！」狄雲心煩意亂，喝道：「小丫頭，再不住口，我把你舌頭割了下來。」

水笙道：「我偏要叫！偏偏要叫！」大聲叫：「爹爹，爹爹，我在這裏！」怕狄雲眞的過來動手，站起身來，拾了一塊石頭防身。過了一會，見他躺在地下不動，猛地想起：「這惡和尚已給我和表哥踏斷了腿，若不是那老僧出手相救，早給表哥一劍殺了。

他行走不得，我何必怕他？」接著又想：「我真蠢死了！那老僧分身不得，我怎不殺了這小惡僧？」舉起石頭，走上幾步，用力便向狄雲頭上砸了下去。

狄雲無法抵抗，只得打滾逃開，砰的一聲，石頭從臉邊擦過，相去不過寸許，擊在雪地之中。水笙一擊不中，俯身又拾起一塊石頭向他擲去，這一次卻是砸他肚子。狄雲縮身打滾，但斷腿伸縮不靈，喀的一聲，砸中了小腿，只痛得他長聲慘呼。

水笙大喜，拾起一塊石頭又欲投擲。狄雲見自己已成俎上之肉，任由宰割，給她這般接連砸上七八塊石頭，那裏還有命在？當下也拾起一塊石頭，喝道：「你再投來，我先砸死了你。」見她又是一石投出，滾身避過，奮力將手中石頭向她擲去。

水笙向左閃躍，石塊從耳邊擦過，擦破了耳輪皮肉，不由得嚇了一跳。她不敢再投擲石塊，回身拾起一根樹枝，一招「順水推舟」，向狄雲肩頭刺到。她劍法家學淵源，甚是高明，手中所執雖是一根樹枝，但挺枝刺出，去勢靈動。狄雲縱然全身完好，劍招上也不是她敵手，見樹枝刺到，斜肩閃避，水笙劍法已變，托的一聲，在他額頭重重戳了一下。

這一下她手中若是眞劍，早要了狄雲的性命，但縱是一根樹枝，狄雲也已痛得眼前金星飛舞。水笙罵道：「你這惡和尚一路上折磨姑娘，還說要割了我舌頭，你倒割割看！」提起樹枝，往他頭頂、肩背一棍棍狠打，叫道：「你叫你師祖爺爺來救你啊！我打死你這惡和尚！」口中斥罵，手上加勁。

狄雲沒法抵擋，只有伸臂護住顏面，頃刻間頭上手上給樹枝打得皮開肉綻，到處都是鮮血。他又痛又驚，突然間使勁一抓，搶過樹枝，順手掃了過去。水笙一驚，閃身向後躍開，拾起另一根樹枝，又要上前再打。

狄雲急中生智，忽然想起鄉下人打輸了架的無賴法子，叫道：「快給我站住！你再上前一步，我就脫褲子了！」嘴裏叫嚷，雙手拉住褲腰，作狀即刻便要脫褲。這法子在鄉下也往往奏效，打贏了的鄉人不願無賴糾纏，也常轉身離去。

水笙嚇了一跳，急忙轉過臉去，雙頰羞得飛紅，心想：「這和尚無惡不作，只怕真要用這壞行逕來羞辱我。」狄雲叫道：「向前走五步，離得我越遠越好。」水笙一顆心怦怦亂跳，果然依言走前五步。狄雲大喜，大聲道：「我褲子已脫下來了，你要再打，快過來罷！」水笙大吃一驚，縱身躍出，心慌意亂下一個踉蹌，腳下一滑，摔了一交，急忙爬起便奔，那敢回頭，遠遠避到了山坡後。

狄雲其實並未脫褲，想想又好笑，又自嘆倒霉，適才捱這頓飽打，少說也吃了三四十棍，小腿受石頭砸傷，痛得更厲害，心想：「若不是耍無賴下流，這會兒多半已給打得斷了氣啦。我狄雲堂堂男兒，今日卻幹這等卑鄙勾當。唉，當眞命苦！」

凝目向峭壁上望去，見血刀僧和劉乘風已鬥上了一座更高的懸崖。崖石從山壁上凸了出來，憑虛臨空，離地少說也有七八十丈，遙見飛冰濺雪，從崖上飄落，足見兩人劇鬥之烈，只要誰腳下一滑，摔將下來，任你武功再高，也非粉身碎骨不可。狄雲抬頭上望，相隔遠了，見那二人的身子也小了許多。兩人衣袖飄舞，便如兩位神仙在雲霧中飛騰一般。

天空中兩頭兀鷹在盤旋飛舞，相較之下，下面相鬥的兩人身法可快得多了。

水笙在那邊山坡後又大聲叫喊起來：「爹爹，爹爹，快來啊！」她叫得幾聲，突然東南角上一個蒼老的聲音道：「是水姪女嗎？你爹爹受了點輕傷，轉眼便來！」水笙聽得是「落花流水」四老中位居第二的花鐵幹，心中一喜，叫道：「花伯伯！我爹爹在那裏？他傷得怎樣？」

花鐵幹飛奔到水笙身畔，說道：「雪崩時山峯上一塊石頭掉下來，砸向陸伯伯頭頂，你爹爹爲了救陸伯伯，出掌推石。那石頭實在太重，你爹爹手膀受了些輕傷，不礙事的。」水笙道：「有個惡和尚就在那邊……他脫下了……花伯伯，你快去殺了他。」花鐵幹道：「好，在那裏？」水笙向狄雲躺臥之處一指，但怕不小心看到他赤身露體的模樣，一手指出，反向前走了幾步。

花鐵幹正要去殺狄雲，聽得錚錚錚錚四聲，懸崖上傳來金鐵交鳴之聲，一抬頭，見血刀僧和劉乘風刀劍相交，兩人動也不動，便如突然給冰雪凍僵了一般。知道兩人鬥到酣處，已迫得以內力相拚，尋思：「這血刀惡僧如此兇猛，劉賢弟未必能佔上風，我不上前夾擊，更待何時？雖以我在武林中的聲望名位，實不願落個聯手攻孤之名。但中原羣豪大舉追趕血刀門二惡僧，早鬧得天下皆知，若得能親手誅了血刀僧，聲名之隆，定可掩過『以二敵一』的不利。」當即轉身，逕向峭壁背後飛奔而去。

水笙心中驚奇，叫道：「花伯伯，你幹甚麼？」一句話剛問出口，便已知道答案。只見花鐵幹悄沒聲的向峭壁上攀去，他右手握著一根純鋼短槍，槍尖在石壁上一撐，身子便躍起丈餘，身子落下時，槍尖又撐，比之適才血刀僧和劉乘風邊鬥邊上之時可快得多了。

狄雲初時聽他腳步之聲遠去，放過了自己，心中正自一寬，接著見他縱躍起落，攀登懸崖，忍不住失聲呼叫：「啊喲！」這時唯一指望，只是血刀僧能先將劉乘風殺了，然後轉身和花鐵幹相鬥，否則以一敵二，必敗無疑。隨即又想：「這劉乘風和那姓花的都是俠義英雄，血刀老祖卻明明是窮兇極惡的壞人，我居然盼望壞人殺了好人，唉，這……這眞太也不對……」又自責，又擔憂，心中混亂之極。

便在這時，花鐵幹已躍上懸崖。

血刀僧運勁和劉乘風比拚，內力一層又一層的加強，有如海中波濤，一個浪頭打過，又一個浪頭撲上。劉乘風是太極名家，生平鑽研以柔克剛之道，血刀僧內力洶湧而來，他只將內力運成一個個圓圈，將對方源源不絕的攻勢消解了去。他要先立於不敗之地，然後再待敵之可勝。血刀僧勁力雖強，內力進擊的方位又變幻莫測，但僵持良久，始終奈何不得敵手。兩人全神貫注，於身外事物已盡數視而不見，聽而不聞。花鐵幹攀上峭壁，躍至懸崖，並非全無聲息，兩人卻均不覺。

花鐵幹見兩人頭頂白氣蒸騰，內力已發揮到了極致，他悄悄走到血刀僧身後，提起鋼槍，力貫雙臂，槍尖上寒光閃動，勢挾勁風，向他背心疾刺。

槍尖的寒光給山壁間鏡子般的冰雪一映，發出一片閃光。血刀僧斗然醒覺，只覺一股凌厲之極的勁風正向自己後心撲來，這時他手中血刀正和劉乘風的長劍相交，要向前推進一寸都艱難之極，更不用說變招迴刀，向後擋架。他心念轉動奇快：「左右是個死，寧可自己摔死，不能死在敵人手下。」雙膝一曲，斜身向外撲出，向崖下跳落。

花鐵幹這一槍決意致血刀僧於死地，一招中平槍「四夷賓服」，勁力威猛已極，那想得到血刀僧竟會在這千鈞一髮之際墮崖。只聽得波的一聲輕響，槍尖刺入了劉乘風胸口，從前胸透入，後背穿出。他固收勢不及，劉乘風也渾沒料到有此一著。

血刀僧從半空中摔下，地面飛快的迎向眼前，他大喝一聲，舉刀直斬下去，正好斬在一塊大岩石上。噹的一聲響，血刀微微一彈，卻不斷折。他借著這一砍之勢，身子向上急提，打了個空心觔斗，隨即向丈許外一株大松樹撲去，再落下時胸口撞向樹枝頂端，冰雪迸散，雖樹枝柔軟，還是給他高空墮下的猛力折斷了一大片。他墮下地來，在雪地中滾了十幾轉，刀砍胸撞十八翻，終於消解了下墮之力，哈哈大笑聲中，已穩穩的站在地下。

突然間身後一人喝道：「看刀！」血刀僧聽聲辨器，身子不轉，迴刀反砍，噹的一聲，雙刀相交，但覺胸口一震，血刀幾欲脫手飛出，這一驚非同小可：「這傢伙內力如此強勁！」一回頭，只見那人是個身形魁梧的老者，白鬚飄飄，形貌威猛，手中提著一柄厚背方頭的鬼頭刀。血刀僧心生怯意，忙閃躍退開，倉卒之際，沒想到自己和劉乘風比拚了這半天內力，勁力已消耗了大半，而從高處掉下，刀擊岩石，更是全憑臂力消去下墮之勢。他暗運一口眞氣，只覺丹田中隱隱生疼，內力竟已提不上來。

左側遠處一人叫道：「陸大哥，這淫僧害……害死了劉賢弟。咱們……咱們……」

說話的正是花鐵幹。他誤殺了劉乘風，悲憤已極，飛快趕下峭壁，決意與血刀僧死拚。恰好「南四奇」中的首奇陸天抒剛於這時趕到，成了左右夾擊之勢。

血刀僧見花鐵幹挺槍奔來，自己連陸天抒一個也鬥不過，何況再加上個好手？只有以水笙爲質，叫他們心有所忌，不敢急攻，那時再圖後計。

心中念頭只這麼一轉，陸天抒鬼頭刀揮動，又劈將過來，血刀僧身形急矮，向敵人下三路猛砍兩刀。陸天抒身材魁梧，下盤堅穩，縱躍卻非其長，當即揮刀下格。血刀僧這兩刀乃是虛招，但虛中有實，陸天抒的擋格中若稍有破綻，虛轉爲實，立成致命殺著，待見他橫刀守禦，無懈可擊，當即乘勢前衝，跨出一步半，倏忽縮腳，急速後躍。

他幾個起落，飛步奔到狄雲身旁，卻不見水笙，急問：「那妞兒呢？」狄雲道：「在那邊。」說著伸手右指。血刀僧怒道：「怎麼讓她逃了，沒抓住她？」狄雲道：「我……我抓她不住。」血刀僧怒極，他本就十分蠻橫，此刻生死繫於一線，更兇性大發，右腳飛出，向狄雲腰間踢去。狄雲一聲悶哼，身子飛起，直摔出去。當地本是個高峯環繞的深谷，然谷中有谷，狄雲這一摔出，更向下面的谷中直墮。

水笙聽得聲音，回頭見狄雲正向谷底墮下，一驚之際，見血刀僧已向自己撲來。便在這時，忽聽得右側有人叫道：「笙兒，笙兒！」正是父親到了。水笙大喜，叫道：「爹爹！」這時她離父親尚遠，而血刀僧已然撲近，但遠近之差也不過三丈光景，倘若她不出聲呼叫，一見父親，立即縱身向他躍去，那就變得親近而敵遠了。可是她臨敵經歷太淺，驚喜之下，只是呼叫「爹爹」，卻忘了血刀僧正自撲近。

水岱大叫：「笙兒，快過來！」水笙當即醒覺，拔足便奔。水岱搶上接應。

血刀僧暗叫：「不好！」血刀銜入口中，一俯身，雙手各抓起一團雪，運勁揑緊，右手一團雪先向水岱擲去，跟著第二團雪擲向水笙，同時身子向前撲出。

水岱揮劍擊開雪團，腳步稍緩。第二團雪卻打在水笙後心「靈台穴」上，登時將她擊倒。血刀僧飛身搶近，將水笙抓在手中，順手點了她穴道。只聽得呼呼風響，斜刺裏一槍刺來，正是花鐵幹到了。

花鐵幹失手刺死結義兄弟劉乘風，心中傷痛悔恨，已達極點，這時也顧不得水笙性命如何，勁貫雙臂，槍出如風。血刀僧揮刀疾砍，噹的一聲響，血刀反彈上來，原來花鐵幹這根短槍連槍桿也是百鍊之鋼，非寶刀寶劍所能削斷。

血刀僧罵道：「你奶奶的！」抓起水笙，退後一步，但見陸天抒的鬼頭刀又橫砍過來。他前無去路，強敵合圍，眼光急轉，找尋出路，一瞥眼間，見狄雲在下面谷底坐起，心念一動：「下面積雪甚深，這小子摔他不死！」伸臂攔腰抱住水笙，縱身跳了下去。

水笙尖叫聲中，兩人墮入深谷。谷中積雪堆滿了數十丈厚，底下的已結成堅冰，上面的兀自鬆軟，便如是個墊子一般，二人竟毫髮無損。

血刀僧從積雪中鑽將上來，看準了地形，站上谷口的一塊巨岩，橫刀在手，哈哈大笑，說道：「有種的便跳下來決個死戰！」這塊大岩正居谷口要衝，水岱等若從上面跳下，定要掠過岩旁，血刀僧橫刀一揮，輕輕易易的便將來人砍為兩截。身在半空之人，武功便勝得他十倍，也不能如飛鳥般迴翔自如，與之相搏。

陸天抒、花鐵幹、水岱三人好容易追上了血刀僧，卻又讓他逃脫，都恨得牙癢癢地。水岱以女兒仍遭淫僧挾持，花鐵幹誤傷義弟，更是氣憤。三人聚在一起，低聲商議。

陸天抒外號「仁義陸大刀」；花鐵幹人稱「中平無敵」，以「中平槍」享譽武林；水岱的外號叫作「冷月劍」，再加上「清風柔雲劍」劉乘風，四人以年紀排名，義結金蘭，合稱「落花流水」。所謂「落花流水」，其實是「陸花劉水」。說到武功，未必是陸天抒第一，但他一來年紀最大，二來在江湖上人緣極好，因此排名爲「南四奇」之首。他性如烈火，於傷風敗俗、卑鄙不義之行最是惱恨，眼見血刀僧站在岩石上耀武揚威，水笙卻軟軟的斜倚在狄雲身上。他不知水笙已給點了穴道，不由自主，還道她性非貞烈，落入淫僧的手中之後居然並不反抗，一怒之下，從雪地裏拾起幾塊石子擲了下去。

他手勁本重，這時居高臨下，石塊擲下時勢道更加猛惡之極。只聽砰嘭、砰嘭之聲，四周山谷都傳出回音。谷底雪花飛濺。

血刀僧矮身落岩，將狄雲和水笙扯過，藏入岩石之後。他這時已暫時脫險，對狄雲的怒氣便即消去。他挺身站上巨岩，指著陸、花、水三人破口大罵，石塊擲到，便即閃身相避，卻那裏傷得到他？這時他才望見遠處懸崖上劉乘風僵伏不動，回想適才情景，推知是花鐵幹偷襲失手，誤傷同伴，暗自慶幸。

狄雲見岩石後的山壁凹了進去，宛然是一個大山洞，巨岩屛擋在外，洞中積雪甚薄，倒是個安身之所，見頭頂兀自不住有石塊落下，生怕打傷水笙，當即橫抱著她，將她放進洞中。水笙大驚，叫道：「別碰我，別碰我！」

血刀僧大笑，叫道：「好徒孫，師祖爺爺在外邊抵擋敵人，你倒搶先享起艷福來啦！」這是他血刀門門中的自然行徑，倒也不以爲忤。

水岱和陸、花三人在上面聽得分明，氣得都欲炸破了胸膛。

水笙只道狄雲眞的意圖非禮，自然十分驚惶，待見到他衣褲雖非完整，卻好好的穿在身上，想起適才他自稱已脫了褲子，以致將自己嚇走，原來竟是騙人。她想到此處，臉上一紅，罵道：「騙人的惡和尙，快走開。」狄雲將她放入洞內，石塊已打她不到，隨即走開。這時他大腿既斷，小腿又受重傷，那裏還說得一個「走」字，只掙扎著爬開而已。

三上一下的僵持了半夜，天色漸漸明了。血刀僧調勻內息，力氣漸復，不住盤算：「如何才能脫身？」眼前這三人每一個的武功都和自己在伯仲之間，自己只要一離開這塊岩石，失卻地形之利，就避不開他三人的合擊。他無法可想，只有在岩上伸拳舞腿，怪狀百出，嘲弄敵人，聊以自娛。

陸天抒越看越怒，不住口大罵。花鐵幹突生一計，低聲道：「水賢弟，你到東邊去假裝滑雪下谷。我到西邊去佯攻，引得這惡僧走開阻擋，陸大哥便可乘機下去。」陸天抒道：「此計大妙。」水岱道：「他如不過來阻擋，咱們便眞的滑下谷去。」他和花鐵幹二人當即分從左右奔了開去。

附近百餘丈內都是峭壁，若要滑雪下谷，須得繞個大圈子，遠遠過來。血刀僧見二人分向左右，顯是要繞道進谷，如何阻擋，一時倒沒主意，尋思：「糟糕，糟糕！他們大兜圈子的過來，雖路程遠些，但花上個把時辰，總也能到。此時不走，更待何時？他們大兜圈子來攻，我便大兜圈子的逃之夭夭。」當下也不通知狄雲，悄悄溜下岩石。

陸天抒目送花水二人遠去，低頭再看，已不見了血刀僧的蹤影，見雪地中一道腳印通向西北，大叫：「花賢弟、水賢弟，惡僧逃走啦，快回來！」花水二人聽得呼聲，一齊轉身。

陸天抒急於追人，踴身躍落，登時便沒入谷底積雪。他躍下時早閉住呼吸，但覺身子不住下沉，隨即足尖碰到了實地，當即足下使勁，身子便向上冒。他頭頂剛要伸出積雪，忽覺胸口一痛，已中敵人暗算，驚怒之下，大刀立即揮出，去勢迅捷無倫，手上覺得已砍中了敵人。但敵人受傷顯是不重，在雪底又有一刀砍來。

原來血刀僧聽得陸天抒的呼叫，知他下一步定要縱身入谷，當即回身，鑽入岩石附近的積雪之中。陸天抒武功既高，閱歷又富，要想對他偷襲暗算，原少可能，但他這時從數十丈高處躍入雪中，這種事生平從未經歷，自是全神貫注，只顧到如何運氣提勁，以免受傷。他明明見到血刀僧已然逃走，豈知深雪中竟會伏有敵人，當眞是出其不意之外，再加上個出其不意。

但他畢竟是武林中一等一人物，胸口雖然受傷，跟著便也傷了敵人，唰唰唰連環三刀，在深雪中疾砍出去。他知血刀僧行如鬼魅，與他相鬥，決不可有一瞬之間的鬆懈，這三刀隨意砍出，勁力卻非同小可。血刀僧受傷後勉力招架，退後一步，不料身後落足之處積雪並未結冰，腳底踏了個空，登時向下直墮。

陸天抒連環三刀砍出，不容敵人有絲毫喘息餘裕，跟著又連環三刀，他知敵人在自己接連六刀硬斫之下，定要退後，當即搶上強攻，猛覺足底一鬆，身子也直墮下去。

他二人陷入這詭奇已極的困境之中，都眼不見物，積雪下也已說不上甚麼聽風辨器，連黑夜搏鬥的諸般功夫也用不上了。兩人足尖一觸實地，便即使開平生練得最熟的一路刀法，既護身，復攻敵。這時頭頂十餘丈積雪罩蓋，除了將敵人殺死之外，誰也不敢先行升起。只要誰先怯了，意圖逃命，立時下盤中招，非給對方砍死不可。

狄雲聽得洞外一陣大呼，跟著寂無聲息，探頭張望，已不見了血刀老祖，卻見岩石旁的白雪隱隱起伏波動，不禁大奇，看了一會，才明白雪底有人相鬥，一抬頭，見水岱和花鐵幹二人站在山邊，凝目谷底，神情焦急，那麼和血刀僧在雪底相鬥的，自是陸天抒了。水笙也探頭觀看，見父親全神貫注，相距又遠，一時不敢呼叫。

花水二人一心想要出手相助，卻不知如何是好。水岱道：「花二哥，我這就跳下去。」花鐵幹急道：「使不得，使不得！你也跳進雪底下，卻如何打法？下面甚麼也瞧不見，莫要……莫要又誤傷了陸大哥。」他一槍刺死親如骨肉的劉乘風，一直說不出的傷心難過。

水岱自不知他殺了劉乘風，但處境尷尬，卻一望而知，自己跳入雪底，除了舞劍亂削之外，又怎能分清敵友？斬死血刀僧或陸天抒的機會一般無二，而給血刀僧或陸天抒砍死的機會也毫無分別。可是己方明明有兩個高手在旁，卻任由陸大哥孤身和血刀僧在雪底拚命，陸大哥是爲救自己女兒而來，此刻身歷奇險，自己卻在崖上袖手觀戰，當眞五內如焚，頓足搓手，一籌莫展。要想跳下去再說罷，但一經躍下，便加入了戰團，但見谷中白雪蠕動，這一跳下去，說不定正好壓在陸天抒頭頂。

谷底白雪起伏一會，終於慢慢靜止。崖上水岱、花鐵幹，洞中狄雲、水笙，卻只有更加焦急，不知這場雪底惡戰到底誰生誰死。四人都屏息凝氣、目不轉瞬的注視谷底。

過了好一會，一處白雪慢慢隆起，有人探頭上來，這人頭頂上都是白雪，一時分不清是俗家還是和尚，這人漸升漸高，看得出頭上長滿了白髮。那是陸天抒！

水笙大喜，低聲歡呼。狄雲怒道：「有甚麼好叫的？」水笙道：「你師祖爺爺死啦，你小和尚也命不久長了。」這句話她便不說，狄雲也豈有不知？這些時日之中，他每天和血刀僧在一起，「近朱者赤」，不知不覺間竟也沾上了一點兒橫蠻暴躁的脾氣。何況眼見陸天抒得勝，自己勢必落在這三老手中，更有甚麼辯白的機會？他心情奇惡，喝道：「你再囉唆，我先殺了你。」水笙一凜，不敢再說。她給血刀僧點了穴道，動彈不得，狄雲雖斷了腿，但要殺害自己，卻也容易不過。

陸天抒的頭探在雪面，大聲喘氣，努力掙扎，似想要從雪中爬起。水岱和花鐵幹齊聲叫道：「陸大哥，我們來了！」兩人踴身躍落，沒入了深雪，隨即竄上，躍向谷邊的岩石。

便在此時，卻見陸天抒的頭倏地又沒入了雪中，似乎雙足給人拉住向下力扯一般。他沒入之後，再不探頭上來，血刀僧卻也影蹤不見。水岱和花鐵幹對望一眼，均甚憂急，見陸天抒適才沒入雪中，勢既急速，又似身不由主，十九是遭了敵人暗算。

突然間波的一聲響，一顆頭顱從深雪中鑽了上來，這一次卻是頭頂光禿禿的血刀僧。他哈哈一笑，頭顱便沒入雪裏。水岱罵道：「賊禿！」提劍正要躍下廝拚，忽然間雪中一顆頭顱急速飛上。那只是個頭顱，和身子是分離了的，白髮蕭蕭，正是陸天抒的首級。這頭顱向空中飛上數十丈，然後啪的一聲落下，沒入雪中，無影無蹤。

水笙眼見了這般怪異可怖的情景，嚇得幾欲暈倒，連驚呼也叫不出聲。

水岱悲憤難當，長聲叫道：「陸大哥，你爲兄弟喪命，英靈不遠，兄弟爲你報仇。」縱身正要躍出，花鐵幹忙抓住他左臂，說道：「且慢！惡僧躲在雪底，他在暗裏，咱們在明裏，胡亂跳下去，別中了他暗算。」水岱一想不錯，哽咽道：「那……那便如何？」花鐵幹道：「他在雪底能耗得幾時，終究會要上來。那時咱二人聯手相攻，好歹要將他破膛剜心，祭奠兩位兄弟。」水岱淚水從腮邊滾滾而下，心中只道：「要鎭靜，定下神來，這時候千萬不能傷心！大敵當前，不可心浮氣粗！」但兩個數十年相交的義兄一旦喪命，卻教他如何不悲從中來？

兩人望定了血刀僧適才鑽上來之處，從一塊岩石躍向另一塊岩石，並肩迫近，漸漸接近水笙和狄雲藏身的石洞之旁。

水笙斜眼向狄雲偷睨，心中盤算，等父親再近得幾丈，這才出聲呼叫，好讓他能及時過來相救，倘若叫得早了，小惡僧便會搶先殺了自己。狄雲見到她神色不定，眼珠轉動，已料到她用意，假裝閉目養神。水笙不虞有他，只望著父親。突然之間，狄雲雙手在地下一撐，身子躍起，撲在水笙背上，右臂一彎，扼住了她喉嚨。

水笙大吃一驚，待要呼叫，卻那裏叫得出聲？只覺狄雲的手臂扼得自己氣也透不過來，忽聽他在自己耳邊低聲道：「你答允不叫，我就不扼死你！」他說了這句話，手臂略鬆，讓她吸一口氣，但那粗糙瘦硬的手臂，卻始終不離開她喉頭柔嫩的肌膚。水笙恨極，心中千百遍的咒罵，可便奈何不得。

水岱和花鐵幹蹲在一塊大岩石上，見雪谷中毫無動靜，都大為奇怪，不知血刀僧在玩甚麼玄虛，怎能久躭雪底。

他們悲痛之際，沒想到血刀僧自幼生長於川邊冰天雪地，熟知冰雪之性。先前他鑽入雪底之後，立時便以血刀剜了個大洞，伸掌拍實洞口，雪洞中便存得有氣，每逢心跳加劇，呼吸難繼，便探頭到雪洞中吸幾口氣。陸天抒卻如何懂得這個竅門，一味屏住呼吸，硬拚硬打。他內力雖然充沛，終是及不上血刀僧不住換氣。便如兩人在水底相鬥，一人可以常常上水面呼吸，另一人卻沉在水底，始終不能上來，勝負之數，可想而知。陸天抒最後實在氣窒難熬，干冒奇險，探頭到雪上吸氣，下身便給血刀僧連砍三刀，死於雪底。

水岱和花鐵幹越等越心焦，轉眼間過了一炷香時分，始終不見血刀僧的蹤跡。水岱道：「這惡僧多半是身受重傷，死在雪底了。」花鐵幹道：「我想多半也是如此。陸大哥豈能爲惡僧所殺，卻不還他兩刀？何況這惡僧和劉賢弟拚鬥甚久，早已不是陸大哥的對手。」水岱道：「他定是行使詐計，暗算了陸大哥。」說到此處，悲憤無可抑制，叫道：「我到下面去瞧瞧。」花鐵幹道：「好，可要小心了，我在這裏給你掠陣。」

水岱手提長劍，吸一口氣，展開輕功，便從雪面上滑了過去，只滑出數丈，察覺腳下並不如何鬆軟，當下奔得更快。這雪谷四周山峯極高，萬年不見陽光，谷底積的雖然是雪，卻早已冰雪相混，有如稀泥，從上躍下固然立時沒入，以輕功滑行卻不致陷落，水岱輕身功夫了得，在雪面上越滑越快。只聽得花鐵幹叫道：「好輕功！水賢弟，那惡僧便在左近，小心！」

話聲未絕，喀喇一聲，水岱身前丈許之外鑽出一個人來，果然便是血刀僧，只見他雙手空空，沒了兵刃，叫聲：「啊喲！」不敢和水岱接戰，向西飄開數丈，慌慌張張的叫道：「大丈夫相鬥，講究公平。你手裏有劍，我卻赤手空拳，那如何打法？」水岱尚未答話，花鐵幹遠遠叫道：「殺你這惡僧，還講甚麼公平不公平？」他輕功不及水岱，不敢踏下雪地，從旁邊岩石繞將過去，從旁夾擊。

水岱心想惡僧這口血刀，定是和陸大哥相鬥之時在雪中失落了。深谷中積雪數十丈，這口刀那裏還找得著？他見敵人沒了兵刃，更加放心，必勝之券，已操之於手，只要別讓他逃得遠了，或是無影無蹤的又鑽入雪中，叫道：「兀那惡僧，我女兒在那裏？快說出來！」血刀僧道：「這妞兒的藏身之所，你就尋上十天半月，也未必尋得著。若是放我生路，便跟你說。」口中說話，腳下絲毫不停。

水岱心想：「姑且騙他一騙，叫他先說了出來。」便道：「此處四周都是插翅難上的高峯，便放了你，你又走向何處？」血刀僧道：「這裏的地勢古怪之極，我在左近住過幾年，卻瞭如指掌。你如殺了我，一定難以出谷，活活的餓死在這裏，不如大家化敵爲友，我還你女兒，再引你們出谷如何？」

花鐵幹怒道：「惡僧說話，有何信義？你快跪下投降，如何處置，我們自有主意，何用你來插嘴？」一面說，一面漸漸迫近。血刀僧笑道：「既是如此，老子可要失陪了！」腳下加快，斜刺向東北角上奔去。水岱罵道：「往那裏去？」挺劍疾追。

血刀僧奔跑迅速，奔出數十丈後，迎面高峯當道，更無去路。他身形一晃，疾轉回頭，從水岱身旁斜斜掠過。水岱揮劍橫削，差了尺許沒能削中，血刀僧又向西北奔去。水岱見他重回舊地，心道：「在這谷中奔來奔去，又逃得到那裏？不過老是捉迷藏般的追逐，這廝輕功不弱，倒不易殺得了他。笙兒又不知到了何處。」他心中焦急，提一口氣，腳下加快，和敵人又近了數尺。忽聽得血刀僧「啊」的一聲，向前撲倒，雙手在雪地中亂抓亂爬，顯是內力已竭，摔倒了便爬不起來。

石洞中狄雲和水笙都看得清楚，一個驚慌，一個歡喜。狄雲斜眼瞥處，見到水笙滿臉喜色，心中惱恨，不由得手臂收緊，用力在她喉頭扼落。

眼見血刀僧無法爬起，水岱那能失此良機，搶上幾步，挺劍向他臀部刺落，這時不欲一劍便將他刺死，要將他傷得逃跑不了，再拷問水笙的所在。長劍只遞出兩尺，驀地裏左腳踏下，足底虛空，全身急墮，下面竟是個深洞。

這一下奇變橫生，竟似出現了妖法邪術，花鐵幹、狄雲、水笙三人眼見水岱便要得手，卻在一瞬之間陡然消失，不知去向。跟著一聲長長的慘叫，從地底傳將上來，正是水岱的聲音，顯是在下面碰到了極可怕之事。

血刀僧一躍而起，身手矯捷異常，顯而易見，他適才出力掙扎全是作僞。只見他躍起身來，雙足一頓，沒入雪裏，跟著又鑽了上來，抓著一人，拋在雪地裏。那人鮮血淋漓，正是水岱，他雙足已齊膝而斷，不知死活。

水笙見到父親的慘狀，大聲哭叫：「爹爹，爹爹，爹爹！」狄雲心中不忍，就不再伸臂扼她，放開了手臂，安慰她道：「水姑娘，你爹爹沒死，他……他還在動。」

血刀僧左手疾揮上揚，一道暗紅色的光華在頭頂盤旋成圈，血刀竟又入手。原來適才他潛伏雪地，良久不出，是在暗通一個雪井，布置了機關，將血刀橫架井中，刃口向上，然後鑽出雪來，假裝失刀，令敵人心無所忌，放膽追趕，終於跌入陷阱。水岱縱橫武林數十年，閱歷不可謂不富，水陸兩路的江湖伎倆無不通曉，只是這冰雪中的勾當卻令他防不勝防。他從雪井中急墮而下，那血刀削鐵如泥，登時將他雙腿輕輕割斷。

血刀僧高舉血刀，對著花鐵幹大叫：「有種沒有？過來鬥上三百回合。」

花鐵幹見到水岱在雪地裏痛得滾來滾去的慘狀，只嚇得心膽俱裂，那敢上前相鬥，挺著短槍護在身前，一步步的倒退，槍上紅纓不住抖動，顯得內心害怕已極。血刀僧一聲猛喝，衝上兩步。花鐵幹急退兩步，手臂發抖，竟將短槍掉在地下，急速拾起，又退了兩步。

血刀僧連鬥三位高手，三次死裏逃生，實已累得筋疲力盡，若和花鐵幹再行拚鬥，只怕一招也支持不住。花鐵幹的武功原就不亞於血刀僧，此刻上前決戰，血刀僧內力垂盡，非死在他槍下不可，只是他失手刺死劉乘風後，心神沮喪，銳氣大挫，再見到陸天抒斷頭、水岱折腿，嚇得魂飛魄散，已無絲毫鬥志。

血刀僧見他如此害怕的模樣，得意非凡，叫道：「嘿嘿，我有妙計七十二條，今日只用三條，已殺了你江南三個老傢伙，還有六十九條，一條條都要用在你身上。」

花鐵幹多歷江湖風波，血刀僧這些炎炎大言，原本騙他不倒，但這時成了驚弓之鳥，只覺敵人的一言一動，無不充滿了極兇狠極可怖之意，聽他說還有六十九條毒計，一一要用在自己身上，喃喃的道：「六十九條，六十九條！」雙手更抖得厲害了。

血刀老祖此時心力交疲，支持艱難，只盼立時躺倒，睡他一日一夜。但他心知此刻所面對的實是一場生死惡鬥，其激烈猛惡，殊不下於適才和劉乘風、陸天抒等的激戰。只要自己稍露疲態，給對方瞧破，出手一攻，立時便伸量出自己內力已盡，那時他短槍戳來，自己只有束手就戮，是以強打精神，將手中血刀盤旋玩弄，顯得行有餘力。他見花鐵幹想逃不逃，心中不住催促：「膽小鬼，快逃啊，快逃啊！」豈知花鐵幹這時連逃跑也已沒了勇氣。

水岱雙腿齊膝斬斷，躺在雪地中奄奄一息，見花鐵幹嚇成這個模樣，更加悲憤。他雖重傷，卻已瞧出血刀僧內力垂盡，已屬強弩之末，鼓足力氣叫道：「花二哥，跟他拚啊。惡僧眞氣耗竭，你殺他易如反掌，易……」

血刀僧心中一驚：「這老兒瞧出我的破綻，大大不妙。」他強打精神，踏上兩步，向花鐵幹道：「不錯，不錯，我內力已盡，咱們到那邊崖上去大戰三百回合！不去的是烏龜王八蛋！」忽聽得身後山洞中傳出水笙的哭叫：「爹爹，爹爹！」血刀僧靈機一動：「此刻倘若殺了水岱，徒然示弱。我抓了這女娃兒出來，逼迫水岱投降。這姓花的便更加沒有鬥志了。」他向著花鐵幹獰笑道：「去不去？打五百個回合也行？」

花鐵幹搖搖頭，又退了一步。

水岱叫道：「跟他打啊，跟他打啊！你不跟陸大哥、劉三哥報仇麼？」

血刀僧哈哈大笑，叫道：「打啊！我還有六十九條慘不可言的毒計，一一要使在你身上。」一邊說，一邊轉身走進山洞，抓住水笙頭髮，將她橫拖倒曳的拉了出來，拉扯之時，已不斷喘氣，說甚麼也掩飾不住。

他知花鐵幹武功厲害，唯有以各種各樣殘酷手段施於水氏父女身上，方能嚇得他不敢出手，將水笙拖到水岱面前，喝道：「你說我眞氣已盡，好，你瞧我眞氣盡是不盡？」嗤的一聲響，將水笙的右邊袖子撕下了一大截，露出雪白的肌膚。水笙一聲驚叫，但穴道被點，半點抗禦不得。

狄雲跟著從山洞中爬了出來，眼看著這慘劇，甚是不忍，叫道：「你……你別欺侮水姑娘！」血刀老祖笑道：「哈哈，乖徒孫，不用躭心，師祖爺爺不會傷了她性命。」回過身來，手起一刀，將水岱的左肩削去一片，問道：「我眞氣耗竭了沒有？」水岱肩上登時鮮血噴出。花鐵幹和水笙同時驚呼。

血刀僧左手一扯，又將水笙的衣服撕去一片，向水岱道：「你叫我三聲『好爺爺』，叫是不叫？」水岱呸的一聲，一口唾液用力向他吐去。血刀僧側身閃避，這一下站立不穩，腳下一個踉蹌，只覺頭腦眩暈，幾乎便要倒下。

水岱瞧得清楚，叫道：「花二哥，快動手！」花鐵幹也已見到血刀僧腳步不穩，卻想：「只怕他是故意示弱，引我上當。這惡僧詭計多端，不可不防。」

血刀僧又橫刀削去，在水岱右臂上砍了一條深痕，喝道：「你叫不叫我『好爺爺』？」水岱痛得幾欲暈去，大聲道：「姓水的寧死不屈！快將我殺了。」血刀僧道：「我才不讓你痛痛快快的死呢，我要將你的手臂一寸寸割下來，將你的肉一片片削下來。你叫我三聲『好爺爺』，向我討饒，我便不殺你！」水岱罵道：「做你娘的清秋大夢！」血刀僧眼見他甚爲倔強，料想他雖遭碎割凌遲，也決不會屈服，便道：「好，我來炮製你的女兒，看你叫不叫我『好爺爺』？」說著反手一扯，撕下了水笙的半幅裙子。

水岱怒極，眼前一黑，便欲暈去，但想：「花二哥嚇得沒了鬥志，我可不能便死。不管這惡僧如何當著我面前侮辱笙兒，我都要忍住氣，跟他周旋到底。」

血刀僧獰笑道：「這姓花的馬上就會向我跪下求饒，我便饒了他性命，讓他到江湖上去宣揚，水姑娘給我如何剝光了衣衫。哈哈，妙極，很好！花鐵幹，你要投降？可以，可以，我可以饒你性命！血刀老祖生平從不殺害降人。」

花鐵幹聽了這幾句話，鬥志更加淡了，他一心一意只想脫困逃生，跪下求饒雖然羞恥，但總比給人在身上一刀一刀的宰割要好得多。他全沒想到，倘若奮力求戰，立時便可殺了敵人，卻只覺得眼前這血刀僧可怖可畏之極。只聽得血刀僧道：「你放心，不用害怕，待會你認輸投降，我便饒你性命，讓你全身而退。決不會割你一刀，儘管放心好了。」這幾句安慰的言語，花鐵幹聽在耳裏，說不出的舒服受用。

血刀僧見他臉露喜色，心想機不可失，當即放下水笙，持刀走到他身前，說道：「大丈夫能屈能伸，很好，你要向我投降，先拋下短槍，很好，很好，我決不傷你性命。我當你是好朋友，好兄弟！拋下短槍，拋下短槍！」聲音甚爲柔和。

他這幾句說話似有不可抗拒的力道，花鐵幹手一鬆，短槍拋在雪地之中。他兵刃一失，那是全心全意的降服了。

血刀僧露出笑容，道：「很好，很好！你是好人，你這柄短槍不差，給我瞧瞧！你退後三步，好，你很聽話，我必定饒你不殺，你放一百二十個心。再退開三步。」花鐵幹依言退開。血刀僧緩緩俯身，拿起短槍，手指碰到槍桿之時，自覺全身力氣正在一點一滴的失卻，接連提了兩次眞氣，都提不上來，暗暗心驚：「適才連鬥三個高手，損耗得當眞厲害，只怕要費上十天半月，方得恢復元氣。」雖將純鋼短槍拿到了手中，仍提心吊膽，倘若花鐵幹突然大起膽子出手攻擊，就算他只空手，自己也一碰即垮。

水岱見花鐵幹拋槍降服，已無指望，低聲道：「笙兒，快將我殺了！」水笙哭道：「爹爹，我……我動不了！」水岱向狄雲道：「小師父，你做做好事，快將我殺了。」

狄雲明白他心意，反正活不了，與其再吃零碎苦頭，受這般重大侮辱，不如死得越早越好。他心中不忍，很想助他及早了斷，只是自己一出手，非激怒血刀僧不可，眼見此人這般兇惡毒辣，那可也無論如何得罪不得。

水岱又道：「笙兒，你求求這位小師父，快些將我殺了，再遲可就來不及啦。」水笙心慌意亂，道：「爹爹，你不能死，你不能死。」水岱怒道：「我此刻生不如死，難道你沒見到麼？」水笙吃了一驚，道：「是，是！爹，我跟你一起死好了！」

水岱又向狄雲求道：「小師父，你大慈大悲，快些將我殺了。要我向這惡僧求饒，我水岱怎能出口？我又怎能見我女兒受他之辱？」

狄雲眼見到水岱的英雄氣概，極爲欽佩，不由得義憤之心大盛，低聲道：「好，我便殺了你。老和尚要責怪，也不管了！」

水岱心中一喜，他雖受重傷，心智不亂，低聲道：「我大聲罵你，你一棍將我打死，那老和尚就不會怪你。」不等狄雲回答，便大聲罵道：「小淫僧，你若不回頭，仍學這老惡僧的樣，將來一定不得好死。你如天良未泯，快快脫離血刀門！小惡僧，你這王八蛋，龜兒子！你快快痛改前非，今後做個好人！」狄雲聽出他罵聲中含有勸誡之意，暗暗感激，提起一根粗大的樹枝舞了幾下，卻打不下去。

水岱心中焦急，罵得更加兇了，斜眼只見那邊廂花鐵幹雙膝一軟，跪倒雪地，向血刀僧磕下頭去。血刀僧積聚身上僅有的少些內功，凝於右手食指，對準花鐵幹背心的「靈台穴」點落，這一指實是竭盡了全力，一指點罷，再也沒了力氣。花鐵幹中指摔倒，血刀僧也雙膝慢慢彎曲。

水岱眼見花鐵幹摔倒，心中一酸，自己一死，再也沒人保護水笙，暗叫：「苦命的笙兒！」喝道：「王八蛋，你還不打我！」

狄雲也已看到花鐵幹摔倒，心想血刀僧立時便來，當下一咬牙，奮力揮棍掃去，擊在水岱天靈蓋上。水岱頭顱碎裂，一代大俠，便此慘亡。

水笙哭叫：「爹爹！」登時暈去。

血刀僧聽到水岱的毒罵之聲，只道狄雲眞是沉不住氣，出手將他打死，反正此刻花鐵幹已給自己制住，水岱是死是活，無關大局。這一來得意之極，不由得縱聲長笑。可是自己聽得這笑聲全然不對，只是「啊，啊，啊」幾下嘶啞之聲，那裏有甚麼笑意？但覺腿膝間越來越酸軟，蹣跚著走出幾步，終於坐倒在雪地之中。

花鐵幹看到這般情景，心下大悔：「水兄弟說得不錯，這惡僧果然已眞氣耗竭，早知如此，我一出手便結果了他性命，又何必嚇成這等模樣？更何必向他磕頭求饒？」自己是成名數十年的中原大俠，居然向這萬惡不赦的老淫僧屈膝哀懇，這等貪生怕死，無恥卑劣，想起來當眞無地自容。只是他「靈台」要穴被點，須得十二個時辰之後方能解開。血刀僧若不露出眞氣耗竭的弱點，自己還有活命之望，現下是說甚麼也容不得自己了。否則一等自己穴道解開，焉有不向他動手之理？

果然聽得血刀僧道：「徒兒，快將這人殺了。這人奸惡之極，留他不得。」花鐵幹叫道：「你答允饒我性命的。你說過不殺降人，如何可以不顧信義？」他明知抗辯全然無用，但大難臨頭，還是竭力求生。

血刀僧乾笑道：「我們血刀門的高僧，把『信義』二字瞧得猶似狗屎一般，你向我磕頭求饒，是你自己上了當，哈哈，哈哈！乖徒兒，快一棒把他打死了！此人留著不死，危險之極。」他對花鐵幹也眞十分忌憚，自知剛才一指點穴，內力不到平時的一成，力道不能深透經脈，這人武功了得，只怕過不了幾個時辰就會給他衝開穴道，那時候情勢倒轉，自己反成俎上之肉了。

狄雲不知血刀僧內力耗竭，只想：「適才我殺水大俠，是爲了解救他苦惱。這位花大俠好端端地，我何必殺他？」便道：「他已給師祖爺爺制服，我看便饒了他罷！」

花鐵幹忙道：「是啊，是啊！這位小師父說得不錯。我已給你們制服，絕無半分反抗之心，何必再要殺我？」

水笙從昏暈中悠悠醒轉，哭叫：「爹爹，爹爹！」聽得花鐵幹這般無恥求饒，罵道：「花伯伯，你也是武林中響噹噹的一號人物，怎地如此不要臉？眼看我爹爹慘受苦刑……我爹爹……爹……爹……」說到這裏，已泣不成聲。花鐵幹道：「這兩位師父武功高強，咱們是打不過的，還不如順從降服，跟隨著他們，服從他們的號令爲是！」水笙連聲：「呸！呸！死不要臉！」

血刀僧心想多挨一刻，便多一分危險，這當兒自己竟半點力氣也沒有了，想要支撐起來走上兩步也已不能，說道：「好孩兒，聽師祖爺爺的話，快將這傢伙殺了！」

水笙回過頭來，見父親腦袋上一片血肉模糊，死狀極慘，想起他平時對自己的慈愛，骨肉情深，幾乎又欲暈去。水岱懇求狄雲將自己打死，水笙原是親耳聽見，但這時急痛攻心，竟然忘了，只知道狄雲一棍將父親打得腦漿迸裂，胸中悲憤，難以抑制，突覺一股熱氣從丹田中衝將上來。內功練到十分高深之人，能以眞氣衝開被封穴道。但要練到這等境界，那是非同小可之事，花鐵幹尚自不能，何況水笙？可是每個人在臨到大危難、大激動的特殊變故之時，體內潛能忽生，往往能做出平時絕難做到的事來。這時水笙極度悲憤之下，體氣激盪，受封的穴道竟給衝開了。也不知從那生出來一股力氣，驀地裏躍起，拾起父親身旁的那根樹枝，夾頭夾腦向狄雲打去。

狄雲左躲右閃，雖避開了面門要害，但臉上、腦後、耳旁、肩頭，接連給她擊中了十二三下。他伸手擋架，叫道：「你幹甚麼打我？是你爹爹求我殺他的。」

水笙一凜，想起此言不錯，一呆之下便洩了氣，坐倒在地，放聲大哭。

血刀僧聽得狄雲說道：「是你爹爹求我殺他的。」心念一轉，已明白了其中原委，不禁大怒：「這小子竟去相助敵人，當眞大逆不道。」登時便想提刀將他殺了，但手臂略動，便覺連臂帶肩俱都痲痹，當下不動聲色，微笑說道：「乖徒兒，你好好看住這女娃兒，別讓她發蠻。她是你的人了，你愛怎樣整治她，師祖爺爺任你自便。」

花鐵幹瞧出了端倪，叫道：「水姪女，你過來，我有話跟你說。」他知血刀僧此刻沒半點力氣，已不足爲患，狄雲大腿折斷，四人中倒是水笙最強，要低聲叫她乘機除去二僧。那知水笙恨極了他卑鄙懦怯，心想：「若不是你棄槍投降，我爹爹也不致喪命。」聽得花鐵幹呼叫，竟不理不睬。

花鐵幹又道：「水姪女，你要脫卻困境，眼前是唯一良機。你過來，我跟你說。」

血刀僧怒道：「你囉裏囉唆甚麼，再不閉嘴，我一刀將你殺了。」花鐵幹卻也不敢眞和他頂撞，只不住的向水笙使眼色。水笙怒道：「有甚麼話，儘管說好了，鬼鬼祟祟的幹甚麼？」

花鐵幹心想：「這老惡僧正在運氣恢復內力。他只要恢復得一分，能提得起刀子，定然先將我殺了。時機迫促，我說得越快越好。」便道：「水姪女，你瞧這位老和尙，他劇鬥之餘，內力耗得乾乾淨淨，坐在地下，站也站不起來了。」他明知血刀僧此刻無力加害自己，卻也不敢對他失了敬意，仍稱之爲「這位老和尙」。

水笙向血刀僧瞧去，果見他斜臥雪地，情狀狼狽，想起殺父之仇，也不理會花鐵幹之言的眞假，舉起手中樹枝，當頭向血刀僧打去。

血刀僧聽花鐵幹一再招呼水笙過去，便已知他心意，心中暗暗著急，飛快的轉著念頭：「這女娃兒若來害我，那便如何是好？」他又提了兩次氣，只覺丹田中空蕩蕩地，全身反比先前更加軟弱，一時彷徨無計，水笙手中的樹棍卻已當頭打來。

水笙擅使的兵刃乃是長劍，本來不會使棍，加之心急報父仇，這一棍打出，全無章法，腋底更露出老大破綻。血刀僧身子略側，想將手中所持花鐵幹的短槍斜伸出去，只是實在太過衰弱，單想掉轉槍頭，也已有心無力，只得勉力將槍尾對準了水笙腋下的「大包穴」。水笙悲憤之下，那防到他另生詭計，樹枝擊落，結結實實的打在他臉上，登時打得他皮開肉綻，但便在此時，腋下穴道一痲，四肢酸軟，向前摔倒。

血刀僧給她一棍打得頭暈眼花，計策卻也生效，水笙自行將「大包穴」撞到槍桿上去，點了自己穴道。他得意之下，哈哈大笑，說道：「姓花的老賊，你說我氣力衰竭，怎地我又能制住了她？」他以槍桿對準水笙穴道，讓她自行撞上，給他和水笙兩人的身子遮住，花鐵幹和狄雲都沒瞧見，均以為確是他出手點倒水笙。

花鐵幹驚懼交集，沒口子的道：「老前輩神功非常，在下凡夫俗子是井蛙之見，當真料想不到。老前輩內力如此深厚，莫說舉世無雙，的的確確是空前絕後了。」他滿口恭維血刀僧，但話聲發顫，心中恐懼無比。

血刀僧心中暗叫：「慚愧！」自知雖得暫免殺身之禍，但水笙穴道受撞只是尋常外力，並非自己指力所點，勁力不透穴道深處，過不多時，她穴道自解。這等幸運之事可一而不可再，她若拾起血刀來斬殺自己，就算再用槍桿撞中她穴道，自己的頭顱可也飛向半天了，務須在這短短的時刻之中恢復少許功力，要趕著在水笙穴道解開之前先殺了她。只是這內力的事情，稍有勉強，大禍立生，當下一言不發，躺著緩緩吐納。這時他便要盤膝而坐，也已不能，卻又不敢閉眼，生怕身畔三人有何動靜，不利於己。

狄雲頭上、肩上、手上、腳上，到處疼痛難當，只有咬牙忍住呻吟，心中一片混亂，沒法思索。

水笙臥躺處離血刀僧不到三尺，初時極為惶急，不知這惡僧下一步將如何對付自己，過了好一會，見他毫不動彈，才略感放心。她見到父親慘亡的屍體便在身畔，心中傷痛已極，躺了一會兒，昏暈加上脫力，竟爾睡去。

血刀僧心中一喜：「最好你一睡便睡上幾個時辰，那便行了。」

這一節花鐵幹也瞧了出來，見狄雲不知是心軟還是胡塗，居然並無殺己之意，自己的生死，全繫於水笙是否能比血刀僧早一刻行動，見她竟爾睡去，忙叫：「水姪女，千萬睡不得，這兩個淫僧要來害你了！」但水笙疲累難當，昏睡中只嗯嗯兩聲，卻那裏叫得她醒？花鐵幹大叫：「不好了，不好了！快些醒來，惡僧來脫你的褲子了！」他想以女孩兒家最害怕的事來叫得她醒轉。

血刀僧大怒，心想：「這般大呼小叫，危險非小。」向狄雲道：「乖徒兒，你快過去一刀將這老傢伙殺了。」狄雲道：「此人已然降服，那也不用殺他了。」血刀僧道：「他那裏降服？你聽他大聲吵嚷，便是要害我師徒。」

花鐵幹道：「小師父，你的師祖兇狠毒辣，他這時眞氣散失，行動不得，這才叫你來殺我。待會他內力恢復，惱你不從師命，便來殺你了。不如先下手將他殺了。」狄雲搖頭道：「他也不是我師祖，只是他有恩於我，救過我性命。我如何能夠殺他？」花鐵幹道：「他不是你師祖？那你快快動手。血刀門的和尚兇惡殘忍，沒半點情面好講，你自己想不想活？」情急之下，言語中對血刀僧已不再有絲毫敬意。

狄雲好生躊躇，明知他這話有理，但要他去殺血刀僧，無論如何不忍下手，聽花鐵幹不住口的勸說催促，焦躁起來，喝道：「你再囉唆，我先殺了你。」

花鐵幹見情勢不對，不敢再說，只盼水笙早些醒轉，過了一會，又大聲叫嚷：「水笙，水笙，你爹爹活轉來啦，你爹爹活轉來啦！」

水笙在睡夢中迷迷糊糊，聽人喊道：「你爹爹活轉來啦！」心中一喜，登時醒轉，大叫：「爹爹，爹爹！」花鐵幹道：「水姪女，你給他點了那一處穴道？我教你衝解穴道的法門。」水笙道：「我左腋下的肋骨上一麻，便動彈不得了。」花鐵幹道：「那是『大包穴』。這容易得很，你吸一口氣，意守丹田，然後緩緩導引這口氣，去衝擊左腋下的『大包穴』，衝開之後，便可報你殺父之仇。」

水笙點了點頭，道：「好！」她雖對花鐵幹仍十分氣惱，但畢竟他是友非敵，而他的教導確是於己有利，當即依言吸氣，意守丹田。

血刀僧眼睁一線，注視她動靜，見她聽到花鐵幹的話後點了點頭，不由得暗暗叫苦，心道：「這女娃兒已能點頭，也不用甚麼意守丹田，衝擊穴道，只怕不到一炷香時刻，便能行動了。」當下眼觀鼻，鼻觀心，於水笙是否能夠行動一事，全然置之度外，將腹中一絲游氣慢慢增厚。

那導引眞氣以衝擊穴道的功夫何等深奧，連花鐵幹自己也辦不了，水笙單憑他幾句話指點，豈能行之有效？但她受封的穴道隨著血脈流轉，自然而然的早已在漸漸鬆開，卻不是她的眞氣衝擊之功，過不多時，她背脊便動了一動。花鐵幹喜道：「水姪女，行啦，你繼續用這法子衝擊穴道，立時便能站起。」水笙又點了點頭，覺手足麻木漸失，呼了一口長氣，慢慢支撐著坐起。

花鐵幹叫道：「妙極，水姪女，你一舉一動都要聽我吩咐，不可錯了順序，這中間的關鍵十分要緊，否則大仇難報。第一步，拾起地下那柄彎刀。」

水笙慢慢伸手到血刀僧身畔，拾起了血刀。

狄雲瞧著她行動，知道她下一步便是橫刀一砍，將血刀僧的腦袋割了下來，但見血刀僧的雙眼似睜似閉，對目前的危難竟似渾不在意。

血刀僧此時自覺手足上力氣暗生，只須再有小半個時辰，雖無勁力，卻已可行動自如，偏生水笙搶先取了血刀，立時便要發難，當下將全身微弱的力道都集向右臂。

卻聽得花鐵幹叫道：「第二步，先去殺了小和尚。快，快，先殺小和尚！」

這一聲呼叫，水笙、血刀僧、狄雲都大出意料之外。花鐵幹叫道：「老和尚還不會動，先殺小和尚要緊。你如先殺老和尚，小和尚便來跟你拚命了！」

水笙一想不錯，提刀走到狄雲身前，微一遲疑：「他曾助我爹爹，使得他免受老惡僧之辱，我要不要殺他？」這一遲疑只頃刻間的事，跟著便拿定了主意：「當然殺！」提起血刀，便向狄雲頸中劈落。

狄雲忙打滾避開。水笙第二刀又砍將下去，狄雲又是一滾，抓起地下一根樹枝，向她刀上格去。水笙連砍三刀，將樹枝削去兩截，又即揮刀砍下，突然間手腕上一緊，血刀竟給後面一人夾手奪了過去。

搶她兵刃的正是血刀僧。他力氣有限，不能虛發，看得極準，一出手便即奏功，奪到血刀，更不思索，順手揮刀便向她頸中砍下。水笙不及閃避，心中一涼。

狄雲叫道：「別再殺人了！」撲將上去，手中樹枝擊在血刀僧腕上。若在平時，血刀僧焉能給他擊中？但這時衰頹之餘，功力不到原來的半成，手指一鬆，血刀脫手。兩人同時俯身去搶兵刃。狄雲手掌在下，先按到了刀柄。血刀僧提起雙手，便往他頸中扼落。

狄雲一陣窒息，放開血刀，伸手撐持。血刀僧知自己力氣無多，這一下若不將狄雲扼死，自己便命喪他手。他卻不知狄雲全無害他之意，只不忍他再殺水笙，不自禁的出手相救。狄雲頭頸為血刀僧扼住，呼吸越來越艱難，胸口如欲迸裂。他雙手反過去使勁撐持，想將血刀僧推開。血刀僧見小和尚既起反叛之意，按照本門規矩，須得先除叛徒，再殺敵人。他料得花鐵幹一時三刻之間尚難行動，水笙是女流之輩，易於對付，是以將身上僅餘力道盡數運到手上，力扼狄雲喉頭。

狄雲一口氣透不過來，滿臉紫脹，雙手無力反擊，慢慢垂下，腦海中只一個念頭：「我要死了，我要死了！」

水笙初時見兩人在雪地中翻滾，眼見是因狄雲相救自己而起，但總覺這是兩個惡僧自相殘殺，最好是他二人鬥個兩敗俱傷，同歸於盡。但看了一會，見狄雲手足軟垂，已無反擊之力，不由得驚惶，心想：「老惡僧殺了小惡僧之後，就會來殺我，那便如何是好？」花鐵幹叫道：「水姪女，這是下手的良機啊，快拾起彎刀。」水笙依言拾起血刀。花鐵幹又叫道：「過去將兩個惡僧殺了。」

水笙提著血刀走上幾步，一心要將血刀僧殺死，卻見他和狄雲糾纏在一起。這血刀削鐵如泥，一刀下去，勢必將兩人同時殺死，心想狄雲剛才救了自己性命，這小和尚雖然邪惡，總是自己的救命恩人，恩將仇報，無論如何說不過去，要想俟隙只殺血刀僧一人，卻手酸腳軟，出刀全無把握。

正遲疑間，花鐵幹又催道：「快下手啊，再等片刻，就錯過機會了，爲你爹爹報仇，在此一舉。」水笙道：「兩個和尚纏在一起，分不開來。」花鐵幹怒道：「你眞胡塗，我叫你兩個人一起殺了！」他是武林中的成名英雄，江西鷹爪鐵槍門一派的掌門，平時頤指氣使，說出話來便是命令。可是他忘了自己此刻動彈不得，水笙心中對他又極爲鄙視。她一聽到這句狂妄暴躁的話，登時大爲惱怒，反退後三步，說道：「哼！你是英雄豪傑，剛才爲甚麼不跟這惡僧決一死戰？你有本事，自己來殺好了。」

花鐵幹一聽情形不對，忙陪笑道：「好姪女，是花伯伯胡塗，你別生氣。你去將兩個惡僧都殺了，給你爹爹報仇。血刀老祖這樣出名的大惡人死在你手下，這件事傳揚出去，江湖上那一個不欽佩水女俠孝義無雙、英雄了得？」他越吹捧，水笙越惱，瞪了花鐵幹一眼，又走上前去，看準了血刀僧的背脊，想割他兩刀，叫他流血不止，卻不會傷到狄雲。

血刀僧扼在狄雲頸中的雙手毫不放鬆，卻不住轉頭觀看水笙的動靜，見她持刀又上，猜到了她心意，沉著聲音道：「你在我背上輕輕割上兩刀，小心別傷到了小和尙。」

水笙吃了一驚，她對血刀僧極爲畏懼忌憚，聽得他叫自己用刀割他背脊，心想他定然不懷好意，決不能聽他的話，那料到這是血刀僧實者虛之、虛者實之的攻心之策，一怔之下，這一刀便割不下去了。

狄雲給血刀老祖扼住喉頭，肺中積聚著的一股濁氣數度上衝，要從口鼻中呼了出來，但喉頭的要道被阻，這股氣衝到喉頭，又回了下去。一股濁氣在體內左衝右突，始終找不到出路。若是換作常人，那便漸漸昏迷，終於窒息身亡，但他偏偏無法昏迷，只感全身難受困苦已達極點，心中只叫：「我快死了，我快死了！」

突然之間，他只覺胸腹間劇烈刺痛，體內這股氣越脹越大，越來越熱，猶如滿鑊蒸氣沒有出口，直要裂腹而爆，驀地裏前陰後陰之間的「會陰穴」上似乎給熱氣穿破了一個小孔，登時覺得有絲絲熱氣從「會陰穴」通到脊椎末端的「長強穴」去。人身「會陰」「長強」兩穴相距不過數寸，但「會陰」屬於任脈，「長強」卻是督脈，兩脈的內息決不相通。他體內的內息加上無法宣洩的一股巨大濁氣，交迸撞激，竟在危急中自行強衝猛攻，為他打通了任脈和督脈的大難關。

這內息一通入「長強穴」，登時自腰俞、陽關、命門、懸樞諸穴，一路沿著脊椎上升，走的都是背上督脈各個要穴，然後是脊中、中樞、筋縮、至陽、靈台、神道、身柱、陶道、大椎、瘂門、風府、腦戶、強間、而至頂門的「百會穴」。狄雲在獄中得丁典傳授「神照經」心法，這內功深湛難練，他資質非佳，此後又無丁典指點，就算再加上二三十年時日，是否得能練成，亦在未知之數。不料此刻在生死繫於一線之際，竟爾將任督二脈打通了。一來因咽喉被扼，體內濁氣難宣，非找尋出口不可，二來他曾練過《血刀經》上的一些邪派內功，內息運行的道路雖和「神照經」內功大異，卻也有破窒衝塞的補助功效。

這股內息衝到百會穴中，只覺顏面上一陣清涼，一股涼氣從額頭、鼻樑、口唇下來，通到了唇下的「承漿穴」。這承漿穴已屬任脈，這一來自督返任。任脈諸穴都在人體正面，這股清涼的內息一路下行，自廉泉、天突而至璇璣、華蓋、紫宮、玉堂、膻中、中庭、鳩尾、巨闕，經上、中、下三脘，而至水分、神厥、氣海、石門、關元、中極、曲骨諸穴，又回到了「會陰穴」。如此一個周天行將下來，鬱悶之意全消。內息第一次通行時甚爲艱難，任督兩脈既通，道路熟了，第二次、第三次時自然而然的飛快運轉，頃刻之間，連走了一十八次。

「神照經」內功乃武學第一奇功，他自在獄中開始修習，練之既已久，經脈早熟，此刻一旦豁然而通，內息運行一周天，勁力便增加一分，只覺四肢百骸，每一處都有精神力氣勃然而興，沛然而至，甚至頭髮根上似乎均有勁力充盈。血刀僧那裏知道他所扼之人，體內已起了如斯巨大變化，只運勁扼住他咽喉，同時提防水笙手中的血刀。

狄雲體內的勁力愈來愈強，心中卻仍十分害怕，只求掙扎脫身，雙手亂抓亂舞，始終碰不到血刀僧身上，左腳向後亂撐幾下，突然一腳踹在血刀僧小腹上。這一踹力道大得出奇，血刀僧本已內力耗竭，那裏有半點抗力？身子忽如騰雲駕霧般飛向半空。

水笙和花鐵幹齊聲驚呼，不知出了甚麼變故，但見血刀僧高高躍起，在空中打了個轉，頭下腳上的筆直摔落，嚓的一聲，直挺挺插入雪中，深入數尺，雪面上只露出一雙腳，就此不動。

他拿著羽衣走到石洞前，抛在地下，
在羽衣上踹了幾腳，大聲道：
「我是惡和尚，怎配穿小姐縫的衣服？」
飛起一腳，將羽衣踢進洞中，
轉身狂笑，大踏步而去。

八 羽衣

水笙和花鐵幹都看得呆了，不知血刀僧又在施展甚麼神奇武功。

狄雲咽喉間脫卻緊箍，急喘了幾口氣，當下只求逃生，一躍而起，身子站直，只是左腿斷了，「啊喲」一聲，俯跌下去，他右手忙在地下一撐，單憑右腿站了起來，只見血刀老祖雙腳向天，倒插在雪中。他大惑不解，揉了揉眼睛，看清楚血刀老祖確是倒插在深雪之中，全不動彈。

水笙當狄雲躍起之時，唯恐他加害自己，橫刀當胸，倒退幾步，目不轉睛的凝視著他。但見他伸手搔頭，滿臉迷惘之色。

忽聽得花鐵幹讚道：「這位小師父神功蓋世，當眞並世無雙，剛才這一腳將老淫僧踢死，怕不有千餘斤勁力！這等俠義行逕，令人打從心底裏欽佩出來。」水笙聽到這裏，再也忍耐不住，喝道：「你別再胡言亂語，也不怕人聽了作嘔？」

花鐵幹道：「血刀僧大奸大惡，人人得而誅之。小師父大義滅親，大節凜然，加倍不容易，難得，難得，可喜可賀。」他見血刀僧雙足僵直，顯已死了，當即改口大捧狄雲。其實他爲人雖然陰狠，但一生行俠仗義，慷慨豪邁，武林中名聲卓著，否則怎能和陸、劉、水三俠相交數十年，義結金蘭？只今日一槍誤殺了義弟劉乘風，心神大受激盪，平生豪氣霎時間消失得無影無蹤，再受血刀僧大加折辱，數十年來壓制在心底的種種卑鄙齷齪念頭，突然間都冒了出來，一不作，二不休，幾個時辰之間，竟如變了一個人一般。

狄雲道：「你說我……說我……已將他踢死了？」

花鐵幹道：「確然無疑。小師父若是不信，不妨先用血刀砍了他雙腳，再將他提起來察看，防他死灰復燃，以策萬全。」這時他所想的每一條計策，都深含陰狠毒辣之意。

狄雲向水笙望了一眼。水笙只道他要奪自己手中血刀，嚇得退了一步。狄雲搖搖頭，道：「你不用怕，我不會害你。剛才你沒一刀將我連同老和尚砍死，多謝你啦。」水笙哼了一聲，並不答話。

花鐵幹道：「水姪女，這就是你的不是了。小師父誠心向你道謝，你該回謝他才是。剛才老惡僧一刀砍向你頭頸，若不是小師父憐香惜玉，相救於你，你還有命在麼？」

水笙和狄雲聽到他說「憐香惜玉」四字，都向他瞪了一眼。水笙雖是個美貌少女，但狄雲救她之時，只出於「不可多殺好人」的一念，花鐵幹這麼一說，卻顯得他當時其實存心不良。水笙原對狄雲頗有疑忌，花鐵幹這幾句話更增她厭憎之心，一時也分辨不出到底是憎惡花鐵幹多些，還是憎惡狄雲多些，總覺這二人都挺奸惡，自己對付不了，一瞥眼見到父親屍身，不由得悲不自勝，奔過去伏在屍上大哭。

花鐵幹笑道：「小師父，請問你法名如何稱呼？」狄雲道：「我不是和尚，別叫我師父不師父的。我身穿僧袍，是爲了避難改裝，迫不得已。」花鐵幹喜道：「那妙極了，原來小師父……不，不！該死，該死！請問大俠尊姓大名？」

水笙雖在痛哭，但兩人對答的言語也模模糊糊的聽在耳裏，聽狄雲說不是和尚，心下將信將疑。只聽狄雲道：「我姓狄，無名小卒，一個死裏逃生的廢人，又是甚麼大俠了？」花鐵幹笑道：「妙極，妙極！狄大俠如此神勇，和我那水姪女郎才女貌，正是一對兒，我這個現成媒人，是走不了的啦。妙極，妙極！原來狄大俠本就不是出家人，只須等頭髮一長，換一套衣衫，就甚麼破綻也瞧不出，壓根兒就不用管還俗這一套啦。」他認定狄雲是血刀門和尚，只因貪圖水笙的美色，故意不認。

狄雲搖了搖頭，黯然道：「你口中乾淨些，別儘說髒話。咱們若能出得此谷，我是永遠不見你面，也永遠不見水姑娘之面了。」

花鐵幹一怔，一時不明白他用意，但隨即省悟，笑道：「啊，我懂了，我懂了！」狄雲瞪了他一眼，道：「你懂了甚麼？」花鐵幹低聲道：「狄大俠寺院之中，另有知心解意的美人兒，這水姑娘是不能帶去做長久夫妻的。嘿嘿，那麼做幾天露水夫妻，又有何妨？」水笙一聽，憤怒再難抑制，奔過去啪啪啪啪的連打了他四下耳光。

狄雲茫然瞧著，無動於中，只覺這一切跟他毫不相干。

過了良久，血刀老祖仍一動不動。

水笙幾次想提刀過去砍了他雙腿，卻總不敢。瞧著父親一動不動的躺在雪上，再也不能鍾愛憐惜自己了，輕輕叫道：「爹爹！爹爹！」水岱自然再也不能答應她了。水笙淚水一滴滴的落入雪中，將雪融了，又慢慢的和雪水一起結成了冰。

花鐵幹穴道未解，有一搭沒一搭的向狄雲奉承討好，越說越肉麻。狄雲不去理他，自行躺在雪地裏閉目養息。

狄雲初通任督二脈，只覺精神大振，體內一股暖流，自前胸而至後背、又自後背而至前胸，周而復始的自行流轉。每流轉一周，便覺處處都生了些力氣出來，雖然斷腿以及給水笙毆打的各處仍極疼痛，但內力既增，這些痛楚便覺甚易忍耐。他生怕這奇妙之極的情景突然而來，又突然而去，躺著不敢動彈，由得內息在任督二脈中川行不歇。

水笙站起身來，一步步走到血刀僧身旁，見他仍不動彈，便大著膽子，揮刀往他左腳上砍去，嗤的一聲輕響，登時砍下一隻腳來，說也奇怪，居然並不流血。水笙定睛看去，見血液凝結成冰，原來這窮兇極惡的血刀老祖果然早已死去多時。

水笙又歡喜，又悲傷，提刀在血刀僧腿上一陣亂砍，心想：「爹爹死了，我也不想活啦！這小惡僧不知會如何來折磨我？他只要對我稍有歹意，我即刻橫刀自刎。」

花鐵幹一切瞧在眼裏，心下暗喜：「這小惡僧雖然兇惡，這時尚無殺我之意，待得我穴道一解，一伸手便取了他性命。那時連水笙這小妞兒也是我的了。」諸般卑鄙念頭，霎時間一齊湧上心頭。

又過了大半個時辰，狄雲覺得內息流轉始終不停，便依照丁典所授「神照經」上內功的法門運氣調息，本來捉摸不到、驅使不動的內息，這時竟然隨心所欲，便如擺頭舉手一般的依意而行。他又奇怪，又歡喜。

調息半晌，坐起身來，取過一根樹枝撐在左腋之下，走到血刀僧身邊。見他屍身插在雪裏，兩條腿給水笙砍得血肉模糊，確然無疑的已經死了，心想此人作惡多端，原是應有此報，但他對自己卻實在頗有恩德，不禁有些難過，於是將他屍身提出，端端正正的放了，捧些白雪堆在屍身上，雖然草草，卻也算是給他安葬。至於他爲甚麼突然間竟會死了，狄雲仍大惑不解，此人功力通神，自己萬萬不能一腳便踢死了他。

水笙見到狄雲的舉動，起了模仿的念頭，又見幾頭兀鷹不住在空中盤旋，似要撲下來啄食父親屍身，便將父親如法安葬。她本想再安葬劉乘風和陸天抒二人，但一個死在懸崖絕頂，一個死於雪谷深處，自忖沒本事尋得，只索罷了。

花鐵幹道：「小師父，咱三人累了這麼久，大家可餓得很了。我先前見到上邊烤了馬肉，勞你的駕去取了下來，大夥兒先吃個飽，然後從長計議，怎生出谷。」狄雲心鄙他的為人，並不理睬。花鐵幹求之不已。水笙忽道：「是我馬兒的肉，不能給這無恥之徒吃。」狄雲點點頭，向花鐵幹瞪了一眼。

花鐵幹道：「小師父……」狄雲道：「我說過我又不是和尚，別再亂叫。」花鐵幹道：「是，是，是，狄大俠。你這次一腿踢死血刀惡僧，定然名揚天下。我出得谷去，第一件事便要為狄大俠宣揚今日之事。」狄雲道：「我是個聲名掃地的囚犯，有誰來信你的鬼話？你乘早閉了嘴的好。」花鐵幹道：「憑著花某人在江湖上這點小小聲名，說出話來，旁人非相信不可。狄大俠，請你上去拿了馬肉，分一塊給我。」

狄雲甚是厭煩，喝道：「幹麼要拿馬肉來給你吃？將來你儘可說得我狄雲分文不值。我是甚麼東西？還配給誰掛齒嗎？」想起這幾年來身受的種種冤枉委屈、折辱苦楚，不由得滿腔怨憤，難以抑制。

花鐵幹其實並非真的想吃馬肉，一日半日的飢餓，於他又算得了甚麼？他只怕這小惡僧突然性起，將他殺了，乞討馬肉乃以進為退、以攻為守，狄雲既不肯去取馬肉，心中勢必略感歉仄，那麼殺人的念頭自然而然的就消了。

狄雲見天色將黑，西北風呼呼的吹進雪谷來，向水笙道：「水姑娘，你到石洞中歇歇去！」水笙大吃一驚，只道他又起不軌之心，退了兩步，手執血刀，橫在身前，喝道：「你這小惡僧，只要走近我一步，姑娘立即揮刀自盡。」狄雲一怔，說道：「姑娘不可誤會，狄某豈有歹意？」水笙罵道：「你這小和尚人面獸心，笑裏藏刀，比那老和尚還要狡猾奸惡，我才不上你的當呢。」

狄雲不願多辯，心想：「明日天一亮我就覓路出谷，甚麼水姑娘，花大俠，我永生永世也不願再見你們的面。」於是一蹺一拐的走得遠遠地，找到塊大岩石，撥去積雪，在石上睡了。

水笙心想你走得越遠，心中越陰險，多半是半夜裏前來侵犯。她不敢走進石洞，只怕小惡僧來侵時自己沒退路，心驚膽戰的斜倚岩邊，右手緊緊抓住血刀，眼皮越來越沉重，不住提醒自己：「千萬不能睡著，千萬不能睡著，這小惡僧壞得緊。」但這幾日心力交瘁，雖說千萬不能睡著，時刻一長，矇矇矓矓的終於睡著了。

她這一覺直睡到次日清晨，只覺日光刺眼，一驚而醒，跳起身來，發覺手中沒了血刀，這一下更加驚惶，一瞥眼間，卻見那血刀好端端的便掉在足邊。

水笙忙拾起血刀，抬起頭來，只見狄雲的背影正向遠處移動，手中撐著一根樹枝，一跛一拐的走向谷外。水笙大喜，心想這小惡僧似有去意，那當眞謝天謝地。

狄雲確是想覓路出谷，但在東北角和正東方連尋幾處，都沒山徑，西、北、南三邊山峯壁立，一望便知無路可通，那是試也不用試的。東南方依稀能有出路，可是積雪數十丈，不到天暖雪融，以他一個斷了腿的跛子，無論如何走不出去。他累了半日，廢然而返，斷腿疼痛難忍，呆望頭頂高峯，甚是沮喪。

花鐵幹穴道兀自未解，問道：「狄大俠，怎麼樣？」狄雲搖頭道：「沒路出去。」花鐵幹暗道：「你不能出去，我花鐵幹豈是你小惡僧之比？到得下午，我穴道一解，你瞧老子的。」但絲毫不動聲色，說道：「不用躭心，待我穴道解開，花某定能攜帶兩位脫險出困。」

水笙見狄雲沒來侵犯自己，驚恐稍減，卻絲毫沒消了戒備之心，總離得他遠遠地，一句話也不跟他說。狄雲雖不求她諒解，但見了她的神情舉動，卻也不禁惱怒，只盼能及早離開，但大雪封山，不知如何方能出去，不由得大爲發愁。

到得未牌時分，花鐵幹突然哈哈一笑，說道：「水姪女，你的馬肉花伯伯要借吃幾斤，出谷之後，一併奉還。」一躍而起，繞道攀上燒烤馬肉之處，拿起一塊熟肉，便吃了起來。原來他穴道被封的時刻已滿，竟自行解開了。

花鐵幹穴道一解，神態立轉驕橫，心想血刀僧已死，狄水二人即令聯手，也萬萬不是自己對手，只是這雪谷中多躭無益，還是儘早覓路出去的爲是，找到了出路，須得先將狄雲殺了滅口，再來對付水笙，就算不殺她，也要使得她心有所忌，從此羞於啓齒。自己昨日的種種舉動，豈能容他二人洩漏出去？

他施展輕功，在雪谷周圍查察，見這次大雪崩竟將雪谷封得密不通風，他「落花流水」四人若不是在積雪崩落之前先行搶進谷來，也必定給隔絕在外。這時唯一出谷的通道上積雪深達數十丈，長達數里。在雪底穿行數丈乃至十餘丈，那也罷了，卻如何能穿行數里之遙？何況一到雪底，方向難辨，非活活悶死不可。這時還只十一月初，等到明年初夏雪融，足足要挨上半年。谷中遍地是雪，這五六個月的日子，吃甚麼東西活命？

花鐵幹回到石洞外，臉色極爲沉重，坐了半晌，從懷裏取出馬肉便吃，慢慢咀嚼，直將這一塊馬肉吃得精光，才低聲道：「到明年端午，便可出去了。」

狄雲和水笙一個在左，一個在右，和他都相距三丈來地，他這句話說得雖輕，在兩人耳中聽來，便如是轟轟雷震一般。兩人不約而同的環視一周，四下裏盡是皚皚白雪，要找些樹皮草根來吃也難，都想：「怎挨得到明年端午？」

只聽得半空中幾聲鷹唳，三人一齊抬起頭來，望著半空中飛舞來去的七八頭兀鷹，均想：「除非像這些老鷹那樣，才能飛出谷去。」

水笙這匹白馬雖甚肥大，但三人每日都吃，不到一個月，也終於吃完了。再過得七八天，連馬頭、五臟等等也吃了個乾淨。

花鐵幹、狄雲、水笙三人這些日子中相互都不說話，目光偶爾相觸，也即避開。花鐵幹幾次起心要殺了狄雲和水笙，卻總覺殺了二人之後，賸下自己一人孤另另的在這雪谷之中，滋味太也難受，反正二人是自己掌中之物，卻也不忙動手。

過了這些日子，水笙對狄雲已疑忌大減，終於敢到石洞中就睡。

踏進十二月，雪谷中更加冷了，一到晚間，整夜朔風呼嘯，更加奇寒徹骨。狄雲「神照功」練成，繼續修習，內力每過一天便增進一分，但衣衫單薄，在這冰天雪地之中究竟也頗難挨。水笙有時從山洞中望出來，見他簌簌發抖，卻始終不踏進山洞一步以禦風寒，心下頗慰，覺得這小惡僧「惡」是惡的，倒也還算有禮。

狄雲身上的創傷全然痊愈了，斷腿也已接上，行走如常，奔跑跳躍，一無阻滯，有時想起這斷腿是血刀老祖給接續的，心下不禁黯然。

馬肉吃完了，今後的糧食可是個大難題。最後那幾天，狄雲已盡可能的吃得極少極少，只吃這麼一小片，但他所省下來的，都給花鐵幹老實不客氣的吃到了肚裏。水笙心道：「一位成名的大俠，到了危難關頭，還不如血刀門的一個小惡僧！」

這晚三更時分，水笙在睡夢中忽給一陣爭吵之聲驚醒，只聽得狄雲大聲喝道：「水大俠的身體，你不能動！」花鐵幹冷冷的道：「再過幾天，活人也吃！我先吃死人，是讓你多活幾天！」狄雲道：「咱們寧可吃樹皮草根，決不能吃人！」花鐵幹喝道：「滾開！囉唆些甚麼？惹惱了我，立刻斃了你。」

水笙忙從洞中衝出去，見狄雲和花鐵幹站在她父親墳旁。水笙大叫：「別碰我爹爹！」飛奔過去，只見堆在父親屍身上的白雪已給撥開，花鐵幹左手抓著水岱屍身胸口。狄雲喝道：「快放下！」水笙急道：「你……你……」

突見寒光一閃，花鐵幹衣袖中翻出一枝鋼槍，斜身挺槍，疾向狄雲胸口刺去。這一槍去得極快，狄雲內功雖已大進，兵刃拳腳功夫卻只平平，仍不過是以前師父所教的那一些鄉下把式，給花鐵幹這個大行家突施暗算，如何對付得了？一怔之際，槍尖已刺到他胸口。水笙大聲驚呼，不知如何是好。

花鐵幹滿擬這一槍從前胸直通後背，刺他個透明窟窿，那知槍尖碰到他胸口，竟受阻礙，刺不進去。但鋼槍刺力甚強，狄雲給這一槍推後，一交坐倒，左手翻起，猛往槍桿上擊去。喀的一聲，花鐵幹虎口震裂，短槍脫手，直飛上天。這一掌餘勢不衰，直震得花鐵幹一個觔斗，仰跌了出去。短槍落入了深谷積雪之中，不知所終。

花鐵幹大驚，心道：「小和尚武功如此神奇，直不在老和尚之下！」向後幾個翻滾，躍起身來，遠遠逃開。

花鐵幹卻不知這一槍雖因「烏蠶衣」之阻，沒刺進狄雲身子，但力道奇大，已戳得他閉住呼吸，透不過氣來，暈倒在地。若不是他「神照功」已然練成，這一槍便要了他性命。花鐵幹何等武功，較之當日荊州城中周圻劍刺，雖同是刺在「烏蠶衣」上，勁力的強弱卻相去何止倍蓰。

皓月當空，兩頭兀鷹見到雪地中的狄雲，在空中不住來回盤旋。

水笙見狄雲倒地不起，似已給花鐵幹刺死，心下一喜：「小惡僧終於死了，從此便不怕有人來侵犯我。」但隨即又想：「花鐵幹想吃我爹爹遺體，小惡僧全力阻止，以致被殺。小惡僧多半不懷好意，想騙得我……騙得我……哼，我才不上他當呢。可是他死了之後，花鐵幹這惡人再來犯我爹爹遺體，那便如何是好？甚至，還會來侵犯我……不，他是我伯伯，總不會……這麼下流罷……這人無恥得很，甚麼事都做得出。唉……

最好小惡僧還是別死……」

她手握血刀，慢慢走到狄雲身旁，見他僵臥雪地之中，臉上肌肉微微扭曲，顯然未死。水笙心中一喜，彎腰俯身，伸手到他鼻孔下去探他鼻息，突覺兩股熾熱的暖氣直噴到她手指上。水笙一驚，急忙縮手，她本想狄雲就算未死，也必呼吸微弱，那知呼出來的氣息竟如此熾熱。她自不知這時狄雲內力已甚深厚，知覺雖失，氣息仍壯，只是他上乘內功練成未久，雄健有餘，沉穩不足，還未達到融和自然的境界。

水笙心想：「小惡僧暈了過去，待會醒轉，見我站在他身旁，那可不妥。」一回頭，只見花鐵幹便站在不遠之處，凝目注視著他二人。

花鐵幹一槍刺不死狄雲，又爲他反掌擊倒，驚懼異常，但隨即見他倒地不起，自是急欲知他死活，過了片刻，見他始終不動，便一步一步走將過去。這時他右臂兀自隱隱酸麻，只待狄雲躍起，立時轉身便逃。

水笙大驚，喝道：「別過來。」花鐵幹獰笑道：「爲甚麼不能過來？活人比死人好吃，咱們宰了他分而食之，有何不美？」說著又走近了一步。水笙無法可施，拚命搖晃狄雲，叫道：「他過來啦，他過來啦。」

花鐵幹見狄雲昏迷不醒，心中大喜，立即躍前，舉右掌往狄雲身上擊落。水笙揮起血刀，一招「金針渡劫」，向花鐵幹刺去。她使的乃是劍法，但血刀鋒銳異常，卻也頗具威力。花鐵幹短槍已失，赤手空拳，生怕給這削鐵如泥的血刀帶上了，倒也不敢輕敵，施展空手入白刃功夫，要將血刀先奪過來再說。

狄雲昏暈迷糊中依稀聽到水笙大叫：「他過來啦。」昏昏沉沉的不知是甚麼意思，跟著聽到一陣呼斥叱喝，睜開眼來，月光下只見水笙手舞血刀，和花鐵幹鬥得正酣。

水笙雖手有利器，但一來不會使刀，二來武功遠爲不及，左支右絀，連連倒退，到得後來，只盼手中兵刃不爲敵人奪去，那裏還顧得到傷敵？不住急叫：「喂，喂！快醒轉來，他要來殺你啦。」

狄雲一聽，心中一凜：「好險！適才是她救了我性命。若不是她出力抵擋，花鐵幹早將我打死了。雖然我胸腹有烏蠶衣保護，但他只須在我頭上一腳，還能踢不死麼？」挺身躍起，揮掌猛向花鐵幹打去。花鐵幹還掌相迎，蓬的一聲響，兩人都坐倒在地。狄雲內力深厚，花鐵幹掌法高明，雙掌相交，竟不相上下。

花鐵幹武功高，應變速，給狄雲一掌震倒，隨即躍起，第二掌又擊了過來。狄雲不及站起，只得坐著還了一掌。他雖坐著，掌力絲毫不弱，蓬的一聲，狄雲又給震得翻了兩個觔斗，花鐵幹卻騰騰騰倒退三步，胸間氣血翻湧，心下暗驚：「這小惡僧內力如此深厚！」但兩掌交過，知他掌法極爲平庸，忌憚之心盡去，斜身側進，第三掌又即擊過。

狄雲坐著揮掌還擊，不料花鐵幹的手掌飄飄忽忽，從他臉前掠過，狄雲手掌打空，跟著啪的一下，胸口吃掌，幸好有烏蠶衣護身，不致受傷，但也禁受不起，剛要站起，復又坐倒。花鐵幹一掌得手，第二掌跟著又至。他拳腳功夫也甚了得，這時把一路「岳家散手」使將出來，掌影飄飄，左一拳，右一掌，十招中倒有四五招打中了狄雲。狄雲還出手去，均給他以巧妙身法避過。兩人武功實在相差太遠，狄雲內力再強，也絕無機會施展。

到得後來，狄雲只得以雙手護住頭臉，身上任他毆擊，一站起身，立遭擊倒。花鐵幹只想儘早料理了他，一掌掌狠打。狄雲連吐了三口血，身法已大為遲緩。

水笙初時見兩人鬥得激烈，插不進去相助，待見狄雲垂危，忙揮刀往花鐵幹背上砍去。花鐵幹側身避過，反手擒拿，奪她兵刃。狄雲右掌使勁拍出，一股凌厲的掌風登時將花鐵幹全身罩住了。花鐵幹閃避不得，只得出掌相迎，雙掌相交，相持不動。說到以內力相拚，花鐵幹卻遠不是對手了，突然間只覺眼前金星亂冒，半身酸麻，搖搖晃晃的站立不定。

水笙叫道：「快走，快走！」拉著狄雲，搶進了山洞。兩人匆匆忙忙的搬過幾塊大石，堆在洞口。水笙手執血刀，守在石旁。這山洞洞口甚窄，幾塊大石雖不能堵塞，但花鐵幹要進山洞，卻必須搬開一兩塊石頭才成。只要他動手搬石，水笙便可揮刀斬他雙手。

過了好一會，外邊並無動靜。水笙道：「小惡……小……」她一直叫慣了「小惡僧」，這時跟他聯手迎敵，再叫「小惡僧」未免不好意思，改口問道：「你傷勢怎樣？」狄雲道：「還好……」

忽聽得花鐵幹在洞外哈哈大笑，叫道：「兩個小雜種躲了起來，在洞中幹那不可告人之事了。」水笙臉上一陣發熱，心中卻也真有些害怕，她認定狄雲是個「淫僧」，行止十分不端，跟他同在山洞之中，確實危險不過，不由得向左斜行幾步，要跟他離得越遠越好。只聽花鐵幹又叫道：「兩個狗男女躲著不出來，老子卻要烤肉吃了，哈哈，哈哈！」水笙大驚，說道：「他要吃我爹爹，怎麼辦？」

狄雲這幾年來事事受人冤枉，這時聽得花鐵幹又在血口噴人，如何忍耐得住？突然推開石頭，如一頭瘋虎般撲了出去，拳掌亂擊亂拍，奮力向他狂打過去。

花鐵幹避過兩掌，左掌畫個圓弧，右掌從背後拍出，從狄雲做夢也想不到的方位拍了過來，砰的一聲，結結實實打在他背上。狄雲吐出一口鮮血，腦子中迷迷糊糊，眼前這花鐵幹似乎變成了萬震山、萬圭、江陵縣的知縣、獄卒、凌退思、寶象……這許許多多凌辱虐待他的惡人。他張開雙臂，猛地將花鐵幹牢牢抱住了。

花鐵幹一拳打在他鼻子上，登時打得他鼻血長流。但狄雲已不覺疼痛，抱住他腰間的雙手越箍越緊。花鐵幹只覺呼吸不暢，心中也有些驚惶，又見水笙手執血刀，搶近身來。花鐵幹大驚，雙拳猛力在狄雲脅下疾撞。狄雲吃痛，臂上無力。花鐵幹使勁力掙，解脫了他雙臂環抱，再也不敢和這狂人拚鬥，接連縱躍，離他有十餘丈遠，這才站定。

水笙見狄雲搖搖晃晃，站立不定，滿臉都是鮮血，想伸手相扶，卻又害怕，戰戰兢兢的走近兩步。狄雲喝道：「我是惡和尚，是小淫僧，別走過來，免得我玷污了你水大小姐的聲名，滾開，滾開，滾開！」水笙見他神態猙獰，目露兇光，嚇得倒退了兩步。

狄雲不住喘息，搖搖擺擺的向花鐵幹走去，叫道：「你們這些惡人，萬震山、萬圭，你們害不死我，打不死我。過來啊，來打啊，知縣大人，知府大人，你們就會欺壓良善，有種的過來拚啊，來打個你死我活……」

花鐵幹心道：「這個人發了瘋，是個瘋子！」向後縱躍，離他更遠了些。

狄雲仰天大叫：「你們這些惡人，天下的惡人都來打啊，我狄雲不怕你們。你們把我關在牢裏，穿我琵琶骨，斬了我手指，搶了我師妹，毒死我丁大哥，踩斷我大腿，冤枉我是採花淫僧，我都不怕，把我斬成肉醬，我也不怕！」

水笙聽得他如此嘶聲大叫，有如哭號，害怕之中不禁起了憐憫之心，聽他叫道「穿我琵琶骨，斬了我手指，搶了我師妹，踩斷我大腿」，更是心中一動：「這小惡僧原來滿懷心事，受過不少苦楚。他的大腿，卻是我縱馬踩斷他的。」又聽他叫「冤枉我是採花淫僧」，心道：「難道他不是……倘若他是的，這些日子中他全沒對我無禮。難道他改過了，又成了好人？」

狄雲叫得聲音也啞了，終於身子幾下搖晃，摔倒在雪地之中。

花鐵幹不敢走近，水笙也不敢走近。

半空中兩隻兀鷹一直不住的在盤旋。狄雲躺在地下，一動也不動。驀地裏一頭兀鷹撲將下來，向他額頭上啄去。狄雲昏昏沉沉的似暈非暈，給兀鷹一啄，立時醒轉。那鷹見他身子一動，急忙揚翅上飛。狄雲大怒，喝道：「連你這畜生也來欺侮我！」右掌奮力擊出。那鷹離他身子只有數尺，爲他凌厲的掌力所震，登時毛羽紛飛，落了下來。

狄雲一把抓起，哈哈大笑，一口咬在鷹腹，那鷹雙翅亂撲，極力掙扎。狄雲只覺鹹鹹的鷹血不住流入嘴中，便如一滴滴精力流入體內，忍不住手舞足蹈，叫道：「你想吃我？我先吃了你。」花鐵幹和水笙見到他這等生吃活鷹的瘋狀，都不禁駭然變色。

花鐵幹生怕這瘋子狂性大發，隨時會過來跟自己拚命，給他一把抱住喝血那可糟糕，還是遠而避之的爲妙。當下繞到雪谷東首，心想這瘋子捉鷹之法倒不錯，便仰臥在地，想學樣裝死捉鷹。豈知兀鷹雖然上當，下來啄食，但他揮掌擊去，卻沒能將鷹擊落。他內力和狄雲相差甚遠，掌法雖巧，但蒼鷹閃避靈動，卻更加迅捷得多。

狄雲喝了幾口鷹血，胸中腹中氣血翻湧，又暈了過去。待得醒轉時，天色已明，腹中飢餓，隨手拿起身邊的死鷹便咬，一口咬了，猛覺入口芳香，滋味甚美，凝目看時，不由得呆了。見那鷹全身羽毛拔得乾乾淨淨，竟是烤熟了的。他明明記得只喝了幾口鷹血，便即睡著，卻是誰給他烤熟了？若不是水笙，難道還會是花鐵幹這壞蛋？

他昨晚大呼大叫一陣，胸中鬱積的悶氣宣洩了不少，這時醒轉，頗覺舒暢，見水岱的雪墳已重行堆好，向山洞望去，見水笙伏在岩石上沉睡未醒。狄雲心想：「她也餓了幾天啦，烤了這隻鷹盡數留給我，自己一條鷹腿也不吃，總算難得。哼，她自以爲是大俠的千金小姐，瞧我不起。你瞧我不起，我也瞧不起你，有甚麼希罕？」過了一會，不禁又想：「她給我烤鷹，還不算如何瞧我不起，餓死了她，那也不好。」

於是他躺在地下，一動不動，閉目裝死，半個時辰之間，以掌力接連震死了四頭兀鷹，見水笙已醒，將兩頭擲給了她。水笙過來將另外兩頭也都拿了過去，洗剝乾淨，一起燒烤好了，默默無言的把兩頭熟鷹交給他。

雪谷中兀鷹不少，這些鷹一生以死屍腐肉爲食，早就慣了，偏又蠢得厲害，雖見同伴接連喪生在狄雲掌下，仍不斷的下來送死。狄雲內力日增，自行習練，掌力亦日勁，到得後來，已不用躺下裝死，只要見有飛禽在樹枝低處棲歇，或從身旁飛過，便能發掌擊落。雪谷中時有雪雁出沒，能在冰雪中啄食蟲蟻，軀體甚肥，更是狄雲和水笙日常的口中美食。

臘月將盡，狄雲卻渾不知歲月，雪谷中每過不了十天八天便有一場大雪，整日整夜寒風刮人如刀。水笙除了撿拾柴枝，燒烤鳥肉，總躲在山洞之中。狄雲始終不跟她交談一言一語，也從不踏進山洞一步。

有一晚徹夜大雪，次日清晨狄雲醒來，覺得身上暖洋洋的，一睜眼，只見一件黑黝黝的東西蓋在自己身上。他吃了一驚，隨手一抖，竟是一件古怪衣裳。這衣裳是用鳥毛一片片的穿成，黑的是鷹毛，白的是雁翎，衣長齊膝，不知用了幾千幾萬根鳥羽。

狄雲提著這件羽衣，突然間滿臉通紅，知道這是水笙所製，要將這千千萬萬根鳥羽綴而成衣，當眞煞費苦心。何況雪谷中沒剪刀針線，不知如何綴成？他伸手撥開衣上的鳥羽細看，只見每根羽毛的根部都穿了一個細孔，想必是用頭髮上的金釵刺出，孔中穿了淡黃的絲線，自然是從她那件淡黃的緞衫上抽下來的了。「嘿嘿，女娘們眞是奇怪，這可有多累，那不是麻煩之極麼？」

突然之間，想起了幾年前在荊州城萬震山家中的事來。那一晚他給萬門八弟子圍攻，打得眼青鼻腫，一件新衣也給撕爛了好幾處。他心中痛惜，師妹戚芳便拿了針線爲自己縫補。

腦海中清清楚楚的出現了那一日的情景：戚芳挨在他身邊，給他縫補衣衫。她頭髮擦在自己的下巴，他只覺臉上癢癢的，鼻中聞到她少女的淡淡肌膚之香，不由得心神蕩漾。狄雲叫了聲：「師妹。」戚芳道：「空心菜，別說話，別讓人冤枉你作賊。」

他想到這裏，喉頭似乎有甚麼東西塞著，淚水湧向眼中，瞧出來只模糊一團，心想：「果然人家冤枉我作賊，難道是因爲師妹給我縫補衣服之時，我說了話麼？」但這數年中他多歷風波險惡，早已不再信這等無稽之談。「嘿嘿，人家存心要害我，我便天生是個啞巴，別人還不是一樣的來欺侮？師妹那時候待我一片眞誠，可是姓萬的家財豪富，萬圭那小子又比我俊得多，那有甚麼可說的？最不該是我那日身受重傷，躲在她家柴房之中，她卻去告知她丈夫，叫他來擒了我去領功，哈哈，哈哈！」

突然之間，他氣憤塡膺，不可抑止，縱聲狂笑，拿著羽衣走到石洞之前，拋在地下，在羽衣上用力踹了幾腳，大聲道：「我是惡和尙，怎配穿小姐縫的衣服？」飛起一腳，將羽衣踢進洞中，轉身狂笑，大踏步而去。

水笙費了一個多月時光，才將這件羽衣綴成，心想這「小惡僧」維護爹爹的屍體，絲毫不向自己囉唣，這些日子中，自己全仗吃他打來的鳥肉爲生。眼見他日夜在洞外捱受風寒，心下實感不忍，盼望這件羽衣能助他禦寒。那知道好心不得好報，反給他將羽衣踢進洞來，受他如此無禮侮辱。她又羞又怒，伸手將羽衣一陣亂扯，情不自禁，眼淚一滴滴的落在鳥羽上。

她卻萬萬料想不到，狄雲轉身狂笑之時，胸前衣襟上也濺滿了滴滴淚水，只是他流淚卻是爲了傷心自己命苦，爲了師妹的無情無義……

中午時分，狄雲打了四隻鳥雀，仍去放在山洞前。水笙烤熟了，仍分了一半給他。兩人一句話也不說，甚至連眼光也不敢相對。

狄雲和水笙坐得遠遠地，各自吃著熟鳥，忽然間東北角上傳來一陣踏雪之聲。兩人一齊抬起頭來，向聲音來處望去，只見花鐵幹右手拿著一柄鬼頭刀，左手握著一柄長劍，笑嘻嘻的走來。狄雲和水笙同時躍起。水笙返身入洞，搶過了血刀，微一猶豫，便拋給了狄雲，叫道：「接住！」

狄雲伸手接刀，心中一怔：「她怎地如此信得過我，將這性命般的寶刀給了我？嗯，她是要我爲她賣命，助她抵禦花鐵幹，哼，哼！姓狄的又不是你的奴才！」

便在這時，花鐵幹已快步走到了近處，哈哈大笑，說道：「恭喜，恭喜！」狄雲瞪目道：「恭甚麼喜？」花鐵幹道：「恭喜你和水姑娘成就了好事哪。人家連防身寶刀也給了你，別的還不一古腦兒的都給了你麼？哈哈，哈哈！」狄雲怒道：「枉你號稱中原大俠，卻如此卑鄙骯髒！」

花鐵幹笑嘻嘻的道：「說到卑鄙無恥，你血刀門中的人物未必就輸於區區在下。」說著慢慢迫近，用力嗅了幾下，說道：「嗯，好香，好香！送一隻鳥我吃，成不成？」他若善言相求，狄雲自必答允，但這時見他一副憊懶輕薄的模樣，心下著惱，說道：

「你武功比我高得多，自己不會打麼？」花鐵幹笑道：「我就是懶得打。」

他二人說話之際，水笙已走到了狄雲背後，突然大聲叫道：「劉伯伯，陸伯伯！」她見花鐵幹雙手拿著劉乘風的長劍和陸天抒的鬼頭刀，北風飄動，吹開他外袍，露出袍內還穿著劉乘風的道袍和陸天抒的紫銅色長袍。

花鐵幹沉著臉道：「怎麼樣？」水笙道：「你……你……你吃了他們麼？」她料想花鐵幹既尋到了二人屍體，多半是將他二人吃了。花鐵幹怒道：「關你甚麼事？」水笙大驚，顫聲道：「陸伯伯，劉伯伯，他……他二人是你的結義兄弟……」

花鐵幹若有能耐打鳥，自然決不會以義兄弟的屍體為食，但他千方百計的捕捉鳥雀，初時還捉到一兩頭，過得幾天，鳥雀再不上當。他又沒狄雲的神照功內力，能以掌力擊鳥。這些日子中便只得以陸、劉二人的屍體為食，苦挨光陰。這天吃完了屍體，手持刀劍，決意來殺狄水二人，再加上埋藏在冰雪中的水岱和血刀老祖的屍體，作為食料，當可捱到初夏，靜待雪融出谷。

這時他聽水笙如此說，不自禁的滿臉通紅，又聞到烤熟了的鳥肉香氣，饞涎欲滴，突然間舉起鬼頭刀，大呼躍進，向狄雲砍過來，左劈一刀，右劈一刀。狄雲舉起血刀一格，噹的一聲猛響，鬼頭刀向上反彈。這鬼頭刀也是一柄寶刀，雖不及血刀的鋒利絕倫，但刀身厚重，血刀也削它不斷。當日陸天抒和血刀僧雙刀相交，鬼頭刀曾為血刀斬出了三個缺口，今日再度相逢，鬼頭刀上也不過是新添一個缺口而已。

花鐵幹使刀雖不擅長，但武功高強，鬼頭刀使將開來，自非狄雲所能抵擋，數招之下，登時將他迫得連連後退。花鐵幹也不追擊，一俯身，拾起狄雲吃剩的半隻熟鳥，大嚼起來，連讚：「很好，很好，滋味要得，硬是要得！」

狄雲回頭向水笙望了一眼，兩人都覺寒心。花鐵幹這次手持利器前來挑戰，情勢便和上次不同。空手相搏之時，狄雲受他拳打足踢，不過受傷吐血，不易給他一拳打死，這時他手中有了刀劍，只須有一招失手，立時便送了性命。上次相鬥所以能勉強支持，全仗水笙手中多了一把血刀，此刻花鐵幹的兵刃還多了一件，那是佔盡上風了。

花鐵幹吃了半隻熟鳥，意猶未盡，見山洞邊尚有一隻，又去拿來吃了。他抹抹嘴，說道：「很好，烹調功夫是一等一的。」懶洋洋的回轉身來，陡然間躍身而前，呼的一刀，便向狄雲劈去。這一刀去勢奇急，狄雲猝不及防，險些兒便給削了半邊腦袋，急忙舉刀招架。總算花鐵幹忌憚他內功渾厚，倘若雙刀相交，不免手臂酸痲，當下轉刀斜劈。三招之間，狄雲已手忙腳亂，嗤的一聲響，左臂上給鬼頭刀劃了一道長長口子。

水笙叫道：「別打了，別打了。花伯伯，我分鳥肉給你便是。」

花鐵幹見狄雲的刀法平庸之極，在武林中連第三流的腳色也及不上，心想及早殺了這小子再說，免得留下後患，當下手上加緊，口中卻調侃道：「水姪女，你心疼這小子，是不是啊？怎麼不記得你的汪家表哥了？」唰唰唰三刀，又在狄雲的右肩上砍了一刀。幸好這一刀所砍的部位有「烏蠶衣」保護，否則狄雲的右肩已給卸了下來。

水笙大叫：「花伯伯，別打了！」狄雲怒道：「你叫甚麼？我打不過，給他殺了便是。」他狂怒之下，舉刀亂砍，忽然間右手將血刀交給左手，反手猛力打出。

花鐵幹那料到這武藝低微的「小和尚」居然會奇兵突出，驀地來這一下巧招，急忙轉頭相避，啪的一聲，還是給這一掌重重擊在頸中，只震得他半身酸痲。狄雲一怔，心道：「這是那老乞丐伯伯教我的『耳光式』！」他一招得手，跟著便使出「刺肩式」和「去劍式」來。花鐵幹叫道：「連城劍法，連城劍法！」

狄雲又是一怔，那日他在荊州萬府和萬圭等八人比劍，使出這三招之時，萬震山也說是「連城劍法」，當時他還道萬震山胡說，但花鐵幹是中原大豪，見多識廣，居然也說這是連城劍法，難道老乞丐所教的這三招，當眞是連城劍法麼？

他以刀作劍，將這三招連使數次，可是花鐵幹的武功豈是魯坤、萬圭等一干人所可比？除了第一招出其不意的打了他一掌之外，此後這三招用在他身上，已全無效用。到得狄雲第四次又使「去劍式」，將血刀往鬼頭刀上挑去，花鐵幹早已有備，左足飛起，踢中他腕脈。狄雲血刀脫手，花鐵幹一招「順水推舟」，雙手刀劍齊向他胸口刺來。

噗噗兩聲，一刀一劍都刺中在狄雲胸口，刀頭劍頭爲「烏蠶衣」所阻，透不進去。水笙拿了一塊石頭，守候在旁，眼見狄雲遇險，舉起石頭便向花鐵幹後腦砸去。花鐵幹上次短槍刺不進狄雲身子，已覺奇怪，料來是他懷中放著鐵盒或銅牌之類，槍頭湊巧刺中堅物，但這次刀劍齊刺，決計不會又這麼湊巧。他一呆之際，狄雲猛力揮掌擊出，水笙又自後攻到。

花鐵幹叫道：「有鬼，有鬼！」心下發毛：「莫非是陸大哥、劉兄弟怪我吃了他們的遺體，鬼魂出現，來跟我爲難？」登時遍體冷汗，向後躍開了幾步。

狄雲和水笙有了這餘裕，忙逃入山洞，搬過幾塊大石，堵塞入口。兩人先前已將洞口堵得甚小，這時再加上幾塊石頭，便即將洞口盡行封住。

兩人死裏逃生，心中都怦怦亂跳。只聽得花鐵幹叫道：「出來啊，龜兒子，躲在洞中能躲一輩子麼？你們在石洞裏捉鳥吃麼？哈哈，哈哈！」他雖放聲大笑，心下可著實害怕，卻也不敢便去掘水岱的屍體來吃。

狄雲和水笙對望一眼，均想：「這人的話倒也不錯。我們在洞裏吃甚麼？但一出去便給他殺了，那可如何是好？」

花鐵幹若要強攻，搬開石頭進洞，狄水二人血刀已失，也難以守禦，只是他刀劍刺不進狄雲身體，認定是有鬼魂作怪，全身寒毛直豎，不住顫抖。

狄雲和水笙在洞口守了一陣，見花鐵幹不再來攻，心下稍定。狄雲檢視左臂傷口，見兀自流血。水笙撕下一塊衣襟，給他包好。狄雲將早已破爛不堪的僧袍大襟拉了過來，遮住胸口，以免給水笙見到自已胸口赤裸的肌膚，這麼一拉，懷中跌了一本小冊出來，便是得自寶象身上的那本《血刀經》。

他適才和花鐵幹這場惡鬥，時刻雖短，使力不多，心情卻緊張之極，這時歇了下來，只覺疲累難當，想起那日在破廟中初見血刀經時，曾照著經上那裸體男子的姿式依樣而爲，精神立即振奮，心想花鐵幹決不罷休，少時惡鬥又起，就算給他殺了，也當狠狠打他幾掌，如此神疲力乏，怎能抗敵？隨手翻開一頁，見圖中人形頭下腳上，以天靈蓋頂在地下，兩隻手的姿式更十分怪異。狄雲當即依式而爲，也頭下腳上，倒立起來。

水笙見他突然裝這怪樣，只道他又發瘋，心想外有強敵，內有狂人，那便如何是好？心中一急，不禁哭了出來。

狄雲練不到半個時辰，頓時全身發暖，猶如烤火一般，說不出的舒適受用。他隨手翻過一頁，見圖中那裸體男子以左手支地，身子與地面平行，兩隻腳卻翻過來勾在自己頸中。這姿式本來極難，但他自練成「神照功」後，四肢百骸運用自如，當即依著圖中所示照做，內息也依著圖中紅色綠色線路，在身上各處經脈穴道中通行。

這《血刀經》乃血刀門中內功外功的總訣，每一頁圖譜都須練上一年半載，方始有成。但狄雲任督二脈既通，有了「神照功」這無上渾厚的內力爲基礎，再艱難的武功到了手中，竟也一練即成。他練了一式又一式，越練越覺興味盎然。

水笙見他翻書練功，驚魂稍定。見他姿式希奇古怪，當眞匪夷所思，不由得又好笑，又詫異，心道：「天下難道眞有這門武功？」走上兩步，向地下翻開著的血刀經瞧去，一瞥之下，見圖中所繪是個全身赤裸的男子，不由得滿臉通紅，一顆心怦怦亂跳：「他練到後來，會不會脫去衣服，全身赤裸？」幸好這可怕的情景始終沒出現。

狄雲練了一會內功，翻到一頁，見圖中人形手執一柄彎刀，斜勢砍劈。狄雲大喜，脫口而出：「血刀刀法。」拾起一根樹枝，照著圖中所示使了起來。

這血刀刀法當眞怪異之極，每一招都是在決不可能的方位砍將出去。狄雲只練得三招，便已領會，原來每一招刀法都是從前面的古怪姿式中化將出來。前面圖譜中有倒立、橫身、伸腿上頸、反手抓耳等種種詭異姿式，血刀刀法中便也有這些令人絕難想像的招數。狄雲當下挑了四招刀法用心練熟，心想：「我須得不眠不息，趕快練上二三十招，過得四五天，再出去跟這姓花的決一死戰。唉，只可惜沒早些練這刀法。」

那知花鐵幹竟不讓他有半天餘裕。狄雲專心學練刀法，花鐵幹在洞外叫了起來：「小和尚，你岳父大人的心肝吃不吃？滋味很好啊。」

水笙大吃一驚，推開石頭，搶了出去。只見花鐵幹拿著鬼頭刀，正在水岱的墳頭挖掘，雖尚未掘到屍身，卻也是指顧間的事。水笙大叫：「花伯伯，花伯伯，你……你……全不念結義兄弟之情麼？」口中驚呼，搶將過去。

花鐵幹正要引她出來，將她先行擊倒，然後再料理狄雲，否則兩人聯手而鬥，不免礙手礙腳。他見水笙奔來，只作不見，仍低頭挖掘。水笙搶到他身後，右掌往他背心奮力擊去。花鐵幹左手疾翻，快如閃電，已拿住了她手腕。水笙叫聲：「啊喲！」左手擊出。花鐵幹側身避過，反手點出。水笙腰間中指，一聲低呼，委倒在地。

這時狄雲手執樹枝，也已搶到。花鐵幹哈哈大笑，叫道：「小和尚活得不耐煩了，用一根樹枝兒來鬥老子。好，你是血刀門的惡僧，我便用你本門的兵刃送你歸天。」反手從腰間抽出血刀，將鬼頭刀拋在地下，霎時之間向狄雲連砍三刀。這血刀其薄如紙，砍出去時的風聲嗤嗤聲響，花鐵幹心下暗讚：「好一口寶刀！」

狄雲見血刀如此迅速的砍來，心中一寒，不由得手足無措，一咬牙，心道：「這就拚個同歸於盡罷！」右手揮動樹枝，從背後反擊過去，啪的一聲，結結實實的打在花鐵幹後頸。這一招古怪無比，倘若他手中拿的是利刀而不是樹枝，已將花鐵幹的腦袋砍下來了。

其實花鐵幹的武功和血刀老祖相差無幾，就算練熟了血刀功夫的血刀老祖，也決不能只一招便殺了他，更不用說狄雲了。只花鐵幹甚為輕敵，全沒將這個武功低微的對手瞧在眼內，是以一上手便著了道兒。他一怔之間，提刀砍削，狄雲手中樹枝如狂風暴雨般劈將出去，亂砍亂削之中，偶爾夾一招血刀刀法，噗的一聲，又一下打中在他後腦。花鐵幹身子一晃，叫道：「有鬼，有鬼！」回身一望，只嚇得手酸足軟，手一鬆，血刀落地，轉身拔足飛奔，遠遠逃開。

他自從吃了義兄義弟的屍身後，心下有愧，時時怕陸天抒和劉乘風的鬼魂來找他算帳。先前刀劍刺不進狄雲身體，已認定是有鬼魂在暗助敵人，這時狄雲以一根樹枝和他相鬥，明明站在自己對面，水笙又遭點中穴道而躺臥在地，可是自己後頸和後腦卻接連為硬物打中。谷中除自己和狄水二人之外，更有何人？如此神出鬼沒的在背後暗算自己，不是鬼魅，更是甚麼？他轉頭看去，不論看到甚麼，都不會如此吃驚，但偏偏甚麼也看不到，不由得魂飛魄散，那裏還敢有片刻停留？

狄雲雖打中了花鐵幹兩下，但他顯然並沒受傷，忽然沒命價奔逃，倒也大出意料之外。俯身拾起血刀，見水笙躺在地下動彈不得，問道：「你給這廝點中了穴道？」水笙道：「是。」狄雲道：「我不會解穴，救你不得。」水笙道：「你只須在我腰間和腿上……」本想告知他穴道的部位，請他推宮過血，便可解開被封穴道，但說到「腿上」兩字，想起這「小惡僧」最近雖然並沒對自己無禮，以前可無惡不作，倘若乘著自己行動不得……

狄雲見她眼中突然露出懼色，心想：「花鐵幹已逃走了，你還怕甚麼？」一轉念間，隨即明白她是害怕自己，不由得怒氣急衝胸臆，大聲道：「你怕我侵犯你，怕我對你……對你……哼，哼！從今而後，我再也不要見你。」氣得伸足亂踢，只踢得白雪飛濺。他回到山洞中，取了血刀經，逕自走開，再也不向水笙瞧上一眼。

水笙心下羞愧，尋思：「難道是我瞎疑心，當眞錯怪了他？」她躺在地下，一動也不動。過得一個多時辰，一頭兀鷹從天空直衝下來，撲向她臉。水笙大聲驚叫，突然紅光一閃，血刀從斜刺裏飛了過來，將兀鷹砍爲兩邊，落在她身旁。

原來狄雲雖惱她懷疑自己，仍擔心花鐵幹去而復回，前來加害於她，因此守在不遠之處，續練血刀刀法。他擲出飛刀，居然將兀鷹斬爲兩邊，血刀斬死了兀鷹後，略無阻礙，又飛了十餘丈，這才落下。這麼一來，他這招「流星經天」的刀法又已練成了。

水笙叫道：「狄大哥，狄大哥，是我錯了，一百個對你不起。」狄雲只作沒聽見，不去理她。水笙又求道：「狄大哥，你原諒我死了爹爹，孤苦伶仃的，想事不周，別再惱我了，好不好？」狄雲仍然不理，但心中怒氣，卻也漸漸消了。

水笙躺在地下，直到第二日穴道方解。她知狄雲雖一言不發，但目不交睫的在自己身邊守了整整一晚，心中好生感激。她身子一能動彈，即刻去將那頭兀鷹烤熟了，分了一半邊，送到狄雲身前。狄雲等她走近時，閉上了眼睛，以遵守自己說過的那句話：「從今而後，我再也不要見你。」水笙放下熟鷹，便即走開。

狄雲等她走遠再行睜眼，忽聽得她「啊」的一聲驚呼，跟著又是一聲「哎喲」，摔倒在地。狄雲急躍而起，搶到她身邊。水笙嫣然一笑站起，說道：「我騙騙你的。你說從此不要見我，這卻不是見了我麼？那句話可算不得數了。」

狄雲狠狠瞪了她一眼，心道：「天下女子都是鬼心眼兒。除了丁大哥的那位凌姑娘，誰都會騙人。從今以後，我再也不上你當了。」

水笙卻格格嬌笑，說道：「狄大哥，你趕著來救我，謝謝你啦！」

狄雲橫了她一眼，背轉身子，大踏步走開了。

花鐵幹害怕鬼魂作怪，再也不敢前來滋擾，只好嚼些樹皮草根，苦渡時光，有時以暗器手法擲石，也打到一兩隻雪雁。狄雲每日練一兩招血刀刀法，內力外功，與日俱增。

冬去春來，天氣漸暖，山谷中的積雪不再加厚，後來雪水淙淙，竟開始消融了。

這些日子之中，狄雲已將一本血刀經的內功和拳腳刀法盡數練全。他這時身集正邪兩派最上乘武功之所長，雖經驗閱歷極爲欠缺，而正邪兩門功夫的精華亦未融會貫通，但單以武功而論，比之當年丁典，亦已有勝過。只是所習「神照經」僅爲深湛內功，外功卻以無人指點，除血刀門刀法之外，拳腳功夫仍極粗淺，但手足靈便，拳理已明，亦已不下於二流好手。

水笙跟他說話，狄雲怕又上她當，始終扮作啞巴，一句不答，除了進食時偶在一起之外，狄雲總是和她離得遠遠地，自行練功。他心中所想的，只是三個念頭：出了雪谷之後，第一是到湘西故居去尋師父；第二是到荊州去給丁大哥和淩姑娘合葬；第三，報仇！

眼見雪水匯集成溪，不斷流向谷外，山谷通道上的積雪一天比一天低，他不知離端午節還有幾天，卻知出谷的日子不遠了。

一天午後，他從水笙手中接過了兩隻熟鳥，正要轉身，水笙忽道：「狄大哥，再過得幾天，咱們便能出去了罷？」狄雲「嗯」了一聲。水笙低聲道：「多謝你這些日子中對我的照顧，若不是你，我早死在花鐵幹那惡人手中了。」狄雲搖頭道：「沒甚麼。」轉身走開。

忽聽得身後一陣嗚咽之聲，回過頭來，只見水笙伏在一塊石上，背心抽動，正自哭泣。他心中奇怪：「可以出去了，該當高興才是，有甚麼好哭的？女人的心古怪得緊，我永遠不會明白。」其實，水笙到底為甚麼哭泣，她自己也不明白，只覺得很對不起人，又很傷心，忍不住要哭。

那天夜裏，狄雲練了一會功夫，躺在每日安睡的那塊大石上睡著了。這塊大石離山洞不遠，以防花鐵幹半夜裏前來盜屍或侵襲水笙。但這些時日中花鐵幹始終沒再來，料想已然無事，是以他心無牽掛，睡得甚沉。

睡夢之中，忽聽得遠處隱隱有腳步之聲，他這時內功深湛，耳目奇靈，腳步聲雖遠，已令他一驚而醒，當即翻身坐起，側耳傾聽，發覺來人衆多，至少有五六十人，正快步向谷中而來。

狄雲吃了一驚：「怎地有人能進雪谷來？」他不知谷中山峯蔽日，寒冷得多，外面積雪已融，谷中融雪卻要遲到一個月以上。狄雲一轉念間，心道：「這些人定是一路追趕而來的中原羣豪。現下血刀老祖已死，甚麼怨仇都已一了百了。嗯，水姑娘的表哥一定也來了，接了她去，那便再好不過。他們認定我是血刀門的淫僧，辯也辯不清楚的，我還是不見他們的好。讓他們接了水姑娘去，我再慢慢出去不遲。」

他繞到山洞之側，躲在一塊岩石後面。聽得腳步聲越來越近，突然間眼前光亮，只見一羣人轉過了山坳，手中高舉火把。這夥人約莫五十餘人，每人都是一手舉火炬，一手提兵刃。當先一人白鬚飄動，手中不拿火把，一手刀，一手劍，卻是花鐵幹。

狄雲見他與來人聚在一起，微覺詫異，但隨即省悟：「這些人便是一路從湖北、四川追來的，花鐵幹是他們的首領之一，當然一遇上便會合了。卻不知他在說些甚麼？」見一行人走進了山洞，當下向前爬行數丈，伏在冰雪未融的草叢之中。這時他和衆人相距仍遠，但他內功在這數月中突飛猛進，已能清楚聽到山洞中諸人說話。

只聽得一個粗澀的聲音道：「原來是花兄手刃了惡僧，實乃可敬可賀。花兄立此大功，今後自然是中原羣俠的首領，大夥兒馬首是瞻，惟命是從。」另一人道：「只可惜陸大俠、劉道長、水大俠三位慘遭橫死，令人神傷。」又一人道：「老惡僧雖死，小惡僧尚未伏誅。咱們須當立即搜尋，斬草除根，以免更生後患。花大俠，你說如何？」

花鐵幹道：「不錯，張兄之言大有見地。這小惡僧一身邪派武功，爲惡實不在乃師之下，或許猶有過之。這時候不知躲到那裏去了。他眼見大夥兒進谷，一定急謀脫身。眾位兄弟，咱們別怕辛苦，須得殺了那小惡僧，才算大功告成，免得他胡說八道，散布謠言，敗壞陸、劉、水三位大俠與水女俠的名聲。」

狄雲心中暗驚：「這姓花的胡說八道，歹毒之極，幸虧我沒魯莽現身，否則他們一齊來殺我，我怎能抵擋？」

忽聽得一個女子的聲音道：「他……他不是小惡僧，是一位挺好的正人君子。花鐵幹才是個大壞蛋！」說話的正是水笙。

狄雲聽了這幾句話，心中一陣安慰，第一次聽到她親口說了出來：「他不是小惡僧，是一位挺好的正人君子！」這些日子中水笙顯然對他不再起憎惡之心，但居然能對著眾人說他是個正人君子，那確也大出他意料之外。突然之間，他眼中忽然湧出了淚水，心中輕輕的道：「她說我是正人君子，她說我是挺好的正人君子！」

水笙說了這兩句話，洞中諸人你瞧瞧我，我瞧瞧你，誰也不作聲。火把照耀之下，狄雲遠遠望去，卻也看得出這些人的臉上都有鄙夷之色，有的含著譏笑，有的卻顯是頗有幸災樂禍之意。

隔一會兒，一個蒼老的聲音道：「水姪女，我跟你爹爹是多年老友，不得不說你幾句。這小惡僧害死了你爹爹……」水笙道：「不，不……」那老人道：「你爹爹不是那小和尚殺的？那麼令尊是死於何人之手？」水笙道：「他……他……」一時接不上口。

那老人道：「花大俠說，那日谷中激鬥，令尊力竭受制，是那小和尚用樹枝打破了他天靈蓋而死，是也不是？」水笙道：「不錯。可是，可是……」那老人道：「可是怎樣？」水笙道：「是我爹爹自己……自己求他打死的！」

她此言一出，洞中突然爆發一陣轟然大笑，只震得洞邊樹枝上半融不融的積雪簌簌而落。笑聲中夾著無數譏嘲之言：「自己求他打死，哈哈哈！撒謊撒得太也滑稽。」「原來水大俠活得不耐煩了，伸了頭出來，請他的未來賢婿打個開花！」「誰說是『未來』賢婿？水大俠去世之時，那小和尚只怕早跟這位姑娘有上一手了，哈哈哈！」更有幾個人厲聲相斥：「世間竟有這般無恥女子，爲了個野男人，連親生父親也不要了！」也有人冷言冷語的諷刺：「要野男人不要父親，世上那也挺多。只不過指使奸夫來殺死自己父親，這就駭人聽聞了。」又一人道：「我只聽見過甚麼『戀奸情熱，謀殺親夫』。今日世道可大不同了，居然有『戀奸情熱，謀殺親父』！」

大家聽了花鐵幹的話，先入爲主，認定水笙和狄雲早已有了不可告人的勾當，憤恨她迴護「奸夫」，因此說出來的話竟越來越不中聽。這些江湖上的粗人，有甚麼污言穢語說不出口？

水笙滿臉通紅，大聲道：「你們在說……說些甚麼？卻也不知羞恥？」

那些人又一陣鬨笑。有人道：「卻原來還是我們不知羞恥了，眞是滑天下之大稽。」「好，好！水姑娘，我們不知羞恥。你和那小和尚在這山洞中卿卿我我，把父親的大仇拋在腦後，那就知道羞恥了？」另一個粗豪的聲音罵了起來：「他媽的，老子從湖北一路巴巴的追了下來，馬不停蹄的，就是爲了救你這小婊子。你這賤人這麼無恥，老子一刀先將你砍了。」一旁邊有人勸道：「使不得，使不得，趙兄不可魯莽！」

那蒼老的聲音說道：「各位忍一忍氣。水姑娘年紀輕，沒見識。水大俠不幸逝世，她孤苦伶仃的沒人照料，大家別跟她爲難。以後她由花大俠撫養，好好的教導，自會走上正途。大夥兒嘴上積點兒德，這雪谷中的事嘛，別在江湖上傳揚出去。水大俠生前待人仁義，否則大家怎肯不辭勞苦的趕來救她女兒？咱們須當顧全水大俠的顏面，這件事就別再提了。快去抓了那小和尚來是正經，將他開膛破肚，祭奠水大俠。」

說話的老人大概德高望重，頗得諸人的尊敬，他這番話一說，人羣中有不少聲音附和，都道：「是，是，張老英雄的話有理。咱們去找那小和尚，抓了他來碎屍萬段！」

衆人嘈雜叫囂聲中，水笙「哇」的一聲，哭了出來。

忽聽得遠處有人長聲叫道：「表妹，表妹！你在那裏？」

水笙一聽到這聲音，知是表哥汪嘯風尋她來了，自己受了冤枉，苦遭羞辱，突然聽到親人的聲音，如何不喜？當下止了哭泣，奔向洞口。

有人便道：「這痴心的汪嘯風知道了眞相，只怕要發瘋！」那姓張的老者道：「大家別吵，聽我一句話。這位汪家小哥對水姑娘倒是一片眞情，雪還沒消盡，他就早了兩日闖進谷來，想是路上不好走，失陷在甚麼地方，欲速則不達，反落在咱們後頭了。這人也是命裏不好，大家嘴頭上修積陰德，水姑娘跟那小和尚的醜事，就別對他說。」羣豪中有些忠厚的便道：「正該如此！水姑娘一時失足，須當讓她有條自新之路。何況這大半也是迫於無奈。否則好端端一個名門閨女，怎會去跟一個邪派和尙姘上了？」

卻有人說道：「汪嘯風這麼一個漂亮哥兒，平白無端的戴上了一頂綠帽子，未免太委屈了他罷，哈哈！」「這叫做一個願打，一個願挨。錢兒，你出門這麼久，嫂子在家中寂寞孤單，說不定你頭上這頂帽兒，也有點綠油油了呢？」「他媽的，你奶奶雄，這會兒你老婆才寂寞孤單！」「不錯，不錯，我老婆寂寞孤單，你尊夫人這會兒有人陪伴，風流快活，一點兒也不寂寞孤單……」話未說完，砰的一聲，肩頭已挨了一拳。眾人嘻笑不絕。

只聽得汪嘯風大叫「表妹，表妹」的聲音又漸漸遠去，顯是沒知眾人在此。水笙奔出山洞，叫道：「表哥，表哥！我在這裏，我在這裏！」汪嘯風又叫了聲：「表妹，表妹，你在那裏？」水笙縱聲叫道：「我在這裏！」

東北角上一個人影飛馳而來，一面奔跑，一面大叫「表妹！」突然間腳下一滑，摔倒在地。水笙「啊」的一聲，甚是關切，向他迎了上去。原來汪嘯風聽到了水笙的聲音，大喜之下，全沒留神腳下的洞坑山溝，一腳踏在低陷之處，摔了一交，隨即躍起，急奔而來。水笙也向他奔去。兩人奔到臨近，齊聲歡呼，相擁在一起。

狄雲見到兩人相會時歡喜親熱的情狀，心中沒來由的微微一酸。他始終不能忘情於師妹戚芳，雖在雪谷中和水笙同住半載，心中從未對她生過絲毫男女之情。只相處日久，一旦分手，不免有依依之感，心想：「她隨表哥而去，那再好也沒有了，但願她今後無災無難，嫁了她表哥，一生平安喜樂。」

忽聽得汪嘯風放聲大哭，想必是水笙跟他說了水岱逝世的消息。過了一會，見汪嘯風攜著水笙之手，並肩過來。汪嘯風嗚咽道：「舅舅不幸遭難，我……我……我從小得他撫養長大，他待我就像是親生兒子一般。」水笙聽他說到父親，不禁又流下淚來。汪嘯風低聲道：「表妹，自今而後，你我再也不分開了，你別難過，我一輩子總好好的待你。」水笙自幼便對這位表哥十分傾慕，這番分開，更是思念殷切，聽他這麼說，臉上一紅，心中感到一陣甜甜之意。

兩人漸漸走近山洞。水笙忽然立定，說道：「表哥，你和我即刻走罷，我不願見那些人了。」汪嘯風奇道：「為甚麼？這許多伯伯叔叔和好朋友，大家不辭艱險的前來救你，在雪谷外守候了大半年，可算得義氣深重，咱們怎能不好好的謝謝他們？」水笙低下了頭，道：「我已謝過他們了。」汪嘯風道：「大夥兒千里迢迢的從湖北趕到這兒，同來同回，豈不是好？再說，舅舅的遺體是要運回故鄉呢，還是就葬在這裏，也得向長輩們請示。陸伯伯、花伯伯、劉道長這三位怎樣了？」

水笙道：「你和我先出去，慢慢再跟你說。花伯伯是個大壞蛋，你別聽他胡說！」汪嘯風自來對她從不違拗，這時黑暗中雖見不到她風姿，但一聽到她柔軟甜美的語聲，早已心醉，便想順她意思，先行離去。

忽聽得山洞口一人道：「汪賢姪，你過來！」正是花鐵幹的聲音。汪嘯風道：「是，花伯伯！」水笙大急，頓足道：「你不聽我話麼？」汪嘯風心想：「花伯伯是舅舅的義兄，長者之命，如何可違？這許多朋友為了相救表妹，如此不辭辛勞，大功告成之後卻棄之不顧，自行離去，那無論如何說不過去。這一來，我聲名掃地，以後在江湖上怎能立足？表妹是小孩子脾氣，待會哄她一哄，陪個不是，也就是了。」當即攜了她手，走向山洞。

水笙明知花鐵幹要說的決不是好話，但想：「我清清白白，問心無愧，任他如何污言誣陷，於我何損？」當下便隨了汪嘯風走去，臉上卻已全無血色。

兩人走到洞口。花鐵幹道：「汪賢姪，你來了很好。血刀惡僧已給我殺了，但還有一個小和尚漏網，咱們務當將他擒來殺卻。這小和尚是害死你舅舅的兇手。」汪嘯風大叫一聲，唰的一下便拔劍出鞘，跟著回頭向水笙瞧去，急欲看看這位表妹別來如何。

火光之下，只見她容顏憔悴，淚盈於眶。汪嘯風心下憐惜，卻見她在緩緩搖頭，問道：「怎麼？」水笙道：「我爹爹不是那……那……人害死的。」

衆人聽她這麼說，盡皆憤怒，均想：「我們爲了你今後好做人，瞧在水大俠的面上，才不洩露你和小淫僧的醜事，這時候你居然還在迴護小淫僧，當眞是罪不容恕了。你連『小和尚』三字也不肯說，還在『那人、那人』的，實在無恥已極！」

汪嘯風見各人臉上均現怒色，很覺奇怪，心想表妹不肯和衆人相見，而大夥又對她頗含敵意，中間定是另有隱情，便道：「表妹，咱們聽花伯伯吩咐，先去捉了那小和尚來，將他千刀萬段，祭我舅舅。其餘的事，慢慢再說不遲。」

水笙道：「他……他也不是小和尚。」

汪嘯風一愕，見到身旁衆人均現鄙夷之態，心中一凜，隱隱覺得不對。他不願即行查究此事，還劍入鞘，大聲道：「衆位伯伯叔叔，好朋友，請大家再辛苦一番，了結此事。姓汪的再逐一拜謝各位的大恩大德。」說著一揖到地。

衆人都道：「不錯，快去捉拿小惡僧要緊，別讓他出谷跑了！」說著紛紛衝出洞去。

不知是誰在洞口掉了一根火把，火光在谷風中時旺時弱，照得「鈴劍雙俠」二人臉上也是一陣亮，一陣暗。兩人執手相對，心中均有千言萬語，不知從何說起。

狄雲心想：「他表兄妹二人定有許多體己話兒要說，我這就走罷。」正想悄悄避開，卻聽得有兩人快步走來，一人道：「你從這邊搜來，我從那邊搜去，兜個圈子，再在這裏會合。」另一人道：「好！這一帶雪地裏腳印雜亂，說不定那小淫僧便躲在左近。」先說話的那人壓低聲音，笑道：「喂，老宋，這水姑娘花朵一般的人兒，小淫僧這半年中艷福可眞不淺。」另一人哈哈大笑，道：「是啊，難怪那姓汪的心甘情願戴這頂綠頭巾。」兩人嘻嘻哈哈的說了幾句，分手去尋狄雲。

狄雲在旁聽著，很爲汪水二人難過，心想：「花鐵幹這人當眞罪大惡極，揑造這些無恥謠言，污損水姑娘的聲名，於他又有甚麼好處？」他不知花鐵幹生怕水笙揭露自己種種奸惡行逕，務須先下手爲強，敗壞她聲名，旁人才不會信她的話。狄雲抬頭向洞中望去，只見水笙退開了兩步，臉色慘白，身子發顫，說道：「表哥，你莫信這種胡說八道。」汪嘯風不答，臉上肌肉抽動。

顯然，適才那兩個人的說話，便如毒蛇般在咬嚙他的心。這半年中他在雪谷之外，每日每夜總是想著：「表妹落入了這兩個淫僧手中，那裏還能保得清白？但只要她性命無礙，也就謝天謝地了。」可是人心苦不足，這時候見了水笙，卻又盼望她守身如玉，聽到那二人的話，心想：「江湖上人人均知此事，汪嘯風堂堂丈夫，豈能惹人恥笑？」但見到她這般楚楚可憐的模樣，心腸卻又軟了，嘆了口氣，搖了搖頭，道：「表妹，咱們走罷。」水笙道：「你信不信這些人的話？」

汪嘯風道：「旁人的閒言閒語，理他作甚？」水笙咬著唇皮，道：「那麼，你是相信的了？」汪嘯風低頭默然，過了好一會，才道：「好罷，我不信便是。」水笙道：「你心中卻早信了這些含血噴人的髒話。」頓了一頓，又道：「以後你不用再見我，就當我這次在雪谷中死了就是啦。」汪嘯風道：「那也不必如此。」

水笙心中悲苦，淚水急湧，心想旁人冤枉我、誣衊我，全可置之不理，可是竟連表哥也瞧得我如此下賤。她只想及早離開雪谷，離開這許許多多人，逃到一個誰也不認識她的地方去，永遠不再和這些人相見。「世上信得過的，原來就只他一個……」

她拔足向外便奔，將到洞口時，忍不住回頭向山洞角落望了一眼。這半年之中，她日夜都在這角落中安身。她性好整潔，十指靈巧，用樹皮鳥羽等物編織了不少褥子、坐墊之類，這時臨別，對這些陪伴了她半年的物事心中不禁依依。一瞥之間，見到自己織給狄雲的那件鳥羽衣服，那日狄雲生氣不要，踢還給她，此後晚上她便作為被蓋，以禦寒冷，這時心中一動：「這些人口口聲聲說他是淫僧，要跟他為難，倘若找到了他，他寡不敵眾，那便如何是好？」當下停住腳步，凝望著那件羽衣，一時徬徨無主，心下只想：「他們定要殺他，我幫他不幫？」

汪嘯風見那件羽衣放在她臥褥之上，衣服長大寬敞，式樣顯是男子衣衫，心頭大疑，問道：「這……這是甚麼？」水笙道：「是我做的。」汪嘯風澀然道：「是你的麼？」水笙衝口便想答道：「不是我的。」但隨即覺得不妥，躊躇不答。汪嘯風道：「是件男子衣衫？」聲音更加乾澀了。水笙點了點頭。汪嘯風又道：「是你織給他的？」水笙又點了點頭。

汪嘯風提起羽衣，仔細看了一會，冷冷的道：「織得很好。」水笙道：「表哥，你別胡猜，他和我……」但見他眼神中充滿了憤怒和憎恨，便不再說下去了。汪嘯風將羽衣往臥褥一丟，說道：「他的衣服，卻放在你的床上……」

水笙心中一片冰涼，只覺這個向來體諒溫柔的表哥，突然間變成了無比的粗俗可厭。她不想再多作解釋，只想：「既然你疑心我，冤枉我，那就冤枉到底好了。」

狄雲在洞外草叢之中，見到她受苦冤屈，臉上神情極是淒涼，心中難受之極：「我是個低賤之人，受慣了冤屈，那不算得甚麼。她卻是個尊貴的姑娘，如何能受這不白之冤？」想到這裏，義憤之心頓起，雖知山洞外正有數十個好手在到處搜尋，人人要殺他而甘心，卻也顧不得了，當即踴身躍進山洞，說道：「汪少俠，你全轉錯了念頭。」

汪嘯風和水笙見他突然跳進洞來，都吃了一驚。狄雲這時頭髮已長，已不是從前拔光頭髮的小和尚模樣。汪嘯風定了定神，才認了出來，拔劍出鞘，左手將水笙推開，橫劍當胸，眼中如要冒出火來，長劍不住顫動，恨不得撲上去將他立時斬成肉醬。

狄雲道：「我不跟你動手。我是來跟你說，水姑娘冰清玉潔，你娶她為妻，眞是天大的福氣，不必胡思亂想，信了壞人的造謠。」

水笙萬料不到他竟會在這時挺身而出，而他不避凶險的出頭，只是爲了要證明自己的清白，又感激，又躭心，忙道：「你……你快走，許多人要殺你，這裏太危險了。」

狄雲道：「我知道，不過我非得對汪少俠說明白這事不可，免得你受了寃枉。汪少俠，水姑娘是位好姑娘，你……你千萬不可寃枉了她。」

狄雲拙於言辭，平平常常一件事也不易說得清楚，何況這般微妙的事端，接連結結巴巴的說了七八句話，只有使汪嘯風更增疑心。水笙急道：「你……你快走！多謝你的好意，我只有來生圖報了，你快走！他們人多，大家要殺你……」

汪嘯風聽到水笙言語和神色間對他如此關懷，妒念大起，喝道：「我跟你拚了！」嗤的一劍，向狄雲當胸疾刺。

這一劍雖勢道凌厲，但狄雲這時是何等身手，一身而兼「神照功」、「血刀門」正邪兩派絕頂武學之所長，眼見汪嘯風劍到，身子微側，便已避開，說道：「我不跟你動手。我叫你好好的娶了水姑娘，別對她有絲毫疑心。她……她是個好姑娘。」

他說話之際，汪嘯風左二劍，右三劍，接連向他疾刺五劍。狄雲若無其事的斜身閃開，心中奇怪：「這人從前武功很好，怎麼半年不見，劍法變得這麼笨了？」

汪嘯風猛刺急斫，每一劍都讓他行若無事的閃開，越加怒發如狂，劍招更出得快了。狄雲道：「汪少俠，你答允不疑心水姑娘的清白，我就去了。你的朋友們都要殺我，我可不能再多躭擱了。」汪嘯風出劍越來越快，狄雲單只內力深湛，輕功卻是平平，雖內功是本，輕功是末，但此道未得人指點，於對方的快劍漸感難以應付，於是伸指一彈，錚的一聲輕響，中指彈中了劍身。

汪嘯風只覺虎口劇痛，長劍脫手落地，忙俯身去拾。狄雲伸掌在他肩頭一推，這一掌並沒使多大力氣，不料汪嘯風竟抵受不住，給他一推之下，登時幾個觔斗向後翻跌了出去，砰的一聲，重重撞上山洞的石壁。

水笙見他跌得十分狼狽，忙奔過去相扶。狄雲愕然，他絕不想將汪嘯風推倒，只是要阻止他拾劍再打，那想到他竟會摔得這麼厲害，實大出意料之外。他跨上兩步，也想去扶，說道：「對不住，我當真……我不是故意的。」

水笙拉著汪嘯風的右臂，道：「表哥，沒事罷？」汪嘯風心中妒憤交攻，不可抑止，認定水笙偏向狄雲，兩人聯手打了自己之後，反來譏諷，左掌橫揮過來，啪的一聲，重重打了她一個耳光，喝道：「滾開！」水笙吃了一驚，表哥竟會出手毆打自己，那是從未想過的事情，伸手撫著臉頰，竟然呆了。汪嘯風跟著又是一掌，擊中她左頰。水笙驚懼之下，撲在狄雲肩頭，只覺這時候只有他方能保護自己。

狄雲伸左臂摟住了她，側身擋在汪嘯風之前，怒道：「好端端的，你……你幹麼打人？」只聽得山洞外腳步聲響，有幾個人叫道：「山洞裏有人爭吵，快去瞧瞧，莫非那小淫僧藏在裏面？」水笙退後兩步，對狄雲道：「你快走罷……我……我永遠記得你的好意。」

狄雲瞧瞧汪嘯風，又瞧瞧水笙，說道：「我去了！」轉身走向洞口。

汪嘯風大叫：「小淫僧在這裏，小淫僧在這裏，快堵住洞口，別讓他逃走了！」水笙急道：「表哥，你這不是害人麼？」汪嘯風仍然大叫：「快堵住洞口，快堵住洞口！」

洞外七八名漢子聽得汪嘯風的叫嚷，當即攔在洞口。狄雲快步而出，一人喝道：「往那裏逃？」揮刀向他頭頂砍落。狄雲伸手在他胸口一推，那人直摔了出去，撞向身旁的三人，四個人紛紛跌倒。眾人叫罵呼喝聲中，狄雲快步奔了出去。

羣豪聽得聲音，從四面八方趕來，狄雲早去得遠了。幾十人發足疾追，狄雲心中害怕，躲在長草叢中，黑夜之中，誰也尋他不著。羣豪只道他已奔逃出谷，呼嘯叫嚷，追逐而出，片刻間人人追出。

過了好一會兒，狄雲見到汪嘯風和水笙也走了。汪嘯風在前，水笙跟隨在後，兩人隔著一丈多路，越去越遠，終於背影爲山坡遮去。

片刻之前還是一片擾攘的雪谷，終於寂靜無聲。

中原羣豪走了，花鐵幹走了，水笙走了。只賸下狄雲一人。他抬起頭來，連往日常在天空盤旋的兀鷹也沒看見。

眞是寂寞，孤另另地。只有消融了的雪水輕輕的流出谷去。

狄雲心想：「世上那有甚麼聚寶盆？這主人定是另有計謀。」

問道：「這裏主人姓甚麼？你說他不是本地人？」

那人道：「你瞧，主人不是出來了嗎？」

九

「梁山伯·祝英台」

狄雲在雪谷中又躭了半個月，將《血刀經》上的刀法、拳腳和內功練得純熟無比，再也不會忘卻，於是將《血刀經》燒成了灰，撒在血刀老祖的墳墓上。

這半個月中，他仍睡在山洞外的大岩上。水笙雖然走了，他仍不敢到山洞裏去睡，自然更不敢去用她的褥子、墊子。

他想：「我該走了！這件鳥羽衣服不必帶去，待該辦的事情辦了，就回這雪谷來住。外面的人聰明得很，我不明白他們心裏想些甚麼。這裏誰也不會來，還是住在這裏的好。」於是他出了雪谷，向東行去。第一件事要回老家湘西麻溪鋪去，瞧瞧師父怎樣了。自己從小由師父撫養長大，他是世上唯一的親人。

從川邊到湘西，須得橫越四川。狄雲心想若遇上了中原羣豪，免不了一場爭鬥，自己和他們無怨無仇，諸般事端全因自己拔光頭髮、穿了寶象的僧衣而起。這時他武功雖已甚高，可是全無自信，料想只消遇上了一兩位中原的高手，非給他們殺了不可。於是買了套鄉民的青布衣褲換上了，燒去了寶象的僧衣，再以鍋底煤焦抹黑了臉。四川湘西一帶農民喜以白布纏頭，據說是爲諸葛亮服喪的遺風。狄雲也找了一塊污穢的白布纏在頭上。一路東行，偶爾和江湖人物狹路相逢，誰也認他不出了。

他最怕的是遇上了水笙和汪嘯風，還有花鐵幹，幸好，始終沒見到。

他腳程很快，但也一直走了三十多天，才到麻溪鋪老家，其時天氣已暖，田裏禾秧已長得四寸來高了。越近故居，感慨越多，漸漸的臉上炙熱，心跳也快了起來。

他沿著少年時走慣了的山路，來到故居門外，登時大吃一驚，幾乎不相信自己的眼睛。原來小溪旁、柳樹邊的三間小屋，竟變成了一座白牆黑瓦的大房子。這座房子比原來的小屋少說也大了三倍，一眼望去，雖起得似頗爲草草，但氣派甚爲雄偉。

他又驚又喜，仔細再看周遭景物，確是師父的老家，心想：「師父發了財回家來啦，那可好極了。」他大喜之下，高聲叫道：「師父！」但只叫得一聲，便即住口，心想：「不知屋裏還有沒別人？我這副小叫化的模樣，別丟了師父的臉，且瞧個明白再說。」也是他這些年來多歷艱難，才有這番謹愼，正自思量，屋裏走出一人，斜眼向他打量，臉上滿是鄙夷神氣，問道：「幹甚麼的？」

狄雲見這人帽子歪戴，滿身灰土，和這華廈頗爲不稱，瞧他神情，似乎是個泥水木匠的頭兒，便道：「請問頭兒，戚師父在家麼？」

那人哼了一聲，道：「甚麼七師父、八師父的，這裏沒有。」狄雲一怔，問道：「這兒的主人不是姓戚的麼？」那人反問道：「你問這個幹麼？要討米嘛，也不用跟人家攀交情。沒有，就是沒有！小叫化，走，快走！」

狄雲掛念師父，好容易千里迢迢的回來，如何肯單憑他一句話便即離去，說道：「我不是討米的，跟你打聽打聽，從前這裏住的是姓戚的，不知他老人家是不是還住在這裏？」那人冷笑道：「瞧你這小叫化兒，就有這門子囉唆，這裏的主人不姓七，也不姓八、姓九、姓十。你老人家乘早給我請罷。」

說話之間，屋中又出來一人，這人頭戴瓜皮帽，衣服光鮮，是個財主家的管家模樣，問道：「老平，大聲嚷嚷的，又在跟誰吵架了？」那人笑道：「你瞧，這小叫化囉唆不囉唆？討米也就是了，卻來打聽咱主人家姓甚麼？」那管家一聽，臉色微變，向狄雲打量了半晌，說道：「小朋友，你打聽咱主人姓名作甚？」

若是換作五六年前的狄雲，自即直陳其事，但這時他閱歷已富，深知人心險惡，見那管家目光中滿是疑忌之色，尋思：「我且不直說，慢慢打聽不遲，莫非這中間有甚麼古怪。」便道：「我不過問主人老爺姓甚麼，想大聲叫他一聲，請他施捨些米飯，老爺，你……你就是老爺罷？」他故意裝得傻頭傻腦，以免引起對方疑心。

那管家哈哈大笑，雖覺此人甚傻，但他竟誤認自己爲老爺，心中倒也歡喜，笑道：「我不是老爺，喂，傻小子，你幹麼當我是老爺？」狄雲道：「你……你樣子……好看，威風得緊，你……你一副財主相。」

那管家更高興了，笑道：「傻小子，我老高他日當眞發了大財，定有好處給你。喂，傻小子，我瞧你身強力壯，幹麼不好好做事，卻要討米？」狄雲道：「沒人叫我做事啊。財主老爺，你賞口飯給我吃，成不成？」那管家用力在那姓平的肩上一拍，笑道：「你聽，他口口聲聲叫我財主老爺，不賞口飯吃是不成的了。老平，你叫他也去擔土罷，算一份工錢給他。」那姓平的道：「是啦，憑你老吩咐便是。」

狄雲聽兩人口音，那姓平的工頭是湘西本地人，那姓高的管家卻是北方人，當下不動聲色，恭恭敬敬的道：「財主老爺，財主少爺，多謝你們兩位啦。」那工頭笑罵：「他媽的，胡說八道！」那管家笑得只跌腳，道：「我是財主老爺，你是財主少爺，這……這不是做了你便宜老子嗎？」那工頭揪著狄雲耳朵，笑道：「進去，進去！先好好吃一頓，晚上開工。」狄雲毫不抗拒，跟著他進去，心道：「怎麼晚上開工？」

進得大屋，經過一個穿堂，不由得大吃一驚，眼前所見當眞奇怪之極。只見屋子中間挖掘了一個極大的深坑，土坑邊緣幾乎和四面牆壁相連，只留下一條窄窄的通道。土坑中丟滿了鐵鋤、鐵鏟、土箕、扁擔之類用具，顯然還在挖掘。看了這所大屋外面雄偉堂皇的模樣，那想得到屋中竟會掘了這樣一個大土坑。

那工頭道：「這裏的事，不許到外面去說，知不知道？」狄雲道：「是，是！我知道，這裏風水好，主人家要葬墳，不能讓外面人曉得。」那工頭嘿嘿一笑，道：「不錯，傻小子倒聰明，來吃飯罷。」

狄雲在廚房中飽餐了一頓。那工頭叫他在廊下等著，不可亂走。狄雲答應了，心中愈益起疑。只見屋中一切陳設都十分簡陋，廚房中竟沒砌好的灶頭，只擺著一隻大行灶，架了隻鐵鑊。桌子板櫈等物也都是貧家賤物，和這座大屋實在頗不相稱。

到得傍晚，進屋來的人漸多，都是左近年輕力壯的鄉民，大家鬧哄哄的喝酒吃飯。狄雲隨眾而食，他說的正是當地土話，語音極正。那管家和工頭聽了，絲毫不起疑心，都道他只是本地一個遊手好閒的青年。

眾人飯罷，平工頭率領大夥來到大廳之中，說道：「大家出力挖掘，盼望今晚運氣好，如挖到了有用東西，重重有賞。」眾人答應了，鋤頭鐵鏟撞擊泥土之聲，嚓嚓嚓的響了起來。一個年紀較長的鄉民低聲道：「掘了兩個多月啦，屁也沒挖到半個。就算這裏眞有寶貝，也要看你有沒福氣拿到手啊。」

狄雲心想：「他們想掘寶？這裏會有甚麼寶物？」他等工頭一背轉身，慢慢挨到那年長鄉民身邊，低聲道：「大叔，他們要掘甚麼寶貝？」那人低聲說道：「這寶貝可了不起。這裏的主人會望氣。他不是本地人，遠遠瞧見這裏有寶光上沖，知道地裏有寶貝，來買了這塊地皮，怕走漏風聲，先蓋了這座大屋，叫咱們白天睡覺，夜晚掘寶。」狄雲點頭道：「原來如此，大叔可知道是甚麼寶貝？」那人道：「工頭兒說，那是一隻聚寶盆，一個銅錢放進了盆中，過得一夜，明早就變成了一盆銅錢。一兩金子放進盆裏，明早就變成了滿盆黃金。你說是不是寶貝？」

狄雲連連點頭，說道：「眞是寶貝，眞是寶貝！」那人又道：「工頭特別吩咐，下鋤要輕，打爛了聚寶盆，可不是玩的。工頭說的，掘到了聚寶盆後，可以借給咱們每個人用一晚，你愛放甚麼東西都成。你倒自己合計合計，要放甚麼東西。」狄雲想了一會，道：「我常餓肚子，放一粒白米進去，明天變出一滿盆白米來，豈不是好？」那人哈哈大笑，大聲道：「好，好！」那工頭過來呼叱：「快挖，快挖！」

狄雲心想：「世上那有甚麼聚寶盆？這主人決不是傻子，定是另有計謀，揑造聚寶盆的鬼話來騙人。」又低聲問道：「這裏主人姓甚麼？你說他不是本地人？」那人道：「你瞧，主人不是出來了麼？」

狄雲順著他眼光望去，只見後堂走出一人，身形瘦削，雙目炯炯有神，服飾華麗，約莫五十來歲年紀。狄雲只向他瞧了一眼，心中便怦怦亂跳，轉過了頭，不敢對他再看，心中不住說道：「這人我見過的，這人我見過的。他是誰呢？」只覺這人相貌好熟，一時卻想不起在那裏見過。

只聽得那人道：「今晚大夥兒把西牛邊再掘深三尺，不論有甚麼紙片碎屑，木條磚瓦，一點都不可漏了，都要拿上來給我。」狄雲聽到他的說話之聲，心頭一凜，登時省悟：「是了，原來是他。」低下了頭，斜眼又向他瞧了一眼，心道：「不錯，果眞是他。」

這間大屋主人，竟便是在荊州萬震山家中教了他三招劍法的老乞丐。

那時他衣服破爛，頭髮蓬亂，全身污穢之極，今日卻是一個衣飾華貴的大財主，通身都變了相，因此直到聽了他說話的聲音，這才認出。

狄雲立時便想從坑中跳將上去，和他相認，但這幾年來的受苦受難，教會他事事都要鄭重，不可魯莽急躁，尋思：「這位老乞丐伯伯待我很好，當年我和那大盜呂通相鬥，已然落敗，幸虧他出手相救。後來他又教了我三招精妙劍法，我才得大勝萬門衆弟子。現下想來，他這三招劍法甚爲尋常，但當時卻使我得以免受羞辱。」他自學了血刀經上所錄的武功之後，見識大進，當年所學的三招「連城劍法」，這時想來已極爲平庸。

又想：「今日重會，原該好好謝他一番才是。可是這裏是我師父的舊居，他在這裏挖掘甚麼東西？他爲甚麼要起這樣一座大屋，掩人耳目？他從前是乞丐，又怎樣發了大財？」暗自琢磨：「還是瞧清楚再說。他雖是我恩人，要拜謝也不忙在一時。他怎不怕我師父回來？難道……難道……師父竟死了麼？」他從小由師父養育長大，向來當他是父親一般，想到師父說不定已經逝世，不由得眼眶紅了。

突然之間，東南角上發出叮的一聲輕響，一個鄉民的鋤頭碰到了甚麼東西。那主人躍入坑中，俯身拾起一件東西。坑中衆鄉民都停了挖掘，向他望去，只見他手中拿著一根鏽爛鐵釘，翻來覆去的看了半晌，才拋在一邊，說道：「動手啊，快挖，快挖！」

狄雲和衆鄉民忙了一夜，那主人始終全神貫注的在旁監督，直到天明，這才收工。多數鄉民散去回家，有七八人住得遠，便在大屋東邊廊下席地而睡。狄雲也在廊下睡了。睡到下午，衆人才起身吃飯。狄雲身上骯髒，有些臭氣，旁人不願和他親近，睡覺吃飯時都離得他遠遠地。狄雲正求之不得。他雖學會了小心謹慎，不敢輕信旁人，但要假裝作僞，仍頗覺爲難，時候一久，多半露出馬腳，別人不來和他親近，那再好也沒有了。

吃過飯後，狄雲走向三里外的小村，想找人打聽師父是否曾經回來過。遠遠見到幾個少年時的遊伴，這時都已粗壯成人，在田間忙碌工作，他不願顯露自己身分，並不上前招呼，尋到一個不相識的十三四歲少年，問起那間大屋的情形。

那少年說道，大屋是去年秋天起的，屋主人很有錢，來掘聚寶盆的，可是掘到這時候還沒掘到。那少年邊說邊笑，可見掘聚寶盆一事，在左近一帶已成了笑柄。「原來的那幾間小屋麼？嗯，好久沒人住啦，從來沒人回來過。起大屋的時候，自然是把小屋拆了。」

狄雲別過了那少年，悶悶不樂，又滿腹疑團，猜不出那老乞丐幹這件怪事到底是何用意。他在田野間信步而行，經過一塊菜地，但見一片青綠，都種滿了空心菜。

「空心菜，空心菜！」

驀然之間，他心中響起了這幾下清脆的頑皮的聲音。空心菜是湘西一帶最尋常的蔬菜，粗生粗長，菜莖的心是空的。他自離湘西之後，直到今日，才再看到空心菜。他呆了半晌，俯身摘了一根，聞聞青菜汁液的氣息，慢慢向西走去。

西邊都是荒山，亂石嶙峋，那裏甚至油桐樹、油茶樹也是不能種的。

那邊荒山之中，有一個旁人從來不知的山洞，是他和戚芳以前常去玩耍的地方。他懷念昔日，信步向那山洞走去。翻過兩個山坡，鑽過一個大山洞，才來到這幽秘荒涼的山洞前。一叢叢齊肩的長草，把洞口都遮住了。他心中一陣難過，鑽進山洞，見洞中各物，仍和當年自己和戚芳離去時一模一樣，沒半點移動過，只積滿了塵土。

戚芳用黏土捏的泥人，他用來彈鳥的彈弓，捉山兔的板機，戚芳放牛時吹的短笛，仍這麼放在洞裏石上。那邊是戚芳的針線籃。籃中剪刀已生滿了黃鏽。

當年逢到冬天農閒的日子，他常在這山洞裏打草鞋或編竹筐，戚芳就坐在他身畔做鞋子。她拿些零碎布片，疊成鞋底，然後一針針的縫上去。師父和他的鞋子都是青布鞋面。她自己的，鞋面上有時繡一朵花，有時繡一隻鳥，那當然是過年過節時穿的，平常穿的鞋子也都是青布面。若是下田下地做莊稼，不是穿草鞋，就是赤腳。

狄雲隨手從針線籃中拿起一本舊書，書的封面上寫著「唐詩選輯」四個字。他和戚芳都識字不多，誰也不會去讀甚麼唐詩，那是戚芳用來夾鞋樣、繡花樣的。他隨手翻開書本，拿出兩張紙樣來。那是一對蝴蝶，是戚芳剪來做繡花樣的。他心裏清清楚楚的湧現了那天的情景。

一對黃黑相間的大蝴蝶飛到了山洞口，一會兒飛到東，一會兒飛到西，但兩隻蝴蝶始終不分開。戚芳叫了起來：「梁山伯，祝英台！梁山伯，祝英台！」湘西一帶的人管這種彩色大蝴蝶叫「梁山伯，祝英台」，大概從下江人那裏學來的叫法。這種蝴蝶定是雌雄一對，雙宿雙飛，從不分開。

狄雲正在打草鞋，這對蝴蝶飛到他身旁，他舉起半隻草鞋，啪的一下，就將一隻蝴蝶打死了。戚芳「啊」的一聲叫了起來，怒道：「你……你幹甚麼？」狄雲見她突然發怒，不由得手足無措，囁嚅道：「你喜歡……蝴蝶，我……我打來給你。」

死蝴蝶掉在地下，一動也不動了，那隻沒死的卻繞著死蝶，不住的盤旋飛動。

戚芳道：「你瞧，多作孽！人家好好一對夫妻，給你活生生拆散了。」狄雲看到她黯然的神色，聽到她難過的語音，才覺歉然，道：「唉，這眞是我的不對啦。」

後來，戚芳照著那隻死蝶，剪了個繡花紙樣，繡在她自己鞋上。過年的時候，又繡了一隻荷包給他，也是這麼一對蝴蝶，黃色和黑色的翅膀，翅上靠近身體處有些紅色、綠色細線。這隻荷包他一直帶在身邊，但在荊州給捉進獄中後，就讓獄卒拿去了。

狄雲拿著那對做繡花樣子的紙蝶，耳中隱隱約約似乎聽到戚芳的聲音：「你瞧，多作孽！人家好好一對夫妻，給你活生生拆散了。」

他呆了一陣，將紙蝶又夾回書中，隨手翻動，見書頁中還有許多紅紙花樣，有的是一尾鯉魚，有的是三隻山羊，那是過年時貼在窗上的窗花，都是戚芳剪的。

他正拿了一張張的細看，忽聽得數十丈外發出石頭相擊的喀喇一響，有人走來。他心想：「這裏從沒人來，難道是野獸麼？」順手將夾著繡花紙樣的書往懷中一塞。

只聽得有人說道：「這一帶荒涼得很，不會在這裏的。」另一個蒼老的聲音道：「嘿，越荒涼，越有人來收藏寶物。咱們得好好在這裏尋尋。」狄雲心道：「怎麼到這裏來尋寶？」閃身出洞，隱身一株大樹之後。

過不多時，便有人向這邊走來，聽腳步聲共有七八人。他從樹後望出去，只見當先一人衣服光鮮，油頭粉臉，相貌好熟，跟著又有一人手中提著鐵鏟，走了過來。這人身材高高的，器宇軒昂。狄雲一見，不由得怒氣上衝，立時便想衝出去一把捏死了他。

這人正是那奪他師妹，送他入獄，害得他受盡千辛萬苦的萬圭。

他怎麼會到了這裏？

旁邊那個年紀略輕的，卻是萬門小師弟沈城。

那兩人一走過，後面來的都是萬門弟子，魯坤、孫均、卜垣、吳坎、馮坦一齊到了。萬門本有八弟子，二弟子周圻在荊州城廢園中爲狄雲所殺，只剩下七人了。狄雲好生奇怪：「這批人到這裏來，尋甚麼寶貝？難道也尋聚寶盆麼？」

只聽得沈城叫了起來：「師父，師父，這裏有個山洞。」那蒼老的聲音道：「是嗎？」語音中抑制不住喜悅之情。跟著一個高大的人形走了過來，正是五雲手萬震山。狄雲和他多年不見，見他精神矍鑠，步履沉穩，絲毫不見蒼老之態。

萬震山當先進了山洞，眾弟子一擁而進。洞中傳出來諸人的聲音：「這裏有人住的！」「灰塵積得這樣厚，多年沒人來了。」「不，不！你瞧，這裏有新的腳印。」「啊，這裏有新手印，有人剛來過不久。」「一定是言師叔，他……他將連城劍譜偷了去啦。」

狄雲又吃驚，又好笑：「他們要找連城劍法的劍譜麼？怎地攪了這麼久，還是沒找到？甚麼言師叔？師父說他二師兄言達平失蹤多年，音訊不知，只怕早已不在人世，怎麼又會鑽了出來奪連城劍譜？那明明是我留下的手印腳印，他們瞎猜一通，眞活見鬼了。」

只聽萬震山道：「大家別忙著起哄，四下裏小心找一找。」有人道：「言師叔既來過這裏，那還有不拿了去的？」有人道：「戚長發這廝眞工心計，將劍譜藏在這裏，別人還眞不容易找到。」又一人道：「他當然工於心計啊，否則怎麼會叫『鐵鎖橫江』？」萬震山道：「剛才咱們遠遠跟著那鄉下人過來，這人腳步好快，一會兒就不見了。這個人說不定也有點兒邪門。」萬圭道：「本地鄉下人熟悉山路，定是轉上小路走了。若不是他，咱們就算再找上一年半載，恐怕也不會找到這兒來。」

狄雲心想：「原來他們是跟著我來的，否則這山洞這麼隱僻，又怎會給他們找到。」

只聽得各人亂轟轟的到處一陣翻掏。洞裏本來沒甚麼東西，各人這樣亂翻，也不過是將幾件破爛物事東丟來、西丟去的移動一下位置而已。跟著鐵鏟挖地之聲響起，但山洞底下都是岩石，那裏挖得下去？

萬震山道：「沒甚麼留著了，大夥出去，到外面合計合計。」衆弟子隨著萬震山出來，走到山溪旁，在岩石上坐了下來。狄雲不願給他們發見，不敢走近。這八人說話聲音甚低，聽不見說些甚麼。過得好一會，八個人站起身來走了。

狄雲心想：「他們是來找連城劍譜，卻疑心是給我二師伯言達平盜了去。我師父的家給改成了一座大屋子，那老丐說要找甚麼聚寶盆……啊，是了，是了！」

突然之間，一道靈光閃過腦海，猛地裏恍然大悟：「這老乞丐那裏是找甚麼聚寶盆了，他也是在尋連城劍譜。他認定這劍譜是落入了我師父手中，於是到這裏來仔細搜尋，爲了掩人耳目，先起這麼一座大屋，然後再在屋中挖坑找尋，生怕別人起疑，傳出風聲說是找聚寶盆，那自然是欺騙鄉下人的鬼話。」跟著又想：「那日萬師伯做壽，這老乞丐白天夜晚的來來去去，顯然是別有用心。嗯，萬震山他們找不到劍譜，豈有不到那大屋去查察之理？多半早已去查察過了。這件事尚未了結，我到那大屋去等著瞧熱鬧便是，這中間大有古怪，一百個不對頭！」

「可是我師父呢？他老人家到了那裏？他的家給人攪得這麼天翻地覆，他知不知道？」「師妹呢？她是留在荊州城裏，享福做少奶奶罷。萬家的人要來搜查她父親的屋子，多半不會給她知道。這時候，她在幹甚麼呢？」

晚上，大屋裏又四壁點起了油燈和松明。十幾個鄉民拿起了鋤頭鐵鏟挖地。狄雲也混在人羣中挖掘，既不特別出力，也不偷懶，要旁人越少留意到他越好。他頭髮蓬鬆，不剃鬍子，大半張臉都給毛髮遮住了，再塗上一些泥灰，當眞面目全非，又想日間萬震山等人跟隨過自己，別給他們認了出來，於是將纏頭的白布和腰間的青布帶子掉換了使用。這一晚，他們在挖靠北那一邊，那老乞丐背負著雙手，在坑邊踱來踱去。當然，他現在完全不像乞丐了，衣飾富麗，左手上戴著個碧玉戒指，腰帶上掛了好大的一塊漢玉。

突然之間，狄雲聽到屋外有人悄悄掩來，東南西北，四面都有人。這些人離得還遠，那老丐顯然並未知覺。狄雲側過身子，斜眼看那老丐，只聽得腳步聲慢慢近了，五個、六個……七個……八個，是了，便是萬震山和他的七個弟子。但那老丐還是沒發覺。狄雲早聽得清清楚楚，那八個人便如近在眼前，可是老丐卻如耳朵聾了一般。

五年之前，狄雲對那老丐敬若神明。他只跟老丐學了三招劍法，便將萬門八弟子打得一敗塗地，全無招架的餘地。「但怎麼他的武功變得這樣差了，因為老了麼？難道不是他麼？是認錯人了麼？不，決不會認錯的。」狄雲卻沒想到是自己的武功進步到了極高境界，於他是清晰可聞的聲音，在旁人耳中卻全無聲息。

八個人越來越近。狄雲很奇怪：「這八人眞好笑，誰還聽不到你們偷偷掩來，還這麼躡手躡腳，鬼鬼祟祟？」那八人又走近了十餘丈，突然間，那老丐身子微微一顫，側過了耳朵，傾聽動靜。狄雲心想：「他聽見了？他是聾的麼？」其實，這八人相距尙遠，若換作一兩年前的狄雲，他不會聽到腳步聲，再走近些，也還是聽不到。

那八個人更加近了，走幾步，停一停，顯然是防屋中人發現。可是那老丐已經發覺了。他轉過身來，拿起倚在壁角的一根拐杖，那是一根粗大的龍頭木拐。

突然之間，那八人同時快步搶前，四面合圍。砰的一聲響，大門踢開，萬圭當先搶入，跟著沈城、卜垣跟了進來。七人各挺長劍，將那老丐團團圍住。

那老丐哈哈大笑，道：「很好，哥兒們都來了！萬師哥，怎麼不請進來？」

門外一人縱聲長笑，緩步踏入，正是五雲手萬震山。他和那老丐隔坑而立，兩人相互打量。過了半晌，萬震山笑道：「言師弟，幾年不見，你發了大財啦。」

這三句話鑽入狄雲耳中，他頭腦中登時一陣混亂：「甚麼？這老丐便是……便是二師伯……二師伯……言達平？」

只聽那老丐道：「師哥，我發了點小財。你這幾年買賣很好啊。」萬震山道：「托福！喂，小子們，怎麼不向師叔磕頭？」魯坤等一齊跪下，齊聲說道：「弟子叩見言師叔。」那老丐笑道：「罷了，罷了！手裏拿著刀劍，磕頭可不大方便，還是免了罷。」

狄雲心道：「這人果然是言師伯。他……他？」

萬震山道：「師弟，你在這兒開煤礦嗎？怎麼挖了這樣大的一個坑？」言達平嘿嘿一笑，道：「師兄猜錯了。小弟仇人太多，在這裏避難，挖個深坑是一作二用。仇人給小弟殺了，就隨手掩埋，不用挖坑。倘若小弟給人家殺了，這土坑便是小弟的葬身之地。」萬震山笑道：「妙極，師弟眞想得周到。師弟身子也不肥大，我看這坑夠深的了，不用再挖啦。」言達平微笑道：「葬一個人是綽綽有餘了，葬八個人恐怕還不夠。」

狄雲聽他二人一上來便唇槍舌劍，針鋒相對，不禁想起丁典的說話，尋思：「他們師兄弟合力殺了他們師父。受業恩師都要殺，相互之間又有甚麼情誼？聽丁大哥說，他們師兄弟奪到了連城劍譜，卻沒得到劍訣。那劍訣盡是一些數字，甚麼第一字是『四』，第二字是『四十一』，第三字是『三十三』，第四字是『五十三』，第五字是『十八』，丁大哥一直到死，也沒說完。劍譜不是早在他們手中麼？怎地又到這裏來找尋？」

萬震山道：「好師弟，咱倆同門這許多年，我的心思，你全明白，你的肚腸，我也早看穿了，大家還用得著繞圈子說話麼？拿來！」說了這「拿來」兩字，便即伸出了右手。言達平搖了搖頭，道：「還沒找到。戚老三的心機，咱哥兒倆都不是對手。我可萬萬猜不到他將劍譜藏在那裏。」

狄雲又是一凜：「難道他們師兄弟三人合力搶到劍譜，卻又給我師父拿了去？可是這些年來，怎地又絲毫沒動靜？是了，定是我師父下手異常巧妙，他們一直沒覺察出來。師父既不在此處，劍譜自會隨身攜帶，怎會埋藏在這屋中？他們拚命到這裏來翻尋，那不是太傻了嗎？」可是，他知道萬震山和言達平決不是傻瓜，比自己聰明十倍也還不止。這中間到底隱藏著甚麼陰謀和機關？他猜不出，也知道不必去猜。

萬震山哈哈大笑，說道：「師弟，你還裝甚麼假？人家說咱們三師弟是『鐵鎖橫江』，手段厲害。我說呢，還是你二師弟厲害。拿來！」說著右手又向前一伸。

言達平拍拍衣袋，說道：「咱哥兒倆多年老兄弟，還能分甚麼彼此？師哥，這玩意兒要是兄弟得到了，憑我這點兒料，決計對付不了，非得你來主持大局不可，做兄弟的只能在旁協助，分一些好處。但要是師兄得到了呢，嘿嘿，師兄門下弟子雖多，功夫都還嫩著點兒，只怕也須讓做兄弟的湊合湊合，加上一把手。」

萬震山皺眉道：「你在那邊山洞裏，拿到了甚麼？」言達平奇道：「甚麼山洞？這附近有個山洞麼？」萬震山道：「師弟，你我年紀都這麼一大把了，何必到頭來再傷和氣？請你拿出來，大家一同參詳。今後有福同享、有難同當如何？」

言達平道：「這可奇了，你怎麼一口咬定是我拿到了？要是我已得手，還在這裏挖掘掘的幹甚麼？」萬震山道：「你鬼計多端，誰知道你幹甚麼？」言達平道：「三師弟的東西，那有這麼容易找到的。我瞧啊，也不會是在這屋中，再掘得三天，倘若仍無結果，我也不想再攪下去了。」萬震山冷笑道：「哼！我瞧你還是再掘十天半月的好，裝得像些。」

言達平勃然變色，便要翻臉，但一轉念間，忍住了怒氣，道：「你要怎樣才信？」放下拐杖，解開衣扣，除下長袍，抓住袍子下襬，倒轉來抖了兩抖，叮叮噹噹的跌出幾兩碎銀子和一隻鼻煙壺來，都掉在地下。

萬震山道：「你有這麼蠢，拿到了之後會隨身收藏？就算是藏在身邊，也必貼肉收的，不會放在袍子袋裏。」言達平嘆了口氣，道：「師兄既信不過，那就來搜搜罷。」

萬震山道：「如此得罪了。」向萬圭和沈城使個眼色。兩人點了點頭，還劍入鞘，一左一右，走到言達平身邊。萬震山向卜垣和魯坤又橫個眼色，兩人慢慢繞到言達平身後，手中緊緊抓住了劍柄。

言達平拍拍內衣口袋，道：「請搜！」萬圭道：「師叔，得罪了！」伸手去摸他口袋。突然之間，萬圭「啊」的一聲尖叫，急忙縮手倒退，火光下只見手背上爬著一隻三寸來長的大蠍子。他反手往土坑邊一擊，啪的一聲，將蠍子打得稀爛，但手背已中劇毒，登時高高腫起。他要逞英雄，不肯呻吟，額上汗珠卻已如黃豆般滲了出來。

言達平失驚道：「啊喲，萬賢姪，你那裏去攪了這隻毒蟲來？這是花斑毒蠍，可厲害得很哪。這東西是玩不得的。師哥，快，快，你有解藥沒有？只要救遲了一步，那就不得了，了不得！乖乖我的媽！」

只見萬圭的手背由紅變紫，由紫變黑，一道紅線，緩緩向手臂升上去。萬震山知道中了言達平的陷阱，說不得，只好忍一口氣，說道：「師弟，做哥哥的服了你啦。我這就認輸。你拿解藥來，我們拍手走路，不再來向你囉唆了。」

言達平道：「這解藥麼，從前我倒也有過的，只年深日久，不知丟在那裏了，過幾天我慢慢跟你找找，或許能找得到。要不然，我到大名府去，找到了藥方，另外給你配過，那也成的。誰教咱師兄弟情誼深長呢。」

萬震山一聽，當眞要氣炸了胸膛，這種毒蛇、毒蠍之傷，一時三刻便能要了人性命，只要這道紅線一通到胸口，立時便即氣絕斃命，說甚麼「過幾天慢慢找找」，此處到河北大名府千里迢迢，又說甚麼找藥方配藥，居然虧他有這等厚顏無恥，還說「誰教咱師兄弟情誼深長呢」，眼見愛子命在頃刻，只得強忍怒氣，心想君子報仇，十年未晚，便道：「師弟，這個觔斗，我栽定了。你要我怎麼著，便劃下道兒來罷。」

言達平慢條斯理的穿上長袍，扣上衣扣，說道：「師哥，我有甚麼道兒好劃給你的？你愛怎麼便怎麼罷。」萬震山心道：「今日且讓你扯足順風旗，日後要你知道我厲害。」說道：「好罷，姓萬的自今而後，永不再和你相見。再向你囉唆甚麼，我姓萬的不是人。」言達平道：「這個可不敢當。做兄弟的只求師哥說一句，那《連城劍譜》，該當歸言達平所有。倘若兄弟僥倖找到，自然無話可說；就算落入了師哥手裏，也當讓給兄弟。」

萬圭毒氣漸漸上行，只覺一陣陣暈眩，身子不由自主的搖搖擺擺。魯坤叫道：「師弟，師弟！」伸手扶住，撕破他衣袖，只見那道紅線已過腋下。他轉頭向著萬震山叫道：「師父，今日甚麼都答允了罷！」萬震山道：「好，這連城劍譜，就算是師弟你的了，恭喜！恭喜！」這兩句「恭喜」，卻說得咬牙切齒，滿腔怨毒。

言達平道：「既是如此，讓我進屋去找找，說不定能尋得到甚麼解藥，那要瞧萬賢姪是不是有這造化了。」說完慢吞吞的轉身入內。萬震山使個眼色，魯坤和卜垣跟了進去。

過了好一會，三人都沒出來，也沒聽到甚麼聲息，只見萬圭神智昏迷，由沈城扶著，已不能動彈。萬震山心中焦急，向馮坦道：「你進去瞧瞧。」馮坦道：「是！」正要進去，只見言達平走了出來，滿面春風的道：「還好，還好！這不是找到了嗎？」手中高舉著一個小瓷瓶，說道：「這是解藥，治蠍毒再好不過了。萬賢姪，你好大命啊。以後這種毒物可玩不得了。」說著走到萬圭身邊，拔開瓶塞，在萬圭手背傷口上洒了些黑色藥末。

這解藥倒也真靈，不多時便見傷口中慢慢滲出黑血，一滴滴的掉在地下，黑血越滲越多，萬圭手臂上那道紅線便緩緩向下，回到臂彎，又回到手腕。

萬震山吁了口氣，心中又輕鬆，又惱恨，兒子的性命是保全了，可是這一仗大敗虧輸，還沒動手即受制於人。又過一會，萬圭睜開了眼睛，叫了聲：「爹！」

言達平將瓷瓶口塞上，放回懷中，拿過拐杖，在地下輕輕一頓，笑道：「這就行啦，萬賢姪，你今後學了這乖，伸手到人口袋裏去掏摸甚麼，千萬得小心才是。」

萬震山向沈城道：「叫他們出來。」沈城應道：「是！」走到廳後，大聲叫道：「魯師哥、卜師哥，快出來，咱們走了。」只聽得魯卜二人「啊，啊，啊」的叫了幾下，卻不出來。孫均和沈城不等師父吩咐，逕自衝了進去，隨即分別扶了魯坤、卜垣出來。但見兩人臉無人色，一斷左臂，一折右足，自是適才遭了言達平的毒手。

萬震山大怒，他本就有意立取言達平的性命，這時更有了藉口，這口惡氣那裏還耐得到他日再出？當即唰的一聲，長劍出鞘，刃吐青光，疾向言達平喉頭刺了過去。

狄雲從未見萬震山顯示過武功，這時見他一招刺出，狠辣穩健，心中暗道：「這一劍好像沒甚麼漏洞。」狄雲此時武學修爲已甚深湛，雖無人傳授，但在別人出招之時，自然而然的首先便看對方招數中有甚麼破綻。

言達平斜身讓過，左手抓住拐杖下端，右手抓住拐杖龍頭，雙手一分，嚓的一聲輕響，白光耀眼，手中已多了一柄長劍。原來那拐杖的龍頭便是劍柄，劍刃藏在杖中，拐杖下端便是劍鞘。他一劍在手，當即還招，叮叮叮叮之聲不絕，師兄弟二人便在土坡邊上鬥了起來。鬥得數招，均覺坑邊地形狹窄，施展不開，同聲吆喝，一齊躍入坑中。

衆鄉民見二人口角相爭，早已驚疑不定，待見動上了傢伙惡鬥，更嚇得縮在屋角落中，誰也不敢作聲。狄雲也裝出畏縮之狀，留神觀看兩位師伯，只看得七八招，心想：「二位師伯內力太過不足，招法卻儘夠了，就算得到了甚麼《連城劍譜》，恐怕也沒甚麼用處，除非那是一部增進內功的武經。但既是『劍譜』，想來必是講劍法的書。」

他又看幾招，更覺奇怪：「劉乘風、花鐵幹他們『落花流水』四俠的武功，比之我這兩位師伯高得多了。兩位師伯一味講究招數變化，全不顧和內力配合。那是甚麼道理？當年師父教我劍術，也這麼教。看來他們萬、言、戚師兄弟三人全這麼學的。這種武功遇上比他們弱的對手，自然佔盡了上風，但只要對方內力稍強，他們這許多變幻無窮的劍招，就半點用處也沒有了。爲甚麼要這樣學劍？爲甚麼要這樣學劍？」

只見孫均、馮坦、吳坎三人各挺長劍，上前助戰，成了四人合攻言達平之勢。

言達平哈哈大笑，說道：「好，好！大師哥，你越來越長進啦，招集了一批小嘍囉，齊來攻打你師弟。」他雖裝作若無其事，劍法上卻已頗見窒滯。

狄雲心想：「他師兄弟二人的劍招，各有各的長處。言師伯當年教了我刺肩、打耳光、去劍三式，用以對付萬門諸弟子，那是十分有用的，用來對付萬師伯，卻半點用處也沒有了。唉，他們大家都不懂，單學劍招變化，若無內力相濟，那有甚麼用？半點用處也沒有。眞奇怪，這樣淺顯的道理，連我這笨人也懂，他們個個十分聰明，怎麼會誰也不懂？難道是我自己胡塗了？」突然之間，心頭似乎閃過了一道靈光：「丁大哥跟我說過那神照經的來歷，顯然，師祖爺梅念笙是懂得這道理的，卻爲甚麼不跟三個弟子說？難道……難道……難道……」他心中連說三個「難道」，背上登時滲出了一片冷汗，不由得打了個寒噤，身子也輕輕發抖。

旁邊一個年老的鄉民不住唸佛：「阿彌陀佛，阿彌陀佛，別弄出人命來才好。小兄弟，別怕，別怕。」他見狄雲發抖，還道他是見到萬言二人相鬥而害怕，雖出言安慰，自己心中可也著實驚懼。

狄雲心底已明白了眞相，可是那實在太過陰險惡毒，他不願多想，更不願將已經猜到了的眞相，歸併成爲一條明顯的理路，只是既想通了關鍵所在，一件件小事自會匯歸在一起。萬震山、言達平、孫均、馮坦……這些人每一招遞出，都令他的想法多了一次印證。「不錯，不錯，定是這樣。不過，又恐怕不會罷？做師父的，怎能如此惡毒？不會的，不會的……可是，倘若不是，又怎會這樣？實在太奇怪了。」

一張清清楚楚的圖畫在他腦海中呈現了出來：「許多年以前，就是在這屋子外面，我和師妹練劍，師父在旁指點。師父教了我一招，很是巧妙。我用心的練，第二次師父卻教得不同了，劍法仍然巧妙，卻和第一次有些兒不同。當時，我只道是師父的劍法變幻莫測。這時想來，兩次所教的劍招爲甚麼不同，道理再也明白不過了。」

突然之間，心裏感到一陣陣的刺痛：「師父故意教我走錯路子，故意教我些次等劍法。他自己的本事高得多，卻故意教我學些中看不中用的劍招。他……他……言師伯的武功和師父應該差不多，可是他教了我三招劍法，就比師父高明得多……」

「言師伯卻又爲甚麼教我這三招劍法？他不會存著好心的。是了，他要引起萬師伯的疑心，要萬師伯和我師父鬥將起來……」

「萬師伯也是這樣，他自己的本事，和他的衆弟子完全不同……卻爲甚麼連自己的兒子也要欺騙？唉，他不能單教自己兒子，卻不教別的弟子，否則的話，中間的假把戲立刻就拆穿了。」

言達平左手揑著劍訣，右手手腕抖動，劍尖連轉了七個圈子，快速無倫的刺向萬震山胸口。萬震山橫過劍身，以橫破圓，斜劈連削，將他這七個劍圈盡數破解了。

狄雲在旁看著，又想：「這七個圈子全是多餘，最終是一劍刺向萬師伯的左胸，何不直截了當的刺了過去？豈不既快又狠？萬師伯斜劈連削，以七個招式破解言師伯的七個劍圈，好像巧妙，其實笨得不得了，只須反刺言師伯小腹，早已得勝了。」

猛地裏腦海中又掠過一幕情景：

他和師妹戚芳在練劍，戚芳的劍招花式繁多，他記不清師父所教的招數，給迫得手忙腳亂，連連倒退。戚芳接連三招攻來，他頭暈眼花，手忙腳亂，眼看抵敵不住，已無法去想師父教過的劍招，隨手擋架，跟著便反刺出去……

戚芳使一招「忽聽噴驚風，連山若布逃」，圈劍來擋，但他的劍招純係自發，不依師授規範，戚芳這一招花式巧妙的劍法反而擋架不住。他一劍刺去，直指師妹肩頭。正收勢不及之際，師父戚長發從旁躍出，手中拿著一根木柴，啪的一聲，將他手中長劍擊落。他和戚芳都嚇得臉色大變。戚長發將他狠狠責罵一頓，說他亂刺亂劈，不依師父所教的方法使劍，太不成話。當時他也曾想到：「我不照規矩使劍，怎麼反而勝了？」但這念頭只一閃即逝，隨即明白：「自然因爲師妹的劍術還沒練得到家。要是遇上了眞正好手，我這般胡砍亂劈當然非輸不可。」他當時又怎想得到：自己隨手刺出去的劍招，其實比師父所教希奇古怪、花巧百出的劍法有用得多。

現下想來，那可全然不同了。以他此刻的武功，自已清清楚楚的看了出來：萬震山和言達平兩人所使的劍術之中，有許多是全然無用的花招，而萬震山教給弟子的劍法，戚長發教給他和戚芳的劍法，其中無用的花招虛式更多。不用說，師祖梅念笙早瞧出三個徒兒心術不正，在傳授之時故意引他們走上了劍術的歪路，而萬震山和戚長發在教徒兒之時，或有意或無意的，引他們在歪路上走得更遠，更加好看，更加沒用。

臨敵之時使一招不管用的劍法，不只是「無用」而已，那是虛耗了機會，讓敵人搶到上風，便是將性命交在敵人手裏。爲甚麼師祖、師父、師伯都這麼狠毒？都這麼的陰險？「他們會和自己的兒子、女兒有仇麼？故意坑害自己的徒弟麼？那決不會。必定另有重大原因，一定有要緊之極的圖謀。難道是爲了那本《連城劍譜》？應該是的罷？萬師伯和言師伯爲了這劍譜，可以殺死自己師父，現在又拚命想殺死對方。」

不錯，他們在拚命想殺死對方。土坑中的爭鬥越來越緊迫。萬震山和言達平二人的劍法難分高下，但萬門衆弟子在旁相助，究竟令言達平大爲分心，幸得他先使計傷了萬圭、魯坤、卜垣三人，不然這時早已輸了。鬥到分際，孫均一劍刺向言達平後心，言達平回劍一擋，劍鋒順勢掠下。孫均一聲「啊喲！」虎口受傷，跟著噹的一聲，長劍落地。便在這時，萬震山已乘隙削出一劍，在言達平右臂割了長長一道口子。

言達平吃痛，急忙劍交左手，但左手使劍究竟甚是不慣，右臂上的傷勢也著實不輕，鮮血染得他半身都是血污。七八招拆將下來，他左肩上又中了一劍。

眾鄉民見狀，都嚇得臉上變色，竊竊私議，只想逃出屋去，卻誰也不敢動彈。

萬震山決意今日將這師弟殺了，一劍劍出手，更加狠辣，嗤的一聲響，言達平右胸又中一劍。眼看數招之間，言達平便要死於師兄劍底，他咬著牙齒浴血苦鬥，不出半句求饒的言語。他和這師兄同門十餘年，離了師門之後，又明爭暗鬥了十餘年，對他為人知之極深，出言相求只徒遭羞辱，絕無用處。

狄雲心道：「當年在荊州之時，言師伯以一隻飯碗助我打退大盜呂通，又教了我三招劍法，使我不受萬門諸弟子的欺侮，雖然他多半別有用意，但我總是受過他恩惠，決不能讓他死於非命。」當下假裝不住發抖，提起手中鐵鏟在地下鏟滿了泥土。

只見萬震山又挺劍向言達平小腹上刺去，言達平身子搖晃，已閃避不開。狄雲手中的鐵鏟輕輕一抖，一鏟黃泥向萬震山飛去。泥上所帶的內勁著實不小。萬震山給這股勁力一撞，登時立足不住，騰的一下，向後摔出。

眾人出其不意，誰也不知泥土從何處飛來。狄雲幾鏟泥土跟著迅速擲出，都是擲向點在壁上的松明和油燈，大廳中立時黑漆一團，眾人都驚叫起來。狄雲縱身而前，一把抱起言達平便衝了出去。

狄雲一到屋外，便將言達平負在背上，往後山疾馳。他於這一帶的地勢十分熟悉，儘往荒僻難行的高山上攀行。言達平伏在他背上，只覺耳畔生風，猶似騰雲駕霧一般，恍如夢中，眞不信世間竟有這等武功高強之人。萬震山和羣弟子大呼追來，卻和狄雲越離越遠。

狄雲負著言達平，攀上了這一帶最高的一座山峯。山峯陡峭險峻，狄雲也從未上來過。他曾與戚芳仰望這座雲圍霧繞的山峯，商量說山上有沒有妖怪神仙。戚芳說：「那一日你待我不好了，我便爬上山去，永遠不下來了。」狄雲說：「好，我也永遠不下來。」戚芳笑道：「空心菜！你肯陪著我永遠不下來，我也不用上去啦。」

當時狄雲只嘻嘻傻笑，此刻卻想：「我永遠願意陪著你，你卻不要我陪。」

他將言達平放下地來，問道：「你有金創藥麼？」言達平撲翻身軀便拜，道：「恩公尊姓大名？言達平今日得蒙相救，大恩不知如何報答才是。」狄雲不能受師伯這個禮，忙跪下還禮，說道：「前輩不必多禮，折殺小人了。小人是無名之輩，一些小事，說甚麼報答不報答？」言達平堅欲請教，狄雲不會揑造假姓名，只是不說。

言達平見他不肯說，只得罷了，從懷中取出金創藥來，敷上了傷口；撫摸三處劍傷，兀自心驚：「他再遲得片刻出手，我這時已不在人世了。」

狄雲道：「在下心中有幾件疑難，要請問前輩。」言達平忙道：「恩公再也休提前輩兩字。有何詢問，言達平自當竭誠奉告，不敢有分毫隱瞞。」狄雲道：「那再好不過了。請問前輩，這座大屋，是你所造的麼？」言達平道：「是的。」狄雲又問：「前輩僱人挖掘，當然是找那《連城劍譜》了。不知可找到了沒有？」

言達平心中一凜：「我道他爲甚麼好心救我，卻原來也是爲了那本《連城劍譜》。」

說道：「我花了無數心血，至今未曾得到半點端倪。恩公明鑒，小人實不敢相瞞。倘若言達平已經得到，立即便雙手獻上。姓言的性命是恩公所救，豈敢愛惜這身外之物？」

狄雲連連搖手，道：「我不是要劍譜。不瞞前輩說，在下武功雖然平平，但相信這甚麼《連城劍譜》，對在下的功夫也未必有甚麼好處。」言達平道：「是，是！恩公武功出神入化，已然當世無敵，那《連城劍譜》也不過是一套劍法的圖譜。小人師兄弟只因這是本門功夫，才十分重視，在外人看來，那也是不足一哂的了。」

狄雲聽出他言不由衷，當下也不點破，又問：「聽說那大屋的所在，本來是你師弟戚老前輩所住的。這位戚前輩外號叫作『鐵鎖橫江』，那是甚麼意思？」他自幼跟師父長大，見師父實是個忠厚老實的鄉下人，但丁典卻說他十分工於心計，是以要再問一問，到底丁典的話是否傳聞有誤。

言達平道：「我師弟戚長發外號叫作『鐵鎖橫江』，那是人家說他計謀多端，對付人很辣手，就像一條大鐵鍊鎖住了江面，叫江中船隻上又上不得、下又下不得的意思。」狄雲心中一陣難過，暗道：「丁大哥的話沒錯，我師父竟是這樣的人物，他始終不向我顯示本來面目。不過，不過他一直待我很好，騙了我也沒甚麼。」心中仍然存著一線希望，又道：「江湖上這種外號，也未必靠得住，或許是戚師傅的仇人給他取的。你和令師弟同門學藝，自然知道他的性情脾氣。到底他性子如何？」

言達平嘆了口氣，道：「非是我要說同門的壞話，恩公既然問起，在下不敢隱瞞半分。我這個戚師弟，樣子似乎是頭木牛蠢馬，心眼兒卻再也靈巧不過。否則那本《連城劍譜》，怎麼會給他得了去呢？」

狄雲點了點頭，隔了半晌，才道：「你怎知那《連城劍譜》確是在他手中？你親眼瞧見了麼？」言達平道：「雖不是親眼瞧見，但小人仔細琢磨，一定是他拿去的。」

狄雲道：「我聽人說，你常愛扮作乞丐，是不是？」言達平又是一驚：「這人好厲害，居然連這件事也知道了。」便道：「恩公信訊靈通，在下的作為，甚麼都瞞不過你。初時在下料得這本《連城劍譜》不是在萬師哥手中，便是在戚師弟手中，因此便喬裝改扮，易容為丐，在湘西鄂西來往探聽動靜。」

狄雲道：「為甚麼你料定是在他二人手中？」言達平道：「我恩師臨死之時，將這劍譜交給我師兄弟三人……」狄雲想起丁典所說，那天夜裏長江畔萬、言、戚三人合力謀殺師父梅念笙之事，哼了一聲，道：「是他親手交給你們的嗎？恐怕……恐怕……不見得罷？他是好好死的嗎？」

言達平一躍而起，指著他道：「你……你是……丁……丁典……丁大爺？」丁典安葬梅念笙的訊息後來終於洩露，是以言達平聽得他揭露自己弒師的大罪，便猜想他是丁典。

狄雲淡淡道：「我不是丁典。丁大哥嫉惡如仇。他……他親眼見到你們師兄弟三人合力殺死師父，倘若我是丁大哥，今日就不會救你，讓你死在萬……萬震山的劍下。」

言達平驚疑不定，道：「那麼你是誰？」狄雲道：「你不用管我是誰。若要人不知，除非己莫為。你們合力殺了師父之後，搶得《連城劍譜》，後來怎樣？」言達平顫聲道：「你既然甚麼都知道了，何必再來問我？」狄雲道：「有些事我知道，有些事我不知。請你老老實實說罷。若有假話，我總會查察得出。」

言達平又驚又怕，說道：「我如何敢欺騙恩公？我師兄弟三人拿到《連城劍譜》之後，一查之下，發覺只有劍譜，沒有劍訣，那仍無用，便跟著去追查劍訣……」狄雲心想：「丁大哥言道，這劍訣和一個大寶藏有關。現下梅念笙、凌小姐、丁大哥都已逝世，世上已無人知道劍訣，你們兀自在作夢。」只聽言達平繼續說道：「我們三個人你不放心我，我不放心你，每天晚上都在一間房睡，這本劍譜，便鎖在一隻鐵盒之中。我們把鐵盒鎖上的鑰匙投入了大江，鐵盒放在房中桌子的抽屜裏，鐵盒上又連著三根小鐵鍊，分繫在三人的手上，只要有誰一動，其餘二人便驚覺了。」

狄雲嘆了口氣，道：「這可防備得周密得很。」言達平道：「那知道還是出了亂子。」狄雲問道：「又出了甚麼亂子？」言達平道：「這一晚我們師兄弟三人在房中睡了一夜，次日清晨，萬震山忽然大叫：『劍譜呢？劍譜呢？』我一驚跳起，只見放鐵盒的抽屜拉開了沒關上，鐵盒的蓋子也打開了，盒中的劍譜已不翼而飛。我們三人大驚之下，拚命的追尋，卻那裏還尋得著？這件事太也奇怪，房中的門窗仍是在內由鐵扣扣著，好端端的沒動，因此劍譜定非外人盜去，不是萬師哥，便是戚師弟下的手了。」

狄雲道：「果眞如此，何不黑夜中開了門窗，裝作是外人下的手？」言達平嘆了口氣，說道：「我們三人的手腕都是用鐵鍊連著的。悄悄起身去開抽屜，開鐵盒，那是可以的，要走遠去開門開窗，鐵鍊就不夠長了。」狄雲道：「原來如此。那你們怎麼辦？」言達平道：「劍譜得來不易，我們當然不肯就此罷休。三個人你怪我，我怪你，大吵了一場，但誰也說不出甚麼證據，只好分道揚鑣……」

狄雲道：「有一件事我想不明白，倒要請教。你們師父既有這樣一本劍譜，遲早總會傳給你們，難道他要帶進棺材裏去不成？何以定要下此毒手？何以要殺了師父來搶這劍譜？」言達平道：「我師父，我師父，唉，他……他是老胡塗了，他認定我們師兄弟三人心術不正，始終不傳我們這劍譜上的劍法，眼看他是在另行物色傳人，甚至於要將本門武功盡數傳於外人。我們三人忍無可忍，迫於無奈，這才……這才下手。」

狄雲道：「原來如此。你後來又怎斷定劍譜是在你戚師弟手中？」

言達平道：「我本來疑心是萬震山盜的，他首先出聲大叫，賊喊捉賊，最是可疑。我暗中跟蹤他，跟得不久，便知不是他。因爲他在跟蹤戚師弟。劍譜倘若是萬震山這廝拿去的，他不會去跟蹤別人，定是立即躲到窮鄉僻壤，或是甚麼深山荒谷中去練了。可是我每次在暗中見到他，總是見他咬牙切齒，神色十分焦躁痛恨，於是我改而去跟蹤戚長發。」

狄雲道：「可尋到甚麼線索？」言達平搖頭道：「這戚長發城府太深，沒半點形跡露了出來。我曾偷看他教徒兒和女兒練劍，他故意裝傻，將出自唐詩的劍招名稱改得狗屁不通，當眞要笑掉旁人大牙。不過他越做作，我越知他路道不對。我一直釘了他三年，他始終沒顯出半分破綻。當他出外之時，我曾數次潛入他家中細細搜尋，可是別說沒連城劍譜，連尋常書本子也沒一本。嘿嘿！這位師弟，當眞是好心計，好本事！」

狄雲道：「後來怎樣？」

言達平道：「後來嘛，萬震山忽然要做壽，派了個弟子來請戚長發到荊州去吃壽酒。當然哪，做壽是假，查探師弟的虛實是眞。戚長發帶了女兒，還有一個傻頭傻腦的弟子叫甚麼狄雲的一塊兒去。酒筵之間，這狄雲和萬家的八個弟子打了起來，露出了三招精妙的劍術，引起了萬震山的疑心……恩公，你說甚麼？」狄雲淒然搖了搖頭。言達平續道：「於是萬震山將戚長發請到書房中去談論，兩人你一言我一語的說翻了臉。戚長發出手將萬震山刺傷，從此不知所蹤。奇怪，眞是奇怪，眞奇怪之極了。」

狄雲道：「甚麼奇怪？」言達平道：「戚長發從此便無影無蹤，不知躲到了何處。戚長發去荊州之時，決不會將盜來的劍譜隨身攜帶，定是埋藏在這裏一處極隱蔽的地方。我本來料想他刺傷萬震山後，一定連夜趕回此間，取了劍譜再行遠走高飛，是以一發生事故，我立即備了快馬，搶先來到這裏等候，瞧他這劍譜放在那裏，以便俟機下手，可是左等右等，他始終沒現身。一過幾年，看來他是永遠不會回來了，我便老實不客氣，在這裏攪他個天翻地覆，想要掘那劍譜出來。可是花了無數心血，半點結果也沒有。若不是恩公出手相救，姓言的今日連性命也送在這裏了。嘿，嘿，我那萬師哥可當眞辣手！」

狄雲道：「照你看來，你那戚師弟現下到了何處？」

言達平搖頭道：「這個我可眞猜想不出了。多半是天網恢恢，疏而不漏，在甚麼地方一病不起，又說不定遇到甚麼意外，給豺狼虎豹吃掉了。」

狄雲見他滿臉幸災樂禍的神氣，顯得十分歡喜，心中大是厭惡，但轉念一想，師父音訊全無，多半確已遭了不幸，便站起身來，說道：「多謝你不加隱瞞，在下要告辭了。」言達平恭恭敬敬的作了三揖，道：「恩公大恩大德，言達平永不敢忘。」

狄雲道：「這種小事，也不必放在心上。何況……何況你從前……你在這裏養傷，那萬震山決計找你不到的，儘管放心好了。」言達平笑道：「這會兒多半他急得便如熱鍋上螞蟻一般，也顧不到來找我了。」狄雲奇道：「爲甚麼？」言達平微笑道：「我那毒蠍傷了他兒子的手，必須連續敷藥十次，方能除盡毒性。只敷一次，有甚麼用？」

狄雲微微一驚，道：「那麼萬圭會性命不保麼？」言達平甚是得意，道：「這種花斑毒蠍，當眞非同小可，那是西域回疆傳來的異種，妙在這萬圭不會一時便死，要他呼號呻吟足足一個月，這才了帳。哈哈，妙極，妙極！」

狄雲道：「要一個月才死，那就不要緊了，他去請到良醫，總有解毒的法子。」

言達平道：「恩公有所不知。這種毒蠍是我自己養大的，自幼便餵牠服食各種解藥，蠍子習於解藥的藥性，尋常解藥用將上去便全無效驗，任他醫道再高明的醫生，也只是用治毒蟲的藥物去解毒，那有屁用？只有一種獨門解藥，是這蠍子沒服食過的，那才有用，世上除我之外，沒第二個知道這解藥的配法。哈哈，哈哈！」

狄雲側目而視，心想：「這個人心腸如此惡毒，當眞可怕！下次說不定我會給他的毒蠍螫中。丁大哥常說，在江湖上行走，害人之心不可有，防人之心不可無。還是問他拿些解藥放在身邊，這叫做有備無患。」便道：「你這瓶解藥，給了我罷！」

言達平道：「是，是！」可是並不當即取出，問道：「恩公要這解藥，不知有甚麼用途？」狄雲道：「你的毒蠍十分厲害，說不定一個不小心我自己碰到了，身邊有一瓶解藥，那就放心些了。」言達平臉色尷尬，陪笑道：「恩公於小人有救命之恩，小人怎敢加害？恩公這是多疑了。」狄雲伸出手去，說道：「備而不用，放在身邊，那也不妨。」言達平道：「是，是！」只得取出解藥，遞了過去。

狄雲下得峯來，又到那座大屋去察看，見屋中衆鄉民早已散去，那管家和工頭也已不知去向，空蕩蕩的再無一人。

狄雲心道：「師父死了，師妹嫁了，這地方我是再也不會來的了。」走出大屋，沿著溪邊向西北走去。行出數十丈，回頭望去，這時東方太陽剛剛升起，陽光照射在屋前的楊樹、槐樹之上，溪水中泛出點點閃光，這番情景，他從小便看熟了的，不由得又想：「從今而後，這地方我是再也不會來的了。」

他理一理背上的包裹，尋思：「眼下還有一件心事未了，須得將丁大哥的骨灰，送去和凌小姐的遺體合葬，這且去荊州走一遭。萬圭這小子害得我苦，好在惡人自有惡人磨，我也不用親手報仇。言達平說他要呻吟號叫一個月才死，卻不知是眞是假。倘若他命大，醫生給治好了，我還得給他補上一劍，取他狗命。」

自從昨晚見到萬震山與言達平鬥劍，他才對自己的武功有了信心。

狄雲轉開了頭，哈哈大笑，說道：「是我救活了他，哈哈，哈哈！真好笑，天下還有比我更傻的人嗎？」

他縱聲大笑，臉頰上卻流下了兩道眼淚。

「十 唐詩選輯」

湘西和荊州相隔不遠，數日之後，狄雲便到了荊州。這一條路，當年他隨同師父和師妹曾經走過的。山川仍是這樣，道路仍是這樣。當年行走之時，路上滿是戚芳的笑聲。這一次，從麻溪鋪到荊州，他沒聽到一下笑聲。當然有人笑，不過，他沒聽見。

在城外一打聽，知道淩退思仍做著知府。狄雲仍這麼滿臉污泥，掩住了本來面目，走進城去。第一個念頭是：「我要親眼瞧瞧萬圭怎樣受苦。他的毒傷是不是治好了？也不知他是不是已經回來，說不定還留在湖南治傷。」

踱到萬家門口，遠遠望見沈城匆匆從大門中出來，神情顯得很急遽。狄雲心道：「沈城既在這裏，萬圭想來也已回家。一到天黑，我便去探探。」於是走向那個廢園。

廢園離萬家不遠，當日丁典逝世、殺周圻、殺耿天霸、殺馬大鳴，都是在這廢園之中，此番舊地重來，只見遍地荒草如故，遍地瓦礫如故。他走到那株老梅之旁，撫摸凹凹凸凸的樹幹，心道：「那一日丁大哥在這株老梅樹下逝世，梅樹仍然這副模樣，半點也沒變。丁大哥卻已骨化成灰。」

當下坐在梅樹下閉目而睡。睡到二更時分，從懷中取出些乾糧來吃了，出了廢園，逕向萬家而來。繞到萬家後門，越牆而入，到了後花園中，不禁心中酸苦：「那日我身受重傷，躲入柴房。師妹不助我救我，已算得狠心，卻去叫丈夫來殺我。」正要舉步而前，忽見太湖石旁有三點火光閃動。

他立即往樹後一縮，向火光處望去。凝目間，見三點火光是香爐中三枝點燃了的線香。香爐放在一張小几上，几前有兩個人跪著向天磕頭，一會兒站起身來。狄雲看得分明，一個便是戚芳，另一個是小女孩，她的女兒，也是叫做「空心菜」的。

只聽得戚芳輕輕禱祝：「第一炷香，求天老爺保祐我夫君得脫苦難，解腫去毒，不再受這蠍毒侵害的痛楚。空心菜，你說啊，說求求天菩薩保祐爹爹病好。」小女孩道：「是，媽媽，求求天菩薩保祐，叫爹爹不痛痛了，不叫叫了。」狄雲相隔雖然不近，她母女倆的說話卻聽得清清楚楚，得知萬圭中毒後果然仍在受苦，心中既感到幸災樂禍的歡喜，又惱恨戚芳對丈夫如此情義深重。

只聽戚芳說道：「第二炷香，求天老爺保祐我爹爹平安，無災無難，早日歸來。空心菜，你說請天菩薩保祐外公長命百歲。」小女孩道：「是，外公，你快快回來，你爲甚麼不回來啊？」戚芳道：「求天菩薩保祐。」小女孩道：「天菩薩保祐外公，還要保祐爺爺和爹爹。」她從來沒見過戚長發，媽媽要她求禱，她心中記掛的卻是自己的祖父和父親。

戚芳停了片刻，低聲道：「這第三炷香，求天老爺保祐他平安，保祐他如意，保祐他早娶賢妻，早生貴子……」說著聲音哽咽了，伸起衣袖，拭了拭眼淚。小女孩道：「媽媽，你又想起舅舅了。」戚芳道：「你說，求天老爺保祐空心菜舅舅平安……」

狄雲聽她禱祝第三炷香時，正自奇怪：「她在替誰祝告？」忽聽得她說到「空心菜舅舅」五個字，耳中不由得嗡的一聲響，心中只說：「她是在說我？她是在說我？」

那小女孩道：「媽媽記掛空心菜舅舅，天菩薩保祐舅舅恭喜發財，買個大娃娃給我，他是空心菜，我也是空心菜。媽媽，這個空心菜舅舅，到那裏去啦？他怎麼也還不回來？」戚芳道：「空心菜舅舅去了很遠很遠的地方。舅舅拋下你媽不理了，媽卻天天記著他……」說到這裏，抱起女兒，將臉藏在女兒胸前，快步回了進去。

狄雲走到香爐之旁，瞧著那三根閃閃發著微光的香頭，不由得痴了。

他怔怔的站著，三根香燒到了盡頭，都化了灰燼，他還是一動不動的站著。

第二天清晨，狄雲從萬家後園中出來，在荊州城中茫然亂走，忽然聽得嗆啷啷、嗆啷啷的聲音直響，是個走方郎中搖著虎撐在沿街賣藥。狄雲心中一動，他要親眼瞧瞧萬圭呻吟叫喚的慘狀，於是取出十兩銀子，要將他的衣服、藥箱、虎撐一古腦兒都買下來。那郎中很奇怪，這些都不是甚麼貴重東西，最多不過值得三四兩銀子，便高高興興的賣了給他。

狄雲回到廢園，換上郎中的衣服，拿些草藥搗爛了，將汁液塗在臉上，又在左眼下敷了一大塊草藥，弄得面目全非，然後搖著虎撐，來到萬家門前。

他將到萬家門前，便把虎撐嗆啷啷、嗆啷啷的搖得大響，待得走近，嘶啞著嗓子叫道：「專醫疑難雜症，無名腫毒，毒蟲毒蛇咬傷，即刻見功！」

如此來回走得三遍，只見大門中一人匆匆出來，招手道：「喂，郎中先生，你過來，過來。」狄雲認得他是萬門弟子，便是當年削去他五根手指的吳坎。狄雲此刻裝束面貌與昔年大異，吳坎自認他不出。狄雲生怕他聽出自己語音，慢慢踱過去，更加壓低嗓子，說道：「這位爺台有何吩咐，可是身上生了甚麼疑難雜症、無名腫毒？」

吳坎「呸」的一聲，道：「你瞧我像不像生了無名腫毒？喂，我問你，給蠍子螫了，你治不治得好？」狄雲道：「青竹蛇、赤練蛇、金腳帶、鐵鏟頭，天下一等一的毒蛇咬傷了人，在下都藥到傷去。那蠍子嘛，嘿嘿，又算得甚麼一回事？」

吳坎道：「你可別胡吹大氣，這螫人的蠍子卻不是尋常傢伙。荊州城裏的名醫見了個個搖頭，你又治得好了？」狄雲皺眉道：「有這等厲害？天下的蠍子嘛，也不過是灰毛蠍、黑白蠍、金錢蠍、麻頭蠍、紅尾蠍、落地咬娘蠍、白腳蠍……」他信口胡說，連說了二十來種，才道：「每種蠍子毒性不同，各有各的治法，就算是名醫，若不是真有本事的，也未必懂得周全。」

吳坎見他形貌醜陋，衣衫襤褸，雖然說了許多蠍子的名目，但結結巴巴，口齒不清，料想也沒甚麼本事，便道：「既是如此，你便去瞧瞧罷，反正是死馬當作活馬醫。」狄雲點了點頭，跟他走進萬府。他一跨進門，登時便想起那年跟著師父、師妹前來拜壽的情景，那時候是鄉下少年進城，眼中看出來，甚麼東西都透著華貴新鮮，和師妹兩個東張西望，指指點點；今日再來，門庭依舊，心中卻只感到一陣陣酸苦。他隨著吳坎走過了三處天井，來到東邊樓前。

吳坎仰起了頭，大聲道：「三師嫂，有個草頭郎中，他說會治蠍毒，要不要他來給師哥瞧瞧？」呀的一聲，樓上窗子打開，戚芳從窗中探頭出來，說道：「好啊，多謝吳師弟，你師哥今天痛得更加厲害了，請先生上樓。」吳坎對狄雲道：「你上去罷。」自己卻不跟上去。戚芳道：「吳師弟，你也請上來好啦，幫著瞧瞧。」吳坎道：「是！」

這才隨著上樓。

狄雲上得樓來，只見中間靠窗放著一張大書桌，放著筆墨紙硯與十來本書，還有一件縫了一半的小孩衣衫。戚芳從內房迎了出來，臉上不施脂粉，容色頗爲憔悴。狄雲只向她看了一眼，生怕她識得自己，不敢多看，便依言走進房去。只見一張大床上向裏睡著一人，不斷呻吟，正是萬圭。他小女兒坐在床前的一張小櫈上，在給爸爸輕輕搥腿。她見到狄雲污穢古怪的面容，驚呼一聲，忙躲到母親身後。

吳坎道：「我這師哥給毒蠍螫傷了，毒性始終不消，好像有點兒不大對頭。」狄雲道：「嗯，是嗎？」他在門外和吳坎說話時泰然自若，這時見了戚芳，一顆心撲通撲通亂跳，自覺雙頰發燒，唇乾舌燥，再也說不出話來。他走到床前，拍了拍萬圭肩頭。

萬圭慢慢翻身過來，一睜眼看到狄雲的神情，不由得微微一驚。戚芳道：「三哥，這位是吳師弟給你找來的大夫，他……他或許會有靈藥，能治你的傷。」語氣之中，實在對這郎中全無信心。

狄雲一言不發，看了看萬圭腫起的手背，見那手背又是黑黑一團，樣子可怖，嘶啞著嗓子道：「這是湘西沅陵一帶的花斑毒蠍咬的，咱們湖北可沒這種蠍子！」

戚芳和吳坎齊聲道：「是，是，正是在湘西沅陵給螫上的。」戚芳又道：「先生瞧出了蠍子的來歷，定是能治的了？」語音中充滿了指望。

狄雲屈指計算日子，道：「這是晚上咬的，到現在麼，嗯，已有七天七晚了。」

戚芳向吳坎瞧了一眼，說道：「先生眞料事如神，那確是晚上給螫的，到今天已有七天七晚。」狄雲又道：「這位爺台是不是反手一掌，將蠍子打死了？若不是這樣，本來還可有救。現下將蠍子打死在手背上，毒性盡數逍了進去，再要解毒，那就難了。」

戚芳本來聽他連時日都算得極準，料想必有治法，臉上已有喜色，待聽得這麼說，又焦急起來，道：「先生說得明白不過，無論如何，要請你救他性命。」

狄雲這次假扮郎中而進萬家，本意是要親眼見到萬圭痛苦萬狀、呻吟就死的情景，以稍洩心中鬱積的怒氣，若他不死，便要親手殺他報仇，至於救他性命之意，自然半點也沒有。但他從來對戚芳便千依百順，決不違拗她半點，這時聽她如此焦急相求，心中一軟，便想去打開藥箱，取言達平的解藥出來，但隨即轉念：「這萬圭害得我好苦，又奪了我師妹，我不親手殺他，已算客氣之極，如何還能救他性命？」便搖了搖頭，道：「不是我不肯救，實在他中毒太深，又躭擱了日子，毒性入腦，是不能救了。」

戚芳垂下淚來，拉著女兒的手，道：「空心菜，寶寶，你向這位伯伯磕頭，求他救救爹爹的命。」狄雲急忙搖手，道：「不，不用磕頭……」但那女孩很乖，向來聽母親的話，又知父親重傷，心中也很焦急，當即跪在地下，向他咚咚咚的磕頭。狄雲右手五指已失，始終藏在衣袖之中，當即伸出左手，將女孩扶起。只見那女孩起身之時，頸中垂下一個金鎖片來，金片上鐫著四個字：「德容雙茂」。

狄雲一看之下，不由得一呆，想起那日自己在萬家柴房之中昏暈了過去，醒轉時身子已在長江舟中，身邊有些金銀首飾，其中有一片小孩兒的金鎖片，上面也刻著這樣四個字，莫不是……

他只看了一眼，不敢再看，腦海中一片混亂，終於漸漸清晰了起來：「我在萬家柴房中暈倒，若不是師妹相救，更無旁人。從前我疑心她有意害我，但昨晚……昨晚她向天祝禱，吐露心事，她既對我如此情長，當日也決計不會害我。難道，難道老天爺有眼，我經歷了這番艱難困苦之後，和師妹又能再團圓麼？」

他想到「再團圓」三字，心中又怦怦亂跳，側頭向戚芳一瞥，見她滿臉盡是關切之色，目不轉睛的瞧著萬圭，眼中流露出愛憐之極的神氣。

狄雲一見到她這眼色，一顆心登時沉了下去，背脊上一片冰涼，他記得清清楚楚，那日他和萬門八弟子相鬥，給他八人聯手打得鼻青目腫，師妹給他縫補衣衫，眼光中也是這麼愛憐橫溢、柔情無限。現今，她這眼波是給了丈夫啦，再也不會給他了。

「要是我不給解藥，誰也怪不得我。等萬圭痛死了，我夜裏悄悄來帶了她走路，誰能攔得住我？我舊事不提，和她再做……再做夫妻。這女孩兒嘛，我帶了她一起走就是了。唉，不成！師妹這幾年來在萬家做少奶奶，舒服慣了，怎麼又能跟我去耕田放牛？何況，我形容醜陋，識不上幾百個字，手又殘廢了，怎配得上她？她又怎肯跟我走？」

這一自慚形穢，不由得羞愧無地，腦袋低了下去。

戚芳那知道這個草藥郎中心裏，竟在轉著這許許多多念頭，只怔怔的瞧著他，盼他口中吐出兩個字來：「有救！」

萬圭一聲長、一聲短的呻吟，這時蠍毒已侵到腋窩關節，整條手臂和手掌都腫得痛楚難當。

戚芳等了良久，不見狄雲作聲，又求道：「先生，請你試一試，只要……只要減輕他一些……痛苦，就算……就算……也不怪你。」意思說，既然萬圭這條命保不住了，那麼只求他給止一止痛，就算終於難逃一死，也免得這般受苦。

狄雲「哦」的一聲，從沉思中醒覺過來，霎時間心中一片空蕩蕩地，萬念俱灰，恨不得即刻就死了。他全心全意的愛著這個師妹，但她卻嫁了他的大仇人，還在苦苦哀求自己，叫自己救這仇人。「我寧可是如萬圭這廝，身上受盡苦楚，卻有師妹這般憐惜的瞧著我，就算活不了幾天，那又算得甚麼？」他輕輕吁了口氣，打開藥箱，取出言達平的那瓶解藥，倒了些黑色粉末出來，放上萬圭手背。

吳坎叫道：「啊喲……正……正是這解藥，這……這可有救了。」

狄雲聽得他聲音有異，本來說「這可有救了」五字，該當歡喜才是，可是他語音中卻顯得異常失望，還帶著幾分氣惱，狄雲覺得奇怪，側頭向他瞧了一眼，見他眼中露出十分兇狠惡毒的神色。狄雲更覺奇怪，但想萬門八弟子中沒一個好人。萬震山、言達平他們同門相殘，萬圭與吳坎的交情也未必會好，可是他何以又出來爲萬圭找醫生治病？

萬圭的手背一敷上藥末，過不多時，傷口中便流出黑血來。他痛楚漸減，說道：「多謝大夫，這解藥可用得對了。」戚芳大喜，取過一隻銅盆來接血，只聽得嗒、嗒、嗒一聲聲輕響，血液滴入銅盆之中。戚芳向狄雲連聲稱謝。

吳坎道：「三師嫂，小弟這回可有功了罷？」戚芳道：「是，確要多謝吳師弟才是。」吳坎笑道：「空口說幾聲謝謝，那可不成。」戚芳沒再理他，向狄雲道：「先生貴姓？我們可得重重酬謝。」

狄雲搖頭道：「不用謝了。這蠍毒要連敷十次藥，方能解除。」心中酸楚，但覺世上事事都是苦，說道：「都給了你罷！」將解藥遞過。

戚芳沒料到事情竟這般容易，一時卻不敢便接，說道：「我們向先生買了，不知要多少銀子？」狄雲搖頭道：「送給你的，不用銀子。」

戚芳大喜，雙手接了過來，躬身萬福，深深致謝，道：「先生如此仗義，眞不知該當怎生相謝才好。吳師弟，請你陪這位先生到樓下稍坐。」狄雲道：「不坐了，告辭。」戚芳道：「不，不，先生的救命大恩，我們無法報答，一杯水酒，無論如何是要敬你的。先生，你別走啊！」

「你別走啊！」這四個字一鑽入狄雲耳中，他心腸登時軟了，尋思：「我這仇是報不成了，葬了丁大哥後，再也不會到荊州城來。今生今世，不會再和師妹相見了。她要敬我一杯酒，嗯，再多瞧她幾眼，也是好的。」便點了點頭。

酒席便設在樓下的小客堂中，狄雲居中上座，吳坎打橫相陪。戚芳萬分感激這位大夫的恩德，親自上菜。萬府中萬震山等一干人似乎都不在家，其餘的弟子也沒來入席飲酒。

戚芳恭恭敬敬的敬了三杯酒。狄雲接過來都喝乾了，心中一酸，眼眶中充盈了眼淚，知道再也無法支持，再坐得一會，便會露出形跡，當即站起，說道：「酒已足夠，我這可要去了！從今以後，再也不會來了！」戚芳聽他說話不倫不類，但這位郎中本來十分古怪，也不以爲意，說道：「先生，大恩大德，我們無法相謝，這裏一百兩紋銀，請先生路上買酒喝。」說著雙手捧過一包銀子。

狄雲轉開了頭，仰天哈哈大笑，說道：「是我救活了他，是我救活了他，哈哈，哈哈！眞好笑！天下還有比我更傻的人麼？」他縱聲大笑，臉頰上卻流下了兩道眼淚。

戚芳和吳坎見他似瘋似顚，不禁相顧愕然。那小女孩卻道：「伯伯哭了，伯伯哭了！」狄雲心中一驚，生怕露出了馬腳，不敢再和戚芳說話，心道：「從此之後，我是再也不見你了。」伸手入懷，摸出那本從沅陵石洞中取來的夾鞋樣詩集，攏在衣袖之中，垂下袖去悄悄放在椅上，不敢再向戚芳瞧上一眼，頭也不回的去了。

戚芳道：「吳師弟，你給我送送先生。」吳坎道：「好！」跟了出去。

戚芳手中捧著那包銀子，一顆心怦怦亂跳：「這位先生到底是甚麼人？他的笑聲怎地和那人這麼像？唉，我怎麼了？這些日子來，三哥的傷這麼重，我心中卻顚三倒四的，老是想著他……他……他……」隨手將銀子放在桌上，以手支頤，又坐到椅上。

那張椅子是狄雲坐過的，只覺椅上有物，忙站起身來，見是一本黃黃的舊書，封皮上寫著「唐詩選輯」四字。她輕呼一聲，伸手拿起，隨手一翻，書中跌出一張鞋樣，正是自己當年在湘西老家中剪的。她張大了口合不攏來，雙手發抖，又翻過幾頁，見到一對蝴蝶的剪紙花樣。當年和狄雲在山洞中並肩共坐、剪成這對紙蝶時的情景，驀地裏如閃電般映入腦海。她忍不住「啊」的一聲叫了出來，心中只道：「這……這本書從那裏來的？是……是誰帶來的？難道是那郎中先生？」

小女孩見母親神情有異，驚慌起來，連叫：「媽，媽，你……做甚麼？」

戚芳一怔之間，抓起那本書揣入懷中，飛奔出樓，向門外直追出去。她自從嫁作萬家媳婦以來，一直斯斯文文，這般在廳堂間狂奔急馳，那是從來沒有的事。萬家婢僕忽見少奶奶展開輕功，連穿幾個天井，急衝而出，無不驚訝。

戚芳奔到前廳，見吳坎從門外進來，忙問：「那郎中先生呢？」吳坎道：「這人古裏古怪的，一句話不說便走了。三師嫂，你找他幹麼？師哥的傷有反覆麼？」戚芳道：「不，不！」急步奔出大門，四下張望，已不見賣藥郎中的蹤跡。

她在大門外呆立半晌，伸手又從懷中取出舊書翻動，每見到一張鞋樣，一張花樣，少年時種種歡樂情事，便如潮水般湧向心頭，眼淚不禁奪眶而出。

她忽然轉念：「我怎麼這樣傻？公公和三哥他們最近到湘西去見言師叔，說不定無意中闖進了那個山洞，隨手取了這本書來，也是有的。這位郎中先生，怎會和這書有甚相干？」但隨即又想：「不，不！事情那會這麼巧法？那山洞隱秘之極，連爹爹也不知道，世上除我之外，就只師哥他……他一人知道，公公和三哥他們怎找得到？他們是去尋訪言師叔，怎會闖進這山洞去？剛才我擺設酒席之時，明明記得抹過這張椅子，那裏有甚麼書本？這本書若不是那郎中帶來，卻是從那裏來的？」

她滿腹疑雲，慢慢回到房中，見萬圭敷了傷藥之後，精神已好得多了。她手中握著那本書，便想詢問丈夫，但轉念一想：「且莫莽撞，倘若那郎中……那郎中……」

萬圭道：「芳妹，這位郎中先生眞是我的救命恩人，須得好好酬謝他才是。」戚芳道：「是啊，我送他一百兩銀子，他又不肯受，眞是一位江湖異人。這瓶解藥……咦，解藥呢？是你收了起來麼？」賣藥郎中將解藥交了給她之後，她便放在萬圭床前桌上，這時卻已不見。萬圭道：「沒有，不在桌上麼？」

戚芳在桌上、床邊、梳妝檯、椅子、箱櫃、床底、桌底各處尋找，解藥竟影蹤不見。她心中大急：「難道我適才神智不定，奔出去時落在地下了？」說道：「我記得清清楚楚，是放在桌上這隻藥碗邊的。」萬圭也很焦急，道：「你快再找找，怎麼會不見的？我剛才合了一忽兒眼，臨睡著的時候，記得還看到這瓷瓶兒便在桌上。」

他這麼一說，戚芳更加著急了，轉身出房，拉著女兒問道：「剛才媽出去時，有誰進來過了？」小女孩道：「吳叔叔上來過，他見爹爹睡著了，就下去啦！」

戚芳吁了一口長氣，隱隱知道事情不對，但萬圭正在病中，不能令他擔憂，說道：「空心菜，你陪著爹爹，說媽媽去向郎中先生再買一瓶藥，給爹爹醫傷。」小女孩點點頭，道：「媽，你快回來。」

戚芳定了定神，拉開書桌抽屜，取出一柄匕首，貼身藏著，慢慢走下樓去，尋思：「吳坎這廝在沒人之處見到我，總是賊忒嘻嘻的不懷好意。這郎中是他請來的，莫非他和郎中串通了，安排下陰謀詭計？否則爲甚麼那郎中既不要錢，解藥又不見了？」

她一面思索，一面走向後園，到得迴廊，只見吳坎倚著欄干，在瞧池裏的金魚。戚芳道：「吳師弟，你一個人在這裏？」吳坎回過頭來，滿臉眉花眼笑，道：「我道是誰，原來是三師嫂。怎麼不在樓上陪伴三師哥，好興致到這裏來？」戚芳嘆了口氣，道：「唉，我悶得很。整天陪著個病人，你師哥手上痛得狠了，脾氣就越來越壞。不出來散散心，找個人說話解悶兒，可把人也慾死了。」吳坎一聽，當眞喜出望外，笑道：「三師哥也眞叫做人心不足蛇吞象，有你這樣如花似玉的一個美人兒相伴，還要發脾氣，那可也太難侍候了。」

戚芳走到他身邊，也靠在欄干上，望著池中金魚，笑道：「師嫂是老太婆啦，還說甚麼如花似玉，也不怕人笑歪了嘴。」吳坎忙道：「那裏？那裏？師嫂做閨女時有閨女的美貌，做少奶奶時有少奶奶的俊俏。大家都說：荊州城裏一朵花，千嬌百媚在萬家。」

戚芳嘿的一聲，轉過身來，伸出手去，說道：「拿來！」

吳坎笑道：「拿甚麼？」戚芳道：「解藥！」吳坎搖頭道：「甚麼解藥？治萬師哥傷的麼？」戚芳道：「正是，明明是你拿去了。」吳坎狡獪微笑，道：「郎中是我請來的，解藥是我尋來的。萬師哥已敷過一次，少說也可免了數日的痛苦。」戚芳道：「郎中先生說道要連敷十次。」吳坎搖頭道：「我懊悔得緊。」戚芳道：「懊悔甚麼？」吳坎道：「我見這草藥郎中污穢骯髒，就像叫化子一般，料想也沒甚麼本事，這才引他上樓，不過想找個事端，多見你一次，沒想到這狗殺才誤打誤撞，居然有治蠍毒的妙藥。這個，那可大違我本意了。」

戚芳聽得心頭火上衝，可是藥在人家手中，只有先將解藥騙到了手，再跟他算帳，強忍怒氣，笑道：「依你說，要你師哥怎麼謝你，你才肯交出解藥？」

吳坎嘆了口氣，道：「三師哥獨享了這許多年艷福，早就該死了。」戚芳臉上變色，咬住嘴唇皮不語。吳坎道：「那年你到荊州來，我們師兄弟八人，哪一個不是一見了你便神魂顛倒？狄雲那傻小子一天到晚跟在你身邊，我們只瞧得人人心裏好生有氣，大夥兒一合計，先去打他個頭崩額裂再說……」戚芳道：「原來你們打我師哥，還是爲了我哪！」

吳坎笑道：「大家嘴裏說的，自然是另外一套啦，說他強行出頭，去鬥那大盜呂通，削了萬門弟子的面子。其實人人心中，可都是爲了師嫂你啊！你跟他補衣服，說體己話兒，這門子親熱的勁兒，我們師兄弟八人瞧在眼裏，惱在心裏，哪一個不是大喝乾醋，只喝得三十二隻牙齒隻隻都酸壞了。」

戚芳暗暗心驚：「難道這還是因我起禍？三哥，三哥，你怎麼從來都不跟我說？」臉上仍假裝漫不在乎，笑道：「吳師弟，你這可來說笑了。那時我是個鄉下姑娘，村裏村氣的，打扮得笑死人啦，又有甚麼好看？」吳坎道：「不，不！眞美人兒用得著甚麼打扮？你若不是引得大夥兒失魂落魄，這個……」說到這裏，突然住嘴，不再說下去了。

戚芳道：「甚麼？」吳坎道：「我們把你留在萬家，我姓吳的也出過不少力氣。可是，師嫂，你平時見了我笑也不笑，這不叫人心中憤憤不平麼？」戚芳哼了一聲，道：「我留在萬家，嫁給你萬師哥，是我自己心甘情願。你又出過甚麼力氣了？那時候你又沒來勸我一言半語，可眞胡說八道！」吳坎搖頭笑道：「我……我怎麼沒出力氣？你不知道罷了。」

戚芳更是心驚，柔聲道：「吳師弟，你跟我說，你出了甚麼力氣，師嫂決忘不了你的好處。」吳坎搖頭道：「陳年舊事，還提它作甚？你知道了也沒用，咱們只說新鮮的。」戚芳道：「好罷，你不肯說就算了。快給我解藥，要是有人撞見咱二人在這裏，可不大妥當。」吳坎笑道：「白天有人撞見，晚上這裏可沒人。」戚芳退後一步，臉如寒霜，厲聲道：「你說甚麼？」吳坎笑道：「你要治好萬師哥的傷，那也不難。今晚三更，我在那邊柴房裏等你，你若一切順我的意，我便給你敷治一次的藥量。」

戚芳咬牙罵道：「狗賊，你膽敢說這種話，好大的膽子！」

吳坎沉著嗓子道：「我早把性命豁出去了，這叫做捨得一身剮，敢把皇帝拉下馬。萬圭這小子甚麼地方強過我姓吳的了？只不過他是我師父的兒子，投胎投得好而已。大家出了力氣，爲甚麼讓這臭小子一個兒獨享艷福？」

戚芳聽他連說幾次「出了力氣」，心下起疑，只他污言穢語，可實在聽不下去，說道：「待公公回來，我照實稟告，瞧他不剝了你的皮。」

吳坎道：「我守在這裏不走。師父一叫我，我先將解藥倒在荷花池裏餵了金魚。我問過那個郎中，他說解藥就只這麼一瓶，要再配製，一年半載也配不起。」他一面說，一面從懷中將解藥取了出來，拔開瓶塞，伸手池面，只要手掌微微一側，解藥便倒入池中，萬圭這條命就算是送了。

戚芳急道：「喂，喂，快收起解藥，咱們慢慢商量不遲。」吳坎笑道：「有甚麼好商量的？你要救丈夫性命，就得聽我的話。」戚芳道：「倘若你從前真的對我有心，出過力氣，那麼……否則的話，我才不來理你呢。」

吳坎大喜，蓋上了瓶塞，說道：「我要是說了實話，你今晚就來和我相會，是不是？」戚芳道：「那也得瞧你說的是真是假。騙人的話，又有甚麼用？」吳坎道：「千真萬確，怎會有半點虛假？那是沈師弟想的計策。周師哥和卜師哥假扮採花賊，引得狄雲這傻小子到桃紅房中救人。這傻小子床底下的金器銀器，便是我吳坎親手給他放的。師嫂，我們若不是使這巧計，怎能留得住你在萬府？」

戚芳只覺頭腦暈眩，眼前發黑，吳坎的話猶如一把把利刀扎入她的心中，不禁低呼：「我……我錯怪了你，冤枉了你！」她一直不明白，狄師哥和她自幼一塊兒長大，情深愛重，決不會去看中一個素不相識的女人。難道她挺風騷麼？難道她能獻媚，勾引了他嗎？狄師哥向來忠實，就是一塊糕、一粒糖，也決不隨便拿人家的，人家真的給他，若不得師父准許，他也不拿，怎麼會去偷盜人家的金銀器皿。難道他突然來到富貴人家，見到這許多金銀財寶，忽然之間貪心大作嗎？

這些疑問，一直在她心中解不開，她雖迫不得已嫁了萬圭，在她內心深處，對這個師哥始終念念不忘。幸好，吳坎解開了她心中的大疑問。

「我……我對不起師哥。我要找到他，跟他說一句『對不起！』我要……要死在他面前！」她身子搖搖晃晃，便欲摔倒，伸手扶住了欄干，說道：「我不信，那有這回事？你編出來騙我的。」聲音甚是苦澀。

吳坎急道：「你不信？好，別的人不能問，你去問桃紅好了，她在後面那破祠堂裏住。問過之後，可千萬不能跟旁人說。我們師兄弟大家賭過咒，這秘密是說甚麼也不能洩漏的。若不是爲了今晚三更，師嫂，爲了你，我吳坎甚麼都甩出去啦！」

戚芳大叫一聲，衝了出去，推開花園後門，向外急奔。

她心亂如麻，一奔出後門，穿過幾座菜園，定了定神，找到了西北角那座小小的破落祠堂，見虛掩著門，便伸手推開了門，走了進去。只見地下厚積了灰塵，桌椅殘破，心想：「公公的妾侍桃紅，怎麼會住在這種地方？吳坎這賊子騙人，莫非……莫非他騙我到這裏來，不懷好意？我還是快回去。」

突然之間，只聽得蹋踏、蹋踏，緩慢的腳步聲響，內堂走出一個女人來。那是個中年丐婦，低頭弓背，披頭散髮，衣服穢污破爛。那丐婦見到有人，吃了一驚，立即轉身回去。她將走進內堂，又轉過臉來瞧了一眼，這一次看清楚了戚芳的相貌，不由得「啊」的一聲驚呼。她倒退了兩步，突然跪倒，說道：「少奶奶，你別說……別說我在這裏。」戚芳大奇，問道：「你是誰？在這裏幹甚麼？」那丐婦道：「不……不幹甚麼？我……我……」說著立刻站起，快步進了內堂。

只聽得腳步聲急，那丐婦從後門匆匆逃了出去。戚芳心想：「這女子不知爲了甚麼事，見了我這等害怕……啊喲，想起來了，她……她便是桃紅！」一想到是她，戚芳三腳兩步，從祠堂大門縱出，踏著瓦礫，搶到後門，伸手從腰間拔出了匕首，喝道：「桃紅，你鬼鬼祟祟的，在這裏幹甚麼？」

那丐婦正是桃紅，聽得戚芳叫出自己名字，已自慌了，待見到她手中持著一把明晃晃的匕首，更加害怕，雙膝發抖，又要跪下，顫聲道：「少奶奶，你……你饒了我。」

戚芳在萬家只和桃紅見了幾次，沒多久就從此不見她面，每一想到狄雲要和這女人捲逃私奔，便心如刀割，是以這女人到了何處，她從來不問。就算有人提起，她也決計不聽，那勢必碰痛她內心最大的創傷。那知她竟會躲在這裏。這祠堂離萬家不遠，但戚芳做了少奶奶之後，事事謹慎，比之在湘西老家做閨女時大不相同，從不在外面亂走，雖曾多次見到這破祠堂的門口，卻從來沒進去過。

桃紅此刻蓬頭垢面，容色憔悴，幾年不見，倒似是老了二十歲一般。吳坎叫戚芳到這祠堂中來找桃紅詢問眞相，她雖當面見到了，但如桃紅若無其事的慢慢走開，她便決計認不出來。

她揚了揚手中匕首，威嚇道：「你躲在這裏幹甚麼？快跟我說。」

桃紅道：「我……我不幹甚麼。少奶奶，老爺趕了我出來，他說要是見到我躭在荊州，便要殺了我。可是……我又沒地方好去，只好躲在這裏討口吃的。少奶奶，除了荊州城，我甚麼地方都不認得，叫我到那裏去？你……你行行好，千萬別跟老爺說。」

戚芳聽她說得可憐，收起了匕首，道：「老爺爲甚麼趕了你出來？怎麼我不知道？」桃紅垂淚道：「我也不知道老爺爲甚麼忽然不喜歡我了。那個湖南佬……那個姓狄的事，又不是我不好。啊喲，我……我不該說這種話。」

戚芳道：「好罷，你不說，你就跟我見老爺去。」伸出左手，一把抓住了她衣襟。戚芳本性愛潔，桃紅衣襟上滿是污穢油膩，一把抓住，手掌心滑溜溜的極不好受。但她急於要查知狄雲被冤的眞相，便是再骯髒十倍的東西，這當兒也毫不在乎了。

桃紅簌簌發抖，忙道：「我說，我說，少奶奶，你要我說甚麼？」

戚芳道：「狄……狄……那姓狄的事，到底是怎麼？你爲甚麼要跟他逃走？」

桃紅心下驚惶，睜大了眼，一時說不出來。

戚芳凝視著她，心中所感到的害怕，或許比之桃紅更甚十倍。她眞不敢聽桃紅親口說出來的事。如果她說：狄雲當時確是約她私逃，確是來污辱她。那怎麼是好？桃紅一時說不出話，戚芳臉色慘白，一顆心似乎停止了跳動。

終於，桃紅說了：「這……這怪不得我，少爺逼著我做的，叫我牢牢抱住那姓狄的湖南鄉下佬，冤枉他來強姦我，要帶了我逃走。我跟老爺說過的，老爺又不是不信，只吩咐我千萬別說出去，還給了我衣服銀子。可是……可是……我又沒說，老爺卻趕了我出來。」

戚芳又感激，又傷心，又委屈，又憐惜，心中只說：「師哥，是我冤枉了你，我原該知道你對我一片眞心，這可眞苦了你，可眞苦了你！」這時她並不憎恨桃紅，反而有些感謝她，幸虧是她替自己解開了心中的死結。甚至對於吳坎，都有些感激，是他吐露了眞相，是他指點自己到這破祠堂來找桃紅的。

在傷心和淒涼之中，忽然感到了一陣苦澀的甜蜜。雖然嫁了萬圭，但她內心中深深愛著的，始終只是個狄師哥，儘管他臨危變心，儘管他無恥卑鄙，儘管他有千般的不是、萬般的薄倖，但只有他，仍舊是他，才是戚芳嘆息和流淚之時所想念的人。

突然之間，種種苦惱和憎恨，都變成了自悔自傷：「要是我早知道了，便拚著千刀萬剮，也要到獄中救他出來。他吃了這麼多苦，他……他心中怎樣想？」

桃紅偷看戚芳的臉色，顫聲道：「少奶奶，謝謝你，請你放了我走，我就出了荊州城，永不回來了。」戚芳嘆了口氣，道：「老爺為甚麼趕你走？是怕我知道這件事麼？」說著鬆手放開她衣襟，想要給她些銀子，但匆匆出來，身邊並無銀兩。

桃紅見戚芳放開了自己，生怕更有變卦，急急忙忙的便走了，喃喃的道：「老爺晚上見鬼，要砌牆，怎麼怪得我？又……又不是我瞎說。」戚芳追了上去，問道：「甚麼見鬼？砌牆？」桃紅知道說溜了嘴，忙道：「沒甚麼，沒甚麼。喏，老爺夜裏常常見鬼，半夜三更的起來砌牆。」

戚芳見她說話瘋瘋顛顛，心想她給公公趕出家門，日子過得很苦，腦筋也不大清楚了。公公怎麼會半夜三更起來砌牆？家裏從來沒見過公公砌的牆。桃紅生怕她不信，說道：「是假的砌牆，老爺……老爺，半夜三更的，愛做泥水匠。我說了他幾句，老爺就大發脾氣，打得我死去活來的，又趕了我出來，說道再見到我，便打死我……」她嘮嘮叨叨的說個不停，弓著背走了。

戚芳瞧著她後影，心想：「她最多不過大了我十歲，卻變得這副樣子。公公不知為了甚麼要趕她出門？甚麼見鬼砌牆，想是這女人早就顛顛蠢蠢的。唉，為了這樣一個傻女人，師哥苦了一輩子！」想到這裏，不禁怔怔的流下淚來，到後來，索性大聲哭了出來。

她靠在一棵梧桐樹上哭了一場，心頭輕鬆了些，慢慢走回家來。她避開後園，從東面的邊門進去，回到樓上。

萬圭一聽到她上樓的腳步聲，便急著問：「芳妹，解藥找到了沒有？」戚芳走進房去，只見萬圭坐起身子，神色甚是焦急，一隻傷手擱在床邊，手背上黑血慢慢滲出來，過了好一會，才「嗒」的一聲，滴在床邊的那隻銅面盆裏。小女孩伏在爹爹腳邊，早睡熟了。

戚芳聽了吳坎和桃紅的話，本來對萬圭惱怒已極，深恨他用卑鄙手段陷害狄雲。這時看到他憔悴而清秀的臉龐，幾年來的恩愛又令她心腸軟了：「畢竟，三哥是為了愛我，這才陷害師哥，他使的手段固然陰險毒辣，叫師哥吃足了苦，但終究是為了愛我。」

萬圭又問：「解藥買到了沒有？」戚芳一時難以決定是否要將吳坎的無恥言語告知丈夫，順口道：「找到了那郎中，給了他銀子，請他即刻買藥材配製。」萬圭吁了口氣，心中登時鬆了，微笑道：「芳妹，我這條命啊，到底是你救的。」

戚芳勉強笑了笑，只覺臉盆中的毒血氣味極是刺鼻，於是端過一隻青瓷痰盂來接血，將銅盆端了出去。只走出兩步，毒血的氣息直衝上來，頭腦中一陣暈眩，心道：「這蠍毒這麼厲害！」快步走到外房，將臉盆放在桌邊地下，轉過身來，伸手入懷去取手帕，要掩住了鼻子，再去倒血。

她手一入懷，便碰到了那本唐詩，一怔之下，一顆心又怦怦跳了起來，摸出這本舊書，坐在桌邊，一頁頁的翻過去。她記得清清楚楚，那日翻檢舊衣，從箱子底下的舊衣服中見到了這本書，爹爹西瓜大的字識不上幾擔，不知從那裏拾了這本書來，她剛好剪了兩個繡花樣兒，順手便夾在書裏。那天下午和狄師哥一齊去山洞，便將這本書帶了去，以後就一直留在那邊。怎麼會到了這裏？是狄師哥叫這位郎中送來的麼？

「這郎中……莫非……他……他右手的五根手指都給吳坎削去了。這郎中……這郎中……為甚麼？為甚麼他……他的右手始終不伸出來？」突然之間，她想起了這件事。她凝神回想那郎中扶起女兒，回想他開藥箱、取藥瓶、拔瓶塞、倒藥末的情景，回想他接了自己送過去的酒杯，將酒杯送到唇邊喝乾，這許多事情，似乎都是用一隻左手來做的，只不過當時沒留心，實在記不真切。

「難道，他就是師哥？怎麼相貌一點也不像？」她心煩意亂，忍不住悲從中來，眼淚一滴滴的都流在手中那本書上。

淚水滴到書頁之上，滴在那兩隻用花紙剪的蝴蝶上，這是「梁山伯和祝英台」，他們要死了之後，才得團圓……

萬圭在隔房說道：「芳妹，我悶得慌，要起來走走。」但戚芳沉浸在回憶之中，沒聽見。她在想：「那天他打死了一隻蝴蝶，將一對情郎情妹拆散了。是不是老天爺因此罰他受苦受難……」

突然之間，背後一個聲音驚叫起來：「這……這是……連……連城劍譜！」

戚芳吃了一驚，一回頭，只見萬圭滿臉喜悅之色，興奮異常的道：「芳妹，芳妹，你從那裏得來了這本書？你瞧，啊，原來是這樣，對了，是這樣！」他雙手按住了那本《唐詩選輯》，只見在一首題目寫著「聖果寺」的詩旁，現出「三十三」三個淡黃色的字來，這幾行字上，濺著戚芳的淚水。

萬圭大喜之下，忘了克制，叫道：「秘密在這裏了，原來要打濕了，才有字跡出現！妙極，妙極！一定是這本書。空心菜，空心菜！」他大聲叫嚷，將女兒叫醒，說道：「空心菜快去請爺爺來，說有要緊事情。」小女孩答應著去了。

萬圭緊緊按著那本詩集，忘了手上的痛楚，只是說：「一定是的，不錯，爹爹說那劍譜充作是《唐詩選輯》，那還不是？他們就是揣摸不出這中間的秘密。原來要弄濕書頁，秘密才顯了出來。」

他這麼又喜又跳的叫嚷，戚芳已然明白了大半，心想：「這就是爹爹和公公所爭的甚麼《連城劍譜》？這麼說來，原來是爹爹得了去，我不知好歹，拿來夾了鞋樣。爹爹不見了這本書，怎麼不找？嗯，想來一定是找過的，找來找去找不到，以爲是師伯盜去了。他爲甚麼不問我，這眞奇了！」

如果是狄雲，這時候就一點也不會奇怪。他知道只因戚長發是個極工心計之人，即使在女兒面前，也不肯透露半點口風。不見了書，拚命的找，找不到，便裝作沒事人一般，暗暗察看，用各種各樣的樣子來偵查試探，看是不是狄雲這小子偷了去？是不是女兒偷了去？只因爲戚芳不是「偷」，不會做賊心虛，戚長發自然查不出來。

萬震山從街上回來，正在花廳吃點心，聽得孫女叫喚，還道兒子毒傷有變，一碗豆絲沒吃完，忙放下筷子，抱起孫女，大步來到兒子樓上，一上樓梯便聽見萬圭喜悅的聲音：「天下事情眞有這般巧法。芳妹，怎麼你會在書頁上濺了些水？天意，天意！」

萬震山聽到兒子說話的音調，便放了一大半心，舉步踏進房中。

萬圭拿著那本《唐詩選輯》，喜道：「爹，爹，你瞧，這是甚麼？」

萬震山一見到那本薄薄的黃紙書，心中一震，忙將孫女兒放在地下，接過兒子遞來的那本書，一顆心怦怦亂跳。花盡心血找尋了十幾年的《連城劍譜》，終於又出現在眼前。

不錯，正是這本書！他和言達平、戚長發三人聯手合力、謀害師父而搶到的，正是這本書。三個人在客棧之中，翻來覆去的同看這本劍譜。可是這只是一本平平無奇的唐詩，和書坊中出售的《唐詩選輯》完全一模一樣。他師父教過他們一套「唐詩劍法」，以唐詩的詩句作劍招名字，這些詩句在這本書中全有。可是跟傳說中的《連城劍譜》又有甚麼相干？

師兄弟三人曾拿這本書到太陽光下一頁頁的去照，想發現書中有甚麼夾層；也曾拿書中這幾十首詩順讀、倒讀、橫讀、斜讀，跳一字讀、跳二字讀……想要找出其中所含的大秘密來……然而一切心血全白費了。三人互相猜疑，都怕給人家發現了秘密而自己不知。三人晚上睡覺之時，將書本鎖入鐵盒，鐵盒又用三根小鐵鍊分別繫在三人的腕上。但一天早晨，這本書終於不翼而飛，從此影跡全無。於是十幾年來無窮的勾心鬥角，無盡的探訪尋找。突然之間，這本書又出現在眼前。

萬震山翻到第四頁上，不錯，書頁的左上角撕去了小小的一角，那是他當年偷偷做下的記號，生怕言師弟或是戚師弟用一本同樣的《唐詩選輯》來掉包，而自己卻讓蒙在鼓裏。萬震山又翻到了第十六頁，不錯，當年自己劃的那指甲痕仍在那裏。這是眞本！他點了點頭，強自抑制內心喜悅，對兒子道：「正是這本書。你從那裏得來的？」

萬圭的目光轉向戚芳，問道：「芳妹，這本書那裏來的？」

戚芳自從一見到萬圭的神情，心中所想的只是自己爹爹：「爹爹不知到了那裏？我這不孝的女兒，將他這本書拿到了山洞之中，他這可找得苦了。在爹爹心中，這本書定是非常非常寶貴。不知這本舊書有甚麼用？然而這是我拿了爹爹的，是爹爹的書，決不能給公公強搶了去。」

如果在一天之前，還不知狄雲慘受陷害的內情，對丈夫還是滿腔柔情和體貼，那麼在她心裏，丈夫的份量未必便及不上父親，何況，父親不知那裏去了，不知會不會再回來。現今可不同了。「決不能讓爹爹這本書落入他們手裏。狄師哥去取了書來交給我，要我交還爹爹，當然不能給他們搶了去。不但爲了爹爹，也爲了狄師哥！」

當萬圭問她「這本書那裏來的」之時，她心中只是在想：「怎樣將書奪回來？」書是在公公手裏。萬震山武功卓絕，何況丈夫便在旁邊，硬奪是不成的。她心中飛快的在轉念頭，眼珠骨溜溜的轉動。

她看到了書桌旁那隻銅盆，盆中盛著半盆血水，那是萬圭洗過臉的水，滴了不少他手背上傷口中流出來的毒血。這盆水全成了紫黑色……如果悄悄將書丟進血水之中，他們就找不到了。可是，那本書只怕要浸壞。不過若不乘這時候下手，以後多半再也沒有機會了，寧可將書毀了，也不能讓他們稱心如意……

萬氏父子凝視著戚芳。萬圭又問：「芳妹，這本書那裏來的？」

戚芳一凜，說道：「我也不知道啊，剛才我從房裏出來，便見這本書放在桌上。這不是你的麼？」萬圭一時想不明白，暫時不再追究，一心要將重大的發現說給父親知道：「爹，你瞧，這書頁子一沾濕，便有字跡出來。」他伸出食指，指著〈聖果寺〉那首詩旁淡黃色的三個字：「三十三」。

（如果他知道這是妻子的淚水，是思念狄雲而流的眼淚，他心中怎樣想？）

萬震山伸指點著那首詩，一個字一個字數下去：「路自中峯上，盤回出壁蘿。到江吳地盡，隔岸越山多。古木叢青靄，遙天浸白波。下方城……」第三十三字，那是個「城」字！

萬震山一拍大腿，說道：「對啦，正是這個法子！原來秘密在此。圭兒，你眞聰明，虧你想到了這個道理！要用水，不錯，我們當年就是沒想到要用水！」

（如果他知道這是媳婦的淚水，是思念另一個男人而流的眼淚，他心中怎樣想？）

戚芳見他父子大喜若狂，聚頭探索書中的秘奧，便拉著女兒的手走到內房，將她摟在懷裏，輕聲道：「空心菜，那隻面盆，你瞧見麼？」小女孩點點頭，道：「瞧見的。」

戚芳道：「等會爺爺、爹爹和媽媽一起奔出去，媽媽將爺爺手裏那本書放在抽屜裏，你去拿出來，悄悄丟在面盆裏，讓髒水浸著，別給爺爺和爹爹看見，叫他們找不到。」

小女孩大喜，只道媽媽要玩個有趣遊戲，拍掌笑道：「好，好！」戚芳道：「可別讓爺爺和爹爹知道，也別跟他們說！」小女孩道：「空心菜不說，空心菜不說！」

戚芳走到房外，說道：「公公，我覺得這本書很有點古怪。」萬震山轉過身來，問道：「甚麼古怪？」他內心早已隱隱覺得這本書突然出現，來得太過容易，恐怕不是吉兆，媳婦這麼一說，更增他的疑慮。戚芳道：「在這裏！」說著伸出手去。萬震山將書交了給她。

戚芳翻開書頁，取了那兩隻紙剪蝴蝶出來，道：「公公，你這書中，本來就有這兩隻蝴蝶麼？」萬震山將兩隻紙蝴蝶接了過去，細細察看，道：「沒有！」戚芳道：「這是甚麼意思？武林之中，可有那一個人外號叫做『花蝴蝶』甚麼的？江湖上有沒有一個『蝴蝶幫』？他們留下這本書，多半不懷好意。」

江湖人物留記號尋仇示警，原十分尋常。萬震山生平壞事做了不少，仇家衆多，聽了戚芳的話，又見這一對紙蝴蝶剪得十分工細，不禁惕然而驚，尋思：「我有甚麼仇家外號叫做『花蝴蝶』的？有沒有一個『蝴蝶幫』？」

他正自沉吟，忽聽得戚芳喝道：「是誰？鬼鬼祟祟的想幹甚麼？」伸手向窗外屋頂上一指。萬氏父子同時向窗外瞧去。戚芳反身從牆上摘下兩柄長劍，一柄拋給萬震山，一柄拋給萬圭，叫道：「屋上有人！」萬氏父子接住兵刃，戚芳拉開抽屜，將那本唐詩擲了進去，低聲道：「莫給敵人搶了去！」萬氏父子點了點頭。三人齊從窗口躍出，登上瓦面，四下裏一望，不見有人。萬震山道：「到後面瞧瞧！」

三人直奔後院，只見牆角邊人影一晃，萬震山喝道：「是誰？」縱身而前，見那人是六弟子吳坎，問道：「見到敵人沒有？」吳坎見到師父、三師兄、三師嫂仗劍而來，只道事發，嚇得面色慘白，待聽師父如此詢問，心中一寬，忙道：「有人從這邊奔過，弟子趕了過來查問。」他是爲自己掩飾，卻正好替戚芳圓了謊。

四人直追到後門之外，吳坎連連唿哨，將孫均、馮坦等都招了來，自是沒發見「敵人」的蹤跡。萬震山和萬圭記掛著《連城劍譜》，命孫均等繼續搜尋敵蹤，招呼了戚芳，回到樓房。萬震山搶開抽屜，伸手去取……

抽屜之中，卻那裏還有這本書在？

萬氏父子這一驚自是非同小可，在書房中到處找尋，又那裏找得到了？問小女孩道：「有沒有人進來過？」小女孩道：「沒有啊！」轉頭向母親眨眨眼睛，十分得意。

萬氏父子明明見到戚芳將書放入抽屜，追敵之時，始終沒離開過她，當然不是她做的手腳。定是敵人施了「調虎離山」之計，盜去了劍譜！

萬氏父子面面相覷，懊喪不已。

戚芳母女你向我眨眨眼，我向你眨眨眼，很是開心。

但見萬震山雙手不住在空中抓下甚麼東西來，
隨即整整齊齊的排在一起，
倒似是將許多磚塊安放堆疊一般，
但月光下看得明白，地板上顯是空無一物。

十一 砌牆

萬門弟子亂了一陣，那追得到甚麼敵人？

萬震山囑咐戚芳，千萬不可將劍譜得而復失之事跟師兄弟們提起。戚芳滿口答允。這些年來，她越來越察覺到，萬門師父徒弟與師兄弟之間，大家各有各的打算，你防著我，我防著你。

萬震山驚怒交集，回到自己房中，只凝思著花蝴蝶的記號。仇人是誰？為甚麼送了劍譜來？卻又搶了去？是救了言達平的那人嗎？還是言達平自己？

萬圭追逐敵人時一陣奔馳，血行加速，手背上傷口又痛了起來，躺在床上休息，過了一會，便睡著了。

戚芳尋思：「這本書爹爹是有用的，在血水中浸得久了，定會浸壞！」到房中叫了兩聲「三哥」，見他睡得正沉，便出來端起銅盆，到樓下天井中倒去了血水，露出那本書來。她心想：「空心菜真乖！」臉上露出了笑容。

那本書浸滿了血水，腥臭撲鼻，戚芳不願用手去拿，尋思：「卻藏在那裏好？」想起後園西偏房中一向堆置篩子、鋤頭、石臼、風扇之類雜物，這時候決計沒人過去，當下在庭中菊花上摘些葉子，遮住了書，就像是捧一盤菊花葉子，來到後園。她走進西偏房，將那書放入煽穀的風扇肚中，心想：「這風扇要到收租穀時才用。藏在這裏，誰也不會找到。」

她端了臉盆，口中輕輕哼著歌兒，裝著沒事人般回來，經過走廊時，忽然牆角邊閃出一人，低聲說道：「今晚三更，我在柴房裏等你，可別忘了！」正是吳坎。

戚芳心中本在擔驚，突然見他閃了出來說這幾句話，一顆心跳得更是厲害，啐道：「沒好死的，狗膽子這麼大，連命也不要了？」吳坎涎著臉道：「我爲你送了性命，當眞是心甘情願。師嫂，你要不要解藥？」戚芳咬著牙齒，左手伸入懷中，握住匕首的柄，便想出其不意的拔出匕首，給他一下子，將解藥奪過。

吳坎笑嘻嘻的低聲道：「你若使一招『山從人面起』，挺刀向我刺來，我用一招『雲傍馬頭生』避開，隨手這麼一揚，將解藥摔入了這口水缸。」說著伸出手來，掌中便是那瓶解藥。他怕戚芳來奪，跟著退了兩步。

戚芳心知用強不能奪到，側身便從他身邊走過。

吳坎低聲道：「我只等你到三更，你三更不來，四更上我便帶解藥走了，高飛遠走，再也不回荊州了。姓吳的就是要死，也不能死在萬家父子手下。」

戚芳回到房中，只聽得萬圭不住呻吟，顯是蠍毒又發作起來。她坐在床邊，尋思：「他毒害狄師哥，手段卑鄙之極，可是大錯已經鑄成，又有甚麼法子？那是師哥命苦，也是我命苦。他這幾年來待我很好，我是嫁雞隨雞，這一輩子總是跟著他做夫妻了。吳坎這狗賊這般可惡，怎麼奪到他的解藥才好？」見萬圭容色憔悴，雙目深陷，心想：「三哥傷重，若跟他說了，他一怒之下去跟吳坎拚命，只有把事兒弄糟。」

天色漸黑，戚芳胡亂吃了晚飯，安頓女兒睡了，想來想去，只有去告知公公，料想他老謀深算，必有善策。這件事不能讓丈夫知道，要等他熟睡了，再去跟公公說。戚芳和衣躺在萬圭腳邊。這幾日來服侍丈夫，她始終衣不解帶，沒好好睡過一晚。直等到萬圭鼻息沉酣，她悄悄起來，下得樓去，來到萬震山屋外。

屋裏燈火已熄，卻傳出一陣陣奇怪的聲音來，「嘿，嘿，嘿！」似乎有人在大費力氣的做甚麼辛苦勞作。戚芳甚覺奇怪，本已到了口邊的一句「公公」又縮了回去，從窗縫中向房內張去。其時月光斜照，透過窗紙，映進房中，只見萬震山仰臥在床，雙手緩緩的向空中力推，雙眼卻緊緊閉著。

戚芳心道：「原來公公在練高深內功。練內功之時最忌受到外界驚擾，否則極易走火。這時可不能叫他，等他練完了功夫再說。」

只見萬震山雙手空推一陣，緩緩坐起，伸腿下床，向前走了幾步，蹲下身子，凌空伸手去抓甚麼物事。戚芳心想：「公公練的是擒拿手法。」又看得片時，但見萬震山的手勢越來越怪，雙手不住在空中抓下甚麼東西，隨即整整齊齊的排在一起，倒似是將許多磚塊安放堆疊一般，但月光下看得明白，地板上顯是空無一物。

突然之間，她想到了桃紅在破祠堂外說的那句話來：「老爺半夜三更起來砌牆！」可是萬震山這舉動決不是在砌牆，要是說跟牆頭有甚麼關連，那是在拆牆洞。

只見他凌空抓了一會，雙手比了一比，似乎認爲牆洞夠大了，於是雙手作勢在地下捧起一件大物，向空洞中塞了進去。戚芳看得迷惘不已，眼見萬震山仍雙目緊閉，一舉一動決不像是練功，倒似是個啞巴在做戲一般。

戚芳感到一陣恐懼：「是了，公公患了離魂症。聽說生了這病的，睡夢中會起身行走做事。有人不穿衣服在屋頂行走，有人甚至會殺人放火，醒轉之後卻全無所知。」

只見萬震山將空無所有的重物塞入空無所有的牆洞之後，凌空用力推平，然後拾起地下空無所有的磚頭，砌起牆來。不錯，他果真是在砌牆！滿臉笑容的在砌牆！

戚芳初時看到他這副陰森森的模樣，有些毛骨悚然，待見他確是在作砌牆之狀，心中已有了先入之見，便不怕了，心道：「照桃紅的話說來，公公這離魂症已患得久了。有病之人大都不願給人知道。桃紅和他同房，得知了底細，公公自然要大大不開心。」這麼一來，倒解開了心中一個疑團，明白桃紅何以被逐，又想：「不知他砌牆要砌多久，倘若過了三更，吳坎那廝當真毀了解藥逃走，那可糟了。」

但見萬震山將拆下來的「磚塊」都砌入了「牆洞」，跟著便刷起「石灰」來，直到「功夫」做得妥妥帖帖，這才臉露微笑，上床安睡。

戚芳心想：「公公忙了這麼一大陣，神思尚未寧定，且讓他歇一歇，我再叫他。」就在這時，卻聽得房門上有人輕輕敲了幾下，跟著有人低聲叫道：「爹爹，爹爹！」正是她丈夫萬圭的聲音。戚芳微微一驚：「怎麼三哥也來了？他來幹甚麼？」

萬震山立即坐起，略一定神，問道：「是圭兒麼？」萬圭道：「是我！」萬震山一躍下床，拔開門閂，放萬圭進來，問道：「得到劍譜的訊息麼？」萬圭叫了聲：「爹！」伸左手握住椅背。月光從紙窗中映射進房，照到他朦朧的身形，似在微微搖晃。戚芳怕自己的影子在窗上給映了出來，縮身窗下，側身傾聽，不敢再看兩人的動靜。

只聽萬圭又叫了聲「爹」，說道：「你兒媳婦……你兒媳婦……原來不是好人。」戚芳一驚：「他為甚麼這麼說？」只聽萬震山也問：「怎麼啦？小夫妻拌了嘴麼？」萬圭道：「劍譜找到了，是你兒媳婦拿了去。」萬震山喜道：「找到了便好！在那裏？」

戚芳驚奇之極：「怎麼會給他知道的？嗯，多半是空心菜這小傢伙忍不住說了出來。」但萬圭接下去的說話，立即便讓她知道自己猜得不對。萬圭告訴父親：他見戚芳和女兒互使眼色，神情有異，料到必有古怪，便假裝睡著，卻在門縫中察看戚芳的動靜，見她手端銅盆走向後園，他悄悄跟隨，見她將劍譜藏入了後園西偏房一架風扇之中。

戚芳心中嘆息：「苦命的爹爹，這本書終於給公公和三哥得去了。再要想拿回來，那就千難萬難了。好，我認輸，三哥本來比我厲害得多。」

只聽萬震山道：「那好得很啊。咱們去取了出來，你裝作甚麼也不知道，且看她如何。她要是不提，你也就不必說破。我總疑心，這本書到底是那裏來的。只怕……只怕……只怕……」他連說了三個「只怕」，卻不說下去。

萬圭叫道：「爹！」聲音顯得甚是痛苦。萬震山叫道：「怎麼？」萬圭道：「你兒媳婦……兒媳婦盜咱們這本劍譜，原來是為了……」說到這裏，聲音發顫。萬震山道：「為了誰？」萬圭道：「原來……是為了吳坎這狗賊！」

戚芳心頭一陣劇烈震盪，幾乎不相信自己的耳朵，心中只說：「我是為了爹爹。怎麼說我為了吳坎？為了吳坎這狗賊？」

萬震山的語聲中也是充滿了驚奇：「為了吳坎？」萬圭道：「是！我在後園中見這

賤人藏好劍譜，便遠遠的跟著她，那知道她……她到了迴廊上，竟和吳坎那廝勾勾搭搭，這淫婦……好不要臉！」萬震山沉吟道：「我看她平素爲人倒也規矩端正，不像是這樣子的人。你沒瞧錯麼？他二人說些甚麼？」萬圭道：「孩兒怕他們知覺，不敢走得太近，迴廊上沒隱蔽的地方，只有躲在牆角後面。這兩個狗男女說話很輕，沒能完全聽到，可是……可是也聽到了大半。」

萬震山「嗯」了一聲，道：「孩兒，你別氣急。大丈夫何患無妻？咱們既得了劍譜，又查明了這中間的秘密，轉眼便可富甲天下，你便要買一百個姬妾，那也容易得緊。你坐下，慢慢的說！」

只聽得床板格格兩響，萬圭坐到了床上，氣喘喘的道：「那淫婦藏好書本，很是得意，嘴裏居然哼著小曲。那奸夫一見到她，滿臉堆歡，說道：『今晚三更，我在柴房中等你，可別忘了！』的的確確是這幾句話，我聽得清清楚楚的。」萬震山怒道：「那小淫婦又怎麼說？」萬圭道：「她……她說道：『沒好死的，狗膽子這麼大，連命也不要了！』」

戚芳在窗外只聽得心亂如麻：「他……他二人口口聲聲的罵我淫婦，怎……怎麼能如此的冤枉人家？三哥，我是一片爲你之心，要奪回解藥，治你之傷。你卻這般辱我，可還有良心沒有？」

只聽萬圭續道：「我……我聽了他們這麼說，心頭火起，恨不得拔劍上前將二人殺了。只是我沒帶劍，又傷後沒力，不能跟他們明爭，當即趕回房去，免得那賊淫婦回房時不見到我，起了疑心。奸夫淫婦以後再說甚麼，我就沒再聽見。」萬震山道：「哼，有其父必有其女，果然一門都是無恥之輩。咱們先去取了劍譜，再到柴房外守候。捉姦捉雙，叫這對狗男女死而無怨！」

萬圭道：「那淫婦戀奸情熱，等不到三更天，早就出去了，這會兒……這會兒……」說著牙齒咬得格格直響。萬震山道：「那麼咱們即刻便去。你拿好了劍，可先別出手，等我斬斷他二人的手足，再由你親手取這雙狗男女的性命。」

只見房門推開，萬震山左手托在萬圭腋下，二人逕奔後園。

戚芳靠在牆上，眼淚撲簌簌的從衣襟上滾下來。她只盼治好丈夫的傷，他卻對自己如此起疑。父親一去不返，狄師哥受了自己的冤枉，現今……現今丈夫又這般對待自己，這樣的日子，怎麼還過得下去？她心中茫然一片，眞不想活了，沒想到去和丈夫理論，沒想到叫吳坎來對質，只全身癱瘓了一般，靠在牆上。

過不多久，只聽得腳步聲響，萬氏父子回到廳上，站定了低聲商議。萬圭道：「爹，怎不就在柴房裏殺了吳坎？」萬震山道：「柴房裏只奸夫一人。那賊淫婦定是得到風聲，先溜走了。既不能捉姦捉雙，咱們是荊州城中的大戶人家，怎能輕易殺人？得了這劍譜之後，咱們在荊州有許許多多的事情要幹，小不忍則亂大謀，可不能胡來！」萬圭道：「難道就這樣罷了不成？孩兒這口氣如何能消？」萬震山道：「要出氣還不容易？咱們用老法子！」萬圭道：「老法子？」

萬震山道：「對付戚長發的老法子！」他頓了一頓，道：「你先回房去，我命人傳集眾弟子，你再和大夥兒一起到我房外來。別惹人疑心。」

戚芳心中本就亂糟糟地沒半點主意，只是想：「到了這步田地，我是不想活了，可是空心菜怎麼辦？誰來照顧她？」忽聽得萬震山說要用「對付戚長發的老法子」對付吳坎，腦袋上便如放上了一塊冰塊，立刻便清醒了：「他們怎樣對付我爹爹了？非查個水落石出不可。公公傳眾弟子到房外邊來，這裏是不能躭了，卻躲到那裏去偷聽？」

只聽得萬圭答應著去了，萬震山走到廳外大聲呼叫僕人掌燈。不多時前廳後廳隱隱傳來人聲，眾弟子和僕人四下裏聚集攏來。戚芳知道只要再過得片刻，立時便有人走經窗外，微一猶豫，當即閃身走進萬震山房中，掀開床帷，便鑽進了床底。床帷低垂至地，若不是有人故意揭開，決不致發現她蹤跡。

她橫臥床底，不久床帷下透進光來，有人點了燈，進來放在房中。她看到萬震山一對穿著雙樑鞋的腳跨進房來，這雙腳移到椅旁，椅子發出輕輕的格喇一聲，是萬震山坐了下來，又聽得他叫僕人關上房門。

大弟子魯坤和五弟子卜垣在沅陵遭言達平傷了左臂、右腿，幸好僅為骨折，受傷不重，這時雖仍在養傷，但師父緊急招集，仍裏著綳帶、拄著柺杖前來聽命。只聽得魯坤在房外說道：「師父，我們都到齊了，聽你老人家吩咐。」萬震山道：「很好，你先進來！」戚芳見到房門推開，魯坤的一對腳走了進來，房門又再關上。

萬震山道：「有敵人找上咱們來啦，你知不知道？」魯坤道：「是誰？弟子不知。」

萬震山道：「這人假扮成個賣藥郎中，今日來過咱們家裏。」戚芳心道：「難道他知道賣藥郎中是誰，那人到底是誰？」魯坤道：「弟子聽吳師弟說起過。師父，這敵人是誰？」萬震山道：「這人喬裝改扮了，我沒親眼見到，摸不準他底細。明兒一早，你到城北一帶去仔細查查。現下你先出去，待會我還有事分派。」魯坤答應了出去。

萬震山逐一叫四弟子孫均、五弟子卜垣進來，說話大致相同，叫孫均到城南一帶查察，叫卜垣到城東一帶查察。吩咐卜垣之時，隨口加上一句：「讓吳坎查訪城西一帶，馮坦和沈城策應報訊。你萬師哥蠍毒傷勢未痊，不能出去了。」卜垣道：「是。」開門出去。

戚芳知道這些話都是故意說給吳坎聽的，好令他不起疑心。只聽得萬震山道：「吳坎進來！」這聲音和召喚魯坤等人之時一模一樣，既不更爲嚴厲，也不特別溫和。

戚芳見房門又打開了，吳坎的右腳跨進門檻之時，有些遲疑，但終於走了進來。這雙腳向著萬震山移了幾步，站住了，戚芳見他的長袍下襬微動，知他心中害怕，正在發抖。

只聽萬震山道：「有敵人找上咱們來啦，你知不知道？」吳坎道：「弟子在門外聽得師父說，便是那個賣藥郎中。這人是弟子叫他來給萬師哥看病的，眞沒想到會是敵人，請師父原諒。」萬震山道：「這人是喬裝改扮了的，你看他不出，也怪不得你。明天一早，你到城西一帶去查查，要是見到了他，務須留神他的動靜。」吳坎道：「是！」

突然之間，萬震山雙腳一動，站了起來，戚芳忍不住伸手揭開床帷一角，向外張去，一看之下，不由得大驚失色，險些失聲叫了起來。

只見萬震山雙手已扼住了吳坎的咽喉，吳坎伸手使勁去扼萬震山的兩手，卻毫無效用。但見吳坎的一對眼睛向外凸出，像金魚一般，越睜越大。萬震山雙手手背上給吳坎的指甲抓出了一道道血痕，但他扼住了吳坎咽喉，說甚麼也不放手。吳坎發不出半點聲音，只身子扭動，過了一會，雙手慢慢張開，垂了下來。戚芳見他舌頭伸了出來，神情可怖，不禁害怕之極。只見吳坎終於不再動彈，萬震山鬆開了手，將他放在椅上，在桌上拿起兩張事先浸濕了的棉紙，貼在他口鼻之上。這麼一來，他再也不能呼吸，也就不能醒轉。

戚芳一顆心怦怦亂跳，尋思：「公公說過，他們是荊州世家，不能隨便殺人，吳坎的父親聽說是本地紳士，決不能就此罷休，這件事可鬧大了。」

便在這時，忽聽得萬震山大聲喝道：「你做的事，快快自己招認了罷，難道還要我動手不成？」戚芳一驚：「原來公公瞧見了我。」可是心中卻也並不驚惶，反而有釋然之感：「死在他手裏也好，反正我是不想活了！」

正要從床底鑽出來，忽聽得吳坎說道：「師父，你……要弟子招認甚麼？」

戚芳一驚非小，怎麼吳坎說起話來，難道他死而復生了？然而明明不是，他斜倚在椅上，動也不動。從床底望上去，看到萬震山的嘴唇在動。「甚麼？是公公在說話，不是吳坎說的。怎麼明明是吳坎的聲音？」只聽得萬震山又大聲道：「招認甚麼？哼，吳坎，你好大膽子，你裏應外合，勾結匪人，想在荊州城裏做一件大案子。」

「師父，弟子做……做甚麼案子？」

這一次戚芳看得清清楚楚了，確是萬震山在學著吳坎的聲音，難爲他學得這麼像。

「公公居然有這門學人說話的本領，我可從來不知道，他這麼大聲學吳坎的聲音說話，有甚麼用意？」她隱隱想到了一件事，但那只是朦朦朧朧的一團影子，一點也想不明白，只是內心感到了莫名其妙的恐懼。

只聽得萬震山道：「哼，你當我不知道麼？你帶了那賣藥郎中來到荊州城，這人其實是個江洋大盜，吳坎，你和他勾結，想要闖進……」

「師父……闖進甚麼？」

「要闖進凌知府公館，去盜一份機密公文，是不是？吳坎，你……你還想抵賴？」

「師父，你……你怎知道？師父，請你老人家瞧在弟子平日對你孝順的份上，原諒我這一遭，弟子再也不敢了！」

「吳坎，這樣一件大事，那能就這麼算了？」

戚芳發覺了，萬震山學吳坎的口音，其實並不很像，只是壓低了嗓門，說得十分含糊，每一句話中總是帶上「師父」的稱呼，同時不斷自稱「弟子」，在旁人聽來，自然會當是吳坎在說話。何況，大家眼見吳坎走進房來，聽到他和萬震山說話，接著再說之時，聲音雖然不像，但除了吳坎之外，又怎會另有別人？而且萬震山的話中，又時時叫他「吳坎」。

只見萬震山輕輕托起吳坎的屍體，慢慢彎下腰來，左手掀開了床幔。戚芳嚇得一顆心幾乎停止了跳動：「公公定然發見了我，這一下他非扼死我不可了！」燈光朦朧之下，只見一個腦袋從床底下鑽了進來，那是吳坎的腦袋，眼睛睜得大大地，眞像是死金魚的頭。戚芳只有拚命向旁避讓，但吳坎的屍身不住擠進來，碰到了她的腿，又碰到了她的腰。

只聽萬震山坐回椅上，厲聲喝道：「吳坎，你還不跪下？我綁了你去見凌知府。饒與不饒，是他的事，我可做不了主。」

「師父，你當眞不能饒恕弟子麼？」

「調教出這樣的弟子來，萬家的顏面也給你丟光了，我……我還能饒你？」

戚芳從床帷縫中張望，見萬震山從腰間拔出一柄匕首來，輕輕插入了自己胸膛。他胸口衣內顯然墊著軟木、濕泥、麵餅之類的東西，匕首插了進去，便即留著不動。

戚芳心中剛有些明白，便聽得萬震山大聲道：「吳坎，你還不跪下！」跟著壓低嗓子學著吳坎的聲音道：「師父，這是你逼我的，須怪不得弟子！」萬震山大叫一聲：「哎喲！」飛起一腿，踢開了窗子，叫道：「小賊，你……你竟敢行兇！」

只聽得砰的一聲響，有人踢開房門，萬圭當先搶進（他知道該當這時候破門而入），魯坤、孫均等眾弟子跟著進來。萬震山按住胸口，手指間鮮血涔涔流下（多半手中拿著一小瓶紅水），他搖搖晃晃，指著窗口，叫道：「吳坎這賊……刺了我一刀，逃走了！快……快追！」說了這幾句，身子一斜，倒在床上。

萬圭驚叫：「爹爹，你傷得怎樣？」魯坤、孫均、卜垣、馮坦、沈城五人或躍出窗子，或走出房門，大呼小叫的追了出去。府中前前後後，許多人驚呼叫嚷。

戚芳伏在床底，只覺得吳坎的屍身越來越冷。她心中害怕之極，可是一動也不敢動。公公躺在床上，丈夫站在床前。

只聽得萬震山低聲問道：「有人起疑沒有？」萬圭道：「沒有，爹，你裝得眞像。便如殺戚長發那樣，沒半點破綻。」

「便如殺戚長發那樣，沒半點破綻！」這句話像一把鋒利的匕首，刺入了戚芳心中。她本已隱隱約約想到了這件大恐怖事，但她決計不敢相信。「公公一直對我和顏悅色，丈夫向來溫柔體貼，怎麼會殺害了我爹爹？」但這一次她是親眼看見了，他們布置了這樣一個巧妙機關，殺了吳坎。那日她在書房外聽到「父親和萬震山爭吵」，見到「萬震山被父親刺了一刀」，見到「父親越窗逃走」，顯然，那也是萬震山布置的機關，一模一樣。在那時候，父親早已給他害死了，他……他學著父親的口音，怪不得父親當時的話聲嘶啞，和平時大異。如果不是陰差陽錯，這一次她伏在床底，親眼見到了這場慘劇，卻如何能猜想得透？

只聽得萬圭道：「那賤人怎樣？咱們怎能放過了她？」萬震山道：「慢慢再找到她來炮製便是。這可要做得人不知、鬼不覺，別敗壞了萬家門風，壞了我父子名聲。」萬圭道：「是，爹爹想得眞周到。哎喲……」萬震山道：「怎麼？」萬圭道：「兒子手背上的傷處又痛了起來。」萬震山「嗯」了一聲，他雖計謀多端，對這件事可當眞束手無策。

戚芳慢慢伸出手去，摸到吳坎懷中，那隻小瓷瓶冷冷的便在他衣袋之中。她取了出來，放在自己袋裏，心中淒苦：「三哥，三哥，你只聽到一半說話，便冤枉我跟這賊子有曖昧之事。你不想聽個明白，因此也就沒聽到，這瓶解藥便在他身上。你父親已殺了他，本來只不過舉手之勞，便可將解藥取到，但畢竟你們不知道。」

魯坤一干人追不到吳坎，一個個回來了，一個個到萬震山床前來問候。萬震山袒露了胸膛，布帶從頸中繞到胸前，圍到背後，又繞到頸中。

這一次他受的「傷」沒上次那麼「厲害」，吳坎的武功究竟不及師叔戚長發。這一刀刺得不深，並無大礙。眾弟子都放心了，個個大罵吳坎忘恩負義，都說明天非去找他父親算帳不可，請師父保重，大家退了出去。萬圭坐在床前，陪伴著父親。

戚芳只想找個機會逃了出去，她挨在吳坎的屍體之旁，心中說不出的厭惡，又怕萬氏父子發覺，只是想不出逃走的法子。

萬震山道：「咱們先得處置了屍體，別露出馬腳。」萬圭道：「還是跟料理戚長發一樣麼？」萬震山微一沉吟，道：「還是老法子。」

戚芳淚水滴了下來，心道：「他們怎樣對付我爹爹？」

萬圭道：「就砌在這裏麼？你睡在這裏，恐怕不大好！」萬震山道：「我暫且搬去跟你住。只怕還有麻煩的事。人家怎能輕易將劍譜送到咱們手中？咱爺兒倆須得合力對付。將來發了大財，還怕沒地方住麼？」

戚芳聽到了這一個「砌」字，霎時之間，便如一道閃電在腦中一掠而過，登時明白了：「他……他將我爹爹的屍身砌在牆中，藏屍滅跡，怪不得我爹爹一去之後，始終沒消息。怪不得公公……不，不是公公，怪不得萬震山這奸賊半夜三更起身砌牆。他做了這件壞事，心中不安，得了離魂病，睡夢裏也會起身砌牆。這奸賊……這奸賊居然會心中不安……那才眞奇了。不，他不是心中不安，他是得意洋洋，這砌牆的事，不知不覺的要做了一次又一次……剛才他夢中砌牆，不是一直在微笑麼？」

只聽萬圭道：「爹，到底這劍譜有甚麼好處？你說咱們要發大財，可以富甲天下？難道……難道這不是武功秘訣，卻是金銀財寶？」萬震山道：「當然不是武功秘訣，劍譜中寫的，是一個大寶藏的所在。梅念笙老兒豬油蒙了心，竟要將這劍譜傳給旁人，嘿嘿，這老不死的。圭兒，快，快，將那劍譜去取來。」

萬圭微一遲疑，從懷中掏了那本書出來。原來戚芳一塞入西偏房的風扇之中，萬圭跟著便去取了出來。

萬震山向兒子瞧了一眼，接過書來，一頁頁的翻過去。這部唐詩兩邊連著封皮的幾頁都給血水浸得濕透了，兀自未乾，中間的書頁卻仍是乾的。

萬震山低聲道：「這劍譜咱父子能不能保得住，實在難說。咱們先查知了書中的奧秘，就算再給人奪去，也不打緊了。你拿枝筆來，寫下來好好記著。連城劍法的第一招，出自杜甫的〈春歸〉。」他伸手指沾了唾涎，去濕杜甫那首〈春歸〉詩旁的紙頁，輕輕歡呼了一聲：「是個『四』字！好，『苔徑臨江竹』，第四個字是『江』，你記下了。

第二招，仍是杜甫的詩，出自〈重經昭陵〉。」他又沾濕手指，去濕紙頁：「嗯，是『四十二』！」他一個字一個字的數下去：「二五、一十、十五、二十……『陵寢盤空曲，熊羆守翠微』，第四十一個字，那是個『陵』字。『江陵』、『江陵』，妙極，原來果然便在荊州。」

萬圭道：「爹爹，你說小聲些！」萬震山微微一笑，道：「對！不可得意忘形。圭兒，你爹爹一世心血，總算沒白花，這個大秘密，畢竟給咱們找到了！」突然之間，他將書掩上，一拍大腿，低聲道：「敵人為甚麼將劍譜送到我手裏，我明白啦！」

萬圭道：「那是甚麼緣故？我一直想不透。」

萬震山道：「敵人得了劍譜，推詳不出其中的秘奧，又有甚麼屁用？咱們的連城劍法，每一招的名稱都是一句唐詩，別門別派的人，任他武功通天，卻也不知。這世界上，現今只我和言達平二人，才知第一招是甚麼詩句，第二招又是甚麼詩句。才知道第一個字要到〈春歸〉這首詩中去找，第二個字要到〈重經昭陵〉這首詩中去尋。」

萬圭道：「這連城劍法的名稱，你不是已教了我們嗎？」萬震山道：「次序都是抖亂了的。」萬圭道：「爹，你連我也不教真的劍法。」萬震山微有尷尬之色，道：「我有八個弟子，大家朝晚都在一起，倘若單單教你，他們定會知覺，那便不妙了。」

萬圭「嗯」了一聲，道：「敵人的陰謀定是這樣。他知道用水濕紙，便有字跡顯出，因此故意將劍譜交給咱們，又故意用水顯出幾個字來，要咱們查出了劍譜裏的秘奧，讓咱們去尋訪寶藏，他就來個『強盜遇著賊爺爺』。」萬震山道：「對了！咱們須得步步提防，別落得一場辛苦，得不到寶藏，連性命也送掉了。」

他又沾濕了手指，去尋第三個字，說道：「劍法第三招，出於處默的〈聖果寺〉，三十三，第三十三字，『下方城郭近，鐘磬雜笙歌』中的『城』字，『江陵城』，對啦，對啦！那還有甚麼可疑心的？咦，怎麼這裏癢得厲害？」他伸右手在左手背上搔了幾下，覺得右手也癢，伸左手去搔了幾下，又看那劍譜，說道：「這第四招，是五十三，嗯，一五、一十、十五……第五十三字是個『南』字，『江陵城南』，哈哈，咦！好癢！」低頭向自己左手上看去，只見手背上長了三條墨痕，微覺驚詫：「今天我又沒寫字，手背上怎麼有黑墨？」只覺雙手手背上越來越癢，一看右手，也是有好幾條縱橫交錯的墨痕。

萬圭「啊」的一聲，道：「爹爹，那……那裏來的？這好像是言達平那廝的花蠍毒。」萬震山給他一言提醒，只覺手上癢得更加厲害了，忍不住伸手又去搔癢。

萬圭叫道：「別搔，是……是你指甲上帶毒過去的。」

萬震山叫道：「啊喲！果眞如此。」登時省悟，道：「那小淫婦將劍譜浸在血水之中，你的血中含有蠍毒……吳坎這小賊，偏不肯爽爽快快的就死，卻在我手上搔了這許多血痕。他媽的，蠍毒傳入了傷口之中，好在不多，諒來也不礙事。啊喲，怎地越來越痛了，哎唷，哎唷。」忍不住大聲呻吟。

萬圭道：「爹，你這蠍毒中得不多，我去舀水來給你洗洗。」萬震山道：「不錯！」大聲叫道：「桃紅，桃紅！打水來！」萬圭眉頭蹙起，心道：「爹爹嚇得胡塗了，桃紅早給他趕走了，這會兒又來叫她。」拿起一隻銅臉盆，快步出房，在天井裏七石缸中舀起一盆天落水，端進來放在桌上。萬震山忙將雙手浸入了清水之中，一陣冰涼，痛癢登減。

那知道萬圭手上所中的蠍毒遇上解藥，流出來的黑血也具劇毒，毒性比之原來的蠍毒只有更加厲害，萬震山手背上給吳坎抓出血痕深入肌理，一碰到這劇毒，實比萬圭中毒更深。他雙手在清水中浸得片時，一盆水已變成了淡墨水一般。墨水由淡轉深，過不多時，變得便如是一盆濃濃的墨汁。

萬氏父子相顧失色。萬震山提起手掌，不禁「啊」的一聲，失聲驚呼，只見兩隻手幾乎腫成了兩個圓球。萬圭道：「啊喲，不好，只怕不能浸水！」

萬震山痛得急了，一腳踢在他腰間，罵道：「你既知不能浸水，怎麼又去舀水來？這不是存心害我麼？」萬圭痛得蹲下身去，道：「我本來不知道，怎麼會來害你？」

戚芳在床底下聽得父子二人爭吵，心中也不知是淒涼，還是體會到了復仇的喜悅。只聽得萬震山只是叫：「怎麼辦？怎麼辦？」萬圭道：「我樓上有些止痛藥，雖不能解毒，卻可止得一時之痛，要不要敷一些？」萬震山道：「好，好，好！快去拿來！」萬圭道：「是否有效，孩兒可就不知，說不定越敷越不對頭，爹爹又要踢我。」萬震山罵道：「王八羔子！這會兒還在不服氣麼？老子生了你出來，踢一腳又有甚麼大不了？快去，快去拿來。」萬圭應道：「是！」轉身出去。

萬震山雙手腫脹難當，手背上的皮膚黑中透亮，全無半點皺紋，便如一個吹脹了的豬尿泡一般，眼看再稍脹大，勢非破裂不可，叫道：「我和你一起去！可……可不能躭擱了。」將劍譜往懷中一揣，奔行如飛，搶出房門，趕在萬圭之前。

戚芳聽得二人遠去，忙從床底爬了出來，自忖：「卻到那裏去好？」霎時間六神無主，只覺茫茫大地，竟沒一處可以安身：「他們害死我爹爹，此仇豈可不報？但這血海深仇，卻如何報法？說到武功、機智，我和公公、三哥實差得太遠，何況他們認定我和吳坎結了私情，一見面就會對我狠下殺手，我又怎能抵擋？眼下只有去……去尋找狄師哥，再作計較。可又不知他在那裏？空心菜呢？我怎能撇下了她？」一想到女兒，當即拔步奔向後樓，決意抱了女兒先行逃走，再想復仇之法。

在她內心，又還不敢十分確定萬氏父子當眞是害死了她父親。萬震山是個心狠手辣之徒，那絕無懷疑，但萬圭呢？對於丈夫的柔情密意，終不能這麼快便決絕的拋卻。

她奔到樓下，聽得萬震山嘶啞的聲音在大叫大嚷，心想：「這麼叫法，要將空心菜吵醒了！」一想到女兒會大受驚嚇，便顧不得自身危險，輕輕走上樓去，小心不讓樓梯發出聲息。空心菜睡覺的小房就在她夫妻的臥室之後，只以一層薄板隔開。戚芳溜進小房，臥房中燈光映了進來，只見女兒睜大了眼，早已醒轉，臉上滿是怖色，一見到母親，小嘴一扁，便要哭叫出來。戚芳忙搶上前去，將她摟在懷裏，做個手勢，叫她千萬不可出聲。空心菜既聰明，又聽話，便一聲不響，娘兒倆摟抱著躺在床上。

只聽得萬震山大叫：「不成，不成，這止痛藥越止越痛，須得尋到那草頭郎中，用他的解藥來治。」萬圭道：「是啊，只有那解藥才治得這毒，等天一亮，叫魯大哥他們大夥兒一齊出馬，去尋那郎中。我手上的傷口也痛得很。」萬震山怒道：「怎等得到天亮？啊喲，哎唷！受不了啦，受不了啦！」突然間腳下一軟，倒在地下，痛得打滾，叫道：「快，快！拿劍來，將我這雙手砍了！快砍了我的手！」只聽得房中傢具砰嘭翻倒，瓶碗乒乓，打碎之聲，響成了一片。

空心菜嚇得緊緊的摟住了媽媽，臉色大變。戚芳伸手輕輕撫慰，卻不敢作聲。

萬圭也十分驚慌，說道：「爹，你……你忍耐一會兒，你的手怎能砍了？咱們快找解藥是正經。」萬震山痛得再難抵受，喝道：「你為甚麼不砍去我雙手，除我痛楚？啊，我知道了，你……你想我快快死了，好獨吞劍譜，想獨自個去尋寶藏……」

萬圭怒道：「爹，你痛得神智不清了，快上床睡一忽兒。我又不知劍招的次序，得了劍譜又有甚麼用？」萬震山不斷在地下打滾，道：「你說我神智不清，你自己就存心不良。我……我痛得要死了……要死了……一拍兩散，大家都得不到。」

突然之間，他紅了雙眼，從懷中掏出劍譜，伸手一頁頁的撕碎。他十根手指腫得便如一根根紅蘿蔔般，動作不靈，但還是撕碎了好幾頁。

萬圭大驚，叫道：「別撕，別撕！」伸手便去搶奪。他抓住了半本劍譜，萬震山卻抓住了另一半，牢不放手。那劍譜在血水中浸過，迄未乾透，霉霉爛爛的，兩人這麼一拉扯，登時撕成兩半。萬圭呆了一呆，萬震山又去撕扯。萬圭不甘心讓這已經到手的寶藏化作過眼雲煙，忙伸手推開父親。兩人在地下你搶我奪，翻翻滾滾，將劍譜撕得更加碎了。

突然間聽得萬圭長聲驚呼：「哎唷……糟了……我傷口中又進了毒，啊喲，好痛！」兩人這麼你拉我扯，劍譜上的毒質沾進了萬圭手背上原來的傷口。片刻之間，萬圭手背又高高腫起，劇痛椎心穿骨。他久病之後，耐力甚弱，毒素一入傷口，隨血上行，發作迅速。父子二人在樓板上滾來滾去，慘呼號叫。

戚芳聽了一會，究竟夫妻情重，再也不能置之不理，從床上站起身來，走到門口，冷冷的道：「怎麼啦？兩個在幹甚麼？」

萬氏父子見到戚芳，劇痛之際，再也沒心情憤怒。萬圭叫道：「芳妹，快去找那草頭郎中，請他快配解藥，哎唷，哎唷……實在……實在痛得熬不住了，求求你……」

戚芳見他痛得滿頭大汗的模樣，心更加軟了，從懷中取出瓷瓶，道：「這是解藥！」萬震山和萬圭一見瓷瓶，同時掙扎著爬起，齊道：「好極，好極！快，快給我敷上。」

戚芳見萬震山目光兇狠貪婪，有如野獸，心想若不乘此要挾，如何能查明眞相，便道：「慢著，不許動！誰要動上一動，我便將解藥拋出窗外，投入水缸，大家都死！」說著推開窗子，拔開瓷瓶的瓶塞，將解藥懸在窗外，只須手一鬆，瓷瓶落水，再也無用了。

萬氏父子當即不動，我瞧瞧你，你瞧瞧我。萬震山忽道：「好媳婦，你將解藥給我，我讓你跟了吳坎，遠走高飛，決不阻攔，另外再送你一千兩銀子，讓你二人過長遠日子……哎唷，好痛……既然你心有他意，圭兒也留你不住……你……你放心去好了。」

戚芳心道：「這人當眞卑鄙無恥，吳坎明明是你親手扼死了，卻還來騙人。」

萬圭也道：「芳妹，我雖捨不得你，但沒有法子，我答應不跟吳坎爲難就是。」

戚芳冷笑一聲，道：「你二人胡塗透頂，還在瞎轉這卑鄙齷齪的念頭。我只問一句話，你們老老實實的回答，我立刻給解藥。」

萬震山道：「是，是，快問，哎唷，啊喲！」

一陣風從窗中颳了進來，吹得滿地紙屑如蝴蝶般飛舞。紙屑是劍譜撕成的，一片片飛出窗外。忽然，一對彩色蝴蝶飛了起來，正是她當年剪的紙蝶，夾在詩集中的。兩隻紙蝶在房中蹁躚起舞，跟著從窗中飛了出去。戚芳心中一酸，想起了當日在石洞中與狄雲歡樂相聚的情景。那時候的世界可有多麼好，天地間沒半點傷心的事。

萬圭連連催促：「快問！甚麼事？我無有不說。」

戚芳一凜，問道：「我爹爹呢？你們把他怎麼了？」

萬震山強笑道：「你問你爹爹的事，我——我也不知道啊。哎唷——我很掛念這位老師弟——哎唷！師兄弟又成了親家，哎唷，好得很啊。」

戚芳沉著臉道：「這當兒再說些假話，更有甚麼用處？我爹爹給你害死了，是不是？害死他的法兒，就跟你們害死吳坎一樣，是不是？你已將他屍身砌入了牆壁，是不是？」戚芳連問三聲「是不是」，萬氏父子這一驚當眞非同小可，沒料想她不但知道自己父親遭害，連吳坎被殺一事也知道了。萬圭顫聲道：「你……你怎知道？」

他說「你怎知道」，便是直承其事。戚芳心中一酸，怒火上衝，便想鬆手將解藥投入窗下的一排七石缸中。萬圭眼見情勢危急，作勢便想撲將上去。萬震山喝道：「圭兒，不可莽撞！」他知道當時情景之下，強搶只有誤事。

忽然間，塌塌塌幾聲，空心菜赤著腳，從小房中奔了出來，叫道：「媽，媽！」要撲入戚芳懷裏。

萬圭靈機一動，伸出左臂，半路上便將女兒抱了過來，右手摸出匕首，對準女兒的天靈蓋，喝道：「好！咱們一家老小，今日便一起死了，我先殺了空心菜再說！」

戚芳大驚，忙叫道：「快放開她，關女兒甚麼事？」

萬圭厲聲道：「反正大家活不成，我先殺了空心菜！」匕首在空中虛刺幾下，便向空心菜頭頂刺落。戚芳道：「不，不！」撲過來搶救，伸手抓住萬圭手腕。

萬震山雖在奇痛徹骨之際，究竟閱歷豐富，見戚芳給引了過來，當即手肘一探，重重撞在她腰間，夾手奪過她手中瓷瓶，忙不迭的倒藥敷上手背。萬圭也伸手去取解藥。戚芳搶過女兒，緊緊摟在懷中。

萬震山飛起一腳，將她踢倒，隨手解下腰帶，將她雙手反縛背後，又將她兩隻腳都綁住了。空心菜大叫：「媽，媽，媽媽！」萬震山反手一記巴掌，打得她暈了過去，但這一掌碰到自己腫起的手背，又大叫一聲：「啊喲！」

那解藥實具靈效，二人敷藥之後，片刻間傷口中便流出血水，疼痛漸減，變爲麻癢，再過得一陣，麻癢也漸減弱。父子二人大爲放心，知道性命是拾回來了，見到房中的紙片兀自往窗外飛去，兩人同聲大叫：「糟糕！」撲過去攔阻飛舞的紙片。

但地下的紙屑已亂成一團，一大半掉入了窗外的缸中，有的正在盤旋跌落。萬震山叫道：「快，快，快搶！」二人飛步奔下樓去，拚命去抓四散飛舞的碎紙。但數百片碎紙有的飄飄蕩蕩吹出了圍牆，有的隨風高飛上天。二人東奔西突，狀若顛狂，卻那裏又能收集碎片、使得撕碎了的劍譜重歸原狀？

萬震山手上疼痛雖消，心中的傷痛卻難以形容，氣無可消，大聲斥罵兒子：「都是你這小賊，跟我來爭奪甚麼？若不是你跟我拉扯，劍譜怎會扯爛？」萬圭嘆了口氣，不再去追搶碎紙，說道：「孩兒若不攔阻，爹爹早將這劍譜扯得更加爛了。」萬震山道：「放屁！」他心中知道兒子所說是實，但還是不住的呼喝：「放屁，放屁，放屁！」

萬圭道：「好在咱們知道那地方是在江陵城南，再到那本殘破的劍譜中去查查，只要能再找到些線索，未始不能找到那地方。」萬震山精神一振，道：「不錯，那地方是在『江陵城南』……」

忽聽得牆外有個聲音輕輕的道：「江陵城南！」

萬氏父子大吃一驚，一齊躍上牆頭，向外望去，只見兩個人的背影正向小巷中隱沒。萬圭喝道：「馮坦、沈城，站著別動！」

但那兩人既不回頭，也不站住，飛快的走了。萬震山待要下牆追去，萬圭道：「爹，樓上還有……還有那……那淫婦。」萬震山轉念一想，點了點頭。

父子倆回到樓頭，只見小女孩空心菜已醒了過來，抱住了媽媽直哭。戚芳手足被綁，卻在不住安撫女兒。空心菜見到祖父與父親回來，更「哇」的一聲，驚哭起來。

萬震山上前一腳，踢在她屁股之上，罵道：「再哭，一刀剖開你小鬼的肚子。」空心菜嚇得臉都白了，那裏還敢出聲。

萬圭低聲道：「爹，這淫婦甚麼都知道了，可不能留下活口。怎生處置她才是？」萬震山微一沉吟，道：「剛才牆外二人，你看清楚是馮坦、沈城麼？」萬圭道：「正是那二人，錯不了！只怕秘密已經洩漏，他們知道是在江陵城南。」萬震山道：「事不宜遲，須得急速下手。這淫婦麼，跟她父親一般處置便了。」

戚芳早將生死置之度外，只放不下女兒，說道：「三……三哥，我和你夫妻一場，你殺我不打緊，我死之後，你須好好看待空心菜！」

萬圭道：「好！」萬震山道：「斬草除根，豈能留下禍胎？這小女孩精靈古怪，今日之事都給她瞧在眼裏了，怎保得定她不說出來？」萬圭緩緩點了點頭。他很疼愛這個女兒，但父親的話也很對，倘若留下禍胎，將來定有極大後患。

戚芳淚水滾下雙頰，哽咽道：「你……你們好狠心，連……連這個小小女孩兒也不放過嗎？」萬震山道：「塞住她的嘴巴，別讓她叫嚷起來，吵得通天下的人都聽到了！」

戚芳想起女兒難保一命，突然提起嗓子，大叫：「救命，救命！」

靜夜之中，這兩聲「救命」劃破了長空，遠遠傳了出去。

萬圭撲到她身上，伸手按住她嘴。戚芳仍大叫：「救命，救命！」只嘴巴給按住了，聲音鬱悶。萬震山在兒子長袍上撕下一塊衣襟，遞給了他，萬圭當即將衣襟塞在戚芳口中。萬震山道：「將她埋在戚長發的墓中，父女同穴，最妙不過。」

萬圭點了點頭，抱起妻子，大踏步下樓。萬震山抱了空心菜。四個人進了書房。

戚芳瞧著書房西壁的那堵白牆，心想：「我爹爹是給老賊葬在這堵牆之中？」

萬震山道：「我來拆牆，你去將吳坎拖來！小心，別給人見到。」萬圭應道：「是！」奔向萬震山的臥室。

萬震山拉開書桌的抽屜，其中鑿子、鎚子、鏟刀等工具一應俱全，他取出來放在牆邊，瞧著那堵白牆，雙手搓了幾下，回頭向戚芳望了一眼，臉上現出十分得意的神情。戚芳不禁打了個寒噤。萬震山拿起鐵鎚和鑿子，看好了牆上的部位，在兩塊磚頭之間的縫中，將鑿子鑿了進去。鑿裂了一塊磚頭，伸手搖了幾搖，便挖了出來，手法甚是熟練。他挖出一塊磚頭後，拿到鼻子邊嗅了幾嗅。

戚芳見了他挖牆的手法，想起適才見到他離魂病發作時挖牆、推屍、砌牆的情狀，心中已然發毛，待見他去聞嗅夾牆中父親屍體的氣息，害怕、傷心、再加上憤怒，破口大罵：「你這奸賊，無恥的老賊！」只嘴巴給塞住了，只能發出些嗚嗚之聲。

萬震山伸手又去挖第二塊磚頭，突然腳步聲急，萬圭踉蹌搶進，說道：「爹，爹！不好了，吳坎……吳坎……」身子在桌上一撞，嗆啷一聲響，油燈掉在地下，室中登時黑了，只有淡淡的月光從窗紙中透進來。

萬震山道：「吳坎怎樣？大驚小怪的，這般沉不住氣。」萬圭道：「吳坎不見啦！」

萬震山罵道：「放屁！怎會不見？」但聲音顫抖，顯然心中懼意甚盛。啪的一聲，手中拿著的一塊磚頭掉下地來。

萬圭道：「我伸手到爹爹的床底下去拉屍體，摸他不到，點了燈火到床底去照，屍體已影蹤全無。爹爹房中帳子背後、箱子後面，到處都找過了，甚麼也沒見到。」萬震山沉吟道：「這……這可奇了。我猜想是馮坦、沈城他們攪的鬼。」萬圭道：「爹，莫非……莫非……吳坎這廝沒死透，閉氣半晌，又活了過來？」萬震山怒道：「放屁，你老子外號叫作『五雲手』，手上功夫何等厲害，難道扼一個徒弟也扼不死？」萬圭道：「是，按理說，吳坎那廝一定給爹爹扼死了，卻不知如何，屍體竟會不見了？難道……」萬震山道：「難道甚麼？」萬圭道：「難道眞有殭屍？他冤魂不息……」

萬震山喝道：「別胡思亂想了！咱們快處置了這淫婦和這小鬼，再去找吳坎的屍首。事情只怕已鬧穿了，咱父子在荊州城已難以安身。」說著加緊將牆上磚頭一塊塊挖出來。他睡夢中挖磚砌牆，做之已慣，手法熟練，此時雖無燈燭，動作仍十分迅捷。

萬圭應了聲：「是！」拔刀在手，走到戚芳身前，顫聲道：「芳妹，是你對不起我。你死之後，可別怨我！」

戚芳沒法說話，側過身子，用肩頭狠狠撞了他一下。萬氏父子要殺自己，那也罷了，竟連空心菜也不肯饒，狼心狗肺，委實世所罕有。萬圭給她一撞，身子一晃，退後兩步，舉起刀來，罵道：「賊淫婦，死到臨頭，還要放潑！」

便在此時，只聽得格、格、格幾下聲響，書房門緩緩推開。萬圭吃了一驚，轉過頭去，慘淡的月光之下，但見房門推開，卻不見有人進來。

萬震山喝問：「是誰？」房門又格格、格格的響了兩下，仍無人回答。

微光之下，突見門中跳進一個人來。那人直挺挺的移近，一跳一跳的，膝蓋不彎。

萬震山和萬圭驚懼大駭，不自禁的退後了兩步。

只見那人雙眼大睜，舌頭伸出，口鼻流血，正是給萬震山扼死了的吳坎。萬震山和萬圭同聲驚呼：「啊！」戚芳見到這般可怖的情狀，也嚇得一顆心似乎停了跳動。空心菜嚇得將腦袋鑽入母親懷裏，不敢作聲。

吳坎一動也不動，雙臂緩緩抬起，伸向萬震山。萬震山喝道：「吳坎小賊，老子怕……怕……你這殭屍？」抽出刀來，向吳坎頭上劈落。突覺手腕一麻，單刀拿揑不定，嗆啷一聲，掉在地下，跟著腰間一麻，全身便動彈不得。

萬圭早嚇得呆了，見吳坎的殭屍攪倒了父親後，又直著雙臂，緩緩向自己抓來，只想大叫：「吳師弟，吳師弟！饒了我！」可是聲音在喉頭哽住了，無論如何叫不出來，倒退了兩步，腿下一軟，摔倒在地。只見吳坎的右手垂了下來，摸到他臉上，手指冷冰冰地，沒半分暖氣。萬圭嚇得魂飛魄散，差一點就暈了過去。

突然之間，吳坎身子向前一撲，伏在萬圭身上，一動也不動了。

吳坎身後，卻站著一人。

那人走到戚芳身邊，取出她口中塞著的破布，雙手幾下拉扯，便扯斷了綁住她手足的繩子，回過身去，在萬圭腰裏重重踢了一腳，內力到處，萬圭登時全身酸軟。

戚芳先將空心菜抱起，顫聲道：「恩公是誰，救了我性命？」

那人雙手伸出，月光之下，只見他每隻手掌中都有一隻花紙剪成的蝴蝶，正是那本唐詩中夾著的紙蝶，適才飄下樓去時給他拿到了的。戚芳一瞥眼間，見到他右手五根手指全無，失聲叫道：「狄師哥！」

那人正是狄雲，斗然間聽到這一聲「狄師哥！」胸中一熱，忍不住眼淚便要奪眶而出，叫道：「芳妹！菩薩保祐，你……你我今日又再相見！」

戚芳此時正如一葉小舟在茫茫大海中飄行，狂風暴雨交加之下，突然駛進了一個風平浪靜的港口，撲在狄雲懷中，說道：「師哥，這……這……這不是做夢麼？」

狄雲道：「不是做夢，芳妹，這兩晚我都在這裏瞧著。這父子兩人幹的那些傷天害理事情，我全都瞧見了。吳坎的屍體，哼，我是拿來嚇他們一嚇！」

戚芳叫道：「爹爹，爹爹！」放下空心菜，奔到牆洞之前，伸手往洞中摸去，卻摸了個空，「啊」的一聲叫，顫聲道：「沒……沒有！」

狄雲打亮了火摺，到牆洞中去照時，只見夾牆中盡是些泥灰磚石，卻那裏有戚長發的屍體？說道：「這裏沒有，甚麼也沒有。」

戚芳在桌上拿過一個燭台，在狄雲的火摺上點燃了蠟燭，舉起燭台，在夾牆中細細察看，卻那裏有父親的屍體，誰的屍體也沒有。她又驚又喜，心中存了一線希望：「或許，爹爹並沒給他們害死。」轉身向萬圭道：「三……三哥，我爹爹到底怎樣了？」

萬圭和萬震山卻不知她在夾牆中並沒發見屍體，只道她見了父親的遺體，便要動手復仇。萬震山昂然道：「大丈夫一身做事一身當，戚長發是我殺的，你衝著我報仇便是。」戚芳道：「爹爹真的給你害死了？那麼……他的屍首呢？」萬震山道：「甚麼？夾牆裏的死人難道不是他？」戚芳道：「這裏有甚麼死人？」萬震山和萬圭面面相覷，臉色慘白，兀自不信。狄雲拉起萬震山，讓他探頭到牆洞中一看。

萬震山顫聲道：「世上真……真有會行走的殭屍？我……明明……明明……」忽地改口：「好媳婦，我……我是騙騙你的。咱師兄弟雖然不和，卻也不致於痛下毒手。你怎麼信以爲眞了？哈哈，哈哈！」他平時說謊的本領著實不錯，但這時驚惶之下，張口結舌，說出來的謊話牽強之至，誰也不會相信。要是他倔強挺撞，戚芳和狄雲還存著萬一的希望，他這麼一說，兩人只有更加確信是他害死了戚長發。

狄雲伸掌搭在他肩頭，說道：「萬師伯，你害得我好苦，這一切也不必計較了。我只問你：到底我師父是不是給你害死了？」說著運起「神照經」內功。霎時之間，萬震山全身猶如墮入了一隻大火爐中，似乎連血液也燒得要沸騰起來，片刻也難以抵受，想到戚長發的屍身竟會不知去向，心中驚疑惶恐，亂成一團，已全無抗拒之意，說道：「不……不錯。戚長發是我殺的。」

狄雲又問：「我師父的屍首呢？你到底放在甚麼地方？」萬震山道：「我確是將他砌入了這夾牆之中，是屍變……變了殭屍麼？」

狄雲狠狠的凝視著他，想起這幾年來，自己經歷了無窮無盡的苦難，全是由於他父子的毒害，此刻萬震山又親口承認了殺死他師父，如何不教他怒火攻心？若不是已和戚芳相會，心中畢竟歡喜多過哀傷，立時便要一掌送了他性命。他一咬牙，提起萬震山來，砰的一聲，從那牆孔中擲了進去。萬震山身子大，牆孔小，撞落了幾塊磚頭，這才跌入。

戚芳「啊」的一聲，輕聲低呼。狄雲提起萬圭的身子，又擲入了牆洞，說道：「一報還一報，他父子這般毒害師父，咱們就這般對付他二人。」拾起地下的磚塊，便砌了起來，片刻之間，便將牆洞砌好了。

戚芳顫聲道：「師……師哥，你終於爲爹爹報了這場大仇。若不是你來……師哥，這人的屍體，怎麼辦？」說著指了指吳坎的屍體。

狄雲道：「咱們走罷！這裏的事，再也不用理會了。」戚芳道：「他二人砌在牆中，還沒死，倘若有人來救……」狄雲道：「旁人怎會知道牆內有人？咱們把吳坎的屍體移出去，旁人更加不會到這裏來查察。這兩人在牆裏活不多久的。」當下提起吳坎的屍身，走出書房，向戚芳招手道：「走罷！」

兩人躍出了萬家圍牆，狄雲拋下吳坎屍身，說道：「師妹，咱們到那裏去好？」

戚芳道：「你想爹爹眞的是給他們害死了麼？」狄雲道：「但願師父仍然健在。只是聽萬震山的說話，就怕……就怕師父已經遭難。咱們自該查個水落石出。」

戚芳道：「我得回去拿些東西，你在那邊的破祠堂裏等我一等。」狄雲道：「我陪你一起去好了。」戚芳道：「不，不好！若給人撞見，多不方便。」狄雲道：「我陪著你好些。萬家還有別的弟子，可沒一個是好人。」戚芳道：「不要緊。你抱著空心菜，在那邊等我。」空心菜經了這場驚嚇，抵受不住，早已在媽媽懷中沉沉睡熟。

狄雲向來聽戚芳的話，見她神情堅決，不敢違拗，只得抱過女孩，見戚芳又躍進了萬家，便走向祠堂，推門入內。

過了一頓飯時分，始終不見戚芳回來，狄雲有些擔心了，便想去萬家接她，但生怕她不快，抱著空心菜，在廊下走來走去，想著終於得和師妹相聚，實是說不出的歡喜，但內心深處，卻隱隱又感恐懼；不知師妹許不許我永遠陪著她？心中不住許願：「老天爺保祐，我已吃了這許多苦頭，讓我今後陪著她，保護她，照顧她。我不敢盼望做她丈夫，只要天天能見到她，她每天叫我一聲『空心菜師哥』。老天爺，我這一生一世再也不求你甚麼了。」

突然之間，聽得祠堂長窗內瑟瑟作聲，似乎有人。狄雲一側身，站在窗下不動。過得片刻，長窗呀的一聲推開，有人走了出來。黑暗之中，隱約見到是個披頭散髮的丐婦，狄雲便不在意下，只想：「怎麼芳妹還不回來？」

空心菜在夢中「哇」的一聲，驚哭出來，叫道：「媽媽，媽媽！」

那丐婦大吃一驚，縮在走廊的角落裏，抱住了自己的頭。狄雲輕拍空心菜的肩膀，安撫她道：「別哭，別哭！媽媽就來了！媽媽就來了！」

那丐婦見出聲的是個小女孩，狄雲對她也似無加害之意，膽子大了起來，站起身來，慢慢走近，幫助他安撫空心菜：「寶寶好乖，別哭，媽媽就來了！」她低聲向狄雲道：「一個人睡著了就會見鬼，有人半夜三更起身砌牆頭，不……不……你別問我……」

狄雲問道：「你說甚麼？」那丐婦道：「沒……沒甚麼。老爺趕了我出來。他不要我了。從前，我年輕的時候，他好喜歡我。人家說：一夜夫妻百夜恩，百夜夫妻海樣深……老爺總有一天會叫我回去的。是啊，一夜夫妻百夜恩，百夜夫妻海樣深……」

狄雲心中一動：「師妹對她丈夫，難道就不念舊情麼？」突然間胸口似乎充塞了一股悶氣，頭腦中一陣暈眩，抱著空心菜，便從破祠堂中衝了出去。

他決計猜想不到，這個滿身污穢的丐婦，就是當年誣陷他的桃紅。

地下滾滿了珍珠、寶石、白玉、翡翠……

所有的江湖豪客、官吏兵丁，

人人都拚命的在搶，

有的打了起來，有的撲上了金佛……

連城寶藏

十二

狄雲越牆而入，來到萬家的書房。其時天已黎明，朦朦朧朧之中，見地下躺著一人，依稀便是戚芳。狄雲大驚，忙取火刀火石打了火，點著了桌上的蠟燭，燭光之下，只見戚芳身上全是鮮血，小腹上插了一柄短刀。

她身旁堆滿了磚塊，牆上拆開了一洞，萬氏父子早已不在其內。

狄雲俯身跪在戚芳身邊，叫道：「師妹，師妹！」他嚇得全身發抖，聲音幾乎啞了，伸手去摸戚芳的臉，覺得尚有暖氣，鼻中也還有輕輕呼吸。

他心神稍定，又叫：「師妹！」戚芳緩緩睜開眼來，臉上露出一絲苦笑，說道：「師哥……我……我對不起你。」

狄雲道：「你別說話。我……我來救你。」將空心菜輕輕放在一邊，右手抱住了戚芳身子，左手抓起短刀的刀柄，想要拔了出來。但一瞥之下，見那口刀深深插入她小腹，足有半尺，刀子一拔出，勢必立時送了她性命，便不敢就拔，只急得無計可施，連問：「怎麼辦？怎麼辦？是……是誰害你的？」戚芳苦笑道：「師哥，人家說：一夜夫妻……唉，別說了，我……你別怪我。我忍心不下，來放出了我丈夫……他……他……」

狄雲咬牙道：「他……他……他反而刺了你一刀，是不是？」

戚芳苦笑著點了點頭。

狄雲心中痛如刀絞，眼見戚芳命在頃刻，萬圭這一刀刺得她如此厲害，無論如何是救不活了。在他內心，更有一條妒忌的毒蛇在隱隱的咬嚙：「你……終究是愛你丈夫，寧可自己死了，也要救他。」

戚芳道：「師哥，你答允我，好好照顧空心菜，當是你……你自己的女兒一般。」

狄雲黯然不語，點了點頭，咬牙道：「這賊子……到那裏去啦？」

戚芳眼神散亂，聲音含混，輕輕的道：「那山洞裏，兩隻大蝴蝶飛了進去，梁山伯，祝英台，師哥，你瞧，你瞧！一隻是你，一隻是我。咱們倆……這樣飛來飛去，永遠也不分離，你說好不好？」聲音漸低，呼吸慢慢微弱了下去。

狄雲一手抱著空心菜，一手抱著戚芳的屍身，從萬家圍牆中躍了出來。他本想一把火將萬家的大宅子燒個乾淨，但轉念一想：「這屋子一燒，萬氏父子再也不會回來了，要爲師妹報仇，得讓這宅子留著。」

狄雲奔到當年丁典畢命的廢園中，在梅樹下掘了個坑，將戚芳的屍身埋了，那柄短刀卻收在身邊。他決心要用這柄刀去取萬氏父子的性命。

他傷心得哭不出眼淚來，只是不住自責：「爲甚麼不將這兩個惡賊先打死了，再丟進牆洞？爲甚麼這樣大意，終於害了師妹性命？」他不怪師妹，只怪責自己。

空心菜不住哭叫：「媽媽，媽媽！」叫得他心煩意亂。於是在江陵城外找了一家農家，給了十兩銀子，請一個農婦照管女孩。

他日日夜夜的守候在萬家前後，半個月過去了，沒見到萬氏父子半點蹤跡。奇怪的是，連魯坤、卜垣、孫均、馮坦、沈城等幾人也都失了蹤，不再回到萬家來。萬家的婢僕亂得沒頭蒼蠅一般，有的開始偷東西了，有的在吵嘴打架。

江陵城中，卻有許多武林人物從四面八方聚集攏來。

一天晚上，狄雲聽到了幾個江湖豪客的對話：

「那連城劍訣原來是藏在一部《唐詩選輯》之中，頭上四字是『江陵城南』。」

「是啊，這幾天聞風趕來的著實不少。就是不知這四個字之後是些甚麼字。」

「管他之後是甚麼字？咱們只管守在江陵城南。有人挖出寶藏，給他來個攔路打劫。」

「不錯。就算劫不了，至少也得分上一份。見者有份，還少得了咱哥兒們的麼？」

「嘿嘿！江陵書鋪中這幾天去買《唐詩選輯》的人可眞不少。今兒我走進書鋪，還沒開口，夥計就說：『大爺，您可是要買《唐詩選輯》？這部書我們剛在漢口趕著捎來，要買請早，遲了只怕賣光了。』我很奇怪，問他：『你怎知我要買《唐詩選輯》？』你猜他怎麼說？」

「不知道！他怎麼說？」

「他媽的。那夥計說：『不瞞您老人家說，這幾天身上帶刀帶劍、挺胸凸肚的練把式爺們，來到書鋪子，十個倒有十一個要買這本書。五兩銀子一本，你爺台不合式？』」

「他奶奶的，那有這麼貴的書？」

「你知道書價麼？你買過書沒有？」

「哈哈，老子這一輩子可從沒進過書鋪子的門。書啊書的，老子這一輩子最愛賭錢，買贏就好，買書（輸）可從來不幹。嘿嘿，嘿嘿！」

狄雲心道：「連城劍訣中的秘密可傳出去了，是誰傳出去的？是了，萬氏父子的話給魯坤他們聽了去，萬震山要追查，幾個徒兒卻逃走了。就這樣，知道的人越來越多。」

想起當年與丁典同處獄中之時，也有許多江湖豪士聞風而來，卻都給丁典一一打死了。「嗯，丁大哥的大事還沒辦。丁大哥的事可比我自己報仇要緊。」

凌小姐的父親是荊州府的知府。狄雲到江陵城中最大的棺材鋪、墓碑鋪一打聽，便查知凌小姐的墳葬在江陵東門外十二里的一個小山岡上。

他買了一把鐵鏟，一把鶴嘴鋤，出得東門，不久便找到了墳墓。墓碑上寫著「愛女凌霜華之墓」七字。墓前無花無樹。凌姑娘生前最愛鮮花，她父親竟沒給她種植一株。「愛女，愛女，嘿嘿，你眞的愛這個女兒麼？」他冷笑起來，想到丁典和戚芳，忍不住淚水又流了下來。

他的衣襟，早就爲悼念戚芳的眼淚濕透了。在凌霜華的墓前，又加上了新的眼淚。山岡附近沒人家，離開大路很遠，也沒人經過。但白天總不能刨墳。直等到天全黑了，才挖開墓土，再掘開三合土封著的大石，現出了棺木。

經歷了這幾年來的艱難困苦，狄雲早不是個容易傷心、容易流淚的人了，但在慘淡的月光下見到這具棺木，想到丁大哥便因這口棺木而死，卻不能不再傷心，不能不再流淚。

凌退思曾在棺木外塗上「金波旬花」的劇毒，雖然時日相隔已久，而且將棺木抬到此間下葬，料想棺外毒藥早已抹去，但他不敢冒險伸手去碰棺木，拔出血刀，從棺蓋的縫口中輕輕推了過去。那血刀削金斷玉，遇到木材，便如批豆腐一般，他不用使勁，便已將棺蓋的榫頭盡數切斷，右臂一振，勁力到處，棺蓋飛起。

驀然間，只見棺木中兩隻已然朽壞的手向上舉著。棺蓋一飛起，兩隻手便掉了下去，宛然會動一般。狄雲吃了一驚，心想：「凌小姐入棺之時，怎地兩隻手會高舉起來的？這眞奇了。」只見棺中並無壽衣、被褥等一般殮葬之物，凌小姐只穿一身單衣。

狄雲默默祝禱：「丁大哥，凌小姐，你二人生時不能成爲夫妻，死後同葬的心願終於得償。你二人死而有靈，也當含笑於九泉之下了。」解下背上包袱，打了開來，將丁典的骨灰撒在凌小姐屍身上。他跪在地下，恭恭敬敬的拜了四拜，然後站起身來，將包骨灰的包袱裹在手上，便去提那棺蓋，要蓋回棺木。

月光斜照，只見棺蓋背面隱隱寫著有字。狄雲湊近一看，只見那幾個字歪歪斜斜，寫的是：「丁郎，丁郎，來生來世，再爲夫妻。」

狄雲心中一寒，一交坐在地下，這幾個字顯是指甲所刻，他一凝思間，便已明白：「凌姑娘是給她父親活埋的，放入棺中之時，她還沒死。這幾個字，是她臨死時用指甲刻的。因此一直到死，她的雙手始終舉著。天下竟有這般狠心的父親！丁大哥始終不屈，凌姑娘始終不負丁大哥。她父親越等越恨，終於下了這毒手。」又想：「凌知府發覺丁大哥越獄，知道定會去找他算帳，急忙在棺木外塗上『金波旬花』的劇毒。這人的心腸，可比『金波旬花』還毒上百倍。」

他湊近棺蓋，再看了一遍那兩行字。只見這幾個字之下，又寫著三排字，都是些

「四十一、三十三、五十三」等等數目字。狄雲抽了一口涼氣，心道：「是了，凌姑娘直到臨死，還記著和丁大哥合葬的心願。她答應過丁大哥，有誰能將她和丁大哥合葬，便將連城劍訣的秘密告知此人。丁大哥在廢園中跟我說過一些，只是沒說完便毒發而死。師父那本劍譜上的秘密，給師妹的眼淚浸了出來，偏偏給萬氏父子撕得稀爛。我只道這秘密從此湮沒，那知道凌姑娘卻寫在這裏。」

他默默祝告：「凌姑娘，你真是信人，多謝你一番好心，可是我此心成灰，恨不得自掘一穴，自刎而死，伴在你和丁大哥身邊。只大仇未報，尚得去殺了萬家父子和你父親。金銀珠寶，在我眼中便如泥塵一般。」說著提起棺蓋，正要蓋上棺木，驀地裏靈機一動：「啊喲，對了！萬氏父子這時不知躲到了那裏，今生今世只怕再也找他們不著，但若將大寶藏的秘密寫在當眼之處，萬氏父子必然聞訊來看。不錯，這秘密是個大大的香餌，萬氏父子縱然起疑，再有十倍小心，也非來看這秘密不可。」

他放下棺蓋，看清楚數目字，一個個用血刀的刀尖劃在鐵鏟背上，刻完後核對一遍無誤，這才手上襯了包袱布，蓋上棺蓋，放好石板，最後將墳土重新堆好。

「這個大心願是完了！報了大仇之後，須得在這裏種上數百棵菊花。丁大哥和凌姑娘最愛的便是菊花。最好能找到『春水碧波』的名種綠菊花！」

第二天早晨，江陵南門旁的城牆上，赫然出現了三行用石灰水書寫的數目字。每個字都尺許見方，遠遠便能望見，「四、四十一、三十三、五十三……」奇怪的是，這幾行字離地二丈有餘，江陵城中只怕沒那麼長的梯子，能讓人爬上去書寫，除非是用繩子縋著身子，從城頭上掛下來寫。

離這三行字十餘丈外的城牆腳邊，狄雲扮作乞丐，脫下破棉襖，坐在太陽底下捉虱子。

從南門進進出出的人很多，只幾個時辰，江陵城中街市上、茶館裏，就有人紛紛談論，也有不少人到南門外來親眼瞧瞧。但這些數目字除了寫的地位奇特之外，並沒甚麼好看，一般閒人看了一會，胡亂猜測一番，便即走了，卻有好幾個江湖豪客留了下來。

這些人手中都拿著一本《唐詩選輯》，將城牆上的數字抄了下來，皺著眉頭苦苦思索。

狄雲見到孫均來了，沈城來了。過了一會，魯坤也來了。

但他們並不知道「連城劍法」每一招的次序，雖然手中各有一部《唐詩選輯》，雖然城牆上寫著大大的數字，又料到這些數字定是劍譜中的秘密，雖然偷聽到了師父和他兒子參詳秘密的法子，卻不知每一個數字，應當用在那一首詩中。

這世上，只有萬震山、言達平、戚長發三人知道。

魯坤等三人在悄悄議論。隔得遠了，狄雲聽不到他們的說話。見三人說了一會話，便回進城去，過不多時，三個人都化了裝出來。一個扮作水果販子，挑了一擔橘子，一個扮作菜販，另一個扮作荷著鋤頭的鄉民。三人坐在城牆腳邊，注視來往行人。

狄雲猜到了他們的心思。他們在等萬震山到來。他們參不透這秘密，但只要跟隨著萬震山，便能找到寶藏，就算奪不到，分一份總有指望。再和師父相見當然危險萬分，可是要發大財，怎能怕危險？

「連城劍譜」中頭上四個數目字早已傳開了，「四、四十一、三十三、五十三」，那便是「江陵城南」。「四、四十一、三十三、五十三」，以後還有一連串的數字，再蠢的人，也想得到那必是劍譜中的秘密。

在城牆腳邊坐下來的人越來越多，有的化了裝，有的大模大樣以本來面目出現。狄雲數了一數，一共有七十八人。再過一會，卜垣和馮坦也來了，他師兄弟二人不知爲甚麼事爭得面紅耳赤，差點就要打架，但終於也安靜下來，坐在護城河旁。

等到下午，萬氏父子沒出現。等到傍晚，萬氏父子仍沒出現。許多人已在破口大罵。萬家的祖宗突然聲名大噪，尤其是萬震山的奶奶。

天快黑了，一個教書先生模樣的人拿了一張紙，一隻墨盒，一枝筆，搖頭晃腦的，將城牆上這幾行字抄了下來。一條大漢正悶得沒地方出氣，一把抓住那人，問道：「你抄這些字幹甚麼？」那先生道：「老夫自有用處，旁人不得而問之也。」

那大漢道：「你說不說？不說，我就打。」提起醋鉢大的拳頭，在他鼻尖前搖來晃去。那先生嚇怕了，顫聲道：「是……是人家叫我來抄的。」那大漢道：「誰叫你抄的？」那先生道：「一位老先生，不……不瞞你說，就是本城大名鼎鼎的萬震山萬老先生，你……你可得罪他老人家不得。」

「萬震山」這三個字一出口，衆人便鬨了起來。狄雲更加歡喜，只是這份歡喜之中，混著太多的仇恨和傷心。

那先生戰戰兢兢的在前面走，一腳高，一腳低，跌跌撞撞的直向東行，一百多人遠遠的跟著。萬震山既然不來，便去找萬震山。只有他，才參詳得出其中的秘密。這件事已揭明了，人多勢衆，要硬逼著萬震山去找寶藏。許多人稱讚那大漢：「幸虧你老哥聰明，我們怎麼沒想到萬震山會派人來抄數目字？要不是你老哥，大夥兒在城門邊等上三天三夜，萬震山卻早將寶藏起了去啦。」那大漢很是得意，說道：「這酸秀才鬼鬼祟祟，我料得他幹的不是好事。」似乎他自己幹的卻是好事。

狄雲混在人羣之中，隱隱覺得：「萬震山老奸巨滑，決不會這樣輕易便給人找到。其中定有鬼計。」這時一行人離開南門已有數里，他回過頭來，又向城牆望去，一瞥眼間，只見一條人影從城牆邊飛快掠過，向西疾奔。

狄雲尋思：「這一羣人釘著這個教書先生，決計不怕他走了。他們如找到萬震山，也決不會離開了他。偌大一座江陵城，要尋萬氏父子十分艱難，但要找這麼亂七八糟的一大羣人，卻易過反掌，我何必跟在人羣之中？」

他心念一動，閃身隱在一株樹後，隨即展開輕功，反身奔向南門，更向西行。循著那人影的去向急奔，不到一盞茶時分便追上了。狄雲的內功既已修得爐火純青，輕功相應而高，腳下迅捷異常。他追蹤的那人輕功也甚了得，但比之狄雲卻又差得遠了。那人絲毫不覺有人跟隨，只快步奔跑。

狄雲見他奔到一間小屋之前，推門入內。狄雲守在門外，等他出來，過了一會，卻見小屋的窗子中透出了燈光。他閃到窗下，從窗縫中向內望去，只見屋裏坐著個老者，背向窗子，瞧不見他的面容。看他背影，便是適才所追蹤那人。

那老者在桌上攤開一本書來，狄雲一見便知是《唐詩選輯》，這本書近日來在江陵城中流行極廣，居然這老者未能免俗，也有一本。

只見他取過一枝禿筆，在一張黃紙上寫了「江陵城南」四個字，他口中輕輕唸著「一五、二十、十五、十八……第十八個字」，跟著在紙上寫個「偏」字。

狄雲大吃一驚：「這人居然能在這本唐詩中查得到字，難道他也會連城劍法？」瞧他背影，顯然不是萬震山。這老者穿著一件敝舊的灰色布袍，瞧不出是甚麼身分。

只見他查一會書，屈指計一會數，便寫一個字，一共寫了廿六個字。狄雲一個字、一個字的讀下去，見是：

「……西天寧寺大殿佛像向之虔誠膜拜通靈祝告如來賜福往生極樂」。

那老者大怒，將筆桿重重在桌上一拍，說道：「甚麼『向之虔誠膜拜，通靈祝告』，又甚麼『如來賜福，往生極樂』！他奶奶的，『往生極樂』，這不是叫人去見十殿閻王麼？」

狄雲聽這人口音極熟，正思索間，那人側頭回過臉來。狄雲身子一矮，縮在窗下，心道：「是二師伯，無怪他知道劍招。這卻又是甚麼秘密了？原來是戲弄人的。」心中忍不住好笑：「這許多人花了偌大心思，不惜弒師父、害同門，原來只是一句作弄人的話。」

他沒笑出聲來，但在屋中，言達平卻大笑起來：「哈哈，叫我向如來佛虔誠膜拜，通靈祝告，這泥塑木彫的他媽的臭菩薩便會賜福於我，哈哈，他奶奶的，叫老子往生極樂。我們合力殺了師父，師兄弟三人你爭我奪，原來是大家要爭個『往生極樂』。江陵城中這幾百條英雄好漢、烏龜賊強盜，爭來爭去，爲的都是要『往生極樂』，哈哈，哈哈！」笑聲中卻充滿了悽慘之意，一面笑，一面將黃紙扯得粉碎。

突然之間，他站著一動不動，雙目怔怔的瞧著窗外。

狄雲想起自己所以遭此大難、戚芳所以慘死，起因皆在這連城劍訣的秘密，而這秘密竟是幾句戲謔之言，心下悲憤之極，忍不住也要縱聲長笑。

便在此時，只見言達平眼望窗外，似乎見到了甚麼。只聽他喃喃自語：「到了這步田地，去天寧寺瞧瞧，那也不妨。江陵城南偏西，不錯，確是有這麼一座古廟。」他一揮手，撥熄了油燈，推門出來，展開輕功向西奔去。

狄雲心下遲疑：「我去尋萬震山呢，還是跟言師伯去？嗯，那一大批人易找得緊，還是先跟著言師伯瞧瞧。」當下盯住言達平的背影，追了下去。

不到小半個時辰，言達平便已到了天寧寺古廟之外。他先在廟外傾聽半晌，又繞著那廟轉了一個圈子，聽得廟內廟外靜悄悄地並無人蹤，這才推門而入。

這天寧寺地處荒僻，年久失修，門朽牆圮，廟內也無廟祝和尚。言達平來到大殿，一晃火摺，便要去點神壇上的蠟燭，火光之下，只見燭淚似乎頗爲新鮮，心念一動，伸手去捏了捏，果然燭淚柔軟，顯然不久之前有人點過這蠟燭。他心下起疑，吹熄了火摺，正要舉步出外查察，突覺背後一痛，一柄利刃插進身子，大叫一聲，便即斃命。

狄雲躲在二門之後，見火光陡熄，言達平便即慘呼，知他已遭暗算，這一下事起倉卒，不及救援。他索性不動，要瞧傷害言達平的是誰。黑暗中只聽得一人「嘿，嘿，嘿」冷笑。這聲音傳入耳中，狄雲不由得毛骨悚然，這笑聲陰森可怖，卻又十分熟悉。

突然間火光抖動，有人點亮了蠟燭，燭光射到那人身上。那人慢慢的側過臉來。

狄雲險些脫口呼出：「師父！」

這人竟是戚長發。

只見他向言達平的屍身踢了一腳，拔出他背上長劍，又在他背心上連刺數劍。

狄雲見師父殺害自己同門師兄，手段竟如此狠毒殘忍，這句「師父」的呼聲剛到口邊，便硬生生的忍住。

戚長發嘿嘿冷笑，說道：「二師哥，你也查到了連城劍譜中的秘密，是不是？嘿嘿！『江陵城南偏西，天寧寺大殿佛像，向之虔誠膜拜，通靈祝告』，哈哈，二師哥，劍譜中說『如來賜福，往生極樂』，你現下不是往生極樂了麼？這不是如來賜福了麼？」他轉過頭來，望著那尊面目慈祥的如來佛像。他臉上堆滿戾氣，惡狠狠的端詳半晌，說道：「你奶奶的臭佛，戲弄了老子一生，坑害得我可就苦了！」縱身上了神壇，提起長劍，噹噹噹三響，在佛像腹上連砍三劍。

一般佛像均是泥塑木彫，但這三劍砍在其上，卻發出錚錚錚的金屬之聲。戚長發一怔，又砍了兩劍，但覺著劍處極是堅硬。他拿起燭台湊近一看，只見劍痕深印，露出燦爛金光，戚長發一呆，伸指將兩條劍痕之間的泥土剝落，但見閃閃發光，裏面竟然都是黃金。他忍不住叫道：「大金佛，都是黃金，都是黃金！」

這座佛像高逾三丈，粗壯肥大，遠超尋常佛像，如通體全以黃金鑄成，少說也有五六萬斤，那不是大寶藏是甚麼？

他狂喜之下，微一凝思，轉到佛像背後，舉劍批削，見佛像腰間似有一扇小小暗門。他不住用力砍削，泥塑四濺，只將長劍削得崩了數十個缺口，才將暗門四周的泥塑都削去了。只見那暗門也是黃金所鑄，戚長發將劍伸進暗門周圍的縫隙中去撬了幾下，喜不自勝、心慌意亂之下，啪的一聲，長劍竟爾折斷。

他提起半截斷劍，到暗門的另一邊再去撬。又撬得幾下，那暗門漸漸鬆了。戚長發拋下斷劍，伸手指將暗門輕輕起了出來，舉燭火照去，只見佛像肚裏珠光寶氣，靄靄浮動，不知這個大肚子之中，藏了有多少珍珠寶貝。

戚長發咽了幾口唾沫，正想伸手到暗門之內去摸出些珠寶來瞧瞧，突覺神壇輕輕晃動。他心知有異，縱身便即躍下，左足剛著地，小腹上一痛，已給人點中了穴道，咕咚一聲，摔倒在地。

神壇下鑽出一個人來，側頭冷笑，說道：「戚師弟，你找得到這兒，老二找得到這兒，怎麼不想想，大師兄也找得到這裏啊！」說話之人，正是萬震山。

戚長發陡然發見大寶藏，饒是他精細過人，見了這許多珠寶，終於也不免喜出望外，一疏神間，竟著了萬震山的道兒，恨恨的道：「第一次你整我不死，想不到終於還是死在你的手下。」萬震山得意之極，道：「我正在奇怪，戚師弟，我扼死了你，將你封入夾牆之中，怎麼又會活了過來？」戚長發閉目不答。

萬震山道：「你不回答，難道我就猜不到？那時你敵我不過，就即閉氣裝死，封入夾牆之後，居然能夠脫逃。了不起！好本事！當時我見封牆的磚頭有一塊凸了出來，心中一直覺得不大妥當，可說甚麼也想不到是給你掙扎著逃走時踢出來的。」

萬震山那日將戚長發封入了夾牆後，次日見到封牆的磚頭有一塊凸出，這件事令他內心十分不安，又不敢開牆察看戚長發的屍身，這才患上了離魂之症，睡夢中起身砌牆。他一直在怕戚長發的「殭屍」從牆洞裏鑽出來，因此睡夢中砌了一次又一次，要將牆洞封得牢牢的。他又冷笑道：「嘿嘿，你也眞厲害，眼睜睜的瞧著你女兒做了我兒媳婦，竟始終不現身。我問你，那是爲了甚麼？爲了甚麼？」

戚長發一口濃痰向他吐去。

萬震山閃身避開，笑道：「老三，你要死得乾脆呢，還是愛零零碎碎的受苦？你想死得痛快，就跟我說，你用甚麼法子在那小客店裏盜了劍譜，讓我和老二都追尋不到。」

戚長發冷笑道：「那還不容易？那晚我等你二人睡得像豬玀一般，便悄悄起身開了鐵盒，將劍譜塞入抽屜之下與桌子的夾層之中，第二天早晨，劍譜自然無影無蹤。我們三人爭吵一場，分手而去，你在後面跟蹤言達平，言達平在跟蹤我，我就跟蹤你，咱三人互相跟蹤了一個月後各自散了，我這才回去小客店，在抽屜夾層中將劍譜取了出來，回家藏入衣箱的舊衣服間，卻不知怎樣，給我女兒拿去了。姓萬的，你給我個痛痛快快罷！」

萬震山獰笑道：「好，給你個痛快的。按理說，不能給你這麼便宜，只是你師哥沒功夫了，須得趕快用爛泥塗好佛像。好師弟，你乖乖的上路罷！」說著提起長劍，便往戚長發胸口刺落。

突然間紅光一閃，萬震山一隻右臂齊肘連刀，落在地下，身子跟著給人一腳踢開，正是狄雲以血刀救了戚長發的性命。

他俯身解開戚長發的穴道，說道：「師父，你受驚了！」

這一下變故來得好快，戚長發呆了老大半晌，才認清楚是狄雲，說道：「雲……雲兒，是你？」狄雲和師父別了這麼久，又再聽到「雲兒」這兩個字，不由得悲從中來，說道：「是，師父，正是雲兒。」戚長發道：「這一切，你都瞧見了。」狄雲點了點頭，道：「師妹，師妹，她……她……」

萬震山斷了一臂，掙扎著爬起，衝向廟外。戚長發搶上前去，一劍自背心刺入，穿胸而出。萬震山一聲慘呼，死在當地。

戚長發瞧著兩個師兄的屍體，緩緩的道：「雲兒，幸虧你及時趕到，救了師父的性命。咦，那邊有誰來了？是芳兒嗎？」說著伸手指著殿側。

狄雲聽到「芳兒」兩字，心頭大震，轉頭一看，卻不見有人，正驚訝間，突覺背上一痛。他反手抓住來襲敵人的手腕，一轉頭，只見那人手中抓著一柄明晃晃的匕首，正是師父戚長發。狄雲大是迷惘，道：「師……師父……弟子犯了甚麼罪，你要殺我？」

他這時才想起，適才師父一刀已刺在自己背上，只因自己有烏蠶衣護身，才又逃得了性命。

戚長發給他抓住手腕，半身酸麻，使不出半分力道，驚怒交集之下，恨恨的道：「好，你學了一身高明武功，自不將師父瞧在眼裏了。你殺我啊，快殺，快殺，幹麼不殺？」狄雲鬆開了手，仍是不解，道：「我怎敢殺害師父？」

戚長發叫道：「你假惺惺的幹甚麼？這是一尊黃金鑄成的大佛，你難道不想獨吞？我不殺你，你便殺我，那有甚麼希奇？這是一尊金佛，佛像肚裏都是價值連城的珍寶，你爲甚麼不殺我？爲甚麼不殺我？」他高聲大叫，聲音中充滿了貪婪、氣惱、痛惜，那聲音不像是人聲，便如是一隻受了傷的野獸在曠野中嗥叫。

狄雲搖搖頭，退開幾步，心道：「師父要殺我，原來爲了這尊黃金大佛？」霎時之間，他甚麼都明白了：戚長發爲了財寶，能殺死自己師父、殺死師兄、不顧親生女兒死活，爲甚麼不能殺徒弟？他心中響起了丁典的話：「他外號叫作『鐵鎖橫江』，甚麼事情做不出？」他又退開一步，說道：「師父，我不要分你的黃金大佛，你獨個兒發財去罷。」他眞不能明白：一個人世上甚麼親人都不要，不要師父、師兄弟、徒弟，連親生女兒也不要，有了價值連城的大寶藏，又有甚麼快活？

戚長發不相信自己的耳朵了，心想：「世上那有人見到這許多黃金珠寶而不起意？狄雲這小子定然另有詭計。」他這時已沉不住氣，大聲道：「你搗甚麼鬼？這是一座黃金大佛，佛像肚中都是珠寶，你爲甚麼不要？你要使甚麼鬼計？」

狄雲搖了搖頭，正想走出廟去，忽聽得腳步聲響，許多人蜂擁而來。他縱身上了屋頂，向外望去，只見一百多人打著火把，喧嘩叫嚷，快步奔來，正是那一羣江湖豪客，只聽得有人喝罵：「萬圭，他媽的，快走，快走！」狄雲本想要走，一聽到「萬圭」兩字，當即停步。他還沒爲戚芳報仇。

這一羣人爭先恐後的入廟，狄雲看得清楚，萬圭讓幾個大漢扭著，目青鼻腫，已給人飽打了一頓，身上仍穿著那件酸秀才的衣衫。原來他喬裝成個教書先生的模樣，故意將城牆邊的一衆江湖豪士引開，好讓萬震山到天寧寺來尋寶。但在衆人的跟隨查究之下，終於露出了馬腳。各人以性命相脅，逼著他帶到天寧寺來。

戚長發聽得人聲，急忙躍上神壇，想要掩住佛像劍痕中露出來的黃金。但遲了一步，衆人已見到他站在神壇之上，雙手去掩佛像的大肚子。這時數十根火把照耀之下，廟中有如白晝。各人眼見到金光，一齊大聲發喊，搶將上去，七手八腳的，便去斬剝佛像上的泥塑。各人刀砍劍削，不多時佛像身上到處發出燦爛金光。

跟著有人發見佛像背後的暗門，伸手進去，掏出了大批珠寶，站在後面的便用力將他擠開。珠寶一把把的摸出來。強有力的豪士便從別人手中劫奪。

突然間門外號角聲嗚嗚吹起，廟門大開，數十名兵丁衝了進來，高叫：「知府大人到，誰都不許亂動。」隨後一人身穿官服，傲然而進，正是荊州府知府凌退思。他在城內城外耳目衆多，這些江湖豪客之中便混得有他的部屬，一得訊息，立時提兵趕來。

凌退思害死丁典、逼死女兒，仍對「連城訣」不得絲毫頭緒，但他找尋荊州大寶藏的痴心始終不息，雖知梅念笙與此有關，但不知關鍵是在「唐詩劍法」。他繼續付出大批賄賂，在荊州府知府任上連任，又以「龍沙幫」幫主身份，派出幫眾查探，終於得到訊息，這「連城訣」關連到一本《唐詩選輯》。

凌退思是翰林出身，文才卓超，一翻《唐詩選輯》，見有些詩篇是晚唐詩人所作，上距梁元帝五六百年，梁元帝的大寶藏絕無可能在唐詩中留有線索，於是進一步潛心偵查。才知原來梁元帝藏妥寶藏後，將所經手的官兵匠人盡數殺戮，後來他爲北周官兵所害，寶藏就此絕無蹤跡。到得大清康熙年間，忽有一位身具高強武功的高僧駐錫荊州天寧寺，無意中發現了寶藏，他將此訊息寫成書信，託人送交給當時天地會廣東紅旗香主吳六奇，請他去發掘出來，作天地會反清復明之用。因怕洩漏機密，他將寶藏所在處用密碼（劍訣）注入一本當時流傳的《唐詩選輯》之中，送交吳六奇。吳六奇是他師兄的弟子，同門相傳，和那高僧都會「唐詩劍法」，知道劍法的次序。不幸密碼送到時，吳六奇遭難，爲人所害，這劍訣密碼便流落在外。送信人輾轉將訊息傳了出來，訊息若不與《唐詩選輯》連在一起，湊不成一塊；得訊之人如不會「唐詩劍法」，雖知劍訣，但不知劍招次序，寶藏也就難以找到。梅念笙是那高僧與吳六奇的同派門人，會使「唐詩劍法」，後來又得了劍訣，事機不密，落得給三個徒弟背叛殺害的下場。

一眾江湖豪客見了這許多珠寶，那裏還忌憚甚麼官府？各人只拚命的搶奪珍寶。

地下滾滿了珍珠、寶石、金器、白玉、翡翠、珊瑚、祖母綠、貓兒眼……

凌退思的部屬又怎會不搶？兵丁先俯身撿拾，於是官長也搶了起來。誰都不肯落後。戚長發在搶、萬圭在搶、連堂堂知府大人凌退思，也忍不住將一把把珠寶揣入懷中。一搶奪，便不免鬥毆。於是有人打勝了，有人流血，有人死了。

這些人越鬥越厲害，有人突然間撲到金佛上，抱住了佛像狂咬，有的人用頭猛撞。

狄雲覺得很奇怪：「爲甚麼會這樣？就算是財迷心竅，也不該這麼發瘋？」

不錯，他們個個都發了瘋，紅了眼亂打、亂咬、亂撕。狄雲見到鈴劍雙俠中的汪嘯風在其中，見到「落花流水」的花鐵幹也在其中，更有不少人是曾到雪谷中去救水笙、又出言侮辱她的羣豪大漢，其中很有些是爲人仁義的豪俠。他們一般的都變成了野獸，在亂咬、亂搶，將珠寶塞到嘴裏，咬得格格作響，有的人把珠寶吞入了肚裏。

狄雲驀地裏明白了：「這些珠寶上餵得有極厲害的毒藥。當年藏寶的皇帝怕魏兵搶劫，因此在珠寶上塗了毒藥。」他想去救師父，但已來不及了。這些人中毒之後，人人都難活命，凌退思、萬圭、魯坤、卜垣、沈城等人作了不少惡，終於發了大財，但不必去殺他們，他們都已活不成了。

狄雲在丁典和凌姑娘的墳前種了幾百棵菊花。他沒僱人幫忙，全是自己動手。他是莊稼人，鋤地種植的事本是內行。只不過他從前很少種花，種的是辣椒、黃瓜、冬瓜、白菜、茄子、空心菜……

他離了荊州城，抱著空心菜，匹馬走上了征途。他不願再在江湖上廝混，他要找一個人跡不到的荒僻之地，將空心菜養大成人。

他回到了川邊的雪谷。

戚芳在萬家給他的一百兩銀子，他早又取了來，除了在荊州城給丁典和凌姑娘整理墳墓之外，便是酬謝照顧空心菜那家農婦的一些使費，以及一路從鄂西來到川邊的旅途膳宿之費。他在成都給空心菜買了一大包衣服鞋襪，自己也買了些綿衣褲和布衣褲、幾十雙草鞋，包成一大包都負在背上。來到川邊石渠的雪谷口上，還賸下三十幾兩幾錢銀子，他在手裏掂了掂，用力擲出，拋入了路邊的峽谷之中，心道：「便有黃金萬兩，珍寶無數，在雪谷裏又有甚麼用？」

但師妹沒有一起來，今後永遠永遠不能再來了，再見她一面也不能，寂寞得很，淒涼得很。

「舅舅，舅舅，爲甚麼你又哭了？你想念我媽嗎？我們說好了的，誰也不許再哭！」

鵝毛般的大雪又開始飄下，來到了昔日的山洞前。

突然之間，遠遠望見山洞前站著一個少女。

那是水笙！

她滿臉歡笑，向他飛奔過來，又笑又叫：「我等了你這麼久！我知道你終於會回來的。你如不來，我要在這裏等你十年，你十年不來，我到江湖上找你一百年！」

（全書完）

後記

兒童時候，我浙江海寧袁花鎮老家有個長工，名叫和生。他是殘廢的，是個駝子，然而只駝了右邊的一半，形相特別顯得古怪。雖說是長工，但並不做甚麼粗重工作，只是掃地、抹塵，以及接送孩子們上學堂。我哥哥的同學們見到了他就拍手唱歌：「和生和生爿駝，叫他三聲要發怒，再叫三聲翻觔斗，翻轉來像隻癱淘籮。」「癱淘籮」是我故鄉土話，指破了的淘米竹籮。

那時候我總是拉著和生的手，叫那些大同學不要唱，有一次還爲此哭了起來，所以和生向來對我特別好。下雪、下雨的日子，他總是抱了我上學，因爲他的背脊駝了一半，不能背負。那時候他年紀已很老了，我爸爸、媽媽叫他不要抱，免得滑倒了兩個人都摔交，但他一定要抱。

有一次，他病得很厲害，我到他的小房裏去瞧他，拿些點心給他吃。他跟我說了他的身世。

他是江蘇丹陽人，家裏開一家小豆腐店，父母替他跟鄰居一個美貌的姑娘對了親。這家裏積蓄了幾年，就要給他完婚了。這年十二月，一家財主叫他去磨做年糕的米粉。這家財主又開當鋪，又開醬園，家裏有座大花園。磨豆腐和磨米粉，工作是差不多的。財主家過年要磨好幾石糯米，磨粉的功夫在財主家後廳上做。這種磨粉的事我見得多了，只磨得幾天，磨子旁地下的青磚上就有一圈淡淡的腳印，那是推磨的人踏出來的。江南各地的風俗都差不多，所以他一說我就懂了。

因爲要趕時候，磨米粉的功夫往往做到晚上十點、十一點鐘。這天他收了工，已經很晚了，正要回家，財主家裏許多人叫了起來：「有賊！」有人叫他到花園裏去幫同捉賊。他一奔進花園，就給人幾棍子打倒，說他是「賊骨頭」，好幾個人用棍子打得他遍體鱗傷，還打斷了幾根肋骨，他的半邊駝就是這樣造成的。他頭上吃了幾棍，昏暈了過去，醒轉來時，身邊有許多金銀首飾，說是從他身上搜出來的。又有人在他竹籮的米粉底下搜出了一些金銀和銅錢，於是將他送進知縣衙門。賊贓俱在，他也分辯不來，給打了幾十板，收進了監牢。

本來就算是作賊，也不是甚麼大不了的罪名，但他給關了兩年多才放出來。在這段時期中，他父親、母親都氣死了，他的未婚妻給財主少爺娶了去做繼室。

他從牢裏出來之後，知道這一切都是那財主少爺陷害。有一天在街上撞到，他取出一直藏在身邊的尖刀，在那財主少爺身上刺了幾刀。他也不逃走，任由差役捉了去。那財主少爺只是受了重傷，卻沒有死。但財主家不斷賄賂縣官、師爺和獄卒，想將他在獄中害死，以免他出來後再尋仇。

他說：「眞是菩薩保祐，不到一年，老爺來做丹陽縣正堂，他老人家救了我命。」

他說的老爺，是我祖父。

我祖父文清公（他本來是「美」字輩，但進學和應考時都用「文清」的名字），字滄珊，故鄉的父老們稱他爲「滄珊先生」。他於光緒乙酉年中舉，丙戌年中進士，隨即派去丹陽做知縣，做知縣有成績，加了同知銜。不久就發生了著名的「丹陽教案」。

鄧之誠先生的《中華二千年史》卷五中提到了這件事：

「天津條約許外人傳教，於是教徒之足跡遍中國。莠民入教，輒恃外人爲護符，不受官吏鈐束。人民既憤教士之驕橫，又怪其行動詭秘，推測附會，爭端遂起。教民或有死傷，外籍教士即藉口要挾，勒索巨款，甚至歸罪官吏，脅清廷治以重罪，封疆大吏，亦須革職永不敘用。內政由人干涉，國已不國矣。教案以千萬計，茲舉其大者：

「……丹陽教案。光緒十七年八月……劉坤一、剛毅奏，本年……江蘇之丹陽、金匱、無錫、陽湖、江陰、如皋各屬教堂，接踵被焚燬，派員前往查辦……蘇屬案，係由丹陽首先滋事，將該縣查文清甄別參革……」（光緒東華錄卷一〇五）

所謂「參革」，「參」是「參劾」，上司向皇帝奏告過失，「革」是「革職」，皇帝根據參劾，下旨革職。我祖父受參革之前，曾有一番交涉。上司叫他將爲首燒教堂的兩人斬首示眾，以便向外國教士交代。如果遵命辦理，上司非但不參劾，還會保奏，向皇帝奏稱我祖父辦事能幹得力，便可升官。但我祖父同情燒教堂的人民，通知爲首的兩人逃走，回報上司：此事是由外國教士欺壓良民而引起公憤，數百人一湧而上，焚燒教堂，並無爲首之人。跟著他就辭官，朝廷定了「革職」處分。

我祖父此後便在故鄉閒居，讀書做詩自娛，也做了很多公益事業。他編一部《海寧查氏詩鈔》，有數百卷之多，但雕版未完工就去世了（這些雕版放了兩間屋子，後來都成爲我們堂兄弟的玩具）。出喪之時，丹陽推了十幾位紳士來弔祭。當時領頭燒教堂的兩人一路哭拜而來。據我父親、叔伯們的說法，那兩人走一里路，磕一個頭，從丹陽直磕到我故鄉。丹陽雖距我家不很遠，但對這說法，現在我不大相信了，小時候自然信之不疑。不過那兩人十分感激，最後幾里路磕頭而來當然是很可能的。

前些時候到臺灣，見到了我表哥蔣復璁先生。他當時是故宮博物院院長，以前和我二伯父在北京大學是同班同學。他跟我說了些我祖父的事，言下很是讚揚。那都是我本來不知道的。一九八一年，我去丹陽訪問參觀，當地人民政府的領導熱誠招待，對我祖父當年的作爲認爲是反對帝國主義、維護人民利益的功績，當地報紙上發表了讚揚文章。

和生說，我祖父接任做丹陽知縣後，就重行審訊獄中的每一個囚犯，得知了和生的冤屈。可是他刺人行兇，確是事實，也不便擅放。但如不放他，他在獄中日後一定會給人害死。我祖父辭官回家時，索性悄悄將他帶了來，就養在我家裏。

和生直到抗戰時才病死。他的事跡，我爸爸、媽媽從來不跟人說。和生跟我說的時候，以爲他那次的病不會好了，連說帶哭，也沒有叮囑我不可說出來。

這件事一直藏在我心裏。《連城訣》是在這件眞事上發展出來的，紀念在我幼小時對我很親切的一個老人。和生到底姓甚麼，我始終不知道，和生也不是他的眞名。他當然不會武功。我只記得他常常一兩天不說一句話。我爸爸媽媽對他很客氣，從來不差他做甚麼事。他在我家所做的工作，除了接送我上小學之外，平日就是到井邊去挑幾擔井水，裝滿廚房中的幾口七石缸。甚至過年時做年糕的米粉，家裏也到外面去僱了人來磨，不請和生磨。

這部小說寫於一九六三年，那時《明報》和新加坡《南洋商報》合辦一本隨報附送的《東南亞周刊》，這篇小說是爲那周刊而寫的，書名本來叫做《素心劍》。

一九七七年四月

【金庸簡介】

本名查良鏞（1924-2018），浙江海寧人。英國劍橋大學哲學碩士、博士。曾任報社記者、翻譯、編輯、電影公司編劇、導演等；一九五九年創辦《明報》機構，出版報紙、雜誌及書籍；一九九三年退休。先後撰寫武俠小說十五部，廣受當代讀者歡迎，至今已蔚爲全球華人的共同語言，並興起海內外金學研究風氣。《金庸作品集》有英、法、意、德、希臘、波蘭、芬蘭、西班牙、日、韓、泰、越、馬來、印尼等多種譯文。

曾獲頒眾多榮銜，包括：英國政府OBE勳銜，法國「榮譽軍團騎士」勳銜，香港特別行政區最高榮譽「大紫荊勳章」；香港大學、香港科技大學、香港理工大學、澳門大學、臺灣政治大學、加拿大英屬哥倫比亞大學、日本創價大學和英國劍橋大學的榮譽博士學位；香港大學、香港中文大學、加拿大英屬哥倫比亞大學、北京大學、浙江大學、中山大學、南開大學、華東師範大學、吉林大學、遼寧師範大學、蘇州大學和臺灣清華大學的名譽教授，以及當選英國牛津大學、劍橋大學、澳洲墨爾本大學和新加坡東亞研究院的榮譽院士。

曾任浙江大學文學院院長、教授、博士生導師，英國牛津大學漢學研究院高級研究員，加拿大英屬哥倫比亞大學文學院兼任教授，香港報業公會名譽會長，中國作家協會名譽副主席。

齊白石「吾草木眾人也」。

全世界華人的共同語言

金庸作品集

從台北到紐約，從香港到倫敦，從東京到上海，中國人在不同的地方，可能說不同的方言，可能吃不同的菜式，也可能有不同的政治立場，但他們都讀——金庸作品集。

【精裝映象新修版，共十二部三十六冊】

1.書劍恩仇錄（全二冊）
2.碧血劍（全二冊）
3.射鵰英雄傳（全四冊）
4.神鵰俠侶（全四冊）
5.雪山飛狐（含「白馬嘯西風」及「鴛鴦刀」，全一冊）
6.飛狐外傳（全二冊）
7.倚天屠龍記（全四冊）
8.連城訣（全一冊）
9.天龍八部（全五冊）
10.俠客行（含「越女劍」，全二冊）
11.笑傲江湖（全四冊）
12.鹿鼎記（全五冊）

連城訣＝ A deadly secret ／金庸作 . -- 二版 .
-- 臺北市：遠流 , 2024.07
面；　公分 . --（新修版金庸作品集；20）
公元 2004 年金庸新修版
ISBN 978-626-361-602-8（精裝）

857.9　　113003976

新修版金庸作品集 ⑳

連城訣〔公元 2004 年金庸新修版〕

A Deadly Secret.

作者／金庸

副總編輯／鄭祥琳
封面設計／林秦華
內頁美術／霍榮齡設計工作室
內頁插畫／姜雲行
行銷企劃／廖宏霖
出版一部總編輯暨總監／王明雪

發 行 人／王榮文
出版發行／遠流出版事業股份有限公司
地　　址／臺北市中山北路一段 11 號 13 樓
電　　話／（02）2571-0297
傳　　真／（02）2571-0197
郵　　撥／ 0189456-1
著作權顧問／蕭雄淋律師

2004 年 7 月 1 日　初版一刷
2024 年 7 月 1 日　二版一刷

新修版 每冊 450 元（本作品全一冊，共 450 元）

ISBN 78-626-361-602-8（精裝）
Printed in Taiwan

YLib 遠流博識網 http://www.ylib.com E-mail: ylib@ylib.com
金庸茶館粉絲團 https://www.facebook.com/jinyongteahouse